Joanna Schmid

# Leahs Mission

## Verrat in Rio

*Für Lara:*
*Deine Freundschaft ist für mich*
*ein Geschenk des Himmels.*

© Adonia Verlag, CH-4805 Brittnau
www.adonia-verlag.ch

Lektorat: Adonia Verlag
Satz: David Hollenstein
Coverbild: istockphoto.com/lekcej, apomares

ISBN 978-3-03783-152-6

**Joanna Schmid**

Joanna Schmid wurde 2003 geboren und lebt mit ihren Eltern und ihren zwei Brüdern in der Nähe von Bern. Zurzeit besucht sie das Gymnasium, neben der Schule und dem Schreiben verbringt sie ihre Zeit am liebsten mit Freunden, Sport oder kreativen Dingen wie Zeichnen und Fotografieren.

# Prolog

Eine verlassene Gasse, am Rande Zürichs. Hohe Häuser säumten zu beiden Seiten die schneebedeckte Straße. Das dunkle Grau des teilweise schon etwas brüchigen Steins ging nahtlos in den düsteren Himmel über, der sich dem nächtlichen Schwarz zuneigte. Und noch immer schneite es. Die meisten der Gebäude waren trist und fensterlos – nur im obersten Stock einiger Häuser, wo sich die Büros von privilegierten Geschäftsleuten befanden, blitzte hin und wieder eine gläserne Scheibe auf. Und ganz oben in einem der Häuser hob sich eine Silhouette vom Fenster ab. Da stand ein Mann und presste seine Stirn gegen die Glasscheibe. Dunkelblonde Haare hingen ihm ins Gesicht; die sonst so blauen Augen hatten sich in ein mattes Grau verwandelt. Sein Blick war getrübt vor Trauer. Es war der vierzehnte Dezember. Und die Einsamkeit, die in ihm aufwallte, war grausam. Auch vor vier Jahren hatte es geschneit. Es war ein Jahr nach dem Tod ihres einjährigen Sohnes gewesen. Seine Frau war im Kummer versunken, hatte es nicht verkraftet. Und sie war noch so jung gewesen. Er hatte nicht bemerkt, dass sie im Keller des Hauses gewühlt hatte. Dass sie dort ein Buch gefunden hatte, ein Buch, das vor vielen Jahren seiner Großmutter gehört hatte. Dass sie es gelesen und sich darin verliebt hatte. Hätte er es verhindern können, hätte er es getan. Er hätte es entsorgen müssen! Er hätte wissen müssen, wie gefährlich solch verführerische Schriften sein konnten. Er hätte sie beschützen müssen. Aber es war zu spät gewesen. Sie hatte ja schon alles gelesen.
    Die Bibel.
    Und das Aufglühen der Hoffnung in ihrem Gesicht war zu schön gewesen. Doch es änderte nichts an der Tatsache, dass sie eine vergessene, eine verbotene Schrift gelesen hatte. Er merkte, wie sein Vorgesetzter Lunte roch, und er wähnte sie in Gefahr, da hörte er von christlichen Stämmen in Südamerika. Er

hatte sie über alles geliebt. Aber sie sollte glücklich sein. Und das würde sie hier, mit seinem Job, nicht werden. Er hatte sie fortgeschickt. Heute vor vier Jahren hatte er sie heimlich zum Hafen gefahren und dort einen Kapitän bestochen, damit dieser sie nach Südamerika schmuggelte. In den Dschungel. Die neunjährigen Zwillinge waren bei ihm geblieben.

Und drei Monate danach waren die Naturkatastrophen ausgebrochen.

Kein Mensch hatte in Südamerika überleben können, davon waren sie überzeugt.

Der Winterhimmel verfärbte sich immer düsterer und schien finster auf ihn herab zu starren.

Er hatte sie in den sicheren Tod geschickt.

# 1. Kapitel

Ich trat aus dem Sportkomplex und genoss die frische Luft, die in meine Lungen strömte. Luke, mein Zwillingsbruder, hielt neben mir auf die Wohngebäude zu, wo sich unsere Wege trennten. Während er den Jungentrakt betrat, erklomm ich die Treppe zu meinem Zimmer, wo ich erschöpft die Tür hinter mir ins Schloss krachen ließ. Ich schlüpfte aus meinen Schuhen und streifte die Jacke ab. Stöhnend betrachtete ich den Stapel Hausaufgaben auf meinem Schreibtisch. Doch erst mal zwängte ich mich aus den verschwitzten Sportklamotten und gönnte mir eine ausgiebige Dusche. Danach hatte sich meine Motivation für chemische Formeln und englische Grammatik aber nicht verändert, und so saß ich da und starrte aus dem Fenster. Gegenüber befand sich das Wohngebäude der Jungs, in dem Luke wohnte. Die Gebäude hier schmiegten sich in das Tal zwischen den Schweizer Bergen, wo sie besser nicht hätten verborgen sein können. Musste ja schließlich niemand wissen, wo das Geheiminternat der Armee des Vereinigten Europa lag. Wir wurden zu Agenten, Spionen und Kriegsstrategen ausgebildet; ich wohnte hier seit ich ein Kleinkind war. Mein Blick streifte erneut die Schulhefte auf dem Tisch und ich begann seufzend mit dem Lernen. Fast verbissen arbeitete ich mich durch die seitenlangen Theorieeinträge. Wenn es etwas gab, was ich wollte, dann war es, meinen Vater mit Stolz zu erfüllen. Und das war schwer. So viel schwerer, seit meine Mutter gestorben war. Sie war nach Südamerika gereist, um Freunde zu besuchen, und sie war nicht zurückgekehrt. Seither war Vater immer stiller geworden, hatte sich zurückgezogen. Wir waren nur noch drei Familienmitglieder. Drei von einst fünf, als mein kleiner Bruder Milan noch gelebt hatte. Er war gestorben, als er etwa ein Jahr alt gewesen war. An einer Krankheit. Beim Gedanken daran wallte Bitterkeit in mir auf, Unverständnis für die Ärzte, deren ach so gute Technologie angeblich jedes Wunder vollbringen konnte und die doch versagt hatten, als mein Bruder sie gebraucht hätte. Ich wollte solche Sachen in Zukunft verhindern, wollte Europa helfen, fair zu bleiben. Ich wollte später für eine tolerante Gesellschaft arbeiten. Das Vereinigte Europa, dessen Zentrum die Schweiz bildete, wurde offiziell mit VE, aber umgangssprachlich oft mit VEPA abgekürzt. Wir durften nicht zulassen, dass die Islamisten, die mit beängstigender Schnelligkeit an Macht gewannen, ihr Einflussgebiet auch auf Europa ausdehnten. Angeblich waren sie schon weit bis ins Innere von Asien vorgedrungen. Mehr wusste ich eigentlich nicht darüber, denn die genauen Fakten des momentanen Kriegs zu kennen, blieb uns verwehrt, bis wir volljährig waren. Zu gerne hätte ich verstanden, was unseren Feind antrieb. Angeblich handelten sie im Namen ihres Gottes. Musste ja ein ziemlich rücksichtsloser Gott sein. Ich fragte mich nur, was sie sich von der Religion versprachen – die moderne europäische Gesellschaft hatte längst jeglichen Glauben an inexistente Götter abgelegt. Auch wenn ich mich manchmal des Gedankens nicht erwehren konnte, vielleicht doch etwas zu verpassen.

Ich ermahnte mich, nicht abzuschweifen, und beschäftigte mich weiter mit meinen Arbeitsblättern. Weil ich noch lange nicht fertig war, beschloss ich, eine Pause für das Abendessen einzulegen. Ich kramte mein Handy hervor und tippte eine Nachricht für Kim, meine beste Freundin.

«Gehe essen. Kommst du auch?»

«Klar. In fünf Minuten unten», kam umgehend ihre Antwort. Ich stellte mich noch rasch vor den Spiegel und musterte mich kritisch. Meine braunen Locken hatte ich in einem schon etwas ausgefransten Zopf gebändigt und meine runden, dunklen Augen starrten unverwandt ihr Spiegelbild an. Einigermaßen zufrieden wandte ich mich wieder ab und begab mich in den Speisesaal. Ich wählte auf meinem Handy mein Essen aus und gesellte mich zu Kim. Während ich eher klein war, überragte mich deren hochgewachsene, schlanke Figur um fast einen Kopf. Ihre braunen Augen waren mandelförmig und ihre schwarzen Haare hatte sie zu einer Kurzhaarfrisur schneiden lassen, was sie noch sportlicher wirken ließ.

«Hey, Leah! Wie war dein Tag?»

«Ganz okay, bei dir?»

Wir holten an der Theke unser bestelltes Essen ab und setzten uns an einen Tisch.

Leicht gereizt beobachtete ich, wie ihr Blick kurz glasig wurde und ihre Gedanken abdrifteten. Unsere Freundschaft war nicht mehr dieselbe, seit sie andauernd mit meinem Bruder zusammen war. Sie interessierte sich kaum noch für mich. Sie ging auch immer gleich in die Luft, sobald ich sie auf irgendeine beliebige Art kritisierte. Energisch schüttelte ich den Kopf, um die lästigen Bedenken zu vertreiben, obwohl das keine bewährte Methode war. Ich konnte gerade noch einen frustrierten Seufzer unterdrücken – es würde mir nichts schaden, mal etwas weniger zu grübeln. Zumal diese Gedankenstrudel im Normalfall zu nichts führten.

«Super. Luke und ich sind zum selben Mathekurs für Fortgeschrittene eingeteilt worden. Toll, nicht wahr?», erzählte sie verträumt.

Ich musste mich beherrschen, um nicht genervt die Augen zu verdrehen. Seit Luke und Kim ein Paar waren, war für sie jedes andere Thema Nebensache.

«Können wir nicht mal ein Gespräch führen, ohne dass du dauernd über ihn redest?», platzte ich heraus.

Kim kniff die Augen zusammen. «Wieso? Stört es dich etwa?»

Ich zuckte die Schultern. «Ich will einfach mal normal mit dir reden. Deine Schwärmereien gehen mir langsam auf den Wecker.» Sobald ich die Worte ausgesprochen hatte, bereute ich es auch schon.

«Ach ja?», zischte Kim aufgebracht. «Willst du es mir verbieten? Er ist mein Freund.»

«Und mein Bruder», stellte ich klar. Ich konnte jetzt keinen Rückzieher mehr machen.

«Aha, das ist also das Problem. Deine Eifersucht. Kannst du

mir nicht auch mal was gönnen?»

«Nein, du verstehst mich falsch, es geht mir nicht daru…»

«Lüg mich jetzt nicht an!», fiel Kim mir ins Wort. «Ich hätte das echt nicht gedacht von dir.»

«Nein! Ich will nicht streiten! Es ist einfach schwierig für mich …»

«Das kann ja schon sein», fauchte Kim. «Was dir aber noch lange nicht das Recht gibt, dich in meine Sachen einzumischen.»

Zornig ballte ich meine Hände zu Fäusten. Wieso musste sie immer gleich so eingeschnappt sein? «Es geht mich ja etwas an, wenn du mir dauernd davon erzählst!»

«Dann soll ich also nicht mehr mit dir sprechen?», schnaubte Kim empört.

Ich schlug mit der Faust auf den Tisch. «Nein! Hör mir einfach zu! Eine Beziehung ist sinnlos! Ihr habt in eurer Ausbildung keine Zeit zum Knutschen und solchen Quatsch!» Ich wusste, ich war zu weit gegangen. Aber sie hatte auch nicht einen Funken Verständnis für mich aufgebracht.

«Du bist so bekloppt!», warf Kim mir vor. Ehe ich etwas erwidern konnte, fuhr sie weiter: «Du lügst, bist eifersüchtig, mischst dich überall ein – hast du eigentlich das Gefühl, die ganze Welt würde sich nur um dich drehen? Wahrscheinlich schon, bei einem ach so wichtigen Vater!»

«Ich kann nichts dafür, welchen Beruf mein Vater ausübt», schoss ich zurück. «Im Gegensatz zu dir hat er es zu etwas gebracht!»

«Du vergisst, dass ich in der Ausbildung weiter bin als du!», entgegnete Kim. «Obwohl du länger im Internat bist.»

«Und ich mich die letzten Monate mit dem Abschluss des Geometriekurses beschäftigt habe, wodurch ich beim Rest nicht mithalten konnte», konterte ich zornig.

«Weißt du was? Lass mich einfach in Frieden», fauchte Kim. Leise fügte sie hinzu: «Und wenn du wissen willst, weshalb du hier bist, schau mal im Keller in deinen Unterlagen nach. Da gibt's was Spannendes zu entdecken.»

Ihre Stimme jagte mir einen Schauer über den Rücken. Was

meinte sie damit? Doch Kim war bereits aufgestanden und stakste zur Tür hinaus. Ich schaufelte unruhig den Rest meines Essens in mich hinein. Unschlüssig überlegte ich, ob ich in den Keller gehen sollte. Oder hatte sie mich nur reinlegen wollen? Doch meine Neugier überwog. Nach dem Essen versicherte ich mich, dass mich niemand beobachtete und schlich die Treppe hinunter. Bei der Kellertür angekommen hielt ich inne. Wollte ich das wirklich? Das hier war verbotenes Terrain für uns Schüler und keiner würde sich freuen, wenn er mich hier entdecken würde. Und ob sich die Tür überhaupt ohne Augenscanner öffnen ließ? Falls nicht, würde ich wieder verschwinden, denn es musste ja niemand wissen, dass ich hier unten gewesen war. Es war düster. Ich tastete mich an der Tür entlang und spürte eine Türklinke. Seltsam. Vorsichtig drückte ich sie hinunter, betrat den Raum und schloss die Türe hinter mir. Es blieb finster, kein automatisches Licht sprang an. Einer Eingebung folgend suchte ich nach einem Lichtschalter, fand einen und drückte ihn.

Gelbliches Licht flutete den Raum.

Erst sah ich nur Staub herumwirbeln und hustete, dann konnte ich erkennen, wo ich war. Ich hatte vieles erwartet, nur nicht eine Halle, die aussah wie eine Bibliothek, wie ich sie vom Geschichtsunterricht kannte. Bücher über Bücher, Ordner über Ordner. Gab es hier Kameras? Ich konnte keine entdecken. Die Regale waren mit Buchstaben beschriftet, nach dem Alphabet. Während ich nach dem L suchte, strich ich mit der Hand an den unzähligen ledernen Buchrücken entlang. Nach dem L suchte ich nach E, A, und H. Leah. Mein Name. Nur ein einziger dunkelroter Ordner befand sich dort. Angespannt zog ich ihn zwischen den anderen hervor. Das Material fühlte sich rau an. Ich öffnete ihn zögernd und erblickte zuvorderst ein dicht mit Wörtern beschriebenes Blatt. Ich hielt gespannt die Luft an. Als ich die ersten Sätze las, wurde mir schwindlig. Meine Gedanken rasten. Das konnte unmöglich etwas anderes als ein schlechter Witz sein. Oder nicht? Ich wusste, es war wahr. Es war Wirklichkeit. Es stand schwarz auf weiß da: Meine Mutter hatte keine Reise angetreten. Finn, mein Vater, hatte sich von ihr getrennt.

Und sie weggeschickt. Ich hatte das Bedürfnis, loszuschreien, denn der Grund war auch aufgeschrieben: Meine Mutter hatte uns, mich und Luke, zurückholen wollen. Sie hatte verlangt, dass wir bei ihr zu Hause leben durften und nicht im Internat. Doch nachdem Finn dafür gesorgt hatte, dass er hinterher das Sorgerecht an sich würde reißen können, musste er sich bloß noch von ihr trennen lassen. Später erst war sie nach Südamerika gereist und in den Umweltkatastrophen ums Leben gekommen. Ich wollte heulen. Doch kein Ton fand den Weg aus mir heraus. Kraftlos sank ich zu Boden. Mein Vater. Ich hatte gewollt, dass er stolz auf mich war. Dass er mich liebte! Stattdessen hatte er mit dem Internat bloß dafür gesorgt, dass ich ihm vom Hals blieb, und meine Mutter hatte nichts bekommen. Doch es machte noch keinen Sinn! Etwas fehlte. Ich wollte gerade die letzten Zeilen lesen, da wurde ich vom Piepsen meines Handys aufgeschreckt. Die Nachmittagsschule hatte begonnen. Ich musste schnellstens hier weg, doch ich musste den Text fertig lesen. Erst zögerte ich, doch dann riss ich das Papier kurzerhand aus dem Ordner und stopfte es in meine kleine Handtasche.

Ich hatte ihn nie fertig gelesen. Erst aus Angst, später, weil ich es einfach vergessen hatte, vergessen wollte, dass da noch mehr war. Ich dachte nicht mehr an die letzten Zeilen des Blatts, als mir Samy, ein kleiner Junge, als Schüler zugeteilt wurde. Ich erinnerte mich nicht daran, als ich von der Mission erfuhr, auf die ich geschickt wurde. Ich wusste nichts davon, als ich mich immer weiter von Kim entfernte und mich stattdessen mit Lucy und Jason, die auch mit auf die Mission kamen, anfreundete. Ich dachte nicht daran, als ich wochenlang für die Mission trainierte.

Und noch immer steckte der Zettel in der kleinen Tasche.

*****

Mir war schlecht. Ich hatte das Fallschirmspringen zwar oft geprobt, doch nie war es mir so unheimlich hoch erschienen. Mein Magen drohte sich umzudrehen, als ich mich zögerlich aus dem Flugzeug lehnte. Meine Finger krallten sich krampfhaft am Türrahmen fest. Ich hatte das Gefühl, alles Gelernte vergessen zu haben. Auf keinen Fall wollte ich mich in diesem Zustand einfach fallen lassen. Was für eine wahnwitzige Idee! Was, wenn der Fallschirm versagte? Der Wind wehte mir die Haare ins Gesicht, was ein äußerst störendes Kitzeln verursachte. Das Dröhnen des Motors war extrem laut. Ich biss mir so fest auf die Lippe, dass es schmerzte, wobei ich erneut an dieser ganzen Sache zweifelte. Wie sollten wir, eine Handvoll Schüler mitten in der Ausbildung, bitteschön eine solche Aufgabe bewältigen? Weshalb wir? Genauso gut hätte man ein Profi-Team aussenden können. Ich meine, ich war begeistert, endlich etwas tun zu können, aber den ganzen Sektor C-4 zu durchkämmen, erschien mir dann doch eine Nummer zu groß für uns.

Ich schob die Grübeleien beiseite, verengte entschlossen die Augen zu Schlitzen und spannte mich an. Wenn ich jetzt nicht sprang, würde ich es nie tun. Kurzerhand stieß ich mich mit aller Kraft ab. Panisch strampelte ich mit Armen und Beinen, wollte nur eins: festen Boden unter den Füßen. Es dauerte ein paar Sekunden, bis ich wieder einen klaren Gedanken fassen konnte. Ich zerrte verzweifelt an der Schnur und der Fallschirm sprang auf. Endlich. Nun konnte ich auch wieder die Augen aufschlagen, die ich unbewusst geschlossen hatte. Orientierungslos wandte ich den Kopf erst nach rechts und links, dann nach unten. Direkt unter mir befand sich der Ausläufer eines großen Sees. Schlecht, sehr schlecht, schoss es mir durch den Kopf. Hektisch begann ich zu steuern. Vor Schreck biss ich mir auf die Zunge, als direkt über mir plötzlich ein kehliges Krächzen ertönte. Ein Seevogel, der mit voller Geschwindigkeit in Richtung Boden donnerte. Ich atmete tief ein, um mich zu beruhigen. Offensichtlich hatte ich mit der Annahme falsch gelegen, dass aus diesem Teil der Erde alle Menschen und auch sämtliche Lebewesen verschwunden waren. Immerhin hatten wir es mit dem berüchtigten C-4 zu tun – einem Landstrich in der Nähe des ehemaligem Rio de Janeiro und dem Sektor, der von den Unwetterkatastrophen am stärksten betroffen gewesen war. Diese hatten den ganzen Kontinent verwüstet. Und gerade deshalb konnte ich mir nicht vorstellen, dass hier tatsächlich wieder Menschen leben sollten, wie ein Pilot der europäischen Regierung gemeldet hatte. Unsere Aufgabe bestand darin, genau dies zu überprüfen. Weshalb auch immer.

Unter mir erstreckte sich kahles, sandiges Hügelland, zu meiner Rechten befand sich der See, dem ich zuvor ausgewichen war. Wie ich jetzt bemerkte, war auch das Meer nicht weit entfernt. Einen größeren Kontrast zu den hohen Schweizer Bergen hätte es fast nicht geben können: die saphirblaue, weite Fläche, die weißen Schaumkronen auf den Wellen, die sich tänzelnd in Richtung Ufer bewegten. Dann berührten meine Füße den Untergrund. Meine Füße gaben vor Erschöpfung unter mir nach und ich plumpste zu Boden. Erleichtert sank ich in den Sand. Als ich auf dem Rücken lag, wurde ich von sämtlicher Spannung der letzten paar Minuten überrollt wie von unbesiegbaren Flutwellen. Ich konnte mich gerade noch davon abhalten, wieder zu zittern. Stattdessen blickte ich konzentriert zum Himmel hoch. War es derselbe wie daheim? Ich wusste, es war dieselbe glühende Sonne – und doch fühlte es sich so fremd an. Furcht überkam mich. Wieso war mein Bruder Luke nicht hier? Er ließ sich nicht so schnell einschüchtern. Ich vermisste ihn. Ich setzte mich rasch auf, weil auch die anderen nun landeten.

«Alles in Ordnung?», erkundigte sich Andy, der Missionsleiter.

Ich schüttelte mir hastig den Sand aus dem T-Shirt und nickte. «Alles klar», versicherte ich mit einem aufgesetzten Lächeln, wobei mir beinahe ein ironisches «Chef» hinterhergerutscht wäre. Es fiel mir schwer, Andy ohne Belustigung zu betrachten. Der junge Mann mit seiner schmächtigen Statur und den strähnigen, rotblonden Haaren ähnelte in meinen Augen eher einem verwegenen Teenager als einem Missionsleiter. Und ich war auch nicht der Meinung, dass er sich besonders für diese Mission eignete – er hatte weder Erfahrung noch das nötige Führungstalent. Es war mir ein Rätsel, wie er an diesen Job gekommen war. Überhaupt war die Konstellation unseres Teams eher merkwürdig: Außer mir und Andy waren da noch Lucy, ein Mädchen mit goldblonden Zöpfen, das ich kaum kannte, Melanie, mit der ich bisher auch kaum zu tun gehabt hatte, und Jason, ein etwas seltsamer Junge mit weißblonden Haaren. Im totalen Kontrast zu seinen Haaren standen seine dunklen, fast schwarzen Augen, mit denen er jetzt seine Umgebung durchdringend musterte.

«Und jetzt? Kriegen wir endlich nützliche Instruktionen?», forderte Melanie, während sie ihre lange, braune Mähne zurückwarf. Ich konnte ihr nur beipflichten: Wir wussten nur, dass irgendwer das VEPA – Vereinigte Europa – vor Eindringlingen im Sektor C-4 in Südamerika gewarnt hatte. Und wir mussten das untersuchen. Es erschien mir ziemlich lächerlich. Was konnten wir fünf denn schon ausrichten? Und sowieso: Was kümmerte es unser Land? Niemand betrat Südamerika, es war das verbotene Land. Und niemand redete mit den Asiaten und den Amerikanern, auch wenn mir der Grund dafür nicht wirklich klar war. Aber es wollte mir ja niemand etwas erklären. Zu schade, dass die einmal so tollen Kommunikationsmittel, wie das Internet, so stark zensiert wurden. Da hatte man sich früher über alles informieren können. Und die Bücher halfen mir auch nicht weiter, die waren verboten.

«Wir müssen einfach den Sektor systematisch durchstreifen und nach Spuren suchen», erläuterte Andy schulterzuckend.

*Wow du Genie, da wäre ich niemals alleine drauf gekommen,* bemerkte ich in Gedanken sarkastisch. Laut fragte ich: «Und wo beginnen wir? Ich meine, C-4 ist nicht gerade ein kleines Gebiet.»

Wieder hob Andy die Schultern. Das war anscheinend seine Lieblingsbeschäftigung.

«Ich würde vorschlagen, zwei von uns gehen vor und kundschaften die Gegend aus», meldete sich Jason zu Wort. «Wir müssen uns von hier nach Süden wenden, wenn ich mich nicht täusche. In ein, zwei Tagen kommen die anderen nach.»

«Wer?», wollte Andy wissen.

«Ich», schlug ich vor.

«Ich gehe mit», stimmte Jason zu. Ich beäugte ihn misstrauisch. Ich wusste nicht was, aber irgendwas an ihm gefiel mir nicht. Vielleicht seine starre Miene, der man keinerlei Gefühle entnehmen konnte? Vielleicht das Glitzern, das in seinen Augen lag? War es Entschlossenheit? Machtgier? Oder gar Wahnsinn? Ich schüttelte energisch den Kopf, um die Gedanken zu vertreiben. Meine Fantasie steigerte sich in etwas hinein. Ich wandte den Blick ab und beobachtete Lucy, die als Einzige noch nichts gesagt hatte. Sie wirkte nachdenklich.

«Leah! Kommst du?» Jasons Worte rissen mich zurück in die Realität.

«Stopp mal!», warf Andy ein. Ich warf ihm einen genervten Blick zu. «Was ist denn jetzt schon wieder?»

«Ich hab noch nicht mal mein Einverständnis gegeben!»

Ich verdrehte die Augen. «Was kann denn schon passieren?»

«Sehr viel! Und ich habe die Verantwortung!», entgegnete Andy. «Es ist gefährlich da drinnen», er deutete vage in Richtung Urwald.

«Ich habe keine Angst», konterte ich.

«Lassen Sie uns doch einfach gehen! Wir werden es schon überleben», mischte Jason sich wieder ein und ich schrak zurück bei der unverhohlenen Verachtung, die in seinen Worten mitschwang.

Hilflos zuckte Andy die Schultern und händigte uns widerwillig einen Kommunikator aus. «Ich erwarte alle zwei Stunden einen Statusbericht inklusive Koordinaten. Bis heute Abend solltet ihr ein paar Kilometer zurückgelegt haben und dann morgen auf uns warten.»

Wortlos machten wir uns mit unserem Gepäck auf den Weg. Ich erkannte nicht, was Jason damit bezwecken wollte – zu zweit konnten wir noch weniger gegen eine mögliche Gefahr ausrichten. Während er, den Blick auf den Navigator auf seinen Bildschirm geheftet, stur geradeaus stapfte, ließ ich meine Gedanken schweifen. Und wieder landeten sie bei meiner Mutter. Mein Vater, Finn, hatte uns erklärt, sie wäre nach Südamerika gereist und in den Naturkatastrophen umgekommen. Seither hatte meines Wissens niemand das verbotene Land betreten. Aber ich fand mich mit dieser Erklärung nicht wirklich ab. Das war unlogisch. Wieso waren wir nicht über Mutters Reise in Kenntnis gesetzt worden? Wir waren im Internat gewesen und hatten unsere Eltern über ein Jahr nicht mehr gesehen. Der Abschied war zu abrupt, zu unangekündigt gekommen. Es war auch gar keiner gewesen. Ich war total unvorbereitet gewesen. Lukes erste Reaktion war Zorn gewesen, im Gegensatz zu meiner Verwirrung. Er hatte getobt. Und er war bis heute jähzornig.

«Dein Haar glänzt so schön golden in der Sonne», bemerkte Jason in die Stille. Ich zuckte zusammen und runzelte irritiert die Stirn. Was hatte das jetzt zu bedeuten? Meine Haare waren braun und stinknormal. Ich erwiderte nichts.

«Ich hoffe, diese Mission wird erfolgreich. Dann kriegen wir Auszeichnungen.»

Was sollten diese Selbstgespräche? Ich fühlte mich unwohl in seiner Gegenwart und wünschte, nicht mit ihm allein zu sein. Unauffällig ließ ich mich etwas zurückfallen und er verfiel auch wieder in Schweigen.

*****

Ich wischte mir den Schweiß von der Stirn. Seit Stunden kämpften wir uns nun durch den Urwald. Bisher hatte ich außer einigen Gesteinsbrocken, abgebrochenen Metallstreben und Glasscherben nicht viel entdeckt, was auf die Stadt hinwies, die hier einmal gewesen war. Und dass das die einzigen Überreste waren, erschien mir höchst unwahrscheinlich.

Die goldene Abendsonne versank langsam hinter dem Horizont und warf vom Blätterdach gesprenkelte Schatten auf den Boden. Es wurde dunkler und das erschwerte das Vorwärtskommen.

Eine Baumgruppe versperrte uns den Weg. Jason versuchte links durchzukommen, weshalb ich absichtlich weiter rechts mein Glück versuchte. Ich schob die großen Blätter zur Seite, aber die Äste waren hier sehr dicht. Ich gab aber nicht sofort auf und drehte mich um. Mit dem Rücken voran versuchte ich mich durch die Äste und Blätter zu schieben. Plötzlich gaben die Äste nach und ich stolperte rückwärts. Dann trat mein Fuß ins Leere. Ich schrie auf, ruderte mit den Armen, bekam etwas Hartes zu fassen. Ich baumelte an einer Hand über einem Abgrund. Eine Schlucht. Ich schluckte, als ich tief unter mir im Düsteren den steinigen Grund ausmachte. Schwindel stieg in mir hoch. Meine Hände waren sofort schweißnass und begannen abzurutschen, da griff eine kräftige Hand nach mir und umschloss mein Handgelenk mit festem Griff.

Jason. Mühelos zog er mich hoch und durch die Blätter zurück, wo ich mich bewegungslos hinkauerte. Es war alles so schnell gegangen – ich hätte keine Chance gehabt, wäre Jason nicht da gewesen. Ich fühlte mich hilflos. Statt Jason zu danken, schlug ich vor, dass wir uns hier ein Nachtlager suchten. Je dunkler es wurde, desto gefährlicher war es, weiterzugehen.

Er willigte ein und wir suchten uns einen geeigneten Baum, wie man uns im Internat in Voraussicht auf die Mission eingetrichtert hatte. Einige Minuten später hatte ich den letzten Statusbericht an Andy abgeschickt und mich in einer Mulde auf einem breiten Ast eingerichtet.

Mama, flüsterte ich in Gedanken, während ich den klaren Himmel betrachtete. Bist du da? Bist du wirklich tot? Oder lebst du noch? Wenn ja – wieso lässt du mich im Stich? Bitte, wenn du nicht tot bist, komm zurück. Ich brauche dich. Ich will nicht allein sein auf dieser Welt. Habe ich es nicht verdient, geliebt zu werden?

Finsternis legte sich sowohl über die Landschaft als auch über mich. Düster führte ich meine Überlegung zu Ende.

Aber Vater ist da offensichtlich anderer Meinung. Ich glaube nicht, dass ich ihm allzu viel bedeute.

# 2. Kapitel

Ich schlug die Augen auf und blinzelte. Ich war nicht einfach so aufgewacht. Ich hatte etwas gehört. Sofort war ich in Alarmbereitschaft. Was war los? Beinahe hatte ich vergessen, dass ich mich auf einem Ast befand, und kam dadurch gefährlich ins Schwanken. Auch Jason saß und rieb sich die Augen. Ich setzte mich kerzengerade auf und meine Augen weiteten sich, als ich unter unserem Baum ein Mädchen in meinem Alter sah. Woher kam sie? Seidiges schwarzes Haar fiel ihr über den Rücken, goldene Augen leuchteten aus einem braun gebrannten Gesicht. Nach kurzem Zögern glitt ich zu Boden. Sie starrte mich an, nachdem ihr Blick Jason nur flüchtig gestreift hatte. Die Intensität ihres Blickes jagte mir einen Schauer über den Rücken. Wieso sah sie mich so an? So, als würde sie mich kennen ... Als hätte sie mich erwartet. Musste ich jetzt auch noch an meiner Denkfähigkeit zweifeln?

«Willkommen. Willkommen im verbotenen Land.»

Ich fuhr zusammen. Hatte sie gerade Deutsch gesprochen? War das eine Prüfung? Eine Falle?

«Wer bist du?» Jasons Frage klang mehr nach einem misstrauischen Zischen, und ich erhaschte aus den Augenwinkeln einen Blick auf seine Hand, die hinter seinem Rücken etwas Dunkles, Glänzendes umklammert hielt. Meine Anspannung verstärkte sich.

«Ich heiße Amelia. Und wer seid ihr?»

Sie hielt dem feindseligen Funkeln aus Jasons Augen gelassen stand.

Ich antwortete nicht.

«Wir haben euch erwartet.»

«Ach ja? Und wie kann das sein?»

«Du begreifst das noch nicht. Du musst noch viel lernen.»

«Halt! Wieso tust du so, als wärst du auf unsere Ankunft vorbereitet gewesen?»

Während Jason mit verschlossener Miene vor sich hinstarrte, sah ich mich heimlich nach einem Fluchtweg um. *Hinterhalt*, dröhnte es in meinem Kopf. Aber ich blieb noch immer stocksteif stehen.

«Ich hatte einen Traum.»

Je mehr sie sagte, desto weniger kapierte ich. Doch jetzt war ich auf etwas anderes aufmerksam geworden. Etwas silbern Glitzerndes, das sich um ihren Hals schmiegte! Eine Kette! Doch was war das – dieser seltsame Anhänger, der daran hing? Ich schauderte erneut. Ich kannte dieses Zeichen, dieses ungleiche Kreuz. Ich hatte es gesehen. Ich wusste nur nicht wo. Aber es bedeutete etwas. Und ich war mir überhaupt nicht sicher, ob es gut war. Wie dem auch sei, damit musste ich mich später befassen.

«Und wo lebst du?», wagte ich mich an ein anderes Thema. Waren sie und ihre Leute vom Piloten gesehen worden?

«Komm mit. Ich zeige es dir.»

Ich rührte mich nicht. Es war sonnenklar, dass sie mich direkt in eine Falle locken wollte!

Amelias Miene wurde herausfordernder, vielleicht auch etwas feindselig und nach einer Weile kehrte sie uns den Rücken zu und ohne ein weiteres Wort zu sagen, verschwand sie zwischen den Bäumen.

Ich war hin und her gerissen.

Für Jason schien es logisch zu sein, ihr zu folgen.

Widerstrebend schloss ich mich ihm an, wenn auch mit einem ungutem Gefühl in der Magengegend. Sollten wir nicht Andy verständigen? Ich verwarf den Gedanken. Der würde uns als Allerletzter helfen können. Also tappten wir hinter dem seltsamen Mädchen her. Falls sie wusste, dass wir hinter ihr waren, ließ sie sich nichts anmerken.

*****

Wenige Minuten später stieg sie auf einen Baumstumpf, hielt sich mit beiden Händen an einem Strick über ihr fest und stieß sich ab. Und weg war sie. Jetzt war ich es, die voran ging. Wenn wir bis hierhin gekommen waren, durften wir sie jetzt nicht aus den Augen lassen. Also schnappte ich mir ebenfalls einen der vielen Stricke, die an einem nahegelegenen Ast festgeknüpft waren, klammerte mich daran fest und flog, hängend an einem langen Drahtseil, zwischen den Bäumen hindurch. Ich versuchte, mein Gesicht zum Schutz vor herunterhängenden Ästen hinter meinen Ellbogen zu verbergen, dafür brannten meine Arme bald wie Feuer. Ich hätte beinahe losgelassen, als sich unter mir der Boden auftat und ich über die Schlucht sauste. Nicht schon wieder! Die Luft flimmerte vor meinen Augen. Als wir schließlich am Ende angekommen waren, war ich heilfroh. Mein Herz hämmerte noch immer mit voller Kraft von innen gegen meinen Brustkorb.

Ohne auf Jason zu warten, schlich ich weiter, wobei mir immer noch schien, als wanke der Boden unter mir. Kaum war ich ein paar Schritte gegangen, endeten die Bäume und ich erreichte eine Felswand, die etliche Meter hoch in den Himmel ragte. Ich blinzelte nach oben – waren die dunklen Flecken etwa Höhleneingänge?

Amelia wartete mit verschränkten Armen vor einer Höhle. Sobald Jason mich eingeholt hatte, schlüpfte sie in eine der Öffnungen. Zögerlich folgte ich ihr und ignorierte Jasons immer finsterer werdenden Blick. Sollte es eine Falle sein, waren wir schon verloren.

Innen erwartete uns ein schlicht eingerichteter Wohnraum – und mittendrin stand eine schon etwas ältere Frau.

«Das ist Saphira, unsere Führerin», stellte Amelia sie vor. Dabei blickte sie uns so finster an, dass sie leicht Jason Konkurrenz machen konnte. Wieso war sie plötzlich so wütend?

«Siehst du jetzt? Es sind bloß zwei. Es waren bestimmt nicht sie gemeint», warf sie Saphira vor. Ich trat einen Schritt vor. «Wir sind fünf. Jason und ich sind vorgegangen.»

«Und trotzdem: Ich traue ihnen nicht. Sie haben so gar nichts Prophetisches an sich», graulte Amelia.

«Prophetisches? Was soll das denn sein? Wir sind auf einer

Mission», erklärte ich.

Amelia wirkte überrascht. «Ihr seid Missionare? Ich dachte, es gäbe keine Christen mehr in Europa!» Während ich nichts kapierte, zerrte mich Jason energisch zurück und entgegnete: «Sind wir auch nicht.» Zu mir gewandt raunte er: «Die sind gefährlich! Du darfst ihnen nicht trauen!»

Christen waren gefährlich? Unter dem Christentum konnte ich mir nur ganz vage etwas vorstellen. Ich wusste, dass ihre Ansichten falsch waren. Aber gefährlich? Etwas blitzte in meinen Gedanken auf – die Kette mit dem Kreuz! Hatte sie etwas damit zu tun? In meinem Kopf rotierte es. Ich war nah dran. Aber ich bekam die Lösung nicht zu fassen. Verwirrt setzte ich zu einer Frage an, doch Jason ließ mich nicht zu Wort kommen. «Was wollt ihr von uns?», fauchte er.

«Das ist schwierig zu erklären. Amelia hat in einem Traum gesehen, dass wir von fünf Reisenden aus Europa gerettet würden. Wir vertrauen auf Jesus, dass er uns Rettung schickt.»

Jason zog ungläubig eine Augenbraue hoch. «Was du nicht sagst.»

«Was für ein Traum? Und wer ist dieser Jesus?», platzte ich heraus.

«Jesus ist Gottes Sohn, der von ihm auf die Erde geschickt wurde.»

Jason schien das amüsant zu finden, denn um seine Mundwinkel zuckte ein spöttisches Lächeln, ich fand das eher frustrierend. Wir hatten zwar tatsächlich Menschen gefunden, aber ich kapierte nach wie vor nicht, was sie von uns wollten. «Und wo ist Jesus jetzt? Hier irgendwo?»

«Nein, er ist zurück im Himmel, bei seinem Vater», erklärte Saphira auf Englisch.

Davon wusste ich nichts. Mir war bisher nur bekannt gewesen, dass die Christen glaubten, es gäbe einen Gott, der im Himmel lebte und die Erde geschaffen hatte, und er würde allen vergeben und sie dann zu sich holen. Ich war mir ziemlich sicher, es würde nicht mehr lange dauern und mein Kopf würde zu qualmen beginnen.

«Wie kann es sein, dass ihr überlebt habt? Das ist nicht möglich!»

Amelia lachte leise auf. «Naja, wahrscheinlich doch, sonst würden wir nicht hier stehen. Jesus hat uns beschützt. Das hat er schon immer getan und das wird er auch immer tun. Aber es ist schwieriger geworden.» Ein dunkler Schatten huschte über ihre Miene und sie wirkte unglücklich. «Seit den Umweltkatastrophen ist es viel schwerer, an Nahrungsmittel heranzukommen. Viele unserer Verbündeten lassen sich nicht mehr blicken. Wir sind hungrig und unsere Elektronik», bei diesem Wort horchte ich auf. Sie benutzten Elektronik? «... lässt zu wünschen übrig. Wir ...», ein bestürzter Ausdruck schlich sich in ihre Augen. «Ach, das alles kann ich euch ein anderes Mal erzählen. Eure Freunde sind angekommen, geht doch zu ihnen raus.»

Ich warf Jason einen verwirrten Blick zu. Er deutete auf seinen Kommunikator, er musste Andy unseren Standort mitgeteilt haben. Mist, hätte er damit nicht warten können?

Amelia indessen ging einfach davon. Bereute sie, dass sie uns so viel erzählt hatte? Aber wieso? Wir konnten ihnen nichts anhaben. Wir waren keine Bedrohung für sie. Oder etwa doch?

*****

Breitbeinig und mit wutentbrannter Miene stellte Andy sich vor uns hin. «Was habt ihr euch eigentlich gedacht? Sobald ihr Menschen trefft, hättet ihr mich informieren müssen! Und einfach mal mit solchen», er sah aus, als würde er gleich auf den Boden spucken, «mit solchen Wahnsinnigen mitzugehen ist gefährlich! Sie hätten euch etwas antun können! Das hätten sie wahrscheinlich auch getan, wären wir später gekommen.» Er schnaubte empört und sah merkwürdig aus, weil sein sonst so fahles Gesicht nun in derselben Farbe wie seine Haare grellrot leuchtete.

Ich vernahm Schritte hinter mir und wirbelte herum. Ein anderer junger Mann stellte sich Andy gegenüber. «Nichts hätten wir getan», erwiderte er gelassen. «Sie wurden bloß willkommen geheißen.»

«Wer bist du? Wie ich sehe, gehörst du auch dieser Sekte an. Du trägst dieses vermaledeite Zeichen um den Hals.»

«Ich bin Johny. Und das ist nicht irgendein Zeichen, sondern das meines Erlösers.»

«Von wegen! Ihr seid alle verflucht!»

«Ich dachte, ihr Europäer glaubt nicht an Fluch und Segen.»

Andy kniff die Lippen zusammen und sein Gesicht verfärbte sich wieder zu käsigem Weiß.

Ich hatte genug gehört und machte mich aus dem Staub. Von meinen Teamkameraden kam mir nur Lucy nach.

«Was willst du?», erkundigte ich mich barsch.

«Mit dir reden. Sind das wirklich Christen?»

«Sie behaupten es jedenfalls.»

«Ich bin erleichtert», fuhr Lucy fort.

Ich blickte sie fragend an.

«Unsere Mission ist erfüllt. Wir melden, dass es Überlebende gibt, und dann können wir wieder nach Hause. Das Christentum ist verboten. Es soll sich die Religionspolizei darum kümmern.»

Ich schnappte nach Luft. Die Tatsache, dass unsere Aufgabe hiermit erledigt war und wir den Rest einem anderen Team überlassen mussten, hatte ich verdrängt. Aber wir konnten doch jetzt nicht einfach abhauen? Und was würde das für diese Menschen bedeuten? Also deswegen war Amelia so abrupt verstummt. Sie wollte nichts preisgeben. Ihr Leben wäre der Preis, würden wir sie verraten. Ich wusste nicht wieso, aber alles in mir sträubte sich gegen die Vorstellung. Wir durften die Menschen hier nicht verraten! Mit keinem Wort! Wir waren erst gerade hier angekommen. Ich musste mehr über sie rausfinden! Was bedeutete das Kreuz? Wieso erschien es mir so vertraut?

«Willst du, dass die hier alle die Todesstrafe erhalten?», entgegnete ich scharf.

«Keine Ahnung. Ich denke, wir wissen noch zu wenig.»

«Dann sollten wir das ändern.»

«Was willst du tun? Sie belauschen?»

Kurz entschlossen nickte ich. Wieso nicht? Wir würden kein Verbrechen begehen. Aber ich musste es wissen. Ich musste das Gefühl ergründen, das mich beim Anblick des Kreuzes überwältigt hatte. Ohne auf Lucys Reaktion zu warten, marschierte ich los.

Die Lichtung vor der Felswand war verlassen. Vor der Höhle hielt ich inne und presste mich an den Stein. War es die Richtige?

«Sie sind eine Gefahr! Sie werden uns verraten! Und wir werden alle mit dem Leben bezahlen!», zischte eine Stimme, die ich nicht kannte. Irgendetwas war komisch an der Stimme. Sie klang … anders. Halt! Es waren die Worte! Das war nicht Deutsch!

«Du musst Vertrauen haben! Jesus wird uns immer beistehen.»

Die Erkenntnis überrollte mich wie eine wogende Flutwelle. Es war eine Fremdsprache, vermutlich die der Christen! Mein Kopf pochte. Wieso verstand ich jedes Wort? Lucy sah mich verwirrt an: «Verstehst du es?»

«Ja», wisperte ich zurück. «Ich erkläre es dir nachher.» Dabei wusste ich nicht mal, wie ich es erklären sollte.

«Aber was, wenn wir uns geirrt haben?», führte die eine Stimme in der Höhle die Diskussion unbeirrt weiter. «Wir müssen ganz sicher sein, bevor wir ihnen vertrauen!»

«Dann schau zu, dass du dir sicher wirst! Geh nach draußen und sieh nach!»

Der Aufforderung folgten dumpfe Schritte und Lucy eilte davon. Ich hätte es ihr gleichtun sollen, doch ich blieb wie angewurzelt stehen. Ich benötigte mehr Antworten. Es war mir egal, ob sie mich entdeckten.

Das Mädchen, das aus dem Höhleneingang trat, hätte ich beinahe mit Amelia verwechselt. Ihre Haare waren zerzaust und etwas kürzer, außerdem waren ihre Augen dunkler als Amelias. Ihre Augen leuchteten kurz auf, als ihr Blick auf meinen traf. War es Misstrauen? Angst?

«Du hast alles verstanden, nicht wahr?»

Es klang mehr wie eine Feststellung als eine Frage. Ich

brauchte nichts zu erwidern.

«Na klar. Komm mit», forderte sie mich auf, und ich folgte ihr schweigend.

«Ich bin Shana», fuhr sie fort. «Und du?»

Auch jetzt wollte ich meinen Namen nicht verraten.

«Du ... bist du Leah?»

Es war kaum mehr als ein Flüstern. Ich erstarrte. Woher wussten sie meinen Namen?

An meiner Reaktion merkte sie wohl, dass sie richtig lag. «Dann bist du wirklich die Richtige. Die aus der Prophezeiung.»

Ein Traum, eine Prophezeiung? Das wirkte auf mich richtig unheimlich. «Ich dachte, Amelias Traum handelt von uns fünf?»

«Ja. Im Traum sah meine Schwester fünf kommen. Aber es gibt eine alte Prophezeiung. Da drin geht es um dich ... Aber sag das bloß niemandem, okay?»

«Okay», versicherte ich ihr. Obwohl ich nicht wusste, was ich da versicherte.

«Was ist eine Prophezeiung? Und wer ist Jesus? Und wieso findet ihr ihn so cool? Und wieso lebt ihr hier? Wie viele seid ihr?»

«Eine Prophezeiung», setzte Shana an, während sie ihren Blick zum Himmel wandern ließ, «ist etwas, was Gott jemandem gesagt hat. Und etwas, das irgendwann eintreffen wird. Jesus ist Gottes Sohn.»

«Seit wann hat Gott eine Frau und Kinder?»

«Hat er nicht. Jesus wurde von Gott auf die Erde geschickt. Um uns zu retten.»

«Weshalb mussten wir gerettet werden?»

«Von unseren Sünden.»

«Aha.» Ich bemühte mich, ein Grinsen zu unterdrücken. «Und wie hat er uns gerettet? Hat er mit einem göttlichen Magneten alle unsere schlechten Gedanken aus unseren Köpfen gezogen, oder wie?»

«Nein. Er ist gestorben.»

Mein Herz setzte für einen Schlag aus.

«*Gestorben?* Gottes Sohn ist *gestorben?*» Ungläubig starrte ich sie an. Sie nickte stumm. Kurz wurde mir schwarz vor Augen, aber ich riss mich zusammen. Und wartete ab. Sie würde doch sicher gleich zugeben, dass das nur ein misslungener Scherz gewesen war? Ich wartete immer noch. Sie tat es nicht.

Wut wallte in mir auf, brodelnde Wut und Unverständnis. «Das ist nicht wahr! Das kann nicht sein! Meine Mutter ist gestorben, aber nicht freiwillig! Sie musste sterben! Ich hätte sie gebraucht», fauchte ich. «Wenn Gott so herzlos ist, kann er mir gestohlen bleiben!»

«Aber Gott hat seinen Sohn wieder auferweckt!»

«Na und?», ich funkelte sie an. «Was bringt mir das? Wenn dieser Gott so mächtig ist, hätte er meine Mutter und meinen kleinen Bruder auch auferwecken können. Ach nein, wahrscheinlich war er sich zu wichtig dafür. Meine Familie ist schließlich ganz durchschnittlich und hat nichts Göttliches.» Ich war stehen geblieben und merkte erst jetzt, dass sich meine Fingernägel so fest in meine Handflächen gegraben hatten, dass es blutete. Doch ich spürte keinen Schmerz.

«Gott liebt alle. Niemand ist ihm unwichtig.»

«Soll das ein Witz sein? Gott ist ein Märchen für die Schwachen! Lass mich bloß in Ruhe damit!» Ohne ein weiteres Wort sprintete ich davon. Ich wollte nichts mehr hören. Es gibt keinen Gott! Er existiert nicht! Es konnte nur falsch sein! Wieso wäre sonst alles so ungerecht? Tränen quollen aus meinen Augen und sprudelten als Tränenbäche meine Wangen hinunter. Ich ließ mich an irgendeinem Baum zu Boden fallen und vergrub mein Gesicht in meinen Händen. Vor meinem inneren Auge zeichneten sich die Umrisse eines Kreuzes ab, schimmernd und leicht.

Und dann durchfuhr mich die Erkenntnis wie ein Blitz. Messerscharf, eiskalt und feuerheiß zugleich. Ich wusste, woher ich das Zeichen kannte. Ich konnte mich *erinnern,* wo ich das Kreuz gesehen hatte. Und wann.

Es hatte um den Hals meiner Mutter gehangen, als ich sie das letzte Mal gesehen hatte. Das letzte Mal, bevor sie dann nach Südamerika gereist und gestorben war.

*****

Die Blätter tanzten im Wind; sie leuchteten in den verschiedensten Grüntönen. Auf beiden Seiten ging vom Baum ein Ast ab. Und auf beiden Seiten saß eine Gestalt, den Rücken gegen den Baumstamm gelehnt. Die linke war ein Mädchen mit braunem, welligem Haar. Es hatte die Beine angezogen und den Kopf in eine andere Richtung gedreht, sodass man das Gesicht nicht sehen konnte. Rechts war es ein Junge mit schwarzen Haaren, der die Beine baumeln ließ und in den Baumwipfel blickte. Als ob er hin- und hergerissen wäre, was er tun sollte. Auch von ihm war nicht alles zu erkennen, doch seine Augen waren von dem schönsten, dunklen Türkisblau, das die Welt je gesehen hatte. Die Farbe ging mir durch Kopf und Herz. Ich schauderte. Das Bild schien mir so real, als würde es sich gleich bewegen. Wer hatte es gemalt? Und warum? Ich begann zu zittern und schlug das Buch, das Shana mir mit einem Stapel anderer überreicht hatte, so heftig zu, dass Staub zwischen den alten Seiten hervorstob. Rasch wandte ich den Blick ab, damit Jason auf keinen Fall meine feuchten Augen bemerkte. Er saß in der Höhle, die Saphira uns zugewiesen hatte, auf seinem Bett und hing am Handy. Wie konnte er? Meine Welt war total aus den Fugen geraten. Ich hatte so viele Fragen und wollte trotzdem niemanden sehen. Auch nur der klitzekleinste Gedanke an Gott ließ den Vulkan in mir wieder losspeien. *Entweder es gibt keinen Gott. Oder er hasst mich.* Sonst hätte er nicht zugelassen, was geschehen war. *Was geschehen war?* Der kleine Fetzen einer Erinnerung stieg in mir hoch. Ein Ordner … Ein Brief … Dann stoppten die Bilder in meinem Kopf. Sollte ich tiefer graben? In mir blinkten tausende Alarmlämpchen auf. Wahrscheinlich sollte ich eher nicht. Es war nichts, was ich wissen musste. Nichts, was ich wissen wollte. Ich konnte mich auch gar nicht daran erinnern. Also war es gar nicht da. Punkt.

Und trotzdem wollte der bittere Nachgeschmack nicht weichen.

«Leute, wir müssen was besprechen.» Ein Schatten fiel in unsere Höhle und Andy, gefolgt von Melanie und Lucy, erschien im Eingang.

Ich zuckte leicht zusammen. Was wollte er? Bitte nicht jetzt, nicht zu diesem Zeitpunkt. Geht weg, lasst mich, kommt später wieder. Ich will allein sein. Ich muss schon mit so vielem fertig werden. Mit mir zum Beispiel, meinen Gedanken und meinen nur teilweise vorhandenen Erinnerungen.

Andy kam unbarmherzig näher und das harte Glänzen in seinen Augen irritierte mich. Hastig schob ich das Buch, das ich zuvor fallen gelassen hatte, mit dem Fuß unter das Bett.

«Wir müssen den Vorgesetzten benachrichtigen», verkündete er. «Weil ...»

«Nein!», fuhr ich mit einer Entschiedenheit dazwischen, die mich selbst überraschte. «Tun wir nicht. Werden wir nicht tun!»

«Wieso sollten wir nicht?», wollte Jason wissen. Seine Augen waren wie üblich zu schmalen Schlitzen zusammengekniffen.

«Siehst du das nicht? Ihr sagt es doch selbst: Sie sind Staatsfeinde! Wenn ihr sie verratet, kommen sie alle um! Wollt ihr das?» Ich sah herausfordernd in die Runde. «Wollt ihr die Schuld an zahllosen Morden tragen?»

«Es geht nicht darum, was wir wollen. Wir müssen! Außerdem tun wir nur unsere Pflicht», widersprach Andy.

Wieso tue ich das? Weshalb verteidige ich sie? Sie haben den Tod verdient. Sie glauben an Märchen. Verbreiten falsche Hoffnungen. Eigentlich dürften sie nicht weiterleben. Doch ein anderer Gedanke blitzte in meinem Kopf auf: Aber sterben? Das haben sie nicht verdient. Sie meinen es gut. Ich kann nicht zulassen, dass ihnen etwas geschieht. Außerdem muss ich noch so vieles in Erfahrung bringen. Über die Kette ...

«Du tust nur deine Pflicht? Tust du die auch, wenn sie dir befehlen, Leute zu erschießen? Könnten sie nämlich! Hast du denn gar kein Herz?», warf ich ihm vor.

Andy schwieg ein paar Sekunden.

Lucy mischte sich ein: «Leah hat recht. Lasst uns abwarten. Wir können immer noch unsere Heimat benachrichtigen, wenn sich die Leute hier als Bedrohung herausstellen. Obwohl ich nicht der Meinung bin, sie wären imstande, irgendjemandem etwas anzutun.»

Andy zupfte an seinem T-Shirt rum.

«Komm schon! Ein paar Tage können wir schon noch rausschlagen, Informationen sammeln, sie ausspionieren … Dann sehen wir weiter.»

Andy seufzte übertrieben, was ziemlich lächerlich klang. «Na gut», gab er sich schließlich geschlagen. «Wir warten ab. Aber es wird uns irgendwann nichts anderes übrig bleiben, als es zu melden.» Damit drehte er sich auf dem Absatz um und verschwand. Wahrscheinlich mit ziemlich beleidigter Miene, aber das war mir gerade ziemlich egal.

«Du kriegst schon immer das, was du willst», stichelte Melanie plötzlich.

«Was hast du denn?»

«Immer muss alles nach deinem Kopf gehen! Du bist so was von egoistisch!», provozierte sie mich.

«Lass mich einfach, ja? Halt die Klappe. Ich brauche dein dummes Geschwafel nicht!», brauste ich auf.

«So empfindlich heute? Und so überheblich! Denk nur daran, wie viel Schiss du hattest, als du im Flugzeug abspringen musstest!»

Ich wäre liebend gerne aufgesprungen und hätte ihr eins in ihre bescheuerte Fresse gegeben. Aber den Gefallen, als heulendes Opfer davonlaufen zu dürfen, gönnte ich ihr nicht. «Verschwinde einfach! Wusstest du übrigens», fuhr ich mit samtener Stimme fort, «dass es in dieser Höhle süße kleine Spinnen und sonstige Insekten gibt? Sie lieben es, dir an den Beinen hoch zu krabbeln. Ach, ist es nicht entzückend?»

Ihre Miene wurde steinhart. «Tut mir leid, liebe Leah, aber dieser Trick funktioniert bei mir leider nicht.» Melanie zuckte scheinbar unbeteiligt die Schultern. «Den kannte ich schon mit vier. Es gibt viel Wirkungsvolleres.» Jetzt lag da eindeutig ein fieser und verschlagener Ausdruck in ihren Augen.

Instinktiv schnellte ich vom Bett hoch und feuerte mit den Augen Blitze in ihre Richtung, was sie nicht im Geringsten zu beeindrucken schien.

«Was hältst du beispielsweise davon, wenn ich auf eigene Faust einen Bericht an das Internat schreibe? Über unseren Fund?» Sie tat, als würde sie über diesen Vorschlag nachdenken. «Ja, das ist eine gute Idee. So mach ich es.»

Jetzt konnte ich mich nicht mehr halten. Mit einem einzigen Schritt war ich direkt vor ihr. Bevor sie auch nur blinzeln konnte, schnellte meine Hand vor und klatschte gegen ihre Wange. Sie schrie auf. Ich erstarrte. Aber ich bereue nichts. Meine linke Hand holte aus und verpasste ihr eine zweite Ohrfeige. Jetzt war auch sie auf den Beinen und kickte in meinen Bauch. Ich stöhnte auf und sank zu Boden. Von dort aus packte ich ihr Bein und zog sie hinunter, um ihr einen Faustschlag in den Bauch zu verpassen. Sie richtete sich auf, packte mich und drückte mich auf den Boden, wo sie mich in einem festen Griff hielt, und so sehr ich es auch versuchte, ich konnte mich nicht befreien. Sie schnürte mir regelrecht die Luft ab und ich begann zu röcheln. Sie ließ nicht ab.

«Da hast du es! Und du bist so was von selbst schuld! Du hast angefangen! Ich hab's dir gezeigt. Leg dich nicht mit mir an. Du bist vielleicht schlauer, hübscher, beliebter – aber *so* eingebildet!»

Sie ist eifersüchtig.

«Aber jetzt hast du es mit deiner Freundin Kim versaut. Sie hasst dich! Und ich auch! Du hast alles, was ich immer wollte! Du hast einen Bruder! Du hast Jungs, die auf dich stehen! Aber du wirst büßen! Du wirst bezahlen! Du wirst …»

Weiter kam sie nicht, denn Jason hatte sich auf sie gestürzt und sie von mir weggezogen. Mit energischen Bewegungen beförderte er sie zum Höhleneingang und befahl ihr, nach unten zu klettern. Was sie dann auch tat, jedoch nicht, ohne mir vorher einen hasserfüllten Blick zuzuwerfen. Ich hätte schwören können, sie hätte am liebsten noch etwas gesagt. Obwohl sie nicht mehr dazu kam, hing der Satz bleischwer in der Luft: «Ich bin noch nicht fertig mit dir, Leah Sommer.»

Ich lag keuchend da und wünschte mich auf den Jupiter oder

den Mars oder in eine andere Galaxie oder einfach ins Nichts. Irgendwohin, nur nicht hierbleiben.

Mein Wunsch ging nicht in Erfüllung. Ich blieb, wo ich war. Und ich fragte mich, wieso Jason das getan hatte. Wieso er mich jetzt so seltsam anschaute? Und vor allem: Wie ich Melanie aufhalten konnte?

Aber wenigstens diese Sorge wurde mir genommen. «Ich kümmere mich darum», versprach Jason, «Ich kann ihre Verbindung kappen.»

Wieso bist du plötzlich so nett? Wieso tust du das? Wieso tut sie das? Was ist los mit euch? Was ist los mit der Welt, in der auf einmal nichts mehr so ist, wie es scheint?

\*\*\*\*\*

Ich schlurfte Amelia und Shana zögernd hinterher, die, wie ich erfahren hatte, Schwestern waren – Amelia etwas älter, Shana ein Jahr jünger als ich. Sie lotsten uns an der Felswand entlang zu einem dichten Busch. Jason und Melanie hinter mir schauten skeptisch, Lucy erwartungsvoll und neugierig. Es sollte eine Art Morgenprogramm sein. «*Youth Church*», wie sie es nannten. Verschlafen rieb ich mir die Augen, ich war fast die ganze Nacht wach gelegen und hatte an die Decke gestarrt. Das Gedankenkreisen hatte mich gefangen genommen und wollte mich nicht loslassen. Ich konnte den eisernen Gitterstäben nicht entfliehen, die sich mir immer in den Weg stellten, wenn ich entwischen wollte. Sie fragten nach dem Warum, nach dem Wie, nach dem Wo und dem Wann. Nach eigentlich allem.

Shana schob ein paar lose Äste beiseite, und zum Vorschein kam ein dunkler Gang. Der Grund war mit groben Sandkörnern übersät. Ich bemerkte aus den Augenwinkeln, wie Lucys Lippen beim Anblick des dunklen Gangs kaum merklich zu beben begangen. Sie versenkte ihre Hände tief in ihren Hosentaschen, konnte mich aber nicht über das Zittern hinwegtäuschen.

«Platzangst?», erkundigte ich mich. Sie nickte leicht. Kurzerhand packte ich ihre Hand und führte sie hinter den anderen her. Sie schloss die Augen und ließ sich von mir leiten. Was erwartete uns am anderen Ende? Erst mal erkannte ich rein gar nichts, weil ich ins grelle Sonnenlicht blinzelte und orientierungslos ein paar Schritte vorwärts taumelte. Allmählich erkannte ich, dass wir uns in einer Art Felsenkessel befanden, einer riesigen Lichtung, umgeben von Felswänden, die rötlich im Licht des Sonnenaufgangs glänzten. In der Mitte ragte ein hoher Baum empor, dessen Äste weit oben eine Art Netz über die ganze Lichtung spannten, deren Schatten Muster auf den von Wurzeln durchzogenen Sandboden warfen.

Dann sog ich scharf die Luft ein – wir waren nicht allein. Auf kleineren Felsblöcken und Wurzeln hatten sich mehrere Dutzend Kinder und Jugendliche versammelt. Nicht im Traum hätte ich gedacht, dass es so viele von ihnen gab – und wenn das die Minderjährigen waren, wie viele Erwachsene musste es dann geben?

Auf Amelias Zeichen setzten wir uns auf eine dicke Wurzel und im nächsten Moment betrat ein junger Mann die Lichtung. Er war muskulös und braun gebrannt, sah jedoch nicht aus wie die anderen hier. Er nickte unserer Gruppe zu. «Hey. Ich bin Kai», stellte er sich uns in einwandfreiem Deutsch vor. «Meine Eltern sind mit mir als Kind aus Deutschland geflohen, deshalb spreche ich beide Sprachen.»

Nun begrüßte er auch die anderen und ich kam gar nicht dazu, ihm zu erklären, dass er mit mir nicht Deutsch zu reden brauchte. Aber vermutlich war es besser, wenn nicht alle wussten, dass ich ihre Sprache verstand.

Ich ließ den Blick über die Jugendlichen auf der Lichtung schweifen. Das erste, was mir auffiel, waren ihre Augen. Leuchtende, mandelförmige Augen in allen Farben: von dunklem Braun über Smaragdgrün bis zu schimmerndem Blau. Das zweite, was ich bemerkte, war, dass die Jugendlichen alle recht dünn waren und fast schon mager wirkten. Es war ja auch ein kleines Wunder, wie so viele Leute unbemerkt von der restlichen Welt in einem verbotenen Land existieren konnten. Und dann fiel mein Blick auf einen Jungen mit gewelltem, schwarzem Haar.

Seine Augen waren dunkel ... Dunkel und türkisfarben. Funkelnd wie Diamanten. Nein! Das konnte nicht wahr sein! War er es? Der Junge von dem Bild, das ich gesehen hatte? Mein Mund stand wahrscheinlich gerade weit offen, doch das kümmerte mich nicht. Alles verschwamm und ich starrte ihn einfach an. Das seltsamste war: Er starrte zurück! Erwiderte meinen Blick mit einer unglaublichen Intensität. Ich zwinkerte verwirrt. Wer war er? Wieso brachte er mich so aus der Fassung? Wieso wollte ich um jeden Preis zu ihm hin, als wäre er ein Magnet? Auch er musterte mich eindringlich. Wieder dieser komische Ausdruck. Als wäre ich niemand Unbekanntes für ihn. Als würde er mich kennen. Ich ihn etwa auch? Ich schluckte schwer und wandte unter Anstrengung meinen Blick ab.

«Heute», verkündete Kai erst auf Deutsch und lenkte mich damit glücklicherweise ab, «werden wir die Geschichte eines Typen namens Saulus hören.» Er wiederholte den Satz in Aräisch. Das war, wie ich herausgefunden hatte, der Name ihrer Sprache.

«Saulus war ein junger Mann. Er war streng jüdisch und kannte nichts anderes. Und er war ehrgeizig.» Wieder sagte Kai dies auch in Aräisch, wobei er immer alles mit übertriebenen Gesten untermalte.

«Er hegte tiefen Groll gegen die Christen. Er glaubte nämlich nicht, dass Jesus der von Gott gesandte Messias war. Er hasste die Leute, die diese angebliche Lüge für die Wahrheit hielten. Er hasste sie aus tiefstem Herzen und er wollte nicht eher Ruhe geben, bis er sie alle ermordet hatte. Saulus war klug und viele der Christen fielen seinen Hetzjagden zum Opfer. Gnadenlos sprang er mit ihnen um. Er war völlig gefühlskalt. Und nun war er wieder einmal mit einem Pferd auf Verfolgungsjagd. Schnell wie der Wind ritt er. Da plötzlich umgab ihn ein gleißend helles, blendendes Licht vom Himmel. Er stürzte und kam schmerzhaft auf dem Boden auf. Er hörte aus dem Nichts eine Stimme. ‹Saul, Saul, warum verfolgst du mich?› Saulus kriegte es mit der Angst zu tun und begann zu zittern. ‹Wer bist du, Herr?›, fragte er. ‹Ich bin Jesus, den du verfolgst!›, antwortete die Stimme. ‹Steh auf und geh in die Stadt. Dort wird man dir sagen, was du tun sollst.›

Saulus war völlig verdattert und auch seine Begleiter waren sprachlos, sie hatten zwar die Stimme gehört, aber niemanden gesehen. Mühsam stand Saulus auf. Er öffnete die Augen – Schwärze. Er konnte nichts mehr sehen! Die Begleiter nahmen ihn an der Hand und führten ihn nach Damaskus. Drei Tage lang war er blind. Saulus war so verwirrt, dass er weder aß noch trank. In Damaskus wohnte ein überzeugter Christ namens Hananias. Jesus erschien diesem in einer Vision und forderte ihn auf, zu einem Saulus aus Tarsus zu gehen und diesen von der Blindheit zu heilen. Zur selben Zeit hatte Saulus eine Vision davon, wie er durch Hananias geheilt werden würde. Doch Hananias dachte noch nicht mal dran. ‹Aber Herr›, wandte er ein, ‹alle meine Freunde und Bekannten erzählen mir dauernd, wie grausam Saulus die Christen in Jerusalem verfolgt. Und er hat eine Vollmacht der Hohepriester, auch hier alle gefangen zu nehmen, die an dich glauben! Ich bin doch nicht lebensmüde!›

Jesus aber ließ nicht locker. ‹Doch, geh! Ich habe diesen Mann dazu auserwählt, mich bei allen Völkern der Erde bekannt zu machen. Dabei wird er erfahren, wie viel er meinetwegen leiden muss.› Hananias gehorchte, wenn auch anfangs recht widerwillig. Er fand Saulus und legte ihm die Hände auf. ‹Bruder Saulus›, sagte er, ‹Jesus, der Herr, der dir unterwegs erschienen ist, hat mich zu dir geschickt, damit du mit dem Heiligen Geist erfüllt wirst und wieder sehen kannst.› Im selben Moment fiel es Saulus wie Schuppen von den Augen und er konnte wieder sehen, im doppelten Sinne. Er konnte jetzt auch die Wahrheit sehen und spüren. Er war so begeistert von Jesus, dass er sich gleich darauf taufen ließ.»

*Taufen?* Was war das bitteschön?

«Aus dem hasserfüllten Verfolger wurde ein Verfolgter. Er begann überall zu verkünden, dass Jesus der Sohn Gottes ist, und er tat dies mit einer starken inneren Überzeugung. Seine Zuhörer waren fassungslos. ‹Ist das nicht der, der alle Anhänger von Jesus unbarmherzig verfolgte?›

Saulus war ein so guter Redner, dass die Juden nach einiger

Zeit beschlossen, ihn zu töten. Saulus erlebte noch viel – doch ich will jetzt einen Satz aus dem Philipperbrief zitieren. Saulus war seines Glaubens wegen im Gefängnis und schrieb Briefe. Und er schrieb: ‹Und hier weiß jeder, und das gilt sogar für die Soldaten der Palastwache, dass ich für Jesus Christus in Ketten liege.› Ich persönlich finde das absolut krass. Saulus, der Christen verfolgte, gefangen nahm und hinrichten ließ, war jetzt aus demselben Grund selbst im Gefängnis. Er war erfüllt vom Heiligen Geist. Es war keine einfache Zeit für Christen, wie auch jetzt. Den Leuten wird weisgemacht, alles wäre okay, und wir seien nur ein lästiges Problem. Sie verfolgen uns, töten uns, und sehr wenige bekennen ihren Glauben. Aber es ist so wichtig, dazu zu stehen und anderen davon zu erzählen, damit auch sie gerettet werden. Jesus selbst fordert uns dazu auf. So lasst uns, liebe Geschwister, die Herausforderung annehmen und mit Jesus gemeinsam für die Gerechtigkeit und die Liebe kämpfen. Denn das ist unsere Mission, deshalb wurden wir geboren: Um die Liebe Christi der ganzen Welt zu verkünden. Wir sind seine Kinder. Stellt euch vor, wie sich ein Vater fühlt, wenn sich seine eigenen Söhne und Töchter gegen ihn stellen? Wenn sie ihn als nichtexistierend bezeichnen oder hassen? Wir werden jetzt Kleingruppen bilden und miteinander diskutieren.»

Die Geschichte hatte mich in ihren Bann gezogen. Fasziniert hatte ich Kais Ausführungen gelauscht. Und das stand in der Bibel? Es klang nicht so unlogisch wie die Geburt Jesu, von der Shana mir gestern Abend erzählt hatte.

Prompt setzte Kai sich neben mich. «Ich nehme an, du hast viele Fragen?»

Ich nickte. «Erst mal, wieso haben sie damals die Christen verfolgt? Die Leute glaubten doch auch an Gott. Glaubten sie nicht an denselben?»

«Doch, schon», erwiderte Kai. «Aber ich will dir eins erklären: Die Bibel besteht ja aus zwei Teilen. Dem Alten und dem Neuen Testament.» Ich wollte seine Erläuterungen irgendwo notieren und da mir nichts Besseres einfiel, zückte ich schließlich mein Buch mit den Übersetzungen. «Im Alten Testament», fuhr Kai fort, «gab es mehrere Prophetien – halt, ich sollte dir wohl mal erklären, was das ist. Also, Gott hatte gewisse auserwählte Menschen, die Propheten genannt wurden. Sie hatten die Aufgabe, Gottes Worte an das Volk weiterzugeben. Denn damals beruhte der Glaube noch nicht ausschließlich auf einer Beziehung zu Gott. Und wenn Gott dann durch einen Propheten gewisse Dinge für die Zukunft versprach, dann waren das Prophetien. Und in diesem Falle prophezeite er, dass er einen Retter schicken würde, sie sagten ihm Messias. Das steht im Alten Testament. Das Neue Testament berichtet dann von Jesus. Wir Christen glauben, dass Jesus der versprochene Retter ist. Doch die religiösen Führer damals glaubten das nicht. Sie sagten, dass der Messias erst noch kommen wird. Und weil sie deren Ansicht für falsch und gefährlich hielten, verfolgten sie die Christen. Deshalb haben sie auch Jesus selbst verfolgt.»

«Aber warum denkt ihr denn, dass Jesus der richtige ist? Ich meine, er hat ja auf voller Linie versagt: Erst musste er in einem Stall zur Welt kommen, dann konnte er die Juden nicht überzeugen und schließlich haben sie ihn getötet. Das klingt ja nicht wirklich nach einem Gott.»

«Da hast du was ziemlich falsch verstanden. Jesus ist nicht, wie die Leute damals dachten, gekommen, um ein irdischer König zu werden. Denn Könige hier auf der Erde sind vergänglich, Gott aber ist ewig. Jesus ist auf die Erde gekommen, um uns von unseren Sünden zu befreien. Wir Menschen machen so viel falsch, dass wir die Schuld nie begleichen könnten. Und jemand musste für diese Schuld bezahlen. Gott liebt uns Menschen so ultra fest, dass er uns das nicht antun wollte. Und so schickte er seinen Sohn. Ich zitiere aus dem Johannesevangelium, Kapitel 3, Vers 16: ‹Denn Gott hat die Menschen so sehr geliebt, dass er seinen einzigen Sohn für sie hergab. Jeder, der an ihn glaubt, wird nicht zugrunde gehen, sondern das ewige Leben haben.› Vers 17: ‹Gott hat nämlich seinen Sohn nicht zu den Menschen gesandt, um über sie Gericht zu halten, sondern um sie zu retten.›»

«Aha», sagte ich bloß. «Aber, wieso versteckt ihr euch hier?

Wieso verkündet ihr nicht eure Botschaft überall?» Ich vermutete, die Antwort bereits zu kennen, doch ich wollte sie nicht wahrhaben. Verzweifelt klammerte ich mich an die Möglichkeit, ich könnte mich irren. Es gab doch sicher auch andere Gründe?

«Ich nehme an, das weißt du. Wir werden ermordet, wenn sie uns entdecken. Niedergemetzelt. Bei vielen von uns macht man sich nicht mal die Mühe, uns nach Wüstenland zu verfrachten, wir werden an Ort und Stelle aus dem Weg geschafft.»

Wüstenland. Ein Gebiet, das, glaube ich, früher Afrika geheißen hat. Seit der letzten großen Krise die Todeszone. Dorthin kommen alle Armen. Alle Alten. Alle Behinderten. Und alle Rebellen. Ein verlorenes Land. Dem Tod geweiht. Ich merkte, dass ich zu schwitzen begonnen hatte. «Ist das wahr?», wisperte ich tonlos.

«Es ist wahr. Und es ist noch nicht alles. Sie spionieren alle aus. Sie lassen die Verdächtigen foltern, bis an die Grenzen des Todes. Aber sie lassen sie nicht sterben. Sie brauchen die Informationen. Wir sind hier eingesperrt. In diesem verbotenen Land. Wenn sie dich erst mal kriegen, hast du verloren. Dann kannst du nichts mehr tun.»

Ich war mit meinen Gedanken in einer Art Tagtraum gefangen. Ich sah etwas vor mir, das ich am liebsten aus meinem Gedächtnis verbannen würde. Ich sah Uniformen. Getragen von stramm marschierenden Soldaten. Sie waren in Südamerika und umzingelten die Felswand. Ich hörte Schüsse. *Maschinengewehre.* Höhnisches Lachen. «Ihr habt keine Chance!» Ich sah Feuer, das sich ausbreitete, hörte gellende Schreie, die bis in mein Mark vordrangen. Vor Todesangst weit aufgerissene Augen. Blut, ganze Blutbäder. *Niedergemetzelt.* Kleine Kinder, von ihren Eltern getrennt, die um Leichen herumstolperten. Und überall dunkle Gestalten, die sich anschlichen und scharfe Klingen zückten. Triumph in ihren Augen, Hohn in ihren Stimmen, Kälte in ihren Herzen. Ein Beben erklang. Es donnerte los. Die Steine kullerten von überall her und überrollten die Zerstörung. Die Soldaten waren gegangen. Und alle, die überlebt hatten, wurden lebendig begraben. Ich schwebte in der Luft, konnte mich nicht

rühren, konnte nicht helfen, war da und trotzdem abwesend.
«Leah? Was ist los?!»
Mit aller Anstrengung riss ich die Augen auf. Ich hatte nicht mitgekriegt, wie ich sie geschlossen hatte. Ich kauerte zusammengeklappt auf dem Boden und zitterte am ganzen Körper.
«Alles okay. Ich bin okay. Ich bin okay», krächzte ich kraftlos. Und dann nahm mich eine ungeheuerliche Energie ein. Meine Beine trugen mich, ohne dass ich etwas damit zu tun hatte. Sie rannten weg, sprinteten durch den Tunnel, führten mich zwischen den Bäumen hindurch, immer weiter, bis die Kraft nachließ und ich zusammenkrachte. Keine Tränen. Kein Schluchzen. Keine salzigen Wasserbäche. Bloß Leere. Und eine wilde, wahnsinnige, krankhafte Entschlossenheit. Ich musste sie davon abhalten. Ich durfte nicht zulassen, dass dieser Albtraum, oder was immer es auch gewesen war, jemals wahr wurde. Ich spürte es mit dem winzigen Stück Bewusstsein, das noch in mir steckte: Wenn ich es nicht verhindern konnte, würde ich mir das nie verzeihen können.

*****

Ich lag auf einer harten Matratze und verdrängte jeden Anflug von Hilflosigkeit. Nichts tun zu können war das Schlimmste. Nichts tun und wissen, dass alles falsch läuft. Eine sonderbare Teilnahmslosigkeit hatte von mir Besitz ergriffen. Ich wurde schläfrig. Im Nichts versinken ... Das war es, was ich wollte. Nicht fühlen. Bloß nicht. Trotz aller Bemühungen musste ich an meine Mutter denken. Meist verbot ich mir das aus Kummer, aber nun konnte ich es nicht verhindern. Wie sehr hätten diese Menschen zu ihr gepasst. Sie hatte auch diese lebendige, offene Art gehabt, war überzeugt gewesen, dass es *immer* noch Hoffnung gab, und sei es nur ein kleiner Funke, der nie erlosch. Ich hätte ihn jetzt gut gebrauchen können, den Funken. Genau dieser war immer in ihren Augen zu sehen gewesen. Bis Milan seinem lebensgefährlichen Fieber erlag. Sein Tod erschien mir unnötig, geradezu lächerlich angesichts der heutigen medizinischen Möglichkeiten. Es war keine unheilbare Krankheit gewesen. Hätten die Ärzte gewollt, hätte der Kleine rasch genesen können. Doch ich hegte einen Verdacht. Einen schrecklichen Verdacht. Aber es war die einzige Erklärung, die Sinn machte. Was ist, wenn die Ärzte ihn absichtlich ... Ich presste die Lippen zusammen, als könnte ich so erreichen, dass diese Ahnung sich als falsch herausstellte.

Jetzt, wo mir einige Dinge über meinen Staat erzählt wurden, hielt ich sie für noch wahrscheinlicher. Die Schweizer waren darauf bedacht, nie eine zu hohe Einwohnerzahl zu haben. Und ich kannte wenige Familien mit mehr als zwei Kindern. Was, wenn es kein Versehen gewesen war? Was, wenn ...

# 3. Kapitel

Der Mann mit den blonden Haaren sprang ruckartig vom Stuhl auf. Die E-Mail war eindeutig gewesen. Er schnappte sich seine Jacke, die er im Gehen überstreifte, und sprang in seine blank polierten Schuhe. In großen Sprüngen raste er die Treppe des schmuddeligen Hotels hinunter, trat aus der Haustür und zog sich seine dunkle Kapuze tief ins Gesicht. Mit seinem Auftrag kam er nicht vom Fleck, doch jetzt beschäftigte ihn etwas anderes. Gehetzt eilte er durch einsame Seitengassen und blickte sich immer wieder prüfend um, bis er in eine vornehmere Gegend kam. Vor einem schwarzen, top modernen Gebäude hielt er inne, um zu Atem zu kommen.

Anschließend blickte er in den neben der Tür eingebauten Scanner. Sofort wurden seine gesamten Daten abgeglichen, und sein hoher Status als Schweizer Agent erlaubte es ihm, zu passieren. Das Haus war innen eher praktisch als vornehm eingerichtet, doch selbst der spärlichen Einrichtung konnte man den Reichtum ansehen. Der Mann hastete eine Treppe hinauf und kümmerte sich nicht darum, dass er mehrmals einen durchsichtigen Personenprüfer durchlief. Dank seiner Ausbildung erkannte er sie zwar sofort, obwohl sie getarnt waren. Aber er wusste, dass ihm niemand Schwierigkeiten bereiten würde. Um jedem Alarm aus dem Weg zu gehen, hielt er sich auf der linken Seite der Treppe. Kein Mensch war zu sehen, doch den Blonden verwunderte dies nicht. Bald darauf war er ganz oben angekommen. Er öffnete die eine Tür mithilfe der Erkennung durch seine Augen und verriegelte sie innen durch einen in seinem Zeigefinger eingebauten Mechanismus. Es war die neuste Technik, und selbst der gewitzteste Spion konnte hier nichts ausrichten. Keins der modernsten Fernhörgeräte durchdrang diese Tür, und mit keinem hochkomplexen elektronischen Schlossknacker war die Tür zu öffnen.

Dahinter verlief der Gang ein paar Meter geradeaus, dann kam wieder eine Tür. Der Mann murmelte in einem verächtlichen Tonfall etwas über altmodisch und durchschaubar, während er sich reckte und den Türrahmen samt der Tür wie eine Klappe kippte. Rasch schlüpfte er durch die Öffnung und diese schloss sich geräuschlos wieder.

Der Mann stand höchst angespannt da und blickte sich um. Es war alles noch dasselbe, nichts hatte sich verändert. Ein kahler, weißer Raum. Er erinnerte sich daran, weshalb er all dies tat. Altbekannte Trauer bäumte sich in ihm auf und wieder drohte er von Reue überwältigt zu werden. Er ballte die Hände zu Fäusten. Dies war nicht der Zeitpunkt, vergeblich Tränen zu vergießen. Trauer war unbrauchbar. Außer man verwandelte sie in Wut, dann war sie eine nützliche Kraftquelle. Der Mann beherrschte diesen Trick inzwischen in- und auswendig, er hatte die letzten Jahre jeden Tag Zeit gehabt, zu trainieren.

Zielstrebig steuerte der Blonde auf eine Ecke zu und stellte sich hin. In der Mitte des Zimmers schob sich ein Sockel aus dem Boden. Darauf lag, unter einem Glasdeckel, ein Handy. Jedoch nicht irgendein Handy – sondern das komplexeste Handy der Welt. Außerdem war es geschützt. Nirgends wurden die hier getätigten Nachrichten und Telefonate aufgezeichnet. Praktisch unmöglich heute, aber es hatte ja auch nicht jeder Zugang zu diesem Gerät. Der Mann hob die Glasplatte an und nahm das Handy in die Hand. Dann wählte er die Kontakte-App, verschaffte sich Zugang zur Geheimagentenliste und suchte die gewünschte Nummer. Nervös tippte er auf «Anrufen» und lauschte ungeduldig, ob endlich die Stimme des Empfängers ertönte. Schließlich meldete sich ein anderer Mann. «Ja? Wer da?»

«Hi Carlos. Hier Finn.»

«Finn?» Carlos klang leicht geschockt. «Lange nichts mehr gesehen und gehört von dir, Kumpel. Was läuft?»

«Das hat dich grundsätzlich nicht zu interessieren», wies Finn ihn ab. «Aber wie du willst: Ich bin gerade irgendwelchen religiösen Rebellen auf den Fersen.»

Sein Gesprächspartner sog scharf die Luft ein, worauf Finn

misstrauisch die Augen verengte. «Aber vergiss es. Ich wollte dich wegen was anderem sprechen.»

«Ja? Also wenn du …»

«Würdest du mich mal bitte ausreden lassen?», herrschte Finn ihn genervt an. «Also. Du bist doch der Überseeflieger der geheimen europäischen Schule, nicht wahr? Mir wurde berichtet, meine Tochter wäre in einer Mission in Südamerika unterwegs. Hast du sie dorthin geflogen?»

«Ja.»

«Stimmt es, dass dort Menschen gesichtet wurden?»

Einer seiner Informanten hatte ihm in einer E-Mail von einem Piloten berichtet, der über Südamerika geflogen war und dabei angeblich im Sektor C-4 Menschen gesichtet hatte. C-4. Niemals hätte Finn gedacht, dass er je wieder von diesem Sektor hören würde – und doch schien das Schicksal es entweder gut mit ihm zu meinen oder ihm einen ganz üblen Streich spielen zu wollen. Ohne dass er es verhindern konnte, spürte er, wie ein Funke Hoffnung in ihm zum Leben erwachte.

«Es gibt nach wie vor keine Beweise. Aber wieso willst du das wissen?»

Der ist vielleicht neugierig, dachte Finn, zu neugierig. Ich werde ihm garantiert nicht sagen, dass ich die Möglichkeit in Betracht ziehe, dass meine Frau noch lebt. Es geht niemanden etwas an. Aber ich brauche sie. Sie gehört mir, egal was dieser vermaledeite …

Finn riss sich aus seinen düsteren Gedanken, bevor sie ihn überwältigen konnten.

Er ignorierte Carlos Frage und wollte wissen: «Was weiß man denn schon darüber? Ich meine, wie viele Leute wurden gesichtet, wo, und weshalb gibt es keine Beweise?»

Auch Carlos klang jetzt misstrauischer. «Woher soll ich das wissen? Ich habe keine Hintergrundinformationen gekriegt. Frag am besten deine Tochter. Und jetzt musst du mich entschuldigen. Ich habe zu tun.» Damit beendete Carlos ihr Gespräch.

Verärgert ballte Finn, der blonde Mann, die Fäuste, und

dachte nur noch eins: Falls seine Frau tatsächlich noch lebte, würde er alles tun, um sie zu finden.

*****

Ich schlenderte neben Shana der Felswand entlang. Ich tat es, weil ich nichts Besseres zu tun hatte und Ablenkung sehr dringend nötig hatte. Am Himmel zogen Regenwolken auf und es wurde düster, obwohl es erst Nachmittag war. Eine leichte Brise fuhr durch unsere Haare.

«Sieht aus, als würde es heute noch regnen. Seltsam – das tut es nur selten in Rio», meinte Shana.

«*Rio*? Was ist das denn?»

«Ach, so nennen wir die Umgebung hier», erklärte sie.

«Rio», murmelte ich leise. Der Name erinnerte mich an etwas. Dann fiel mir plötzlich eine Geografielektion ein, die wir vor ein paar Wochen gehabt hatten. «So wie Rio de Janeiro, die Stadt?»

«Ja, genau, danach wurde der Ort benannt.»

«Wieso? Lag die früher hier?» Ich musterte überrascht die Umgebung, in der Erwartung, gleich irgendwo riesige Ruinenflächen zu sehen. Den Namen hatte ich mir in der Schule gemerkt, als wir uns eine Liste der früheren größten Städte angeschaut hatten. Dass sie hier lag, damit hätte ich nicht gerechnet – den Standort der Städte hatten wir nicht gelernt.

Shana, der mein neugieriger Blick nicht entgangen war, quittierte diesen mit einem Lachen. «Nein, natürlich nicht. Dann wäre hier alles voller Ruinen der Stadt oder der Vororte. Ich weiß nicht, wo genau Rio de Janeiro liegt – sicher einige Dutzend Kilometer entfernt.»

«Und weshalb dann dieser Name?»

«Ich glaube, derjenige, der damals die Felswand mit den Höhlen entdeckt hatte, kam ursprünglich aus Rio. Und weil er seine Heimat vermisste, hat er kurzerhand sein neues Zuhause danach benannt.»

«Ach so.» In Gedanken war ich immer noch bei den Ruinen

von Rio de Janeiro und wie sie wohl aussahen. Ich hatte noch nie eine zerstörte Stadt gesehen – ob ich wohl je dazu kommen würde?

«Weißt du was», schlug Shana auf einmal vor, «lass uns reiten gehen.»

«Aber das kann ich doch gar nicht!», wehrte ich überrumpelt ab.

«Genau deshalb. Ich sage dir, du verpasst was!»

«Ja, aber», ich biss mir auf die Lippen, «ich habe Angst.»

«Ach, wir werden schon zusehen, dass dir nichts passiert», beharrte Shana unbekümmert.

«Na gut», ich nickte, wollte ich doch kein Schwächling sein. Aber beim Anblick der großen, majestätischen Tiere begannen meine Beine weich wie Wackelpudding zu werden.

Die Pferde befanden sich auf einer von Bäumen gesäumten Lichtung in der Nähe der Felswand. Von Baum zu Baum spannten sich Stricke, auf die Shana jetzt unbekümmert zuging und sie löste. Mit einem Wink bedeutete sie mir, ihr zu folgen. Zögernd spähte ich zwischen den Ästen und Zweigen hindurch, während Shana die Pferde mit liebevollem Gemurmel begrüßte. Dann begab sie sich zielstrebig zu zwei jungen Pferden und griff in ihre Blusentasche. Heraus holte sie eine Handvoll Zuckerwürfel, die sie den Pferden jetzt auf flacher Hand entgegenstreckte. Diese ließen es sich nicht zweimal anbieten. Ich wunderte mich. Wie konnte man bloß den sonst schon so raren Zucker an Tiere verfüttern? Nun schob Shana die Pferde sanft zu mir hin. Rasch trat ich einen Schritt zurück.

«Das sind zwei junge Hengste. Zuni», sie deutete auf einen braun-weiß gefleckten, «und Tarim.» Sie tätschelte dem anderen, rabenschwarzen Hengst, den Hals. «Mit dem kannst du reiten. Zuni ist meiner.»

Ehrfürchtig betrachtete ich Tarim, sein glänzendes Fell, die muskulösen Beine.

«Steig auf!», forderte Shana mich auf. Ich zog zweifelnd die Stirn kraus. Woher nahm sie bloß das ganze unbegründete Vertrauen in mich? Ich hatte das nie gelernt. Doch ich sagte nichts und musterte Tarim weiter, während ich mir überlegte, wie ich aufsteigen sollte. Schließlich stellte ich mich nah an ihn heran. Er schnaubte ungeduldig. Ich legte die Hände auf seinen Rücken, stieß mich kraftvoll ab und schwang mein rechtes Bein über seinen Rücken. Beinahe wäre ich auf der anderen Seite wieder heruntergerutscht, gerade noch konnte ich mich halten. Tarim schwang ungestüm den Kopf nach links Richtung Dschungel und trabte los. Ich wurde in die Luft geworfen und landete hart auf dem Pferderücken. Ich schnappte nach Luft und schlang meine Arme fester um seinen Hals. Dann drehte ich mich zu Shana um. «Wie kann ich ihn lenken?»

«Er muss dich spüren. Bleibe entspannt, passe dich seinen Bewegungen an. Gib leichten Druck. Aber eigentlich sollte er dich leiten. Du musst gar nicht groß lenken.» Shana saß seelenruhig auf Zuni.

Okay. Ich versuchte, mich zu entspannen. Dann drückte ich mit beiden Beinen sanft nach innen. Augenblicklich machte Tarim einen Satz nach vorne und gleich noch einen. Er drehte sich einmal im Kreis und galoppierte dann los. Ein erschrockener Fluch entwischte meinen Lippen. Das war nicht geplant gewesen. Der Wald flitzte zu beiden Seiten an mir vorbei, wobei ich mir vorkam wie in einem Film, der vorgespult wurde. Nach wenigen Sekunden hatte ich die Orientierung verloren. Ich legte mich flach auf den Bauch und schlang meine Arme um Tarim und bekam es mit der Angst zu tun. Ich konnte mich nicht richtig halten, was, wenn ich fallen würde? Ich hätte dieses wahnsinnige Tier nie besteigen dürfen. Mein Körper schmerzte und es kostete mich extreme Anstrengung, mich oben zu halten. Lange würde ich das nicht mehr durchhalten. Das Rauschen des Windes vermischte sich mit meinen Hilferufen. Ich atmete flach, meine Handflächen waren ganz wund und das Einzige, was ich noch verspürte, war eine alles aufsaugende Panik.

Dann nahm ich aus den Augenwinkeln wahr, wie der Himmel erst dunkelgrau und dann schwarz wurde – schließlich begann es wie aus Kübeln zu regnen. Die Kleidung klebte mir auf der Haut. Auch Tarim unter mir schien es ungemütlich zu werden, er galoppierte nicht wie zuvor schnurgeradeaus, sondern zog einige große Bogen.

Plötzlich blitzte weit vorne zwischen den Bäumen etwas auf. Jemand stand da und blickte in unsere Richtung.

Tarim machte keine Anstalten, sein Tempo zu drosseln. Und trotzdem bewegte sich derjenige dort vorne keinen Millimeter von der Stelle. Es war ein Junge. Wachsam schaute er zu, wie wir auf ihn zu galoppierten. Gerade noch rechtzeitig hob er seine linke Hand. Sein gestreckter Arm wies gegen den dunklen Himmel, und Tarim bäumte sich in letzter Sekunde auf. Seine wirbelnden Hufe waren gefährlich nahe an dem Gesicht des Jungen, was diesen jedoch nicht zu interessieren schien. Tarim erhob sich senkrecht in die Luft und ich wurde rückwärts in Richtung Boden katapultiert. Ich landete in den tief liegenden Ästen eines Baums und holte mir ein paar brennende Schrammen, bis ich nach unten auf den Boden rutschte.

Alle meine Knochen waren heil, soweit ich das beurteilen konnte. Doch ich fühlte mich unglaublich ausgelaugt. Jeglicher Kräfte beraubt, lag ich mit dem Gesicht auf dem Boden. Deswegen konnte ich den Jungen auch nicht sehen, aber ich wusste, wer er war. Die türkisblauen Augen konnte man nicht vergessen. Sie hatten mich schon heute Morgen so unglaublich fasziniert und wieder war jenes sonderbare Band, dieselbe Verbindung beinahe greifbar.

Als ich mich endlich aufrichtete, hatte er mir den Rücken zugewandt und streichelte zärtlich über Tarims Nüstern. Mich beachtete er nicht. *Na gut*, dachte ich trotzig, lehnte mich an einen Baumstamm und verschränkte die Arme. *Wäre ja eine absurde Idee gewesen, kurz nachzuschauen, wie das Mädchen aus der Schweiz nach dem Sturz aussieht. Vollkommen überflüssig. Ich muss dann wohl warten, bis er sich wieder an mich erinnert.*

Meine Haare hingen in nassen Strähnen in mein Gesicht, meine Kleidung war patschnass und ich fror, konnte mich jedoch nicht dazu überwinden, ihn anzusprechen. Irgendwie wollte ich wissen, wie lange es noch dauern würde, bis er selber darauf kam, und was er dann tun würde.

Endlich drehte er den Kopf in meine Richtung. Ohne etwas zu sagen, blickte er mir in die Augen. Ich erwiderte den Blick. Was der konnte, konnte ich schon lange. Es regnete noch immer, und die Wassertropfen liefen an seinen schwarzen Haaren wie kleine Perlen entlang nach unten. Seine Augen funkelten mit der Leuchtkraft zweier Juwelen. Wahrscheinlich hätte ich, selbst wenn ich es gewollt hätte, nicht wegschauen können. Dann streckte er mir seine Hand entgegen. Unfähig, einen klaren Gedanken zu fassen, ergriff ich sie. Er zog mich in einem Schwung hoch und löste sich gleich wieder von mir. Das aber auch nur, um wortlos Tarim zu besteigen. Er reichte mir den Arm, um mir hinter sich auf den Pferderücken zu helfen.

Tarim setzte sich in Bewegung, obschon ich keinerlei Befehl von dem Jungen wahrgenommen hatte. Der Hengst wurde schneller und fiel schließlich in einen leichten Galopp. Ich kam ins Rutschen. Da packte der Junge meine Hände und schloss sie um seinen Bauch.

*Was tu ich da eigentlich?*, schoss es mir durch den Kopf. Und wo wohl Shana abgeblieben war? Ob sie mich suchte? Irgendwie kam mir das Geschehen seltsam vor, als ob es vorherbestimmt war. Als ich gegen den Himmel sah, bemerkte ich, dass sich die Sturmwolken allmählich lichteten. Sie ließen zaghaft die ersten Sonnenstrahlen zu uns durch. Überall am Boden hatten sich kleinere und größere Wasserlachen gebildet, die das Sonnenlicht spiegelten. Die Landschaft war mit lauter hellen Flecken gesprenkelt. Bald entdeckte ich über den Baumkronen die Silhouette der Felswand. Ich hörte auf einmal Schritte und Stimmen, da sah ich auch schon Shana zusammen mit einem Mädchen, das ich noch nicht kannte. Es hatte dunkelbraunes Haar und grüne Augen und wirkte erstaunt, als es mich und den Jungen auf Tarim bemerkte. «Hier bist du!», rief Shana aus. «Wir haben dich überall gesucht, aber du warst wie vom Erdboden verschluckt!»

Rasch glitt ich zu Boden. «Der dumme Hengst ist durchgebrannt und hat mich abgeworfen, als wir ihn da erreichten», berichtete ich mit leicht sarkastischem Unterton und deutete auf den Jungen.

«Ja, Tarim hat Temperament», ein Grinsen schlich sich auf Shanas Gesicht.

Ich hingegen fand es nicht sehr lustig. «Wer ist der Junge überhaupt?»

«Ich kann dir nicht sagen, wie er heißt. Er spricht nämlich kein Wort. Auf jeden Fall ist er vor vier Jahren, kurz nach den Naturkatastrophen, zum ersten Mal hier aufgetaucht – und hat sich gleich wieder aus dem Staub gemacht. Aber seither ist er mehrere Male aufgekreuzt und kommt zuweilen sogar auf die Lichtung. Wir vermuten, dass seine Familie ums Leben gekommen ist. Was für ein Zufall, dass du ihm begegnet bist!»

Ich hob skeptisch eine Augenbraue. *Zufall?* So war es mir nicht vorgekommen. Eher, als hätte er auf mich gewartet. «Ihr lasst ihn einfach so alleine leben? Ist er euch denn egal?»

«Sicher nicht! Aber er lässt niemanden an sich ran. Würde er wollen, würden wir ihm jederzeit einen Unterschlupf zur Verfügung stellen. Aber er gibt nichts preis, wir kennen ihn nicht.»

Ich suchte in ihren Augen nach dem kleinsten Anzeichen, dass sie log. Obwohl ich nichts fand, wusste ich, dass es so war. Sie wussten mehr über ihn, als sie mir verraten wollte. Sonst hätten sie ihn nicht in einem ihrer Bücher gezeichnet. Aber ich glaubte nicht, dass ich gerade jetzt etwas aus Shana rauskriegen würde.

Ich drehte mich zu dem Jungen um. Auch er war vom Pferd gesprungen und blieb regungslos stehen. Wir schauten uns in die Augen. Ich fröstelte. Was hatte es auf sich mit dem Jungen? Weshalb fühlte es sich so an, als ob ich ihn schon lange kennen würde? Es war mir nicht geheuer. Dann kehrte er mir wieder den Rücken zu und schlenderte in den dichten Urwald zurück. Seine Stoffhosen waren bis zum Knie hochgekrempelt, und mir fiel erst jetzt auf, dass er barfuß war. Hinter mir flüsterte das Mädchen etwas. Shana nickte mir zu: «Sorry Leah, aber wir müssen noch was erledigen. Wir nehmen Tarim gleich mit.»

Und weg waren sie.

Verärgert stapfte ich zur Felswand. Mich wollten sie nicht. Also suchte ich nach Lucy – mir fiel auf, dass wir uns seit der Ankunft hier fast nicht mehr gesprochen hatten. Ich fand sie in unserer Höhle, zusammen mit Amelia. Ich kam nicht mal dazu, sie anzusprechen, denn ich machte im schattigen hinteren Teil der Höhle Melanie aus, die mich mit einem scheinbar gleichgültigen Blick bedachte. Augenblicklich ballte ich meine Hände zu Fäusten und drehte mich auf dem Absatz um.

Ohne genau zu wissen, auf was ich zusteuerte, kletterte ich. die Felswand hoch. Ich erklomm Meter um Meter. Nur einmal warf ich einen kurzen Blick nach unten und bereute es sofort, da ich mich in schwindelerregender Höhe befand. Meine Höhenangst machte sich bemerkbar und meine Beine begannen zu schlottern. Ich zog mich das letzte Stück keuchend hoch und erreichte eine steinige Fläche, auf der ich mich hinsetzte. Wie sollte ich wieder runterkommen? Wollte ich das überhaupt? Was war los mit mir? Wieso funktionierte mein Gehirn nicht mehr, seit ich den Jungen gesehen hatte? Was passierte mit meinem Herzen, das sich abwechslungsweise in einen schmerzenden Klumpen und eine stechende Kralle verwandelte?

Ruhelos sah ich mich um. Er war nicht da, natürlich nicht, wie auch? Wieso fühlte ich trotzdem seine Gegenwart? Diese Spannung, die in der Luft lag und meine Gedanken vernebelte? Es versetzte mir einen Stich, denken zu müssen, dass er eigentlich mein Feind war.

Ich schweifte wieder ab.

Woher kommt bloß dieses sonderbare Band zu ihm? Wieso läuft mir immer ein Schauer über den Rücken, wenn ich in seine Augen blicke? Weshalb kann er mir nicht einfach egal sein? Ich kenne ihn nicht. Ich habe ihn vor ein paar Stunden das erste Mal gesehen. Er ist hübsch, na und? Er ist so rätselhaft. Sie sagen, er spricht kein Wort. Ob er wohl einfach stumm ist? Vielleicht hat er ein Trauma, wegen des Verlusts seiner Familie? Wo lebt er? Wie hat er überlebt?

Und wieso existiert in mir der unterschwellige Wunsch, ihn besser kennenzulernen? Ich habe ihn nie zuvor gesehen. Warum beschäftigt mich dauernd der Gedanke an ihn? Ist er auch Christ? Könnte sein. Oder auch nicht. Hoffentlich nicht. Ich könnte es nicht ertragen, würde er an einen Gott glauben, der sich um niemanden kümmerte. Oder zumindest nicht um alle.

Gott hat die Christen beschützt. Das muss er gewesen sein. Es kann kein Zufall gewesen sein. Aber um mich zu überzeugen, fehlte noch so einiges. Ich meine, es macht alles keinen Sinn. Wieso hat er uns alle auf diese vermaledeite Erde geschickt? Um uns zu quälen? Und wenn er doch so mächtig ist, wieso hilft er dann nicht allen? Wieso schafft er nicht einfach alle Krankheiten aus dem Weg? Er könnte es doch. Und wieso hab ich ihn bisher nie gespürt? Wieso zeigt er sich mir nicht, wenn er will, dass ich an ihn glaube? Die ganze Geschichte mit dem Kreuz und der Erlösung scheint mir so unendlich weit hergeholt. Na klar, es hat etwas Tröstendes, aber das Naheliegendste ist doch, dass sich das irgendwer ausgedacht hat, der in einer genauso miesen Lage war wie ich. Das kann ich verstehen, es hat schon etwas Verlockendes. Aber so einfach kommt Gott nicht an mein Herz ran. Das ist geschützt. Sonst würde es dauernd zerbrechen. Gott muss ziemlich Ausdauer beweisen, wenn er meine Barrikaden durchbrechen will. Soll er es doch versuchen. Mal sehen, wie weit er kommt.

Ich schob die Überlegungen beiseite, als ich lautes Keuchen hörte. Kurz darauf erschien Lucys goldblonder Haarschopf am Abgrund der Felswand.

«Leah, du musst unbedingt kommen. Jason und Julio haben so richtig krassen Zoff. Gleich prügeln sie sich! Und ich traue es beiden zu, den anderen zu verletzen!»

Wer war Julio? Der Junge, den ich heute Morgen mit Lucy hatte reden sehen?

Egal. Ich hatte zwar keinen blassen Schimmer, was ich anstellen würde, aber die Zeit drängte. Voller Sorge schlitterte ich links von der Felswand den Hang hinunter, ohne darauf zu achten, dass ich abstürzen könnte. «Wo?», wollte ich von Lucy wissen, die hinter mir hergeeilt war. Sie übernahm die Führung und stürmte in den Urwald.

Bald schon hörte ich laute Stimmen. Wir erreichten einen hohen Baum und machten Halt. Ich spähte zwischen den Zweigen hindurch. Jason und Julio standen sich wie zwei Arenakämpfer gegenüber, die Augen zu schmalen Schlitzen zusammengekniffen, die Fäuste geballt. Julio hatte braune Locken und grün leuchtende Augen. Ja, ich hatte ihn eindeutig auch schon gesehen.

Jason brüllte irgendwas auf Englisch und Julio revanchierte sich sogleich mit irgendwas, was Jason auf jeden Fall noch mehr reizte. Er trat einen Schritt näher an seinen Rivalen heran und spuckte ihm die nächsten Worte beinahe ins Gesicht. Bedauerlicherweise verstand ich rein gar nichts. Entweder hatten mich sämtliche Englischkenntnisse im Stich gelassen oder die beiden sprachen in einem unverständlichen Dialekt. Auf jeden Fall waren die Kanonen geladen und brauchten bloß noch einen klitzekleinen Zünder, um total durchzubrennen und abzufeuern. Die Gegner standen bis aufs Äußerste angespannt da. Jason presste die Lippen zusammen und starrte Julio verachtend an. Mir wurde schlagartig bewusst, dass er bei einem Kampf keine Chance haben würde. Trotz unserem intensiven Training in der Schweiz schienen diese Jugendlichen eine um vieles bessere Taktik zu kennen. Julio zischte ihm genau zwei Worte zu. Zwei Worte, die das mit brodelnd heißer Wut gefüllte Fass endgültig zum Überlaufen brachten. Ohne Vorwarnung holte Jason blitzschnell aus und im nächsten Augenblick landete er eine knallharte Ohrfeige bei Julio. Ich sog scharf die Luft ein. Ein gefährliches Blitzen zuckte durch Julios Augen. Bevor ich irgendwas hätte tun können, lag Jason auf dem Boden. Er zerkratzte Julios Arm und dieser ließ kurz von ihm ab. Jason rappelte sich auf und vollführte einen schwungvollen Kick. Julio duckte sich. Jason kam aus dem Gleichgewicht und als Julio sein Bein packte, befand sich Jason gleich wieder im Dreck. Da sah ich, wie seine Faust mit unglaublicher Kraft durch die Luft auf Julios Kinn zu sauste. Auch dieser hatte es bemerkt und rollte sich zur Seite.

Doch er hatte nicht damit gerechnet, dass es nur ein Scheinangriff war. Der zweite Schlag war ein hinterhältiger Zug, den Julio gar nicht bemerken konnte. Reflexartig schnellte ich aus der Deckung und blockte Jason ab. Völlig verblüfft starrte er mich an. «Was tust du?»

«Nach was sieht´s denn aus? Dich davon abhalten, ihm ein paar Knochen zu brechen?»

«Geht´s dich was an?»

Ich schüttelte den Kopf. Spinner.

Im selben Moment erschien ein vor Zorn hochroter Andy auf dem Kampfplatz. Fluchend sah er sich nach den Kontrahenten um und wies sie scharf zurecht – richtete sich aber mehr an Julio als an Jason, der nun nichts mehr sagte.

Als Andy fertig war, verschwand er wieder, Jason heftete sich gehorsam an seine Fersen. Einem Impuls folgend, schlich ich hinterher und hielt abrupt inne, als ich Andy hörte. «Ich weiß, dass du recht hattest. Aber wir können uns das nicht leisten, Jason. Willst du, dass sie uns rausschmeißen, bevor wir mehr herausgefunden haben? Wenn ich eine Beförderung und du eine Auszeichnung willst, müssen wir uns bis zum entscheidenden Zeitpunkt im Hintergrund halten. Und wenn wir zuschlagen, werden sie geliefert sein!» Verachtung und Vorfreude schwangen in der Ankündigung mit.

Vor Schreck stolperte ich rückwärts. Ich konnte nicht fassen, was ich eben mitgekriegt hatte. *Nun*, meldete sich eine leise Stimme in mir, *wenn ich schon nicht überzeugt bin, sind sie es erst recht nicht. Und sie planen etwas ganz und gar Hinterhältiges.* Ich sah plötzlich meinen Albtraum mit den vielen ermordeten Menschen wieder vor mir. *Ich muss sie aufhalten!*

Aber sie durften mich auf keinen Fall beim Lauschen erwischen. Mir war schlecht. Hier ging es um Leben und Tod. Angestrengt richtete ich meine Konzentration auf das, was zu tun war und schloss für einen Moment die Augen. Dann wirbelte ich herum und rannte zurück zu Lucy. Zu dieser hatte sich auch Melanie gesellt und zischte ihr was zu. Hatte sie dem Kampf etwa auch zugesehen? Das war schlecht. Sie hätte nicht sehen sollen, wie ich mich für Julio gewehrt hatte. Sie würde das womöglich gegen mich verwenden. Aber ich durfte mich jetzt nicht ablenken lassen. «Melanie», drängte ich, «wann bist du dazugekommen?»

«Geht´s dich was an?»

«Ja!», explodierte ich. «Ja, es geht mich was an! Wir sind gemeinsam auf Mission! Wenn du mich hasst, heißt das noch lange nicht, dass wir nichts mehr miteinander zu tun haben werden, so leid mir das auch tut!»

«Wenn´s dir so wichtig ist – ich mag ihn.»

«Du magst ihn? Jason? Also so richtig … mögen?»

«Ja.»

Verblüfft starrte ich sie an. War es das? War sie frustriert, weil er sie nicht beachtete? «Und wo ist das Problem?»

«Wo ist das Problem? Wo ist das Problem?», äffte sie mich nach. «Willst du´s etwa noch offensichtlicher?»

«Ich kapier gerade nix.»

«Mann! Er steht auf dich!»

«Auf *mich?*» Und jetzt fiel es mir wie Schuppen von den Augen. Die vielen Blicke von ihm, dass er immer neben mir laufen wollte, dass er sich sofort gemeldet hatte, um mit mir vorzugehen. – Wie dumm musste man sein. Er war plötzlich so nett geworden, als er mit mir gesprochen hatte. Er hatte mich vor Melanie verteidigt. Und sie zurückgewiesen. Ach, nicht das auch noch! «Mag sein. Aber ich find nicht viel an ihm», bekannte ich.

«Großer Trost, echt, danke. Als ob mir das was nützen würde.»

Ich zuckte hilflos die Schultern. Was sollte ich denn tun? Ich war mal wieder schuld.

Melanie wandte mir den Rücken zu, warf ihre Haare in den Nacken und stolzierte davon.

«Und du, Lucy?», setzte ich an.

«Vergiss es! Ich hasse Jason! Egal, auf wen er steht, er hat kein Recht, auf Julio loszugehen!»

«Warum interessiert dich das?»

«Julio wollte mich zu einem See mitnehmen. Jason hat sich

uns in den Weg gestellt und Julio einen Verräter genannt. Und dann haben sie zu streiten begonnen.»

Na toll. Ging's auch noch komplizierter? War Lucy jetzt auch noch in diesen Julio verliebt? Und Melanie in Jason. Und Jason in mich. Und ich ... Das vernehmliche Knurren meines Magens riss mich gerade rechtzeitig aus meinen Gedanken. Wann hatte ich das letzte Mal etwas gegessen?

*****

Mitten in der Nacht schlug ich die Augen auf. Mir war, als hätte ich etwas gehört. Ich lauschte – und vernahm nichts. Aber da musste irgendwas sein! Ganz sicher! Ich kroch leise unter der Decke hervor. Die Vorhänge zu den anderen waren zugezogen, von überall her ertönten ruhige Atemgeräusche. Also tappte ich zum Vorhang vor dem Eingang und zog ihn beiseite. Beinahe wäre ich über den Jungen gestolpert, der mit angezogenen Knien auf dem Felsvorsprung kauerte und mit verträumtem Blick einen Punkt in weiter Ferne fixierte. Erschrocken sprang er auf. Er wirkte aber nicht wie einer, der bei etwas Verbotenem auf frischer Tat ertappt worden war, sondern eher erfreut. Seine glühenden Augen verhakten sich mit den meinen und mir wurde fast schwindlig. Ich wollte ihn fragen, was er hier tat. Wollte wissen, wer er war und weshalb meine Gefühle bei jeder Begegnung mit ihm Achterbahn fuhren. Doch kein Wort kam über meine Lippen. Auch er blieb stumm – was für eine Überraschung. Als ob er überhaupt jemals etwas gesagt hätte. Schließlich zog er etwas unter seinem Hemd hervor: Eine unscheinbare, braune Stofftasche. Er hielt sie mir hin, doch ich blieb regungslos. Was war das? Etwa für mich? Da ich keine Anstalten machte, es entgegenzunehmen, legte er die Tasche kurzerhand vor meinen Füßen zu Boden. Ohne eine Erklärung entfernte er sich wieder nach unten. Ich sah ihm nach, bis er unter dem Blätterdach der Bäume verschwunden war.

Woher wusste er, in welcher Höhle mein Zimmer lag? Ich blieb stehen und starrte in den sternenübersäten Himmel. Jeder

Stern war ein Traum, der noch nicht entdeckt worden war. Eine Hoffnung, noch versteckt. Ob dort auch ein Stern dafür stand, dass ich mir wünschte, mit ihm sprechen zu können? Ich wollte noch nicht wieder hineingehen, stattdessen setzte ich mich und kontrollierte, ob mich vielleicht jemand beobachtete. Ich wollte ungestört sein.

Erst dann öffnete ich behutsam den Reißverschluss der Tasche. Im Inneren befand sich nicht viel, nur … ein Buch. Ich fuhr mit der Hand die Muster auf dem samtenen Rücken nach. Neugierig schlug ich es auf. Eine Zeichnung. Ich blätterte um – wieder eine Zeichnung. Überall Bilder, gezeichnet von Meisterhand. Nun betrachtete ich das erste genauer. Es stellte einen Stall dar, unter sternenübersätem, violett-blauem Himmel. Das Dach bot kaum noch Schutz vor Regen, so verlottert war es schon. Der Boden war aber mit frischem Stroh ausgelegt, was eine heimelige Stimmung verbreitet. Im Hintergrund war ein Esel mit zerzaustem Fell zu sehen. Und vorne, in der Mitte, stand eine schlichte Holzkrippe mit einem kleinen, in Leinen eingewickelten Neugeborenen. Rechts und links davon knieten eine Frau und ein Mann mit freudig erregten Gesichtern und hoffnungsvoll funkelnden Augen. Ich verlor mich in dem Bild und saugte alle Einzelheiten auf. Obwohl die ganze Umgebung ziemlich ärmlich wirkte, vermittelte mir die Zeichnung eine Botschaft der Hoffnung. Plötzlich fiel mir ein, dass mich dies an die Geschichte erinnerte, die Shana mir erzählt hatte. Die Geburt Jesu! Wohlige Wärme kroch in mir hoch. Die nächste Zeichnung handelte von einem König, der ganz eindeutig erzürnt war. Der Maler hatte das Talent, die Gefühle genau richtig zu vermitteln. Und diesmal fiel mir ein hinterlistiger Ausdruck in den Augen des Königs auf. War das nicht Eifersucht? So wie das gefährliche Glitzern in Melanies Augen. War er eifersüchtig auf das kleine Baby? Auf Jesus? Was würde er unternehmen? Ihn ermorden?

Das Buch faszinierte mich. Hinter jedem Bild versteckte sich eine Geschichte. Vielleicht war das ja eine Art Übersetzungsbuch der Bibel? Was für eine absolut grandiose Idee! Ich musste wieder daran denken, wer mir das Buch gegeben hatte. Ein Junge, der vermutlich mehr über mich wusste, als ich dachte. Der noch nie etwas zu mir gesagt hatte. Den ich noch nicht mal 24 Stunden kannte. Und nach dem ich mich trotzdem sehnte.

Ich vertrieb die Gedanken und schaute weiter die Zeichnungen an. Seite für Seite. Und auf einmal erschien mir alles logisch. Ich kapierte es, weil mir die Zeichnungen die Liebe und die Hoffnung viel besser übermitteln konnten, als es eine Schrift je gekonnt hätte. Ich sah die Sehnsucht in Jesu Augen, weil er den Menschen helfen wollte. Verstand ihre Frustration, wenn sie nicht kapierten, warum er etwas tat. Sah das Staunen und die neue Lebensfreude, wenn Jesus ein weiteres Wunder getan hatte. Erlebte Schritt für Schritt die ganze Geschichte mit und glaubte, endlich verstanden zu haben, worum es ging. Vielleicht war es ja doch wahr? Wieso nicht? Wer konnte schon solche berührende Geschichten erfinden? War Jesus womöglich jetzt auch da und blickte mir über die Schulter? War er jetzt gerade stolz auf mich, weil ich erkannt hatte, wie er wohl wirklich war? Es kam mir vor, als hätte ich in dieser Nacht so viel gelernt wie sonst in jahrelanger Arbeit.

Ich konnte nicht aufhören – bis die Hauptperson, Jesus, ans Kreuz genagelt wurde. Als er starb, klappte ich das Buch zu, ohne vorher das Bild genau gemustert zu haben. Ich war enttäuscht. Leere breitete sich in mir aus. Wieso musste das geschehen? Weshalb hatte Jesus, als Gottessohn, sich nicht selbst gerettet? Ich hatte gewusst, dass er starb, aber ich hatte gedacht, er würde sein Leben selbstlos für jemanden anderen hingeben, als Rettung. Aber diese ruhmlose Niederlage? Damit hatte ich nicht gerechnet. Beinahe glaubte ich immer noch, ich hätte es falsch verstanden. Es konnte nicht sein. Hatte ich das Bild falsch verstanden? Nein, es war eindeutig. Ein Holzkreuz. Nägel, die sich rücksichtslos durch seine Füße und Hände bohrten. Striemen von Peitschenhieben an ihm. Die Dornenkrone auf seinem Kopf als Zeichen für seine Niederlage. Der Kopf hing kraftlos herunter. Nein, nicht kraftlos. *Leblos.* Ich war regelrecht wütend auf ihn. Weshalb sollte er das tun? Er hätte sich sicher helfen können. Er hätte sich nicht verspotten lassen müssen. An ein fantasieloses Kreuz genagelt? Und an einen solchen Verlierer glaubte dieses ganze Volk? Was für erbärmliche Loser. Ich ließ jetzt auch den Kopf hängen, jedoch nur aus Frustration. Ich musste ja noch auf dieser bescheuerten Erde bleiben.

Ich war niedergeschlagen, und daran änderte sich auch nichts, als Shana mich für das Morgenprogramm abholte. Mir war nicht bewusst, dass ich die halbe Nacht wach gewesen war. Es war mir auch egal. Am liebsten wäre ich gar nicht erst mitgekommen. Was für einen Sinn machte das denn? Ich brauchte mir nichts mehr sagen zu lassen. Ich wusste, was es zu wissen gab.

– Ich ließ mich trotzdem überreden. Als Shana sich nach meinem Befinden erkundigte, murmelte ich etwas von «schlecht geschlafen». Als ob sie mein Problem verstehen würde.

Ich schlurfte geistesabwesend durch den Tunnel, hinter mir Jason und Melanie und vor mir Lucy, die sich – wer hätte das gedacht – an Julios Seite hielt. Eine fast greifbare Spannung knisterte zwischen uns, ich war offensichtlich nicht die einzige, die schlechte Laune hatte.

Plötzlich, als ich schon fast die Lichtung erreicht hatte, vibrierte mein Handy. Ich zuckte zusammen und kramte es aus der Hosentasche. «Finn Sommer.»

Wieso ruft mein Vater mich gerade jetzt an? Soll ich ihn ignorieren und später behaupten, ich hätte das Vibrieren nicht gespürt? Nein, er könnte mich verpfeifen, ein Agent muss sein Handy immer griffbereit haben, Regel 4. Ich muss hier raus, und zwar schnell. Sehr schnell!

Hektisch und ohne eine Erklärung abzugeben, hastete ich zurück. Ich drängte die noch Kommenden zur Seite und eilte weiter. Vater durfte auf gar keinen Fall Verdacht schöpfen! Draußen machte ich noch immer nicht Halt, sondern begab mich weiter in den Urwald, um auf Nummer sicher zu gehen, dass mich niemand belauschen konnte. Dann atmete ich tief durch, mir durfte nichts anzumerken sein, und klickte auf «Entgegennehmen». Das Gesicht meines Vaters erschien auf dem Display.

«Hi, Vater!»

Finn Sommer hatte ein kantiges Gesicht mit stahlblauen Augen, die sich je nach seinen Gefühlen leicht verfärbten. Nun waren sie ganz dunkelblau. Ich verstand nicht ganz. Das bedeutete, dass er sich Sorgen oder viele Gedanken machte; dass ihn etwas Wichtiges nicht losließ. Und manchmal auch, dass er etwas ganz intensiv suchte. Seine dunkelblonden Haare hingen ihm vorne unordentlich in die Stirn, der oberste Hemdknopf stand offen. Seine Stimme klang einerseits erschöpft, aber irgendwie auch entschlossen. Mein Vater war immer entschlossen und wenn er sich etwas vorgenommen hatte, konnte nichts und niemand ihn davon abhalten. Eine Eigenschaft, die ich wohl von ihm geerbt hatte.

«Hi, Leah. Du bist auf Mission, habe ich gehört?»

Ich nickte unbehaglich. Jetzt nur kein Kreuzverhör. Keinen blassen Schimmer, ob ich das durchhalten würde. *Ich muss.* «Ja, wieso?»

«Ich ... Also, habt ihr schon was entdeckt?»

«Was verstehst du unter ‹was›?»

«Seid ihr schon auf Menschen gestoßen?»

«Nein.»

War mir das Wort vielleicht nicht zu schnell rausgerutscht?

«Wirklich nicht?»

«Nein, wirklich nicht, Vater. Und wie läuft´s bei dir?»

«Geht so. Aber, nochmals», er ließ sich nicht vom Thema abbringen, «was macht ihr denn den ganzen Tag?»

«Wir suchen nach Hinweisen und wandern durch den Dschungel. Es ist jedoch sehr unwahrscheinlich, dass hier noch Menschen leben.»

«Das glaub ich nicht.»

Es hörte sich eher an wie: *Das will und kann ich nicht glauben.* An der Sache war garantiert irgendwas faul. Jetzt war ich dran.

«Weshalb interessiert dich das so sehr?»

«Nun, du bist schließlich meine Tochter.»

Klar. Er interessierte sich ja nicht für mich, sondern für meine Mission. Und für irgendwas, das damit zusammenhing.

«Da ist noch was anderes, Vater, das weiß ich.»

«Nein, wirklich nicht.»

Da kam mir ein Gedanke.

«Papa?»

So hatte ich ihn seit Jahren nicht mehr genannt. Er war für mich auch nicht wirklich ein Papa.

«Ja, Leah?»

Ich knetete ungeduldig meine Hände unter dem Handy. «Es hat irgendwas mit Mama zu tun, nicht wahr?» Ich hielt die Luft an.

Stille. Stille, die bedrohlich laut wurde.

«Papa? Lebt sie?»

Keine Antwort. Wir starrten uns an. Auf einmal kannte ich die Antwort. Er glaubte das jedenfalls, da war ich mir sicher. Und so wie ich ihn kannte, glaubte er nur etwas, wenn es auch wirklich Grund dazu gab. Das verwirrte mich sehr.

Auf einmal weiteten sich die Augen meines Vaters und waren auf einen Punkt hinter mir gerichtet. Im nächsten Moment hatte er aufgelegt. Ich fuhr herum und sah gerade noch, wie der Junge davonrannte und vom dunklen Grün des Urwalds verschlungen wurde. Aber ich hatte ihn erkannt. *Ihn. Der Junge ohne Stimme und ohne Namen.* Ohne zu zögern, nahm ich die Verfolgung auf. Diesmal würde er nicht einfach so davonkommen. Er kannte sich hier viel besser aus als ich und er war sehr schnell, hatte aber vermutlich nicht mit meiner Kondition gerechnet. Und mit meinem Durchhaltewillen.

Ich rannte in den Urwald hinein und holte ihn bis auf zehn Meter ein. Er war wieder barfuß. Schmerzte ihn nichts? Er drehte nach links ab, ich nahm eine Abkürzung durch ein Gebüsch, das mir die Arme zerkratzte, die ich schützend vor meine Augen gehalten hatte. Ich würde nicht aufgeben. Der Abstand verringerte sich. Ich sprintete unter großer Anstrengung das letzte Stück, bis ich ihn eingeholt hatte. Mit einer Hechtrolle landete ich auf dem Boden vor ihm und zog ihn von den Füßen. Wir waren beide außer Atem, doch ich wusste instinktiv, dass er nicht nochmals abhauen würde.

«Wer bist du?», fragte ich. Es ging mir nicht in erster Linie um seinen Namen, sondern um seine Person. Das schien er anders zu verstehen. Ich hatte nicht erwartet, dass er wirklich antworten würde.

«Nenn mich Janic.» Er sprach das J wie ein sanftes «Tsch» aus. Jetzt hatte der Junge mit den funkelnden Augen, der nie Schuhe anzog, einen Namen. Und er sprach! Er war gar nicht stumm!

«Und wer bist du sonst noch?»

Janic zuckte die Schultern. Er war wohl noch nicht bereit, so viel von sich preiszugeben.

«Woher kommst du?», fragte er.

«Ich komme aus dem Vereinigten Europa, genauer aus der Schweiz. Ich bin auf einer Mission.»

Er schüttelte scheinbar verständnislos den Kopf. Doch ich war mir ganz sicher, dass da in seinen Augen während meinen Worten etwas Wissendes aufgeblitzt war.

«Egal. Ich versteh heute auch nicht viel.»

Er grinste schwach und strich sich ein paar schwarze Haarsträhnen aus der Stirn. «Weißt du, ich suche dich immer, aber wenn du da bist, krieg ich Angst.»

*Wieso redet er urplötzlich? Ist da nicht was faul? Und wieso hat er Angst?* Ich kämpfte gegen mein Misstrauen an und ließ mich wieder in den Bann seiner Funken sprühenden Augen ziehen. Wie alt war er wohl? *Ich muss mich wieder auf das Gespräch konzentrieren.* «Wieso?»

Er hob leicht die Schultern und blickte zu Boden.

«Seit wann suchst du mich denn?»

«Gestern Morgen.»

Logisch, damals waren wir uns das erste Mal begegnet.

Eine Weile sagten wir beide nichts.

«Wer war das eben, mit dem du gesprochen hast?»

«Mein ...», wieso fühlte es sich nicht richtig an, das auszusprechen? «Mein Vater.»

Hundertprozentig! Da war etwas gewesen in seinem Gesicht!

Eine Regung! Wusste er etwas über meine Familie? Der Gedanke ließ mich erstarren. Angespannt saß ich da und wartete darauf, dass er weitersprach. Und dann war es plötzlich wieder da, das angenehme Kribbeln, das sich in meiner Magengegend ausbreitete und mir weismachen wollte, ich säße auf einer Wolke hoch oben neben den Sternen. Ich spürte die Gegenwart von Janic so stark, dass es mir fast den Atem raubte.

«Spürst du es auch?», fragte er.

«Was?» Ich weiß schon, was. Spürt er es tatsächlich auch?

«Du weißt schon. Diese ... Verbundenheit.»

Und es stimmte. Sie war da. Ich brauchte gar nicht zu antworten. Verlegen fuhr ich mit dem Finger auf dem Boden umher.

«Warum hast du bisher nie etwas gesagt?»

«Weiß nicht.»

«Du weißt aber wenig. Wieso kommst du überhaupt her? Zu den Leuten?»

«Es spendet mir Trost. Ich bekomme Liebe.»

«Von den Christen?»

«Nein.»

«Von wem dann?»

«Von Jesus.»

«Du machst Witze!», behauptete ich verdattert.

«Tu ich nicht. Jesus ist der einzige, der dich *richtig* lieben kann, *Leah*.»

Wütend sprang ich auf. Jesus konnte gar nichts. Er hatte sich ermorden lassen. Ich wollte nichts von ihm hören. Ich ballte die Faust und rannte weg, wobei ich einen völlig verwirrten Janic zurückließ. Ich wusste, dass er hinter mir war. Doch anstatt anzuhalten, beschleunigte ich noch mehr, bis ich so nahe an der Felswand war, dass er hoffentlich zurückbleiben würde. Wohin jetzt? Ich wollte meine Ruhe. Am liebsten hätte ich ein Flugtaxi gerufen und wäre damit auf die andere Seite der Erdkugel gedüst, bloß weg von hier.

Weg von dem Malbuch, das eine frustrierende Verlierergeschichte darstellte.

Weg von all den Leuten, die an dem Glauben an einen solchen Nichtsnutz festhielten.

Weg von Kai, der Leute für solchen Nonsens begeistern wollte.

Weg von Shana, die nichts kapierte.

Weg von meinem Vater, der mir wegen meiner Mutter etwas verschweigt.

Weg von Lucy, die mich vergessen hatte, seit sie zuerst Amelia und dann Julio kennengelernt hatte.

Weg von Jason, der in mich verknallt war, aber von dem ich nichts wollte.

Weg von Melanie, die mich beneidete.

Weg von Andy, der hinterhältig war und ein ganzes Volk verraten wollte.

Und weg von Janic, der auch an Jesus glaubte und den ich mehr als alles andere wollte.

# 4. Kapitel

Die nächsten Tage verbrachte ich damit, Berichte zu verfassen, in denen ich der Internatsleitung von den Christen erzählte. Ich knüllte sie dann aber jedes Mal wieder zusammen. Ich dachte daran, einfach meinen Vater anzurufen und ihm zu verraten, wer der Junge war. Ich wollte diesem toten Jesus eins auswischen und seine treuen Nachfolger verraten. Doch bevor ich mich dazu durchringen konnte, erschien immer wieder der Albtraum vor meinem inneren Auge, von den Ermordeten und die gellenden Schreie klangen in meinen Ohren tausendfach nach, bis ich den Racheplan verwarf.

Ich weigerte mich, am Abend zum Sport und am Morgen zur Andacht zu gehen, wobei ich es mit Müdigkeit und Kopfweh begründete. Daneben waren die Vorbereitungen für das Osterfest in vollem Gange. Denn das war das wichtigste Fest des Jahres, laut Shana. Schlechter Witz, denn was wurde gefeiert? Die Niederlage von Jesus.

Jason und Andy sah ich wenig, Melanie hockte auch öfters im Zimmer rum. Bloß Lucy schien angesteckt von der Vorfreude und der Begeisterung. Wenn mir zu langweilig wurde, griff ich zu Stift und Papier und schrieb irgendwelche Geschichten auf. Nicht auf Deutsch, sondern in Aräisch – das war das einzige, was ich Shana gesagt hatte: dass ich ihre Sprache sprechen konnte. Und sie war gar nicht mal so überrascht gewesen, wie ich erwartet hatte. Den anderen aus meinem Team hatte ich es noch nicht erzählt, ich hatte das auch gar nicht vor. Wenn Andy mich aufforderte, mit ihm zu sprechen, wandte ich mich demonstrativ ab, obwohl ich ihn hätte anschreien können. Obwohl ich jeden Abend wach lag und fürchtete, Andys näselnde Stimme würde genau jetzt im Handylautsprecher eines Regierungsbeamten ertönen und alles verraten.

*****

Und nun war er da: Der Ostermorgen. Ich hatte Shana versprochen, an diesem Tag aus dem Bett zu kommen und mitzumachen, obwohl ich mir nicht viel davon versprach. Also schälte ich mich aus der Decke und setzte mich auf die Bettkante. Dämliches Ostern.

Du hast versprochen, diesen Tag mitzuerleben, erinnerte mich meine innere Stimme. Also gib ihm auch eine Chance, eine faire. Sonst wird er sowieso eine Katastrophe.

«Okay, okay», gab ich nach. Eine Minute später kam Lucy ins Zimmer.

«Lucy?»

Sie grinste glücklich. «Du bist wach! Bist du einverstanden, heute den Tag mit mir zu verbringen?»

Dein dummes Lachen macht mich krank, dachte ich. Nein, reiß dich zusammen!, erinnerte ich mich. «Na klar!»

«Super. Dann brauchst du erst mal neue Kleidung. Komm mit!»

Lucy reichte mir eine weiße, kurze Hose und eine türkisfarbene Bluse. Sofort war meine schlechte Laune weggewischt. Türkis! Wie seine Augen. Einen Augenblick verschwendete ich mit dem Gedanken, dass ich jetzt genau so eine verliebte, hirnlose Idiotin war, wie ich sie normalerweise verabscheute. Aber nur einen Augenblick. Rasch zog ich mich um und präsentierte mich dann Lucy, die anerkennend nickte, aber auch etwas irritiert wirkte.

«Du strahlst plötzlich so? Was ist los?»

«Ach, nur ... Ich mag Türkis. *Sehr.*»

Lucy hob fragend die Augenbrauen, ich schüttelte den Kopf. Mehr würde sie momentan nicht aus mir rauskriegen. Wir mussten beide grinsen. Das alte Band der Freundschaft war wiederhergestellt und es fühlte sich richtig an. «Also, jetzt raus hier! Ready?»

«Go!»

Lachend traten wir nach draußen, wo mir der Anblick beinahe den Atem raubte. Die Herbstsonne ließ ihre warmen, goldenen Strahlen tanzen, der Himmel war wolkenlos, wie frisch gewaschen. Unter uns, auf dem freien Streifen Land, wo keine Bäume wuchsen, herrschte reges Treiben. Überall waren Tische aufgestellt, darüber bunte Tücher gelegt. Darauf befanden sich Brote, Eier, Milch und Orangensaft. Von allen Seiten her ertönte Geplapper und Lachen. Die Leute nahmen auf allen möglichen Sitzgelegenheiten Platz: auf Klappstühlen, Bänken, Steinen und Baumstümpfen. Der köstliche Duft, der zu uns hinaufstieg, zog mich an wie ein Magnet. Lucy und ich stiegen hinunter, wobei ich, sorgfältiger als sonst, darauf achtete, dass meine Bluse nicht schmutzig wurde. Unten holten wir uns Pappteller und luden sie voll, dann machten wir es uns auf einer Astgabel am Lichtungsrand bequem. Während ich das Essen herunterschlang, beobachtete ich die Menschen. Ich hatte bisher wenig von ihnen mitbekommen. Und ich stellte fest, dass sie meist als Familie beisammensaßen. Ebenfalls ließ ich meinen Blick in der Hoffnung schweifen, Janic zu sehen. Doch vergebens, ich konnte ihn nirgends entdecken. War er vielleicht gar nicht gekommen? Er war doch ein Fan von Jesus, ich hätte gedacht, dass er liebend gerne mitfeiern würde. Naja, ich würde jedenfalls weiterhin nach ihm Ausschau halten. Vielleicht …

Sobald wir fertig gegessen hatten, zog Lucy mich in Richtung Tunnel.

«Die meisten Aktivitäten finden im Felsenkessel statt», erklärte sie. «Der erste Wettkampf beginnt in zehn Minuten»

«Sie machen Wettkämpfe? An einem Fest?»

«Ja, klar. Was spricht dagegen? Es wird dir auch Spaß machen.»

«Falls ich teilnehme …»

Lucy klopfte mir auf die Schulter. «Jetzt hab dich doch nicht so. Du hast versprochen, heute mitzumachen, und außerdem hast du gute Chancen.»

«Was ich bezweifle.»

«Im ersten Wettkampf ist Klettern am großen Baum angesagt.»

Ich betrachtete den dicken Stamm und zweifelte daran, dass ich die anderen würde schlagen können. Ich war da noch nie oben gewesen, und die Jugendlichen hier waren alle totale Wunderkinder, was Sport anbelangte. Ich war auch eine echt gute Kletterin gewesen, hatte die Höhe geliebt und alles erklommen. Bevor ich es mit der Höhenangst zu tun bekam. Würde ich mich überhaupt trauen, einen Fuß auf die Äste zu setzen? Doch jetzt meldete sich der Ehrgeiz, der mir mitteilte, dass er mit dieser pessimistischen Haltung nicht einverstanden war. «Wo muss man sich melden?»

«Ich wusste, ich kann dich überzeugen. Komm mit!»

Wir begaben uns zu einem jungen Mann, den ich noch nie gesehen hatte. Wir schüttelten uns die Hände und ich sagte ihm, zu seiner Verwunderung auf Aräisch, dass ich am Klettern teilzunehmen wünschte. Noch verblüffter war aber Lucy. «Seit wann sprichst du diese Sprache?», fragte sie verdutzt. Ich zuckte die Schultern. «Ich weiß auch nicht, wie es kommt. Aber», ich lächelte verschmitzt, «in diesem Punkt bin ich dir voraus. Und es ist ziemlich praktisch, mit allen reden zu können.»

«Ich möchte das auch können», murmelte Lucy. «Irgendwie bin ich schon etwas neidisch. Du liegst den ganzen Tag im Bett rum, während ich mich engagiere, und dann machst du die viel größeren Fortschritte.»

Ich klopfte ihr kameradschaftlich auf die Schulter. «Lass uns jetzt nicht wieder zanken. Mach dir nichts draus. Du wirst es schon noch lernen.» Damit schlenderte ich in Richtung Baum. Ich war zusammen mit einer jungen Frau eingeteilt worden, die zu meiner Enttäuschung sehr trainiert aussah. Ich hingegen hatte mich rein gar nicht vorbereitet.

Inzwischen hatte sich eine Gruppe von Zuschauern versammelt. Es waren noch nicht so viele, da die meisten wahrscheinlich noch am Essen und plaudern waren. So würde ich mich im Falle einer Niederlage zumindest nicht allzu sehr blamieren. Ich krempelte die Blusenärmel bis über den Ellbogen hoch und der Leiter erklärte die Regeln. Dann ging es los: Sie auf der einen und ich auf der anderen Seite des Baums hangelten wir uns den ersten Ast empor. Sie ging bald in Führung, da sie mit ihren längeren Beinen und Armen schlicht höher greifen konnte. Der Unterschied zwischen uns vergrößerte sich immer mehr. Frustriert gestattete ich mir, kurz zu Atem zu kommen. Ich hätte doch auch gleich im Bett bleiben können. *Idiot*, knurrte ich mich selbst an. *Gib nicht auf. Hörst du?* Okay, ich biss die Zähne zusammen, fixierte mit den Augen einen Ast, der auf der Höhe meiner Hüfte war, und sprang kurzerhand direkt darauf hoch. Ohne mich mit den Händen irgendwo zu halten. Den nächsten Sprung und den nächsten. Immer schneller, immer weiter, immer höher. Ich blinzelte dem Himmel entgegen. Ehe ich mich versah, hatte ich die Führung übernommen. Die Frau schnaubte empört. Offensichtlich war auch sie ehrgeizig, denn sie legte an Tempo zu, doch ich war nicht mehr einzuholen, so schnell sie auch klettern mochte – denn in meinem Gehirn hatte es «Klick» gemacht, und ich wusste genau, wohin ich springen musste. Es war ähnlich gewesen wie mit dem Aräisch. Plötzlich war es da.

Doch vor Schreck wäre ich beinahe vom Baum gefallen, als ich ihren Schrei hörte, der mir durch Mark und Bein ging. War sie abgestürzt? Das durfte nicht wahr sein! Ein Blick nach unten aber zeigte mir, dass sie sich noch hielt. Sie musste ausgerutscht sein und hing an einer Hand weit außen an einem Ast. Ihre Beine baumelten über dem Abgrund. Wie in Zeitlupe beobachtete ich, wie sie auch mit dieser einen Hand drauf und dran war, abzurutschen, und fasste einen Entschluss. Ich würde das nicht zulassen. Mein Magen zog sich zusammen, als ich mich nach vorne fallen ließ. Durch die Luft sauste. Alles verschwamm. In rasender Geschwindigkeit näherte ich mich ihr. Im allerletzten Moment spreizte ich meine Beine und landete auf zwei Ästen gleichzeitig, vom Aufprall hätten beinahe meine Beine unter mir nachgelassen. In einem Schwung drehte ich mich um und ging auf sie zu. Ich befand mich auf einem Ast, der parallel zu dem verlief, an dem sie sich krampfhaft zu halten versuchte. Dann legte ich mich auf den Bauch und robbte das letzte Stück. Die ganzen verzweifelten Rufe der Menschen am Boden blendete ich vollkommen aus. Mein Vorhaben forderte volle Konzentration. Ich hakte mich mit den Füßen in einer Astgabel ein und löste meine Hände, wobei ich darauf achtete, stets im Gleichgewicht zu bleiben. Ihre Hand rutschte ab und ich griff danach. Ihr Gewicht zog mich nach unten, sodass ich mich mit den Füßen fast nicht mehr halten konnte. Meine Muskeln begannen zu zittern. Rasch zog ich sie soweit hoch, dass sie sich am Ast festhalten konnte. «Halt dich nur kurz mit beiden Händen fest», presste ich zwischen zusammengebissenen Zähnen hindurch. Sie tat wie geheißen, aber ich sah ihr an, dass die Kraft sie nach der Anstrengung vorhin zu verlassen schien. Obwohl ich selber auch nicht viel mehr Kraft hatte, ließ ich meinen Oberkörper nach unten fallen, während die Füße mich halten mussten. Ich packte ihre Beine und zog sie hoch. Ich legte sie mit letzter Kraft über den Ast, an dem ich mich selber festhielt. Zitternd schob ich ihren Oberkörper hoch, bis sie sicher von mehreren Ästen gehalten wurde. Meine Muskeln schmerzten so fest, dass ich mich nur noch mit letzter Kraft von Ast zu Ast nach unten angeln konnte. Sobald meine Füße den Boden berührten, wurde mir schwarz vor Augen.

*****

*Als ich erwache, ist mir noch immer schwindlig, und das Bild vor meinen Augen unscharf wie bei den Fotos aus dem früheren Jahrhundert. Ich kann nur daran denken, wie ich es hatte schaffen können, eine Frau, die bestimmt viel schwerer war als ich, vor dem Absturz zu bewahren. Und ich bin so froh, dass es mir gelungen ist. Ich merke jetzt erst, dass ich mich im Wald befinde. Neben mir an einen Stamm lehnt sich eine Frau, die weint. Sie weint und weint, ohne etwas zu sagen, und wischt sich ununterbrochen mit der Hand die Tränen weg. Vergeblich. Obwohl sie das sicher nicht lautlos tut, kann ich nichts hören. Erschrocken setze ich mich auf. Bin ich taub? Was ist mit mir passiert? Die Frau hört für einen kurzen Moment auf, zu weinen, und sieht mich an. Ihre Augen sind dunkelbraun, wie ... meine. Sie streicht sich das Haar aus dem Gesicht, und ich betrachte es genauer. Es kräuselt sich in den-*

*selben braunen Wellen wie meine! Sie wirkt Ende dreißig, noch ist ihr Gesicht faltenlos. Sie trägt ein weißes T-Shirt und eine rote, kurze Hose und ist barfuß. Und ihr Blick ist so durchdringend wie sonst keiner. Wieder steigen ihr Tränen in die Augen; sie ist sehr aufgewühlt und redet leise auf mich ein, das heißt, ich sehe bloß, dass sich ihre Lippen in schneller Abfolge Laute formen, die ich nicht hören kann. Und dann beginnt sie mehr und mehr durchsichtig zu werden. Ein fetter Kloß bildet sich in meinem Hals, ich habe Mühe, Luft zu kriegen. Sie streckt die Arme aus, als wolle sie sich an mich klammern, doch es ist zu spät. Sie ist weg. Und damit bildet sich in meinem Innern eine große Leere, als hätte ich etwas verloren. Aber ich weiß nicht, was. Sie beginnt schon aus meiner Erinnerung zu verschwinden. Und dann vernehme ich etwas, das mein Innerstes erbeben lässt. Es ist nur ein Hauchen – aber es brennt sich in mein Herz ein. «Leah!»*

Ruckartig öffnete ich die Augen. Es war bloß ein verstörender Traum gewesen. Doch nun quälten mich lauter Fragen. Wer war die Frau? Wieso hatte sie geweint? Weshalb sah sie mir so ähnlich? Woher wusste sie meinen Namen? Und war es überhaupt ein Traum gewesen? Es hatte sich so real angefühlt … Zu real. Und die Leere in mir drin war noch immer da. Gähnend und hungrig. Plötzlich wusste ich, dass es im Moment nur einen gab, der sie füllen konnte. Janic. Ich sprang auf und bemerkte erst jetzt die vielen Menschen um mich herum. Sie starrten mich an und erwarteten wohl, dass ich ihnen über meinen Zustand Bericht erstatten würde. Doch ich war zu ungeduldig. Ich hatte keine Zeit. Das konnte warten. *Äußerlich geht's mir ja auch prima*, dachte ich, während ich durch den Tunnel nach draußen rannte und sie alle ahnungslos zurückließ. Ich würde später wiederkommen.

Als ich zwischen den vielen Bäumen umherwanderte, wurde mir klar, wie unwahrscheinlich es war, dass ich ihn finden würde. Er konnte überall sein! Aber ich würde mich erst wieder beruhigen, nachdem ich ihn zu Gesicht bekommen hatte. Einer

Eingebung folgend schloss ich die Augen und fühlte daraufhin ein leichtes Ziehen in meinem Herzen. Mein Herz, das in den letzten Tagen so viel an Bedeutung gewonnen hatte. Das mir wichtiger als meine Logik und meine Gedanken geworden war. Ich folgte dem Druck, ohne zu wissen, wohin er mich führen würde. Es ging nicht so lange, da ließ er schon wieder nach. Ich blieb stehen und öffnete die Augen. Nichts. Das konnte nicht sein! Ich drehte mich einmal im Kreis und scannte mit Blicken die Umgebung, doch da war nichts! Enttäuscht ging ich ein paar Schritte weiter, doch er war und blieb unauffindbar. Genervt schlenderte ich zurück, unschlüssig, wohin ich gehen sollte. Vielleicht war er ja mittlerweile am Osterfest und ich hatte ihn bloß übersehen? Doch ich konnte mich nicht dazu durchringen, zur Lichtung zu gehen. Ich hatte null Bock auf die ganze unvermeidbare Fragerei, mit der ich zu rechnen hatte. So stapfte ich nochmals zu demselben Ort wie vorhin. Ich spürte Ärger in mir aufwallen, denn nichts hatte sich verändert. Sollte ich darauf warten, dass er hier vom Himmel fiel, oder was? Wie spaßeshalber schaute ich nach oben. Aus dem Augenwinkel nahm ich eine dunkle Fläche wahr. Hatte ich mir das eingebildet? Ich sah genauer hin. Nein, da war wirklich eine mehrere Meter lange und breite Holzplatte, ganz weit oben! Ich schirmte mit den Händen die Sonne ab. Dort oben schwebte ein großes Baumhaus! Da entdeckte ich, vielleicht fünfzig Zentimeter über meinem Kopf, ein Seil, das unten verknotet war. Ich schnellte hoch und berührte es. Aber ich glitt ab und schürfte mir dabei die Hand auf. Auch beim zweiten Versuch verpasste ich es. Beim dritten Mal packte ich es mit beiden Händen und konnte mich tatsächlich halten. Angestrengt zog ich mich daran immer weiter hoch, bis ich mit dem Kopf gegen die Holzplatte stieß. Direkt neben dem Seil waren die Umrisse einer eingelassenen Falltür zu sehen. Vorsichtig drückte ich dagegen. Sie bewegte sich keinen Millimeter.

*****

Finn schlug in seinem heruntergekommenen Hotelzimmer mit der Faust gegen den Schreibtisch. Das alte Ding wackelte bedrohlich. Grundsätzlich machte es Finn nichts aus, seiner Aufträge wegen auf Komfort zu verzichten, doch in diesem Moment hätte er ein Vermögen für sein Büro in der Schweiz gegeben, wo er mit der ganzen modernen Einrichtung in Sekundenschnelle etwas hätte tun können. Wobei er noch nicht wusste, was dies sein sollte, doch er musste etwas unternehmen! Und wieso belog ihn seine eigene Tochter? Er hatte sie bis jetzt in dem Heim immer unter gutem Einfluss gewusst. Doch sie konnte nicht die Wahrheit gesagt haben. Er hatte den Jungen gesehen. Hatte er nicht die gleichen Haare wie sein alter Schulkollege Carlos? Was ging dort drüben ab? Er wollte um jeden Preis das Geheimnis seiner Tochter ergründen. Finn wusste, dass er sie rechtlich gesehen unverzüglich hätte melden müssen. Er tat es aber nicht, und zwar nicht seiner Tochter wegen, sondern weil er sich jetzt, da er den Jungen gesichtet hatte, in seiner Theorie bestätigt fühlte, zumal auch seine Tochter etwas offensichtlich nicht preisgeben wollte. Wie dumm müsste er sein, Menschen zu verpfeifen, wenn er annahm, dass sich seine für verstorben gehaltene Frau darunter befand. Das einzige, was er wollte, war sie. Wieder tauchte ihr Gesicht vor seinem inneren Auge auf, und er schluckte leer. Diese Frau hatte eine unglaubliche Faszination auf ihn ausgeübt, seit er sie das erste Mal beobachtet hatte. Damals noch, um sie auszuspionieren. Dann hatte er sich in sie verliebt – und alles war anders gekommen. Und bis heute hatte er ihr Geheimnis nicht ergründet ... Es wurde höchste Zeit, etwas zu unternehmen. Aber er musste mehr Informationen kriegen. Logischerweise von seiner Tochter. Ihm war aber auch klar, dass er sie nicht so leicht bezwingen konnte. Würde er sie ausquetschen, würde das, trotz seiner Ausbildung, zu nichts führen. Denn auch sie war nicht dumm. Nein, er musste das Problem von einer anderen Seite her anpacken. Ihrem Bruder würde sie sicher eher vertrauen als ihm, Finn, den Vater, den sie kaum je sah. Ja, er würde seinen Sohn Luke beauftragen. Würde der nichts erreichen, musste er zu drastischeren Mitteln greifen.

Um seine Frau zurückzubekommen, würde Finn Sommer *alles* tun. Ohne Rücksicht darauf, ob andere daran Schaden nahmen.

*****

Genervt stieß ich fester gegen die Falltür, doch das Ergebnis blieb das gleiche. Aber er musste hier sein! Sonst hätte mein Herz mich nicht hierhin geführt! Ich kaute auf meiner Unterlippe herum. Konnte ich es wagen …? Ich musste. Erwartungsvoll klopfte ich gegen das Holz. Erst leise, dann laut und aufdringlich. Falls er sich da drinnen befand, konnte er das Pochen jetzt kaum noch ignorieren. Und tatsächlich, die Klappe wurde von oben angehoben, sodass ein schmaler Spalt entstand. Nun war es an mir, sie nach oben zu klappen. Und da stand er, Janic, an die Wand gelehnt. Er beobachtete jede meiner Bewegungen, als ich langsam nach innen kletterte. Ich schaute mich im Baumhaus um. Wie krass war das denn? Und anscheinend wohnte Janic hier! Denn in der einen Nische schmiegte sich eine Matratze an die Wand, darauf waren unordentlich Klamotten zerstreut, daneben eine große Truhe. Durch einen schmalen Spalt fiel Sonnenlicht auch auf die Wand daneben. Dort sah ich ein eingebautes, hölzernes Bücherregal, auf das jede Menge Hefte und Bücher gequetscht waren. Auf dem Boden war ein dunkelblauer Teppich ausgelegt. Doch das konnte nicht alles sein. Ich hatte von unten eine breitere Fläche gesehen. Ich kniff die Augen zusammen und konnte schließlich in der dunklen Ecke des Zimmers einen schwarzen Vorhang ausmachen. Dahinter musste sich der größere Teil des Baumhauses befinden. Doch als ich einen Schritt darauf zu machte, um ihn beiseite zu ziehen, stellte sich mir Janic in den Weg. «Hierhin darfst du nicht.» Er sagte es in einem normalen Tonfall, aber ich hörte etwas heraus, das mir riet, ihm nicht zu widersprechen. Vielleicht würde er es mir ein anderes Mal erklären. Ich war auch nicht deswegen hergekommen.

«Ich muss mit dir reden», schnitt ich ein anderes Thema an.

Sein Gesichtsausdruck veränderte sich von bestimmt zu scheu und neugierig. «Ich hab gehofft, dass du kommst», sagte er. «Und dass du mich findest.»

«Hab ich ja», meinte ich verwundert. «Wo liegt das Problem?»

«Weil ich, naja, weißt du, ich hab gewusst, dass du es bist, schon als du das erste Mal die Falltür zu öffnen versuchtest.»

«Und wieso hast du mich nicht reingelassen?»

Er blieb mir die Antwort schuldig. «Komm, fürs Reden ist hier kein guter Platz», wich er aus. Ich war mir sicher, dass er nicht wollte, dass ich das, was hinter dem Vorhang lag, zu Gesicht bekam. Aber ich war froh, dass er überhaupt mit mir sprach, sogar in ganzen Sätzen. «Wo kann man denn hier noch hin?», wollte ich wissen.

«Folg mir.» Janic deutete auf die an der Wand festgemachten Sprossen und erklomm sie. Oben öffnete er eine weitere Klappe und verschwand. Ich seufzte – musste denn hier alles wie in der Steinzeit eingerichtet sein – und überprüfte die Stabilität der Leiter, bevor ich es wagte, sie zu betreten. Oben war nicht etwa, wie ich erwartet hatte, ein weiterer Stock, sondern ein schlichtes Flachdach. An der einen Hälfte waren Solarpanels angebracht. Machte Janic hier eigenen Strom?

Er saß an der Kante und ließ die Beine baumeln. Er hatte mir den Rücken zugedreht. Anscheinend wartete er darauf, dass ich das Gespräch begann. Ich setzte mich neben ihn und ergriff schließlich das Wort: «Ich hatte einen Traum. Nein, es war nicht wirklich ein Traum. Mehr eine Vision. Also, zur Erklärung, vorher habe ich im Klettern fast gewonnen, aber da ist meine Konkurrentin fast abgestürzt. Nachdem ich das verhindert habe, bin ich in Ohnmacht gefallen. Oder etwas Ähnliches. Und da war ich urplötzlich im Wald, aber nicht im Urwald, sondern in einem Wald wie in der Schweiz, mit Tannen. Und an einen der Bäume gelehnt saß eine Frau. Sie weinte und weinte, doch ich konnte nichts hören, da bekam ich fürchterliche Angst. Die Frau hat begonnen, auf mich einzureden – aber ich habe sie ja nicht gehört. Dann begann sie, durchsichtig zu werden und zu verschwinden. Sie wollte sich an mir festhalten, aber da war sie schon weg. Doch dann habe ich einen Schrei gehört – nun ja, ich spürte nur einen Hauch. Aber dann habe ich sie endlich gehört: Sie hat verzweifelt meinen Namen gerufen. Und dann war es vorbei. Aber sie hat mir so ähnlich gesehen», ich holte tief Luft. «Janic, ich glaube, es war meine Mutter.»

Janic hatte mir zugehört, ohne mich zu unterbrechen. Viele Gedanken hingen in der Luft. Wieso sagte er nichts? War es ein Fehler gewesen, mich ihm anzuvertrauen? Ich kannte ihn kaum. Ich hatte ihn vor ein paar Tagen das erste Mal gesehen. Ich hätte es nicht tun dürfen. Ich hatte mich bloß zu ihm hingezogen gefühlt, weil er so unglaublich hübsch war. Ich war so dumm! Was würde er tun? Sollte ich abhauen, schon wieder? Was, wenn er mich nicht weglassen wollte? Was wollte er eigentlich von mir? War er ein Spion? Und wieso war er dann zu meiner Höhle gekommen und hatte mir das Buch gebracht? Um mich zu überführen? Wie hatte ich ihm nur vertrauen können? Was wusste ich denn schon von ihm? Eben nichts! Deshalb seine ganze Geheimnistuerei! Ich musste hier weg! Aber was würde das an der Sache ändern? Er konnte mich bereits jetzt wegen Verrats anklagen, weil ich niemandem etwas von all den Menschen in der Felswand gesagt hatte. Ich steckte in der Falle!

Da unterbrach eine leise Stimme meine panischen Gedanken.

*****

Luke stand hinter dem Sportgebäude, hatte den Kopf in den Nacken gelegt und blickte frustriert gegen den Himmel. Zumindest hatte er hier seine Ruhe – was sollte er denn tun? Kim war ihm dauernd auf den Fersen, sie war eine echte Klette. Und dabei wollte sie immer nur lästern. Luke erinnerte sich an die Zeiten, als sie eine unkomplizierte, nette Kollegin gewesen war. Er hatte damals gerne Zeit mit ihr verbracht. Doch seit sie eine Beziehung eingegangen waren, ließ sie ihm keinen Zentimeter Freiraum mehr. Nicht, dass sie ihn im Badezimmer gestört hätte oder so. Nein, aber Luke brauchte Zeit zum Nachdenken, Zeit, wo er seinen eigenen Interessen nachgehen konnte. Und es nervte ihn, dass Kim einen Keil zwischen ihn und seine Schwester getrieben hatte. Leah hatte sich seit ihrer Abreise kein einziges Mal bei ihm gemeldet. Hey, sie waren Zwillinge! Er brauchte ihre Ergänzung. Weshalb konnte es nicht einfach sein wie früher, als sie einander abgeschrieben hatten, als sie einander Streiche gespielt und miteinander gestritten hatten? Aber sie hatten trotzdem immer zusammengehalten. Niemand hatte sie trennen können. Doch im Internat waren Jungs und Mädchen in vielen Bereichen getrennt und sie sahen sich immer seltener. Und um alles noch mehr zu verkomplizieren, musste sich ihr Vater jetzt auch noch einmischen. Heute Morgen hatte Luke einen Anruf von ihm erhalten mit dem Auftrag, seine Schwester zu hintergehen! Aus welchem Grund auch immer dachte er, Leah würde etwas vor ihm geheim halten. Was, hatte er nicht verraten wollen. Sollte er sich doch selbst um seine Probleme kümmern. Luke hatte die Nase so was von gestrichen voll. Er hatte es satt, immer bevormundet zu werden. Er hatte es satt, immer tun zu müssen, was andere ihm sagten. Er hatte es satt, keine eigenen Entscheidungen treffen zu dürfen. Er hatte es satt, sich keine eigene Meinung bilden zu dürfen. Er hatte es satt, hier in diesem einsamen Loch in der Schweiz eingesperrt zu sein. Luke wollte Freiheit, und zwar bald.

*****

«Weißt du, du bist nicht grundlos der erste Mensch, zu dem ich gesprochen habe. Ich hab da was gefühlt, hier – in meinem Herzen. Ich wusste, dass du mich nicht verraten würdest. Ich wusste, du bist ein Mensch, der mich versteht. Der erste. Und ich will dich nicht verlieren, jetzt wo du erst so kurz da bist. Deshalb wollte ich dich auch zuerst nicht einlassen. Ich hatte Angst, du würdest mich nicht mehr treffen wollen, nachdem du meine Behausung gesehen hast.» Janic starrte verlegen auf seine Füße.

Ich versuchte krampfhaft, meine Gedanken zu ordnen. War

dies eine weitere List? Doch dann drehte er mir sein Gesicht zu, ich verlor mich in seinen funkelnden Augen, die Zärtlichkeit und Zuneigung ausstrahlten. Alle meine Barrikaden waren mit einem Schlag dem Boden gleichgemacht und ich merkte, dass ich ihm vertraute. So sehr wie keinem Menschen sonst. «Ich werde dich niemals verraten, wem auch immer. Ich dachte eher, du wärst der, der mich überführen will. Aber falls es denn wirklich so wäre – ich habe nichts mehr zu verlieren. Du kennst mich ja schon. Also muss ich vor dir auch nichts mehr verheimlichen. Ich habe mich entschlossen, dir zu vertrauen.»

«Danke», entgegnete er nur.

Wieder sagten wir beide eine Weile nichts. Weil es einfach nicht nötig war. Dann erst erinnerte ich mich, weswegen ich hergekommen war. «Janic. Ich brauche deine Hilfe. Ich habe nur Probleme. Erstens planen Andy und Jason irgendwas Hinterhältiges. Ich hab sie zufälligerweise belauscht, aber noch nicht viel rausgefunden. Wir müssen unbedingt auf der Hut sein. Ich traue ihnen nicht. Und mein Vater hat mich angerufen.»

«Und er hat mich gesehen.»

«Ja.» Ich nickte. «Nachdem ich ihm versichert habe, wir hätten noch keine Menschen entdeckt. Er wird mich melden! Er hat dein Bild bestimmt aufgezeichnet, das ist Beweis genug. Allerdings bezweifle ich, dass er es bald tun wird. Er will irgendwas nicht preisgeben. Ich bin mir sicher, es hat mit meiner Mutter zu tun. Er hat uns, als sie vor drei Jahren verschwunden ist, weisgemacht, sie sei bei den Naturkatastrophen ums Leben gekommen. Doch er hat uns nie erklärt, weshalb sie in Südamerika war. Und jetzt, wo ich mitten in einer Mission stecke, um herauszufinden, ob hier noch Menschen leben, ist er plötzlich wieder interessiert. Ich sehe ein brennendes Verlangen in seinen Augen. Er hat uns belogen, ich weiß es. Ich vermute, dass meine Mutter Christ geworden und geflohen ist. Aber ich weiß nicht, was ich tun soll, ehrlich nicht!»

Janic blickte mich mitfühlend an. «Auch wenn es im Moment so aussehen mag, als gäbe es keinen Ausweg – es gibt immer Hoffnung. Gib nie auf. Du kannst auf mich zählen!» Damit nahm er meine Hand und drückte sie fest.

Ein Schaudern fuhr durch meinen gesamten Körper, eine aufwühlende, neuartige Art von Schauder, von der ich mir wünschte, sie würde nie mehr aufhören. Ich erwiderte den Druck.

# 5. Kapitel

Es war Abend und ich schlenderte neben Janic durch den Tunnel. Wir waren unterwegs zum Osterfest. Er sagte, dass dieser Abend alle meine bisherigen Erlebnisse übertreffen werde. Wir hatten gemeinsam zu Mittag gegessen und dann hatte er darauf bestanden, mir das Reiten beizubringen. Oder zumindest einen Anfang zu machen. Obwohl es mir zuerst widerstrebt hatte, war ich jetzt froh, nachgegeben zu haben. Ich hatte wieder Tarim bekommen, meinen Protest hatte er nicht beachtet. Der junge Hengst wirkte unkontrollierbar für mich, aber zugegeben, mir gefiel sein Temperament. Und nachdem ich wusste, wie ich mich auf ihm verhalten musste, war es fantastisch gewesen. Janic hatte eine prächtige, rotbraune Stute geritten, die er Neora, Sonnenaufgang, genannt hatte.

Doch jetzt wartete ich gespannt darauf, dass der Tunnel endlich endete. Als es so weit war, kriegte ich vor Staunen den Mund nicht mehr zu. Jedes Detail brannte sich augenblicklich in mein Gedächtnis ein.

Da es schon recht spät war, war der Himmel dunkel, doch an den Klippen rund um den Felsenkessel waren überall Fackeln befestigt. Echte Fackeln! Über die Lichtung, wie ein riesiger Stern, hingen Lichterketten, die alle in der Mitte zusammentrafen. Auch der Baum darunter war mit Lichtern geschmückt, die alle wie kleine Flammen loderten. Es wirkte, als würde er brennen, ohne dabei zerstört zu werden.

Erst als Janic mich weiterzog, konnte ich mich von dem Bild lösen. Soweit ich sehen konnte, war der ganze Stamm versammelt, im Halbkreis an den Wänden des Felsenkessels. Janic und ich suchten uns einen Platz, von wo aus wir das Geschehen gut mitbekamen.

Erst jetzt fielen mir die Instrumente auf, die um den Stamm herum aufgestellt waren: Klavier – wie hatten sie das hergebracht? –, Schlagzeug, Gitarre, Cello, Trompete. Denn jetzt traten mehrere junge Leute aus der Menschenmenge und richteten sich ein. Als die ersten Takte ertönten, wähnte ich mich in einem Traum. Ich hatte noch nie live Musik erlebt. Die Töne begannen langsam, einladend, umarmend, wurden aber bald leidenschaftlich und mitreißend. Sänger begannen zu singen und gaben dem ganzen einen Rahmen. Die Liedtexte hatten einen klaren Aufbau und ich wünschte mir, auch mitsingen zu können, um Teil des Spektakels zu werden. Ich schaute zu Janic und sah, dass er tatsächlich die Lippen bewegte. Plötzlich fiel mir auf, dass auch all die anderen mitsangen. Also stimmte ich improvisierend mit ein. Es war ein Fluss, ziehend, strömend, sprudelnd. Jedes neue Lied brachte ein anderes Gefühl mit sich; es war, als würde man eine Reihe köstlicher Gewürze aufgetischt bekommen, die man alle nacheinander testete und von denen jedes eine Geschmacksexplosion im Mund auslöste. Alle Lieder hatten eines gemeinsam, dieses eine Wort, das immer wieder gesungen wurde: Suayra – Liebe. Ich war enttäuscht, als die Musiker verstummten. Es war viel zu kurz gewesen!

Da trat Saphira vor. Mit federnden Schritten ging sie vor den großen Baum und drehte sich zu uns um. Ihre Augen strahlten wie eh und je – ich bemerkte, dass ich sie seit unserer Ankunft nicht mehr gesehen hatte. Und dann begann sie zu sprechen, mit klangvoller, schöner Stimme.

«Liebe Geschwister. Ich begrüße euch ganz bewusst als Brüder und Schwestern, die ihr alle in Christus seid, weil er uns alle vereint hat.»

Ich merkte, wie Müdigkeit meine Gedanken zu übermannen drohte und meine Aufmerksamkeit sich verabschiedete. Mein Blick schweifte zum dekorierten Baum, glitt über die Instrumente und die Menschenmenge hinweg. Ich kniff die Augen zusammen und lenkte meine Konzentration wieder auf Saphiras Botschaft, die sich mittlerweile schon dem Ende zuneigte.

«… weil seine Liebe an keine Bedingungen geknüpft ist! Er sagt nicht: Ich liebe dich, weil du einen starken Glauben hast. Oder: Ich liebe dich, weil es ein schönes Gefühl ist. Nein, Jesu

Liebe ist nicht wie Schmetterlinge im Bauch oder sanfte Zuneigung. Sie ist hart wie ein Holzkreuz, wie eine Krippe – und sie war schon da, Jahrhunderte bevor du existiert hast. Deshalb: hört auf, euch nach menschlicher Liebe zu sehnen, euch auf sie zu verlassen, denn menschliche Liebe ist fehlerhaft und wird es auch bleiben. Gott hat viel mehr vorbereitet! Und dann, empfangt die Krone, die euer liebender Vater euch hinhält. Sie gehört euch. Nicht, weil ihr sie verdient habt. Sondern weil jeder von euch ein Prinz oder eine Prinzessin ist. Und setzt die Krone auf! Seid stolz auf das, was Jesus für euch getan hat. Jeder soll diese frohe Botschaft erfahren, damit alle erkennen, dass sie Königskinder sind. Es ist schon vor langer Zeit *für* sie entschieden worden und sie können von Jesus eine Liebe kriegen, an die keine Bedingungen geknüpft sind.»

Und da verstand ich. Ich verstand, weshalb Jesus gestorben war. Er hatte nicht einen, sondern alle gerettet, obwohl keiner es verdient hätte. Und diese Liebe, die Saphira beschrieben hatte, war unvorstellbar, fast schon unmöglich. Das wollte ich auch. Ich war überzeugt. Plötzlich machte auch das Osterfest Sinn. Jesus blieb nicht tot. Er war auferstanden. Die Auferstehung war es, was heute gefeiert wurde. Der Triumph, der Sieg über den Tod, wie Saphira ausgeführt hatte. Ich hatte meine Entscheidung getroffen: Ich wollte diesem Jesus nachfolgen. Ich wollte ihm das unbedingt mitteilen. Also kletterte ich innerlich über die Ruinen einer Mauer. Einer Mauer, die ich selbst aus Frustration um mein Herz erbaut hatte, und die Jesus Schritt für Schritt dem Boden gleichgemacht hatte. Als ich die Reste davon überwunden hatte, fühlte ich mich seltsam leicht, und ein tiefer Friede kam über mich. Ich war angekommen. Noch lange nicht am Ziel, aber ich hatte mich umgedreht und begonnen, den Weg zu gehen, der zu Jesus führte. Mein Wegweiser war das Kreuz, das sich vor meinem inneren Auge deutlich am Horizont erhob. Es symbolisierte Jesu Entscheidung für mich, schlicht und einfach und ohne Wenn und Aber. Und nun musste ich mich auch nicht mehr fürchten, allein zu sein. Ich würde niemals einsam sein, denn Jesus würde jeden Schritt mit mir tun. «Jesus», flüsterte ich, «ich will auch zu dir gehören. Ich weiß nicht, wie ich mit dir reden soll, aber ich vertraue darauf, dass du mich verstehst. Danke, dass du für mich am Kreuz gestorben bist. Und danke, dass du dich für mich und nicht gegen mich entschieden hast. Besonders liebenswert bin ich ja nicht ... Vergib mir, denn ich habe bisher alles falsch gemacht. Und leite mich von jetzt an. Mein Leben gehört dir, ich folge dir nach, wohin die Reise auch geht.»

Sanfte Klänge ließen mich aufhorchen und ich bemerkte, dass die Band erneut zu spielen begonnen hatte. Ich schloss die Augen, ließ mich von dem wohligen Gefühl durchdringen, das sich in meinem Innern niedergelassen hatte, und formte mit den Lippen automatisch die Worte, die gesungen wurden.

Als die Musik wieder leiser wurde, kam plötzlich eine junge Frau auf mich zu – aber – ich betrachtete sie genauer, nicht irgendeine! Die von dem Wettkampf heute Morgen. Sie blickte mich an und brachte kein Wort heraus. Schließlich umarmte sie mich einfach. Fest und innig, bis mir die Tränen kamen.

Als sie sich von mir löste, verweilte ihr intensiver Blick einen Moment lang auf meinem Gesicht, als würde sie darin etwas suchen. «Bist du Leah?», fragte sie schließlich. Ich nickte irritiert und sie hielt mir ihre ausgestreckte Hand hin. Darauf lag ein kleines, in Packpapier eingewickeltes Päckchen. Fragend schaute ich sie an. «Es ist für dich», erklärte sie. Sobald ich es entgegengenommen hatte, war sie verschwunden.

«Leah», hörte ich eine Stimme hinter mir.

Ich drehte mich um. «Was ist, Janic?»

«Komm mit. Ich muss dir was zeigen.»

Neugierig folgte ich ihm und stopfte das Päckchen kurzerhand in meine Hosentasche. Er führte uns von der Lichtung und ich merkte bald, dass es Richtung Pferdekoppel ging. Diesmal holte er bloß Neora nach draußen.

«Tarim ist noch jung», erklärte er. «Er braucht seinen Schlaf.» Überrascht stellte ich nach einem Blick auf mein Handy fest, dass Mitternacht tatsächlich schon vorüber war. Das Singen hatte wohl doch länger gedauert, als ich es empfunden hatte.

Auf Janics Aufforderung hin bestieg ich hinter ihm die Stute, und er ritt los, wenn auch ziemlich gemächlich. Ich konnte ihn nicht dazu bewegen, mir unser Ziel zu verraten. «Du wirst es früh genug erfahren», meinte er nur und strapazierte damit gewaltig meine Geduld. Während er Neora geschickt zwischen den Baumstämmen hindurch manövrierte, unterrichtete er mich über die verschiedensten Baumarten, die wir sahen. Soweit wir sie im Dunkeln erkennen konnten. Es gab eine unglaubliche Vielfalt, wie sie mir nie bewusst gewesen war.

«Gibt es hier eigentlich noch Tiere?»

«Falls du Insekten meinst – ja, die gibt es überall.»

«Was ich auch schon festgestellt habe. Nein, ich spreche von Jaguar oder dergleichen.»

«Viele haben bestimmt nicht überlebt. Aber ich hab schon welche gesichtet.»

«Echt?»

«So erstaunlich ist das nicht. Hast du noch nie wilde Tiere gesehen?»

«Noch gar keine, außer auf Bildern. Komm nach Europa, dort sind wir Menschen die einzige Spezies.»

«Ich weiß.»

Erstaunt fragte ich: «Woher denn?»

Doch sein Redefluss war gebrochen, er tätschelte bloß Neoras Hals und bewirkte damit, dass sie in Galopp überging. Ich hielt mich fester an ihm. Offensichtlich waren die letzten beiden Worte unabsichtlich ausgesprochen worden. Verärgert dachte ich mir, dass er mir ruhig seine Herkunft erklären konnte. Ich würde schon niemandem etwas verraten. Doch ich wusste auch, dass ich nichts aus ihm rauskriegen würde, wenn er es nicht preisgeben wollte.

Nachdem wir ein großes Stück galoppiert waren, verfiel Neora wieder in einen gemütlichen Trott. Anscheinend war sie erschöpft. Kurzentschlossen sprang ich ab. Meine Beine waren bereits ganz steif und in diesem Tempo konnte ich auch nebenher joggen. Ich war das Reiten nicht gewohnt. Janic kommentierte es nicht. Und ich begann mal wieder zu grübeln. Seine beiden Worte spukten unaufhörlich in meinen Gedanken herum. «Ich weiß» – woher sollte er es wissen? Er kam doch von hier. Das heißt, nein, noch nicht mal das hatte er mir verraten: seine Herkunft. War er vielleicht auch aus dem VEPA geflohen, wie so viele? Wie meine Mutter? Meine Mutter. Lebte sie wohl wirklich noch? Befand sie sich unter diesen Leuten hier, schlief sie vielleicht keine hundert Meter entfernt von mir? Was würde sie denken, wenn sie dahinterkam, dass ich auch hier war und dass ich jetzt auch Christ war? Würde sie sich freuen? Bestimmt aber würde sie sich Sorgen machen. Um meine Zukunft, um meine Sicherheit in dem Land, in dem Religion streng verboten war. Wollte ich denn überhaupt dorthin? Wenn ich zurück in der Schweiz war, würde ich diese Leute hier vergessen müssen. Auch Janic? Ihn würde ich niemals komplett vergessen können, nie und nimmer. Dabei hatte ich ihn erst vor wenigen Tagen das erste Mal gesehen. Er war quasi ein flüchtiger Bekannter. Wie kam es, dass er mir so wichtig war? Und was hatte es mit seiner Vergangenheit auf sich?

«Leah, steig wieder auf, wir sind gleich da.» Janics Stimme riss mich aus meinem Gedankenstrudel. Seufzend zog ich mich wieder auf den Pferderücken und starrte seine Haare an. Schwarz wie eine mondlose Nacht, glänzend wie Seide, kaum merklich gewellt, und relativ lang für einen Jungen, bis fast auf die Schultern.

Da nahm ich ein Rauschen wahr, das immer lauter wurde, je weiter wir ritten. Ich war bis aufs Äußerste gespannt, was ich gleich zu Gesicht bekommen würde. Neora hielt an. Vor uns hingen Pflanzenwedel von Ästen nach unten, sodass das, was sich dahinter befand, nicht sichtbar war. Über uns schien der Vollmond. Als Neora durch die Pflanzenwedel nach vorne trat, beleuchtete der Mond einen riesigen Wasserfall, der auf der anderen Seite eines Teichs ins Wasser stürzte. Er leuchtete silbern in den Schatten der Nacht. Augenblicklich wurden wir von einer Wolke aus silberner Gischt eingehüllt. Dort, wo der Wasserfall auf den Teich traf, spritzten abermillionen von kleinen Sternchen hervor. Der Wasserfall sprudelte etwa zwanzig Meter über uns aus einer Felswand hervor, die mit allerlei Grünzeug bewachsen war.

«Lass uns raufklettern», forderte Janic mich auf. Ich erwiderte nichts, wusste ich doch, dass das Wahnsinn war. Ich entdeckte nirgends irgendwelche Möglichkeiten, sich festzuhalten und der Stein musste patschnass sein, was es noch gefährlicher machte. Zusammengefasst: unmöglich. Und weshalb widersprach ich ihm dann nicht? War ich zu hypnotisiert von der Schönheit dieses Wunders? War mir jegliche Angst und Vernunft genommen, seit ich mich für Jesus entschieden hatte? Oder wollte ich schlicht Janic beeindrucken? Das musste es sein. Auf keinen Fall wollte ich, dass er mich für ein Weichei hielt. Deshalb schluckte ich meine Bedenken hinunter und machte mich an den Aufstieg. Es war tatsächlich sehr glitschig, doch es gab viele Vorsprünge und kleine Unebenheiten, die ich von Ferne nicht entdeckt hatte.

Janic blieb ein Stück unter mir, obwohl er vermutlich schneller gewesen wäre. Für mich war es nämlich trotzdem eine ziemliche Herausforderung. Ich hielt es aber ganz gut durch, bis ich, nachdem wir etwa zwei Drittel der Höhe hinter uns hatten, den Fehler beging, nach unten zu schauen. Augenblicklich wurde mir ganz schwindlig. Von dieser Höhe wirkte der Teich überhaupt nicht mehr idyllisch, sondern wie ein schwarzes Loch, das nur darauf wartete, mich verschlucken zu können. Gelähmt vor Angst hielt ich inne. Ich konnte keinen Schritt weiterklettern. Ich klammerte mich verzweifelt an die Felswand, unfähig, irgendwas zu sagen. Um nichts in der Welt würde ich weiterklettern. Aber ich fühlte mich genauso unfähig, auch nur an den Abstieg zu denken. Ich wollte dem schwarzen Monster nicht näherkommen. Es sollte nicht das Glück haben, mich verschlingen zu können. Meine Gedanken drehten sich im Kreis. Und was tat Janic? Er hatte seine Füße in eine schmale Spalte geschoben, sich dicht an die Steinwand gepresst und verharrte dort regungslos und machte keine Anstalten, mir zu Hilfe zu kommen. Zornig wollte ich ihn schon um Hilfe bitten – Nein, ich würde mich jetzt nicht blamieren. Was sollte ich tun? Würde ich hier bis in alle Ewigkeit feststecken?

Da meldete er sich plötzlich doch zu Wort. «Leah. Weißt du noch, was ich dir heute schon mal gesagt habe? Gib nicht auf, egal wie vertrackt die Situation scheint. Denn es gibt einen, der dir immer helfen kann, immer. Hast du ihn schon um Hilfe gebeten?»

Nein. Jesus ... Bitte, ich ... ich komme nicht weiter. Ich weiß nicht, ob du mich hörst, aber du sagst doch, du bist immer da. Ich fühle mich wie gelähmt! Ich habe solche Angst! Bitte, hilf mir doch, wenn du kannst!

Wie als Antwort rutschte mein linker Fuß ab. Ich schrie auf und drückte mich an die Wand, tastete mit meinem Fuß daran entlang, verzweifelt bemüht, wieder Halt zu finden.

Soll das etwa deine Hilfe sein? Willst du, dass ich abstürze?

Da erspürte ich plötzlich eine kleine Höhle, in der mein Fuß Platz fand. Erleichtert stand ich ab und rang um Atem. Dann untersuchte ich den Felsen genauer. Genau über der Einbuchtung, in der mein Fuß stand, war eine zweite. Und etwas höher eine nächste! Sie führten bis ganz nach oben. Es war eine Leiter, die ziemlich leicht zu besteigen war. Nun konnte mich nichts mehr halten und im Nu saß ich ganz oben auf der Klippenkante. Wie blind konnte ich denn sein? Dass mir das nicht früher aufgefallen war! Auch Janic hatte mich erreicht und wir saßen wieder nebeneinander.

Ich schnappte angestrengt nach Luft, während Janic neben mir entspannt seinen Blicken über den Urwald gleiten ließ. Eine Weile rang ich mit mir – ich würde gerne erfahren, für was die Kletterpartie eben gut gewesen war, aber schließlich siegte mein Trotz; er konnte ruhig mal von sich aus ein Gespräch beginnen und wenn er mir etwas zu sagen hatte, würde er das tun. Also tat ich es ihm gleich und verharrte schweigend.

Wir mussten lange so dagesessen haben, denn die Dämmerung setzte ein und der Himmel wurde immer heller.

«Komm, ich zeig dir den normalen Weg runter», durchschnitt Janics Stimme die Stille.

Das war ja vorauszusehen gewesen, dass man auch viel einfacher nach oben kam. Gerade als wir uns aufrappelten, hatte auch die Sonne beschlossen, dass sie sich genug lange ausgeruht hatte. Sie sandte die ersten Strahlen aus, die zaghaft die Baumkronen erkundeten, kitzelte den Schlaf aus der Erde und flutete den Wald mit flüssigem Gold. Beflügelt folgte ich Janic, der mir einen Schleichweg an der Hinterseite der Klippen zeigte, den man bequem nach unten gehen konnte. Trotz meines Ärgers hatte der Sonnenaufgang mir ein Lächeln entlockt, das sich nun vertiefte, als Janic mich anschaute. «Was würdest du davon halten, wenn ich dich im Nahkampf unterrichten würde?», wollte er von mir wissen, während wir uns auf Neoras Rücken schwangen.

«Das wäre ... fantastisch!», stieß ich überrascht hervor. «Aber ... warum denn? Und kannst du das überhaupt?»

«Du musst dich verteidigen können, wenn es hart auf hart kommt. Und ...», Janic hielt inne, zögerte. «Und wenn ich irgendwie verhindern kann, dass dir etwas geschieht, dann werde ich das tun. Und ja», er hatte einen unbeschwerten Ton angeschlagen, «natürlich kann ich kämpfen. Hat mein Vater mir beigebracht.» Diesmal schien er es nicht zu bereuen, es gesagt zu haben.

«Besser als die Leute hier?» Ich wischte mir den Schmutz der Felswand von den Hosen.

«Keine Ahnung, hab mich noch nie mit ihnen gemessen.»

«Kannst du mir ein paar Tricks zeigen?»

«Aber sicher», seine Augen leuchteten auf. Und wieder fragte ich mich, was ihn so mit mir verband.

«Aber wir haben jetzt erst mal dringend etwas Schlaf nötig.»

Ich fühlte mich überhaupt nicht müde. Aber er hatte vermutlich recht – wie immer. Wir ritten zurück und ich schlich mich kurz nach sechs Uhr in die Höhle zu meinem Bett.

Obwohl ich nun doch ziemlich erschöpft war, konnte ich nicht schlafen. Ich hatte so einiges zu verarbeiten. Ich sah ein, dass es momentan keinen Sinn hatte, schlafen zu wollen, und griff nach Janics Bilderbuch. Aber auch die Bilder beruhigten mich diesmal nicht. Es war keine aufgeregte Unruhe, sondern eine traurige. Es schmerzte, wie mein Vater mit mir umging. Ich war bloß Mittel zum Zweck. Die einzige, die er wirklich wollte, war meine Mutter. Seit meiner Geburt war ich unwichtig. Ich konnte mich nicht erinnern, dass er mich je in die Arme genommen, geschweige denn Zeit mit mir verbracht hatte. Wenn, dann nur, um mich zurechtzuweisen oder um mir etwas für die Schule beizubringen. Niemals hatte er mir gesagt, dass er mich gern hatte. Er war einfach da gewesen, eine Person in meinem Leben, die Schatten auf mein Herz warf und mich mit einem Verlangen nach Zuneigung zurückließ. Diese hatte ich von ihm nie bekommen. Manchmal war ich so verletzt gewesen, dass ich geweint hatte. Er hatte mich dann eine Heulsuse genannt. Mich gedemütigt. Bis ich mir geschworen hatte, dass er mich nie wieder würde weinen sehen. Meine Mutter hatte mich geliebt, ja sehr sogar. Aber sie war viel zu sehr von ihrer Arbeit vereinnahmt worden, als dass sie eine richtige Mama hätte sein können. Und dann war sie plötzlich ganz weg gewesen. Tot, hatte mein Vater gesagt. Ich hatte es nie ganz akzeptiert. Mir war es vorgekommen, als hätte sie mich einfach vergessen. Und mit der Zeit hatte sich in mir eine große Leere gebildet, wie ein ausgehöhlter Stein. Eine Leere, die mir gerade in diesem Moment die Luft abschnürte. Und jetzt kam Jesus und wollte mir die Liebe geben, die ich so dringend benötigte. Ich war so wütend auf ihn gewesen, weil ich dachte, es wäre nicht wahr. *Niemand* hatte mich je wirklich verstanden. Warum sollte sich das gerade jetzt ändern? Denn wenn ich jemandem Zugang zu meinen Gefühlen gewährte, machte mich das verletzlich. Und Wunden hatte mein Herz wahrhaftig genug, dachte ich noch, bevor ich in einen leichten Schlummer fiel.

Wenig später wachte ich wieder auf. Es lohnte sich nicht, noch weiter zu schlafen, deshalb stand ich auf. Nachdem ich mich gewaschen und angezogen hatte, trat ich nach draußen, wo ich Lucy begegnete. Ohne Erklärung nahm sie mich in die Arme. Ich war sprachlos – weshalb das denn? Wie hatte sie wissen können, dass ich mich gerade jetzt nach einer solchen Umarmung sehnte? Wer hätte sich eine bessere Freundin wünschen können!

«Du bist Christin geworden», sagte sie. Ihr leuchtender Blick traf auf meinen und da verstand ich plötzlich, dass Lucy schon lange vor mir zum Glauben an Jesus gefunden hatte. Sie nickte.

Bevor ich es mir anders überlegen konnte, sprudelten alle meine Gedanken aus mir raus. Über meinen Vater, von dem ich nie echte Zuneigung bekommen hatte. Über Jesus, in dem ich einen Lichtstrahl in der Dunkelheit sah. Und sie hörte einfach zu und streichelte meinen Rücken, während wir beide beobachteten, wie die Sonne höher stieg.

Das war genau das, was ich an Lucy so mochte: Ihr Mitgefühl, das sie ohne große Worte mitteilen konnte. Ich begann, mich zu entspannen, bis ich aus dem Augenwinkel eine Bewegung wahrnahm. Ich fuhr zusammen und wirbelte herum. Da, im Schatten des Eingangs, kauerte Jason. Mein Herz setzte einen Schlag aus, um dann mit doppelter Geschwindigkeit von innen gegen meinen Brustkorb zu donnern, als wolle es ihn zerschmettern. Hatte er uns schon lange belauscht? Das durfte nicht wahr sein! Ich hatte mich gerade selbst verraten! Er konnte alles anstellen mit diesem Wissen. Vielleicht hatte er es ja sogar aufgenommen! Verflucht noch mal, konnte ich denn nicht vorsichtiger sein! Mein Unbehagen meldete sich. Doch bevor ich Jason zur Rede stellen konnte, hatte er sich aus dem Staub gemacht. Und drinnen konnte ich unmöglich mit ihm reden. Lucy war genauso erschrocken wie ich. Unsere Blicke trafen sich und unsere Augen sagten: Wenn das nur ein gutes Ende nimmt.

«Ich trau ihm nicht», flüsterte ich, «ich glaub, er und Andy führen was im Schilde.»

«Würd ich ihm zutrauen. Oh Mann. Das kann nicht wahr sein. Wir müssen etwas unternehmen!»

«Aber dazu brauchen wir Unterstützung. Wir müssen Kai einweihen – mit dem kannst du dich auch verständigen!»

Lucy nickte, und wie auf Kommando hasteten wir gemeinsam in großen Sprüngen nach unten und rasten durch den Tunnel.

«Mist!», rief ich aus. Kai hatte schon mit seiner Morgenandacht begonnen. «Was machen wir jetzt?»

«Wir müssen warten.»

«Aber es ist dringend!»

«Wir können ihn nicht vor allen anderen unterbrechen!»

So mussten wir uns wohl oder übel reinschleichen und zwischen die anderen setzen. Ich konnte meine Ungeduld kaum zähmen. Was, wenn es bereits zu spät war? Ich hätte schon damals, als ich Jason und Andy belauscht hatte, etwas gegen die Gefahr unternehmen sollen. Es war meine Schuld!

Einige Meter zu meiner Rechten entdecke ich zu meinem Erstaunen Melanie. Ich wusste noch nicht mal, ob sie gestern Abend da gewesen war. Wahrscheinlich schon. Weshalb wäre sie sonst heute Morgen wiedergekommen? Wie stand es eigentlich um sie? Konnte ich ihr vertrauen? Es war schwirig zu sagen, aber ich vermutete, dass sie im Zweifelsfall zu Jason halten würde. Und das war nicht gut. Drei gegen zwei. Nun, eigentlich würde schon einer reichen, um uns zu verpfeifen. Als mein übernächtigter, dröhnender Kopf sich einigermaßen beruhigt hatte, versuchte ich mich auf Kais Worte zu konzentrieren.

«Wie ihr alle gestern gehört habt, haben wir den Sieg auf unserer Seite. Das heißt aber nicht, dass deshalb alle Probleme aus der Welt geschafft sind und wir nicht mehr für Gottes Reich kämpfen müssen. Wichtig ist, dass wir immer auf Jesus vertrauen.»

Vertrauen. Das brauchte ich wirklich dringend. Die Zeit drängte und die Angst in mir drohte mich aufzufressen.

Kai fuhr fort: «Tagtäglich versuchen Selbstzweifel, uns niederzudrücken und unsere Gedanken klagen uns an. Freunde, kämpft gegen diese Gedanken an! Befehlt ihnen im Namen des Herrn, zu verschwinden und hört nicht auf sie. Ja, es wird oft schwer sein. Euch werden Stolpersteine in den Weg gelegt werden. Das kann ein Streit sein oder eine Verletzung. Eine Enttäuschung, eine Niederlage, ein Verlust. Es wird immer Menschen geben, die dich fallen sehen wollen. Die Kunst ist es, bewusst nicht über die Stolpersteine zu stolpern, sondern sie zu besteigen. So kommt ihr immer höher hinauf. Lasst euch nicht entmutigen, wenn es zu schwierig scheint! Denn es ist wahrhaftig schwieriger, als man denkt. Sammelt Erfahrungen durch schwierige Situationen. Und behaltet den Blick auf Jesus, dem einzigen Weg zu Gott. Braucht die Stolpersteine, um euch eine Treppe zu bauen, die euch weiterbringt. Es wird so manches Mal schwierig werden, und ihr werdet denken: Kais großspurige Worte helfen mir jetzt auch nicht weiter. Ich bin fehlerhaft! Deshalb sprecht mit Jesus – denn er will euch helfen! Und gebt nie, nie, niemals auf!»

Ich hatte gespannt zugehört – Stolpersteine lagen mir haufenweise im Weg, und sie erschienen mir oft zu groß, um sie zu besteigen. Doch darüber konnte ich später nachdenken – wir mussten dringend mit Kai sprechen.

Lucy war bereits aufgesprungen. Wir mussten Kai erwischen, bevor er in irgendein Gespräch verwickelt wurde. «Kai!», rief ich. Er wandte sich mir zu. «Kai, wir müssen dir was erzählen, dringend! Aber nicht hier. Komm mit!»

Kai, der unsere Anspannung zu spüren schien, folgte uns ans andere Ende der Lichtung.

Lucy erklärte: «Es ist wegen Jason und Andy. Die beiden führen was im Schilde. Wir sind hierhergeschickt worden, um zu melden, wenn wir Menschen antreffen. Aber das wollen wir nicht mehr tun, weil wir ja jetzt wissen, dass das euren sicheren Tod bedeuten würde. Wir werden euch nicht ausliefern, auch wenn das unsere Aufgabe war. Unsere Absichten haben sich verändert. – Aber wir glauben, dass Andy und Jason euch nun doch verraten wollen. Jedenfalls haben sie heute Morgen unser Gespräch belauscht und verhalten sich auch sonst äußerst verdächtig. Was sollen wir tun?»

Ich hatte beobachtet, wie sich Kais Gesichtsausdruck innerhalb von Sekunden völlig verwandelte. Er schien nah daran, auszuflippen, und konnte sich nur mühsam beherrschen.

«Scheiße!», zischte er aufgebracht und musterte uns dann kurz. «Ihr ahnt ja nicht, was für uns auf dem Spiel steht.»

«Doch, deshalb warnen wir dich ja. Ihr würdet alle getötet.»

«Das ist nicht unser Hauptproblem. Ihr ... Keine Ahnung habt ihr!» Damit ließ er uns verdutzt stehen und sprintete davon.

Doch wir hefteten uns entschlossen an seine Fersen. «Was steht denn auf dem Spiel?»

«Alles!», schnaubte Kai. Ich wechselte einen Blick mit Lucy. Was um alles in der Welt ging hier vor? Kai strebte auf Saphiras Zimmer zu. «Bleibt draußen», wies er uns aber an. «Und wagt es ja nicht, uns zu belauschen!», seine Stimme hatte einen scharfen Ton angenommen. Ich verstand nicht – was hatten wir denn gemacht? Verwirrt warteten wir und hielten uns in einiger Entfernung auf – doch als lange niemand rauskam, hielt ich es nicht mehr aus. Ich musste unbedingt etwas erfahren. Schließlich beschloss ich, Janic zu fragen. Lucy teilte ich mit, ich käme nachher wieder und sie solle hierbleiben. Sie wollte mich davon abhalten, zu gehen. «Kai ist schon jetzt misstrauisch. Wenn du jetzt noch verschwindest, wird er glauben, wir wollten ihn hinters Licht führen!»

«Es ist wichtig! Es wird auch nicht lange dauern.» Ich rannte los. Mit aller Kraft versuchte ich, mich an die Lage des Baumhauses zu erinnern. Doch bald musste ich feststellen, dass ich im Kreis herumrannte. Waren es weit auseinanderstehende Bäume gewesen oder dichtzusammengedrängte? Ich wusste es nicht mehr. Gestresst wandte ich mich abermals in eine andere Richtung, setzte über eine Felsgruppe hinweg, konnte aber immer noch kein Baumhaus sehen. Und wo war überhaupt nochmals die Felswand? Verzweifelt stellte ich fest, dass ich komplett die Orientierung verloren hatte. Nirgends gab es einen brauchbaren Anhaltspunkt. Oder doch? Gestern war ich etwa um dieselbe Zeit im Urwald gewesen. Und die Sonne war ... Ich wandte mich nach Osten zum Feuerball um. Die Felswand befand sich, soweit ich wusste, im Westen. Dann musste das Baumhaus im Südosten der Klippe sein. Also musste ich erst mal von der Sonne weglaufen und mich dann in die richtige Richtung bewegen. Und tatsächlich: Eine Viertelstunde später zog ich mich am Seil hoch und klopfte eindringlich, in der Hoffnung, dass Janic heute schneller öffnete. Dass er überhaupt da war …

«Janic! Mach auf! Es ist wichtig!» Noch während ich ihn drängte, wurde die Falltür nach oben geklappt und Janic kletterte durch sie hindurch zu mir. Bevor er etwas sagte, ließ er sich geschmeidig zu Boden gleiten und wartete dort auf mich.

«Janic. Ich … Kai sagt, dass noch viel mehr auf dem Spiel steht … als der Tod von euch Christen hier …» Ich brachte vor Aufregung keinen ganzen Satz zustande, also versuchte ich es nochmals: «Kai sagt, wir haben keine Ahnung, was für das Volk auf dem Spiel stünde. Was bedeutet das?»

«Dass wir viel mehr Einfluss auf das Weltgeschehen haben, als du denkst. Komm mit, ich zeig dir was.»

«Geht's lange? Ich habe nicht viel Zeit!»

«Es muss sein. Wir können Tarim nehmen, dann sind wir schneller.»

Das klang mal wieder nach einem Ritt. Ich seufzte, widersetzte mich jedoch nicht. Unterwegs erklärte Janic weiter: «Du siehst bloß das Volk hier als eine Gruppe von Leuten, die in Rio wohnen. Aber sie bilden auch die Zentrale der größten Untergrundorganisation der Welt. Auf allen Kontinenten haben sie Vertreter. Sie organisieren Aufstände, geheime Versammlungen und lassen vielen Leuten regelmäßig Botschaften von Jesus zukommen. Sie führen den Missionsauftrag von Jesus weiter.»

Ich runzelte die Stirn. Das tönte jetzt etwas zu extrem. Diese «Höhlenmenschen» hier sollen einer großen Untergrundorganisation vorstehen? Sogar der größten auf der Welt? Janic hatte wohl den Verstand verloren.

Dann erklärte er mir aber, dass ich hier längst nicht alles gesehen hätte. Da dämmerte es mir: Tagsüber hatte ich vor allem die Kinder gesehen. Kais Morgenandacht war für die Jugend. «Wo sind eigentlich all die Erwachsenen die ganze Zeit?»

Janic nickte. «Die haben viel zu tun. Sie kommunizieren täglich mit Leuten auf der ganzen Welt.»

«Aber das kann unsere Regierung doch zurückverfolgen. Warum wurde das nicht längst entdeckt?»

«Nicht, wenn sie es mit dem guten alten Papier machen. Das braucht man zwar sonst nicht mehr, weil es unpraktisch ist, aber für ihre Zwecke ist es perfekt. Und sie sind nicht dumm, glaub mir.»

«Und natürlich vermutet kein Mensch den Sitz einer weltweiten Organisation hier im Urwald», sagte ich leicht zynisch.

«Genau.»

«Aber verrate mir noch was: Wie kommt ihr zu eurer ganzen modernen Ausstattung und zu Essen und Trinken?»

«Mithilfe von geheimen Transporten. Und sag jetzt nicht wieder, das müsste man doch längst entdeckt haben. Glaub mir, wir haben die besten Techniker auf Erden auf unserer Seite. Und die Unterstützung des Allmächtigen darfst du auch nicht unterschätzen. Sonst hätte bei den Naturkatastrophen auch keiner überlebt.»

«Dann gibt es diese Organisation also schon länger?»

«Na klar. Jetzt, wo sie hier ihre Ruhe haben, können sie einfach viel mehr ausrichten.»

Das musste ich mal verarbeiten. Wieso hatte mir das niemand gesagt? Andererseits, sie hatten ja nicht wissen können, was ich mit diesen Informationen anstellen würde. Aber wenn sie mir nicht vertrauten und so viel auf dem Spiel stand, weshalb hatten sie sich uns überhaupt gezeigt? Denn jetzt steckten sie so ziemlich in der Klemme, dank ihres Leichtsinns.

Nein, das durfte nicht sein. Niemand konnte so grausam sein, so viel Leben, Glauben und Hoffnung zu zerstören. Ich wusste, dass das nicht stimmte, aber ich wollte es nicht wahrhaben. Ich *musste* es irgendwie verhindern. Und Jesus könnte mir dabei doch auch helfen. Gerade er wäre ja bestimmt nicht so herzlos, einfach im Himmel zu sitzen und zuzusehen, wie seine Nachfolger zerstört wurden. Das wäre das komplette Gegenteil meiner neuen Vorstellung von ihm.

‹Jesus›, betete ich, ‹ich könnte gerade eine XXL-Portion Vertrauen gebrauchen. Wäre toll, wenn sie auch noch für morgen reichen würde.›

«Wie lange geht's noch?», wollte ich wissen. Janic zuckte unschlüssig die Schultern. «Weiß nicht. Bin eine Zeit lang nicht mehr dort gewesen. Beginnen deine Beine wieder zu schmerzen?»

«Nein. Ich denke, langsam haben sie sich ans Reiten gewöhnt.»

«Super. Sag mal, könntest du mir was von deiner Schule in der Schweiz erzählen?»

«Wieso? Ich meine, klar, aber was willst du denn wissen?»

«Alles. Ich fühle mich wie ein Steinzeitmensch, habe keine Ahnung, was so läuft.»

«Also, wo soll ich beginnen? Der Unterricht. Wir müssen immer zwei vorgeschriebene Kurse besuchen, die sind obligatorisch. Den Rest können wir wählen.»

«Was gibt es denn so für Wahlfächer?»

«Nun ... Es gibt bei allen, die ich jetzt aufzähle, verschiedene Schwierigkeitsgrade. Da wären Geometrie, Algebra, Grammatik, Geschichte, Kriegsstrategien, Politik, Spionage, Englisch, Chemie, Biologie, Physik, Geografie, Staatswissen, Informatik, Elektrik, Philosophie, Theater, Nahkampf, Schießen, Ausdauer, Reaktion ... Mehr fällt mir im Moment nicht ein. Ich belege Geometrie und Englisch als obligatorisch und frei gewählt Geschichte, Nahkampf, Informatik, Elektrik und Politik. Wir haben in unseren Schreibtisch eingebaute Bildschirme. Jeder hat einen kabellosen Kopfhörer. Darauf hören wir die Stimme des Lehrers, denn wir sind zu viele, als dass wir ihn sonst alle verstanden hätten. Das heißt, etwa siebzig Schüler in einem Unterrichtssaal. Denn wir sind insgesamt über tausend Kinder und Jugendliche. Eine Lektion dauert jeweils zwei Stunden. Viel Freizeit haben wir nicht – meine nutze ich zum Lesen, mit Freundinnen quasseln oder draußen sein.

Kommen wir zum Essen: Es ist nicht annähernd so gut wie hier, das heißt, Gewürze gibt es nur an internationalen Feiertagen. Unsere Zimmer sind vier auf vier Meter plus ein kleines Badezimmer. Im Zimmer befinden sich standardmäßig ein Schubladenschreibtisch, ein Schrank, sowie ein Bett. Wir kriegen jedes Jahr das neuste Handy, das aber absolut überwacht ist.

Jedes Gespräch kann abgehört werden. Es kann auf sämtliche Kontakte und Chats zugegriffen werden.

Der Krieg ... Nun, darüber bin ich nicht auf dem neusten Stand, aber Asien soll große Teile an die Islamisten verloren haben. Die haben in verschiedenen Meeren Unterwasser-Basen eingerichtet und diese so geschickt getarnt, dass wir erst eine aufspüren konnten. Von dort aus begehen sie Attentate, besonders die Nordsee-Küste Deutschlands steht momentan unter konstantem Druck. Deshalb machen wir auch diese Missionen. Wir Kinder und Jugendlichen eignen uns besser als Erwachsene für Erkundungen, weil wir unauffälliger sind und niemand etwas Großes hinter jemandem Minderjährigen vermutet. Wir werden ja dafür ausgebildet.»

Bis jetzt hatte Janic zugehört, ohne mich zu unterbrechen. Als ich jedoch auf die Islamisten gekommen war, hatte er kurz geblinzelt und ich hatte das Gefühl gehabt, er hatte mich unterbrechen wollen. Wusste er mehr darüber, als er mir weismachen wollte?

«Interessant» sagte er mit einem Ausdruck im Gesicht, den ich nicht richtig deuten konnte. Er blickte mich wissend an, als ob er viel mehr wusste als ich. Machte ich mich hier vielleicht lächerlich, weil ich Dinge erzählte, die gar nicht wahr waren?

«Und, seit wann spricht man nicht mehr Schweizerdeutsch?», fragte er.

Ich sog scharf die Luft ein. Was sagte er da? Es war verboten, diese Sprache zu sprechen. Was interessierte es ihn, wenn er nicht mal Europäer war? Wir sprachen Aräisch miteinander. «Ähm, weiß nicht ... Schon eine Zeit lang, vielleicht einige Jahre vor meiner Geburt? Ich glaub, ich habe meine Großmutter mal so mit meinem Großvater sprechen hören. Aber hochdeutsch ist praktischer und einfacher für die Kommunikation mit Deutschland und dem restlichen VEPA. Dialekte trennen nur.»

«Also ich find's schade. Es geht damit so viel Kultur verloren.»

«Was weißt du denn schon darüber?»

Janic schwieg. Na klar, das tat er immer, wenn es für ihn

brenzlig wurde. Und ich starrte mal wieder stumm auf seinen Hinterkopf, bis er mir mitteilte, es wäre nicht mehr weit.

Bald bemerkte ich auch deutliche Veränderungen in der Landschaft: Es gab hier wieder viele Teiche in der Farbe von Janics Augen, kleine Bäche und Flussläufe. Tarim kam immer langsamer voran, bis Janic bestimmte, wir würden nun zu Fuß weitergehen. Wir stiegen ab und banden Tarim an einem Ast fest.

Während wir, jeder in Gedanken versunken, durch die Landschaft stapften, wurde mir bewusst, wie lange wir schon unterwegs waren. Viel zu lange! Lucy machte sich bestimmt bereits Sorgen und die anderen würden noch mehr Grund finden, uns nicht zu trauen. Mist, wenn Janic mir doch nur einmal sagen könnte, wohin es gehen sollte. Weshalb musste er denn immer so geheimniskrämerisch tun? Was geschah jetzt gerade bei der Felswand? Ich wusste, es wäre meine Schuld, wenn irgendjemandem etwas zustoßen würde. Und das machte mich fertig, zumal ich daran nichts ändern konnte.

Um mich abzulenken, betrachtete ich mein Spiegelbild in einer der vielen Pfützen. Waren wir wirklich erst ein paar Tage hier? Mein normalerweise zu einem ordentlichen Pferdeschwanz gebundenes Haar hing offen über meine Schultern, lockig und ziemlich wild. Zum Bürsten hatte ich heute Morgen keine Zeit. Auch meine Kleidung unterschied sich von meiner früheren. Ich trug immer noch das Kleid, das Lucy mir gestern fürs Osterfest gebracht hatte. Ich muss Shana fragen, ob sie mir noch etwas anderes zum Anziehen hat.

Ich war innerlich und äußerlich eine neue Person.

Ohne dass ich es wollte, schweifte mein Blick zu Janics Spiegelbild. Ich konnte seine im Wind flatternden Haare sehen, seine sonnengebräunte Haut und seine Wunder-Augen. Er war in ein schneeweißes Hemd und blaue Hosen gekleidet. Und er sah großartig aus, ich konnte mich nicht davon abhalten, das zu denken. Ich war so abgelenkt, dass ich beinahe nicht bemerkt hätte, was ab und zu schon zwischen den Palmenblättern zu sehen war.

«Schau, da vorne!», machte mich Janic darauf aufmerksam.

Erschrocken schaute ich in die Ferne. Da erstreckte sich das weite, blaue Meer, weiter als ich sehen konnte. Wellen tanzten ab und auf und gaben dem Ganzen eine Verspieltheit; die Sonne, die es von oben beschien, gab ihm einen majestätischen, warmen Glanz.

Und Schiffe waren da! Weiter links war eine Schiffsflotte dabei, an mehreren langen Stegen anzulegen. Das war gar nicht so einfach, weil die Stege an vielen Stellen eingefallen waren. Ich zählte die Schiffe nicht, aber es waren viele, sehr viele. Jedes nicht größer als ein größerer Fischerkahn.

Am Ufer hatten sich eine Gruppe Frauen und Männer versammelt. Also dahin waren die Erwachsenen verschwunden! Hinter ihnen standen mehrere Kolonnen Pferde – oder waren es Maultiere? Es waren mindestens drei Mal so viele Tiere, wie Männer und Frauen davorstanden.

Sobald ein Schiff an der Anlegebrücke vertäut war, begann die Besatzung mit dem Abladen. Innert kürzester Zeit standen auf den Stegen unzählige Kisten und Säcke. Die Männer und Frauen am Strand setzten sich in Bewegung und beluden die Pferde. Die Waren hatten nie alle auf den Tieren Platz! Sie werden den ganzen Tag hin- und hergehen müssen, um alles zurück zu den Felsen zu transportieren.

Janic sagte nichts, deutete bloß auf das Schiff, das uns am nächsten lag. Dort verließen gerade ein paar Leute das Schiff. Alle bis auf einen gingen den anderen beim Beladen der Pferde zur Hand. Der andere steuerte auf eine Frau zu, die das emsige Treiben bisher nur beobachtet hatte. – Ich musste zwei Mal hinschauen, aber dann war ich mir sicher: Das war Saphira. Die beiden diskutierten ernst miteinander. Es schien kompliziert zu sein. Ich wäre gerne näher herangeschlichen, um dem Gespräch zu lauschen, doch hier gab es keine Deckung. Ich vermutete aber, dass der Mann Saphira auf etwas hinwies, das sie nicht wahrhaben wollte. Schließlich ließ sie sich aber doch überzeugen, stieg auf ein grau geflecktes Pferd und ritt in schnellem Galopp davon. Seltsam. Ob es wohl etwas mit uns zu tun hatte?

«Sind das die Lieferungen?», fragte ich Janic.

«Ja. Und damit kommen auch immer Mitarbeiter in die Zentrale der Organisation zurück, für die wieder Zeit für eine Schulung ist oder wenn die Lage dort zu brenzlig wird.»

«Wie lange werden sie benötigen, bis all die Waren abtransportiert sind?»

«Die Schiffe legen erst morgen wieder ab. Bis dann sind sie fertig.»

«Wieso war es so wichtig, mir das gerade jetzt zu zeigen?»

«Sieh selbst.»

Ungeduldig stampfte ich mit dem Fuß auf. Ich hatte schon alles gesehen. Oder?

Janic zeigte aufs Meer hinaus zum letzten Schiff in der Reihe. Dort war nichts anderes zu sehen als zwei Silhouetten. Aus der Ferne konnte ich nicht erkennen, ob es sich um Männer oder Frauen handelte. Die beiden trugen zwischen sich etwas, das wie eine Trage aussah. Darauf lag eine zusammengekrümmte Gestalt! Sie schien verletzt zu sein, wie konnte so was passieren? Weshalb musste sie umhergetragen werden?

Und ... weshalb hatte Janic davon gewusst? Als ich ihn dies fragte, erklärte er mir, dass im Monatsbericht die Rede von einer Kranken gewesen war, die zurückgebracht werden würde, sobald die nächste Schiffsladung fällig war. Jetzt war es so weit.

«Aber warum wird sie nicht nach Wüstenland geschickt?», fragte ich.

«Das würden die Christen nie zulassen», entgegnete Janic. «Bei ihnen hat jeder Mensch gleich viel Wert, egal ob er gesund oder krank ist. Sie pflegen ihre Kranken hier in der Zentrale.»

«Wer ist sie?», fragte ich.

Janic schwieg. Wusste er es nicht, durfte er es nicht sagen oder wollte er es schlicht nicht? Mitleid wallte in mir auf, für diese Frau, die so leiden musste. Und ein stechendes Verlangen, zu ihr zu rennen, um zu sehen, wer es war. Obwohl ich noch immer nicht verstand, was mich das anging. Aber irgendeinen Grund hatte Janic immer, wenn er mir etwas zeigte! Existierte vielleicht eine Verbindung zwischen der Frau und ihm? War sie eine Verwandte von ihm? Gar seine Mutter? Ich wagte nicht, ihn darauf anzusprechen, wusste ich doch, dass er sowieso nichts verraten würde. Aber er hatte einen ziemlich energischen Tonfall angeschlagen, als er über sie gesprochen hatte, sie musste ihm zumindest sehr wichtig sein, so viel stand fest.

Oder hatte sie etwas mit mir zu tun? Konnte auch gut möglich sein – so vieles hatte sich als anders herausgestellt, als es schien: Lucy und ich waren Christen geworden. Wer hätte das im Voraus gedacht? Ich hatte überrascht erlebt, dass Melanie doch auch nett sein konnte, mein Vater hatte mich angelogen, meine Mutter lebte wahrscheinlich noch, und mein kleiner Bruder, Milan, war meiner neuen Meinung nach ermordet worden.

*Stopp!*, meldete sich da der für Logik zuständige Teil in meinem Kopf, *das ist wohl gerade etwas weit hergeholt. Dein Vater hat dir keinen Beweis dafür geliefert, dass deine Mutter noch lebt. Du bist Christ, weil dieser Glaube deine Sehnsucht stillt und auch die Sache mit Milan ist bloß deine Vermutung. Du hast dich da in was total Unsicheres reingesteigert. Diese Frau muss absolut nichts mit dir zu tun haben. Vielleicht wollte Janic dir einfach nur zeigen, was es bedeuten konnte heutzutage Christ zu sein, verstanden? Benutz einfach mal dein Gehirn.*

Ich schüttelte den Kopf und versuchte, das Gedankenwirrwarr in eine Ecke meines Gehirns zu drängen. Weshalb musste bloß alles so kompliziert sein? Ich musste endlich zurück! Die Sonne stand schon am höchsten Punkt. Lucy machte sich bestimmt bereits Sorgen, wo ich geblieben war.

«Wir müssen zurück.»

«Okay.»

Okay? Okay?? Das ist das einzige, was du dazu zu sagen hast? Du könntest mir auch mal erklären, wozu der ganze Spaß hier gut war, Mister Perfekt.

Mit einem lautlosen Seufzer wandte ich mich dem Rückweg zu – und starrte direkt in zwei glühende, dunkle Augen. Jason!

Er stand einfach da und versenkte die Hände in seinen Hosentaschen. Dabei lehnte er gegen einen Felsen und erwiderte meinen

Blick. In seinen Augen konnte ich keine Gefühlsregung erkennen – er wirkte total gleichgültig. Meine Gedanken rasten. Wie ich es hasste, so was von hilflos zu sein! Aber Halt. Eines hatte ich noch in der Hand. Ohne nach Janic zu schauen, ging ich auf Jason zu und versuchte, möglichst selbstsicher zu wirken.

Er sagte nichts.

Ich suchte krampfhaft nach den richtigen Worten.

«Jason», begann ich schließlich und erwartete irgendeine Reaktion von ihm. Doch er hob nicht mal eine Augenbraue. Er machte mich nervös!

«Habt ihr es der Zentrale schon erzählt?» Fast schon meinte ich, er würde weiter stumm bleiben.

«Nein», sagte er dann.

«Wann werdet ihr es tun?»

«Andy erwartet mich. Sobald ich zurück bin, schicken wir die gesammelten Unterlagen.»

«Nein! Das dürft ihr nicht!»

Jasons Miene verdüsterte sich und er presste die Lippen zusammen. Ich wusste, dass er aus der Sicht des Gesetzes im Recht war. Aber ich musste ihn davon abhalten! «Jason», ich musterte ihn eindringlich. «Jason, wenn du das tust, werde ich niemals mehr ein Wort mit dir sprechen. Hast du kapiert?!» Die letzten drei Worte schrie ich beinahe.

Jetzt schaute Jason noch zorniger drein. Wie auch schon bei seinem Streit mit Julio brodelten in seinen Augen heiße Lavafluten, die sich jeden Moment in einen Ausbruch umwandeln konnten. Hatte ich die Sache nur verschlimmert? Ich durfte nicht aufgeben. «Ich weiß, dass du das weniger als alles andere willst», wagte ich einen kühnen zweiten Anlauf.

Jason konnte sich nicht mehr halten. «Was weißt du denn schon?»

«Ich weiß, dass du *mich* willst.»

«Ich will nur mein Land nicht verraten!»

«Ach komm schon, du Warmduscher, darum geht es dir nicht, gib es doch endlich zu!»

«Sei einfach ruhig und lass mich in Frieden, du Idiotin!» Er blickte zu Boden.

«Ich bin kein Idiot. Wenn ich es wäre, hättest du dich doch längst mit den Informationen auf und davon gemacht. Du hättest gar nicht hierhin zu kommen brauchen. Ihr habt längst genug Beweise.»

«Ich wollte bloß wissen, was du mit dem da zu schaffen hast.» Er warf Janic einen verächtlichen Blick zu.

Ich lachte gekünstelt auf und frohlockte innerlich. Mein Plan schien aufzugehen. «Janic? Ach er wollte mir nur was zeigen. Und wieso interessiert dich das? Ich weiß es. Du bist verliebt – in mich. Mach mir nichts vor.»

«Und wenn schon?», brüllte Jason mit hochrotem Kopf. «Du merkst das aber früh. Ich will dich, ich wollte dich schon lange, aber besonders feinfühlig bist du nicht. Und was bringt es mir? Du interessierst dich ja keinen Dreck für mich. Du bist verknallt in den da!», er deutete auf Janic.

Ich blickte zu ihm zurück. In seinem Gesicht trafen die verschiedensten Ausdrücke aufeinander. Darunter Besorgnis, Wut, Zweifel und eine Sehnsucht.

Und mir fuhr es bis ins Blut. Ich wusste, dass Jason so was von Recht hatte. Ich war Hals über Kopf in Janic verknallt, ob ich es mir nun eingestehen wollte oder nicht. Ich hätte auf der Stelle alles stehen und liegen lassen, um mit ihm zusammen zu sein. Egal wie wütend ich war – alles, was ich verspürte, wenn ich an ihn dachte, war Sehnsucht und Freude. Und was empfand er für mich? Ich suchte in seinen Augen. In seinen türkisen, funkelnden Diamanten. Und ich wusste, dass er meine Gefühle erwiderte. Für einen Moment breitete sich eine tiefe Erleichterung in mir aus und ich erwartete, gleich abzuheben.

Bis ich mich wieder an Jason erinnerte. Auf einen Schlag lag ich innerlich am Boden, platt gedrückt, weil ich wusste, dass es nicht funktionieren würde. Es durfte nicht so weit kommen. Ich hatte mir ja selbst einen Plan zurechtgelegt. Und der besagte, dass ich nach Hause gehen würde. Alles in mir sträubte sich, als ich Jason ein paar Schritte weiterzog und ihm meinen Vorschlag zuflüsterte. «Jason, hör mir zu. Ich komme mit dir zurück. Nach

Europa. Ich werde mein Bestes geben, ihn zu vergessen. Eines Tages wird es mir gelingen.» Dass ich insgeheim wusste, dass es mir nie gelingen würde, musste er nicht wissen. Ich konnte Janic nicht vergessen. «Ganz sicher. Aber es gibt die eine Bedingung: Du darfst die Menschen hier nicht verraten! Und du musst auch Andy dazu bringen, es dir gleich zu tun. Kein Wort über die Menschen hier und ihren Glauben, klar? Sonst wirst du mich ein paar Jahrhunderte nicht zu Gesicht bekommen. Ich werde es dir nie vergessen, wenn du dich nicht daran hältst!» Das wiederum war wahr.

Gespannt wie ein Gummiband, das in die Länge gezogen wurde und dem Zerreißen nahe war, wartete ich auf seine Antwort. *Komm schon, komm schon*, drängte ich innerlich.

Nun starrte er nicht mehr mich, sondern den Boden vor seinen Füßen an. Ich konnte beinahe hören, wie es in seinem Hirn ratterte und rumorte. Hoffentlich half mir Jesus. Konnte er eigentlich auch Gedanken verändern? Wahrscheinlich schon, als Gottessohn war man vermutlich recht mächtig. Das, was Jason nun von sich gab, tönte mehr nach einem heiseren Knurren als einer Antwort, doch ich verstand es trotzdem.

«Okay.»

Na, fantastisch. Können Jungs auch was anderes von sich geben als dieses eine Wort?

Merkwürdigerweise empfand ich keinerlei Triumphgefühle. Ich fühlte mich wie ein Offizier, der von einem Krieg heimkehrte, in dem er alles verloren hatte: die Familie, Freunde, Besitz, Lebensmut. Ich war nur noch eine Hülle meiner selbst. Und ich war erschöpft, nicht körperlich, sondern von der Achterbahnfahrt meiner Gedanken und Gefühle. Ich konnte es nicht mehr ertragen. Am liebsten wäre ich augenblicklich ins Flugzeug Richtung Schweiz gestiegen. Ich wäre in meinen Sitz geplumpst, eingeschlafen und hoffentlich nie wieder aufgewacht.

Jedenfalls nicht in dieser Welt.

# 6. Kapitel

Ich war gefangen in einem Strudel frustrierender Gedanken. Nur verschwommen nahm ich wahr, wie die beiden Jungs sich finster anstarrten und Jason schließlich kehrt machte und bald im Dschungel verschwunden war.

Janic musterte mich besorgt, doch meine Kehle war zugeschnürt und ich brachte kein Wort heraus. Schließlich machten wir uns schweigend auf den Rückweg. Dieser dauerte bestimmt auch so lange wie die Hinreise, aber ich bekam nicht mehr alles mit.

Plötzlich befand ich mich in der Höhle auf dem Bett, wo ich das Gesicht in meinem Kissen vergrub. Ich wollte einschlafen, doch ich war hellwach. Mein Kopf pochte in einem beständigen Rhythmus und meine Stirn fühlte sich feuerheiß an.

Irgendwann kam Lucy hinein. Nachdem sie mich angesehen hatte, holte sie Saphira her, die mir, nachdem sie meine Stirn befühlt hatte, ein zähflüssiges Getränk aus einer Flasche einflößte.

Nachdem ich mich zuvor wie ein Fisch auf dem Trockenen auf meiner Matratze hin und her gewälzt hatte, wurden meine Augenlider nun schwer wie Blei und senkten sich über die Reste meiner Wahrnehmung. Ich glitt in einen schwarzen Traum.

*Ich schlage die Augen auf und merke, dass ich im eiskalten Schnee liege, bloß in T-Shirt und Shorts gekleidet. Augenblicklich beginne ich zu zittern und meine Zähne klappern hart aufeinander. Ich kann meine Umgebung nicht erkennen, sie wird von einem grauen Nebel verschluckt. Als ich aufstehe, versinke ich bis zu den Knien im Neuschnee. Meine nackten Füße schmerzen angesichts der tiefen Temperaturen. Vorsichtig mache ich ein paar Schritte. Es ist sehr kräftezehrend, zumal kein Ziel in Sicht ist. Nirgends auch nur ein Fußabdruck. Mir wird schwindlig und ich wünsche mir, zurück in mein eisiges Bett sinken zu können. Es hat keinen Sinn.*

*Bis ich auf einmal etwas höre. Etwas, das mir nicht neu ist. Es ist ein undeutlicher Schrei, der sehr weit weg erklingt. Und doch brennt er sich in mein Innerstes ein. Ich kann das eine Wort, das geschrien wird, verstehen. Die Laute formen meinen Namen. Ich drehe mich im Kreis, um zu hören, in welche Richtung ich nach dem Menschen suchen muss, der mich ruft. Doch mein Name schallt von überall. Frustriert stapfe ich los. Wind kommt auf und bläst mir messerscharf ins Gesicht. Der Nebel beginnt, seine Farbe von milchig weiß in dunkelgrau umzuwandeln. Doch die Schreie werden deutlicher, je weiter ich mich voran kämpfe. Und eindringlicher. Meine Ohren tun weh. Wie kann jemand bloß so laut schreien? Dann komme ich nicht mehr weiter. Mehr schaffe ich einfach nicht. Um mich herum ein einziger Schrei, unzählige Echos und Widerhalle. Verzweiflung schwingt in den Schreien mit. Erschöpft sacke ich auf die Knie und versinke im Schnee. Es tut gut, nun ist der Lärm gedämpft. Merkwürdigerweise sinke ich immer tiefer. So hohen Schnee habe ich noch nie gesehen! Ich ringe nach Luft, doch da ist bloß Schnee. Ich gerate in Panik. Meine Lungen brennen, schreien nach Sauerstoff. Ich werde ersticken! Und ich gleite immer tiefer, es wird immer dunkler um mich herum. Mein Instinkt rät mir, zu rudern und zu zappeln, mir fehlt aber die Kraft dazu. Mein ganzer Körper fühlt sich mittlerweile wie ein einziger Eisblock an. Meine Gedanken werden träge, bis ich weder denke noch fühle. Jetzt muss es gleich vorbei sein. Ein letztes Mal öffne ich meine Sinne für die Außenwelt. Und da ertönt ein leises, fast lautloses Flüstern.*

*«Leah. Bleib bei mir. Meine Tochter.»*

Ich erwachte und als ich die Augen aufschlug, stand ich auf und stolperte aus der Höhle. Draußen erwartete mich gleißend helles Licht. Sonnenlicht, das gar nicht zu meinem verstörenden Traum passte. Gierig sog ich die Luft ein. Ich wusste, dass irgendwas passiert war, aber das einzige, woran ich mich erinnern konnte, waren diese zwei Worte, die in meinem Kopf nachhallten wie ein tausendfaches Echo.

Meine Tochter.

Ich sehnte mich nach der Person, die sie ausgesprochen hatte, weil ich wusste, wer sie war. Weil ich jetzt wusste, dass ich doch noch eine Mama hatte.

Ich stolperte los, aber Saphiras Trank hatte seine Wirkung wohl noch nicht ganz verloren. Als ich das nächste Mal bei klarem Verstand war, lag ich rücklings auf dem hölzernen Flachdach von Janics Baumhaus, mindestens zehn Meter über dem Boden. Er kniete neben mir und schaute mich an. Panik stand in seinen Augen. Als er realisierte, dass ich wach war, wollte er wissen, wie es mir ging, worauf ich erwiderte, es sei alles in Ordnung.

«Leah. Du darfst nicht gehen. Ich brauche dich hier.»

«Ich muss! Du weißt, was Jason sonst tut.»

«Aber ich will dich nicht verlieren.»

«Janic, entweder ich gehe oder alle hier werden sterben.»

«Wir könnten gemeinsam abhauen!»

«Ich gehe noch zur Schule. Das geht nicht, kapierst du?»

«Ich will dich nicht verlieren», wiederholte er nur.

«Das wirst du müssen.»

Es widerstrebte mir, so herzlos zu sein. Doch verflixt noch mal, ich hatte keine Wahl.

Ich musste dringend herausfinden, wann die Abreise war. Ob Jason Andy hatte überzeugen können?

Panik breitete sich in mir aus; vielleicht würde ich Janic nie mehr wiedersehen. Ich betrachtete jeden Millimeter seines Gesichts. Um schließlich bei seinen Augen zu landen, die mich unverwandt anstarrten.

Die Farbe der Seen.

Das Funkeln der Diamanten.

Der Glanz des Himmels.

Die Tiefe des Meeres.

Das Leuchten des Sonnenaufgangs.

Und die Welt ging unter, als ich wie in Zeitlupe meinen Blick von ihm abwandte. Dunkle Fluten, die mich mit sich rissen. Ich musste los. Ohne nachzudenken, sprang ich vom Dach des Baumhauses.

«Leah!», schrie Janic entsetzt hinter mir.

Ich landete auf dem Ast, den ich anvisiert hatte. Ohne große Mühe sprang ich von Ast zu Ast bis zum Boden. Genau wie damals beim Kletterwettbewerb.

Ich blickte nochmals zu ihm hoch.

*****

Noch bevor ich die Felswand erreicht hatte, vibrierte mein Handy. Andy schrieb, dass wir bald heimreisen werden. Der genaue Zeitpunkt werde folgen. War das nun das Resultat von Jasons Bemühen?

Ich begegnete Lucy.

Sie schien verwirrt. «Leah, was soll der ganze Scheiß?»

«Wir reisen ab», sagte ich nur.

«Das kann doch nicht dein Ernst sein. Ganz ehrlich, spinnst du?»

«Nein», knurrte ich gereizt und zeigte ihr die Nachricht auf dem Handy.

«Und du willst wirklich weg von hier?»

«Nein. Aber wir haben keine Wahl. Andy und Jason werden sonst alle verraten.»

«Das kann doch nicht wahr sein! Ich muss bleiben!»

«Kannst du aber nicht, kapier's doch!» Ich eilte weiter.

«Leah …»

Doch ich war schon weg. Ich konnte niemanden gebrauchen, der mich daran erinnerte, dass ich einen großen Fehler beging. Schnell erklomm ich die Klippen bis zu unserem Zimmer. Ich brauchte gar nicht reinzugehen. Jason stand davor. Er konnte wohl die Frage in meinem Gesicht lesen, denn er nickte. Und ich verstand. Andy war einverstanden. Es musste schwierig gewesen sein, ihn zu überzeugen. Wusste er vielleicht etwas über ihn, das er als Druckmittel einsetzen konnte? Es interessierte mich nicht. Momentan spürte ich bloß Hass für Jason. Ich wollte jetzt nicht mit ihm sprechen. Eigentlich nie wieder.

Etwas musste ich aber noch wissen. Um jeden Preis. Vorher konnte ich hier nicht weg. Ich machte mich auf den Weg. Ich schaute in drei falsche Höhlen, bis ich den Eingang zur gesuchten gefunden hatte. Ohne zu zögern, riss ich den Vorhang zur Seite. Auf den ersten Blick war niemand zu erkennen. Das Zimmer schien leer. Dann hörte ich hinter einer der Türen Stimmen. Es hörte sich ganz nach Kai an. Ich öffnete die Tür. Augenblicklich verstummte jegliches Gespräch. Zwei Augenpaare waren auf mich gerichtet. Die von Kai, der mich misstrauisch beäugte, und die von Saphira, die in einem Dilemma gefangen schienen. Zwischen Sorge und Hoffnung hin- und hergerissen. «Ja, Leah?», wandte sie das Wort an mich.

«Ich … ich muss dich was fragen, also …»

Kai schien nicht sehr überzeugt.

«Also, weshalb, wenn … Ihr wusstet doch, was für Leute wir sind», ich schluckte, «und was für euch auf dem Spiel steht. Ihr … Warum habt ihr uns zu euch geholt?»

Kai seufzte schwer, schwieg aber. Erst als Saphira ihm auffordernd zunickte, begann er zu sprechen.

«Also es ist so. Saphiras Bruder, er ist mein Vater. Und ihm war die Gabe der Prophetie gegeben. Er hat Prophetien vom Herrn empfangen. Und dann hat er sie immer gezeichnet. Und eines Tages hat er einen Jungen und ein Mädchen auf einem Baum gezeichnet, die sich aber nicht anschauten. Er hat die Prophezeiung niedergeschrieben. Das war kurz bevor der stumme Junge zum ersten Mal hier auftauchte. Er schrieb, es würde einmal ein Junge und ein Mädchen sein. Das Mädchen heiße Leah und werde aus einem fernen Land kommen, nicht allein. Die beiden werden sich lieben, doch das Mädchen wird ihn verlassen. Aber nicht für immer. Einmal wird sie zu ihm zurückkommen. Und sie werden unser Volk retten.»

Mir blieb für einen Moment die Luft weg. Das war also die Prophezeiung! Nun machte es Sinn. «Aber jetzt schweben wir in großer Gefahr wegen Jason und Andy.»

«Nein, nicht mehr! Ich verspreche euch, sie werden niemandem etwas verraten. Wir werden abreisen.»

Die zwei starrten mich ungläubig an. Ich wiederholte mich und versicherte ihnen, dass es kein Witz war. Die ganze Zeit jedoch sah ich vor meinem inneren Auge nur den einen Satz, den Kais Vater prophezeit hatte. «Einmal wird sie zu ihm zurückkommen.»

Konnte das wahr sein? Die Luft schien schon wieder zu flimmern. Angestrengt unterdrückte ich die aufsteigende Hoffnung in mir. Ich durfte das nicht zulassen. Ich durfte mir keine falschen Hoffnungen machen.

Ich spürte eine Hand auf meiner Schulter. Blitzschnell wirbelte ich herum. Jason.

«Kannst du es ihnen erklären?», bat ich ihn.

«Ja.»

Erleichtert ließ ich die drei allein.

Zurück in unserem Zimmer vibrierte mein Handy. Nachricht von Andy: «Abreise: Morgen, 08:00 Uhr.»

Nein. Das durfte nicht wahr sein. Viel zu früh! Das ging mir alles viel zu schnell! Ich wollte das hier noch nicht verlassen. Nicht ohne ihn. Ich wollte hierbleiben! Eine Kälte kroch meine Beine hinauf und nistete sich in meinem Herz ein. Wenn ich es überstehen wollte, musste ich mich schützen. Ich durfte keine Sehnsucht und keine Panik zulassen. Ich musste mein Herz versiegeln. Niemand durfte Zugriff haben.

Müde ließ ich mich auf mein Bett fallen. Und musste wieder an die Frau auf der Bahre denken. Was ihr wohl zugestoßen war? Wo war sie jetzt? War sie tatsächlich dieselbe wie in meinem Traum? War sie meine Mutter? Es klang absurd. Konnte es wirklich sein, dass sie noch lebte? Vater dachte es auch. Und er musste einen Grund dafür haben. Ich kaute nachdenklich auf meiner Unterlippe herum. Es erschien mir wie ein riesiges Puzzle. Überall tauchten Teile auf und fügten sich ins Bild, aber der größte Teil blieb mir verborgen. Ich konnte das Bild nicht erkennen. Und indem ich Rio verließ, ließ ich auch jegliche Möglichkeiten hinter mir, das Puzzle fertig zusammenzusetzen. Ob Janic etwas wusste? Oder ob Kai oder Saphira etwas vor mir geheim hielten? Was fehlte? Die Vermutung in mir verstärkte sich, dass die beiden mir nicht alles erzählt hatten. Ich musste mehr wissen.

Entschlossen machte ich mich abermals auf den Weg zu Saphiras Höhle. Ungeduldig lauschte ich. Nichts zu hören. Ich trat ins Innere. Immer noch kein Geräusch. Alles verlassen. Ich lehnte mich aus dem Ausgang und spähte nach unten. Doch auch dort nichts zu sehen. Trotzdem kletterte ich wieder nach unten. Die Dämmerung hatte schon eingesetzt, schummriges Licht drang durch das Blätterdach zu mir durch. Es war so viel schöner als die Tannen in der Schweiz, an denen die stacheligen Nadeln nur darauf warteten, zuzustechen. Fast hätte ich den braunen Haarschopf übersehen, der da auf Hüfthöhe aus der Dunkelheit herausstach.

«Melanie?!»

Siedend heiß realisierte ich, dass ich die letzten Tage kaum an sie gedacht hatte. Was hatte sie wohl die ganze Zeit getrieben?

Ich trat einen Schritt auf sie zu.

«Geh weg!» Melanie schaute nicht auf, doch aus ihrer Stimme konnte ich Verzweiflung hören. Das sonst so stolze Mädchen war am Boden zerstört.

«Wo bist du die ganze Zeit gewesen?»

«Verschwinde! Bitte, lass mich einfach allein!»

Ich kauerte mich neben sie. «Was ist los?»

Statt einer Antwort vernahm ich einen unterdrückten Schluchzer. Wie lange saß sie hier schon?

«Melanie, ich werde dich hier nicht allein lassen. Glaub mir, du kannst mir sagen, was los ist. Ich sag es niemandem.»

Sie schüttelte den Kopf. Ein weiterer Schluchzer schüttelte ihren Körper.

«Melanie!»

Keine Reaktion. Irgendetwas war geschehen.

«Komm, steh auf. Hier können wir nicht bleiben.»

Melanie schrie auf, als ich ihre Hand packte und sie hochzog. Sie kippte zur Seite. Und da sah ich es. Ich sah ihren Fuß. Er war seltsam zur Seite verdreht. Getrocknetes Blut klebte an ihrer Fußsohle.

Melanie weinte jetzt noch lauter. «Nein! Du darfst es nicht sehen! Niemand darf es sehen! Es war ein Versehen! Ich bin auf einen Baum geklettert, als ich Jason gefolgt bin. Als er euch gefolgt ist. Dann bin ich ausgerutscht. Und jetzt kann ich nicht mehr laufen! Es tut so weh! Ich habe solche Angst!»

Ich erstarrte vor Schreck.

«Leah, ich habe solche Angst. Was, wenn sie ihn nicht reparieren? Mein Fuß fühlt sich so komisch an. Aber ich will nicht nach Wüstenland! Leah, Wüstenland ist die Hölle! Ich will dort nicht hin!»

*Wüstenland.* Ein verfluchtes Wort. Wüstenland, das Land der Verzweiflung, das Land der Armut, das Land der Kranken, das Land der Hoffnungslosigkeit. *Die Todeszone.* In jedem Menschen schlummerte der unbewusste Drang, zu arbeiten, um genug Geld zu haben. Sicher zu leben, um nicht verletzt zu werden. Denn wer nicht genug Geld hatte, wurde ausgeschafft. Mitsamt Familie. Und wer eine Behinderung hatte, die man vor der Geburt noch nicht festgestellt hatte, wurde ausgeschafft. Und wer durch einen Unfall eine Missbildung davontrug, wurde ausgeschafft.

Und Wüstenland war das pure Grauen. Kaum Essen und Wasser, keine Medizin, keine Arbeit. Die Menschen dort vegetierten bis zu ihrem Tod vor sich hin. *Das ist zumindest das, was man mir immer eingetrichtert hat.*

Melanie? Ich mochte sie nicht wirklich. Aber momentan empfand ich bloß noch Mitleid für sie. Ich würde nicht zulassen, dass sie nach Wüstenland gebracht werden würde.

«Melanie, im Krankenhaus können sie dir helfen. Ganz sicher.»

Blanke Angst spiegelte sich in ihren Augen wieder. «Du weißt gar nicht, was du sagst. Das ist alles andere als sicher! Meine Mutter wurde ausgeschafft».

Ich schwieg betroffen. Das wusste ich nicht.

«Ich vermisse sie, aber ich will nicht sterben. Ich will nicht ins VEPA zurück!»

«Melanie, ich halte zu dir, ich verspreche es!»

Plötzlich stand Andy hinter mir. «Du kommst mit. Alle kommen mit.»

Auch der noch. Der Letzte, den ich jetzt sehen wollte. Doch er ließ mich gar nicht erst zu Wort kommen, durchbohrte mich bloß mit Blicken. Seine Worte hatten etwas Drohendes an sich.

«Und du, Leah, machst dich aus dem Staub. Sofort! Pack deine Sachen und schlaf noch etwas. Ich kümmere mich um die Angelegenheit hier.»

Am liebsten hätte ich ihm in sein blödes Gesicht gespuckt. Melanie war keine *Angelegenheit*! Sie war ein Mensch. Und dabei war sie noch sehr viel menschlicher als Andy, der das ganze Volk hier ins Verderben hatte stürzen wollen. Ich feuerte ein paar imaginäre Eisprojektile auf ihn ab und er stieg in das Blickduell ein. Ich gewann es – was mich nicht weiterbrachte.

Missmutig machte ich mich auf den Weg. Viel hatte ich nicht zu packen. Auf halbem Weg fiel mir auf, wie dumm ich war. Ich konnte Melanie nicht allein lassen! Nicht jetzt, wo sie mich so dringend brauchte! Das Wort *Angelegenheit* tauchte wieder vor meinem inneren Auge auf und ein kalter Schauder lief mir über den Rücken. *Angelegenheit*. Als wäre sie mit ihrer Verletzung bloß noch ein lästiges Hindernis, dessen man sich entledigen musste. Andy konnte ihr alles Mögliche antun! Ich änderte die Richtung und hetzte zurück. Melanie stand wackelig auf einem Bein, die Angst stand ihr ins Gesicht geschrieben. Andy stand daneben, mit starrer Miene und gefühllosen Anweisungen. Als er mich erblickte, zischte er: «Was machst du noch hier? Ich hatte dir aufgetragen, zu verschwinden!»

«Ich …» Fehlte gerade noch, dass ich mich vor ihm rechtfertigte! «Lass sie in Ruhe! Du darfst das nicht machen! Du … wenn du sie ausschaffen lässt, bist du ein herzloses Monster!»

Er betrachtete mich, als wäre ich ein Objekt, dessen Nutzen es einzuschätzen galt, und bedachte mich dann mit einem kühlen Blick, den ich wütend erwiderte.

«Leah Sommer, du scheinst nicht zu wissen, mit wem du

dich anlegst. Du denkst, du hättest mich besiegt. Da liegst du falsch. Gewiss, ich werde mich an mein Wort halten – solange du dich an meine Befehle hältst. Und jetzt geh.»

Wie erstarrt und unfähig, mich zu rühren, stand ich da. Das konnte nicht Andy sein, der da vor mir stand. Andy, der rothaarige Schwächling. Der kaltherzige Mann, der mich mitleidlos musterte. Verschlagenheit lag in seinem Gesicht. Als es mir endlich gelang, mich zu bewegen, wirbelte ich auf dem Absatz herum und sprintete davon, ohne einen Blick oder ein Wort an Melanie gerichtet zu haben. Aufgelöst flitzte ich die Klippe hoch und stürzte in meine Höhle.

Wie gerne hätte ich jetzt Janic aufgesucht. Das darfst du nicht und du bist selbst schuld. Du hast ihn abgewiesen, du darfst nicht deinen Gefühlen nachhängen. Sei realistisch! Denk an das, wofür es sich zu kämpfen lohnt! An die Christen und ihre Existenz. Und denk an deinen Bruder. An Luke. Ich stellte überrascht fest, dass ich meinen Bruder in dem ganzen Gefühlschaos fast komplett vergessen hatte. Dabei vermisste ich ihn. Aber sobald ich an ihn dachte, wanderten meine Gedanken zu meinen Eltern, und das wollte ich verhindern. Noch immer fassungslos über Andys Verhalten stopfte ich die Ausrüstung und das Kleiderbündel in meinen Rucksack. Dann starrte ich auf die Bücher. Ich konnte mich einfach nicht dazu durchringen, sie einzupacken. Sie könnten mich verraten. Und vor allem wären sie eine Erinnerung an etwas, das ich vergessen musste, falls ich je ein normales Leben führen wollte. Aber konnte ich das überhaupt noch? Was hieß denn schon normal? Ich hatte Jesus mein Leben anvertraut. Konnte ich in der Schweiz heimlich Christin sein? Ich wollte ja mit ihm reden, ihn um Hilfe bitten! Aber bisher hatte er kein einziges Mal auf meine Gebete geantwortet, nie etwas gesagt. Er blieb stumm. Es schien, als wäre er noch immer tot. Was sollte ich tun? Ich konnte jetzt nicht darauf warten, bis er sich entschied, mir etwas zu sagen.

Ich legte mich aufs Bett, entgegen meiner Erwartung schlief ich wenige Minuten später ein.

Ich träumte von schmutzigem, mit Müll übersätem Boden. Gestank. Überall Menschen, die schreckliches Leiden ertragen mussten. Sie weinten. Es waren viele und doch war jeder von ihnen einsam. Sie waren verstoßen, unerwünscht. *Verstoßen*. Das Wort drang bis in mein Mark vor. Ich fühlte mich auch so. Musste ich jetzt mein restliches Leben hier in der Todeszone verbringen? Es war extrem heiß. Die Sonne stand am Himmel und es war trotzdem düster. Die Leute waren mager und kauerten am Boden, ohne etwas zu tun. Bald würden sie sowieso sterben. Und dann würden andere Menschen hierher verfrachtet werden. Abfallgase schwebten in der Luft. Es war grauenhaft.

Ich wusste, ich war in Wüstenland.

Schweißgebadet wachte ich auf. Wer konnte so grausam sein? Niemals durfte ich auch nur daran denken, dass dies bald auch Melanies Schicksal sein könnte.

Es war Zeit. Bloß Lucy war noch immer nicht wach. Ich rüttelte sie.

Kurze Zeit später standen wir draußen. Die ganze Truppe: Andy, Jason, Melanie, Lucy und ich.

Niemand sprach ein Wort. Die Luft fühlte sich auf meinen Schultern bleischwer an. Andy hievte Melanie auf seine Schultern. Wir marschierten los. Alle in einer Reihe. Keiner kam, um sich von uns zu verabschieden. Der Himmel war leuchtend blau, als wollte er mich betrügen. Nichts war in Ordnung! Gar nichts. Windstille herrschte. Ich ließ mich ganz nach hinten fallen, mochte nicht Andy ansehen.

Und dann spürte ich, dass doch jemand gekommen war. Für mich. Ich drehte mich um. Es war Janic. Ich musste mich zusammenreißen, um nicht zu weinen. Ich wollte ihn umarmen. Ich wollte mich von ihm mitziehen lassen. Er sollte mich packen und entführen! Er tat nichts dergleichen. Er überreichte mir nur eine Stofftasche, eine ähnliche wie die, in der das Buch mit den Bildern gewesen war. Doch sie war größer. Und schwerer. Ich konnte nicht ertasten, was sich im Innern befand. Dann schaffte es doch eine einzelne Träne an meiner Barrikade vorbei. Sie verdeckte meine Sicht. Ich sah nur noch sein Gesicht. Es glitzerte im Sonnenlicht. Ich ballte meine Hände zu Fäusten. Und wandte mich von ihm ab. Mit Schritten, die immer größer und schneller wurden, entfernte ich mich von ihm, bald rannte ich, bis ich die anderen eingeholt hatte.

Noch immer herrschte Stille. Es war mir egal. Ich hätte es auch nicht bemerkt, wenn sie Lieder gesungen hätten. Ich wollte das alles hinter mich bringen. Entschlossen, nicht nach hinten zu sehen, schloss ich die Hände fest um den Riemen der Stofftasche. So fest, dass sich meine Nägel in meine Handflächen bohrten. Es schmerzte. Es tat gut, denn der Schmerz beherrschte mich sowieso.

Wir gingen in Richtung Meer, aber viel weiter nördlich als ich gestern mit Janic bei den Schiffen gewesen war. Ich hatte mein Zeitgefühl verloren und konnte nicht genau sagen, wann wir den Strand erreicht hatten. Auf den Wellen nahe am Ufer schaukelte ein Wasserflugzeug hin und her. Es war wie ein Schiff an einem Holzsteg vertäut. Alles kam mir so unwirklich vor. Wie in einem Film.

Wir marschierten über den Steg und kletterten in den Passagierraum. Auf beiden Seiten des Mittelgangs warteten in fünf Reihen je zwei Sitze auf uns. Ich setzte mich in die zweithinterste Reihe. Lucy nahm ganz vorne neben der Tür Platz. Andy mit Melanie und Jason mussten sich an ihr vorbeizwängen. Starr hatte ich den Blick auf die Sitzlehne vor mir gerichtet und hoffte, keiner würde ein Gespräch mit mir beginnen. Lucy sah hypnotisiert aus dem Fenster. Sie hatte ein eigenartiges Flackern in ihren Augen. Was war mit ihr los? Ich war aber selber zu frustriert, um mich weiter mit ihr zu befassen. Der Pilot löste die Vertäuung und startete bald darauf den Motor. Das Flugzeug hob ab und noch immer sagte keiner von uns ein Wort. Lucy presste ihr Gesicht an die Fensterscheibe und wirkte angespannt. Der Pilot wendete sanft und flog dann die Küste entlang nach Norden. Der Strand und die Palmen unter uns wurden immer kleiner. Ich vermutete, dass wir im Golf von Mexiko auf einem

Flugzeugträger der Armee in ein größeres Flugzeug umsteigen würden, das uns nach Europa zurückbringen würde.

Ich schloss die Augen. Mein Kopf brummte. Ich wollte nichts sehen, nichts hören, nichts denken und nichts fühlen. Wobei das Letzte nicht mal annähernd funktionierte. Und denken musste ich auch. Immerzu. An ihn. An seine Augen, die die Farben der Seen hatten, über die wir vermutlich gerade hinweg flogen. An sein seidiges schwarzes Haar, das im Sonnenlicht geglänzt hatte. Verärgert presste ich auch meine Ohren zu, als ob mir das helfen könnte, meine Gedanken zu verscheuchen.

«Sie wird zu ihm zurückkommen.»

Der Satz wirbelte noch immer in meinem Kopf herum und schien keinen Platz gefunden zu haben. Er war überall. Verflixt.

Plötzlich fegte ein Windstoß durch das Flugzeug. Ich öffnete die Augen. Die Tür stand offen, wie vor ein paar Tagen beim Absprung. Und Lucy war weg. Ich musste das Bild verarbeiten. Schaute genauer hin. Dann schaute ich aus dem Fenster. Ich konnte die Oberfläche eines grünen Fallschirms ausmachen. Lucy! Auch Andy angelte sich zur Tür vor. Er fluchte, was das Zeug hielt. Jason redete auf ihn ein, bis Andy die Tür zuzog. Ich konnte mich nicht entscheiden, was ich denken sollte. Schließlich einigten sich meine Gedanken drauf, dass Lucy ein Glückspilz war. Sie konnte hierbleiben. Sie musste nicht weg. Dass sie mitkam, war nicht Teil der Abmachung. Sondern nur ich. Wie ein Sack plumpste ich zurück in meinen Sitz.

Eine Diskussion war im Gange, aber ich verstand nichts. Meine Gehörgänge waren verschlossen, mein Mund versiegelt. Hätte ich aufgeregt sein sollen? Ich war es nicht. Hätte ich wütend sein sollen? Ich war es nicht. Ich fühlte mich wie betäubt. Ich war kurz weg, eingeschlummert. Und dann leider schon wieder da. Niemand hatte es bemerkt. Alle waren wieder auf ihren Plätzen. Wie hatten sie das Problem gelöst? Hatten sie beschlossen, Lucy einfach zurückzulassen? Ich war zu benommen, um danach zu fragen. Bald schlief ich wieder, doch es war ein unruhiger Schlaf. Alle möglichen Bilder zogen vor meinem inneren Auge vorbei. Vom Urwald, von Janic, von meinem Vater, von der Frau im Traum, von Melanies verdrehtem, blutverschmierten Fuß, von Wüstenland, von der offenen Tür … Mir wurde schwindlig, so schnell lösten sich die Bilder gegenseitig ab und verblassten, und ich wachte erneut auf. Ich wollte auch nicht wieder schlafen. Wie konnte ich mich wachhalten? Ich beschloss mir die Füße zu vertreten. Ich schlurfte nach vorne und blickte ins Cockpit. Der Pilot hieß Carlos. Es war derselbe, der uns hergeflogen hatte. Ich kannte seinen Namen, weil er irgendwie mit meinem Vater befreundet war. Er hatte mich noch nicht gesehen, so konnte ich ihn heimlich beobachten. Sein Haar hing in leichten Wellen bis fast auf die Schultern. Es war glänzend schwarz. Und es erinnerte mich an etwas. Woran? Da machte es Klick in meinem Kopf. Er hatte die Haare von Janic. Oder wahrscheinlich umgekehrt. Er hatte dieselben kräftigen Schultern und dieselbe aufrechte Haltung. Mein Herz machte einen Satz. Aber, konnte das tatsächlich stimmen? Deshalb kam mir Janic von Anfang an bekannt vor.

Ich zuckte zusammen, als Carlos mich ansprach: «Oh, hallo Leah! Wie geht's?»

Wie es mir geht? Katastrophal. War er wirklich Janics Vater? Oder vielleicht der Onkel? Ich musste ihn dazu bringen, sich zu verraten. Nur, wie?

Ich könnte ihn direkt darauf ansprechen … Nein, er würde bloß alles abstreiten. Oder … Ja, genau so mach ich es.

Das, was ich ihn nun fragte, sagte ich auf Aräisch: «Wie geht es dir denn?»

Nun zuckte er zusammen. Ich las Verwirrung in seinen Augen, für einen klitzekleinen Augenblick wirkte er wie aus der Bahn geworfen. Dann hatte er sich wieder gefasst. «Was redest du da? Was ist das für eine Sprache?»

Und wieder konterte ich auf Aräisch: «Das weißt du wohl besser als ich.»

«Sicher nicht!», die Worte hatte er zwar Deutsch ausgesprochen, doch damit, dass er mir geantwortet hatte, hatte er sich bereits verraten.

«Nein …», stotterte er, «du darfst es niemandem erzählen!»

«Mach ich nicht. Ich will nur ein paar Antworten von dir.»
Es hatte geklappt. Ich triumphierte innerlich. Carlos schielte nach hinten und wechselte endlich ins Aräisch. «Aber nicht jetzt. Sagen wir nach der Landung ... um vier Uhr beim westlichen Rand des Flugplatzes, heute Nacht.»
«Okay.»
Ich schlurfte wieder zurück zu meinem Platz. Ich konnte selbst noch nicht glauben, was ich eben herausgefunden hatte. Was mir gelungen war. Ich würde mich mit ihm treffen. War das eine gute Idee? Ich wollte Janic doch vergessen! Wieso forschte ich dann weiter? *Weil ich es eigentlich nicht will. Ich will an ihn denken. Nein, ich will bei ihm sein!*

Um mich auf andere Gedanken zu bringen, erkundigte ich mich bei Andy, was er wegen Lucy unternehmen werde.
«Nichts», lautete die ernüchternde Antwort. «Ich werde den Vorsitzenden schildern, sie sei auf dem Weg gestürzt, hätte den Kopf auf einen Felsen geschlagen und wäre sofort gestorben. Und ich warne dich, wenn du ihnen etwas anderes erzählst!»
«Schon klar. Mach ich nicht. Wie geht's Melanie?»
«Sie hat Schmerzen und ihr Fuß sieht wirklich übel aus. Weiß nicht, ob es heilt. Vielleicht wird sie ausgeschafft.»

Mann, hast du denn gar keine Gefühle? So einen Unfall solltest du mal erleben und dann denkst du vielleicht nochmals über deine unmenschliche Haltung nach. Du bist wie ein Roboter. Unsere Gesellschaft stellt lauter Roboter her, die nichts als funktionieren.

Ob Lucy schon wieder bei den Christen in Rio eingetroffen war? Ob sie gerade mit Amelia Klavier spielte oder ein ihr zugeteiltes Zimmer einrichtete? Sie lebte jetzt dort, stellte ich mit einem Anflug von Neid fest. Wieso nicht ich? Ich hatte mich opfern müssen, Rio zu verlassen, um die Sicherheit eines Volkes zu garantieren. Es war nicht fair. Was konnte ich für Andys und Jasons Plan? Ich hatte ihn verhindert. Sehr toll. Ich fühlte mich eher wie ein Verlierer denn als Sieger, so wie ich da zusammengesunken in meinem Sitz saß und meiner Eifersucht auf Lucy freien Lauf ließ. Ich fühlte mich bestraft. ‹Außerdem›, grübelte ich weiter, ‹war Lucy auch nicht sehr schlau.› Was war mit Samy, ihrem Bruder? Der war jetzt auf sich allein gestellt, musste glauben, seine Schwester sei tot. Und wahrscheinlich musste sogar ich ihm die Nachricht überbringen. Meine Vorfreude hielt sich in Grenzen. Und Samys Situation erinnerte mich auch wieder an mich. Auch ich hatte ein Familienmitglied, das ich lange tot geglaubt hatte. Und heute war ich überzeugt, sie lebte noch. Und zwar in Südamerika. Mehr als alles andere wollte ich Kontakt aufnehmen mit ihr. Doch ich vermutete, dass dies unmöglich war. Ich hatte einfach keinen Anhaltspunkt. Ich konnte ja auch nicht einfach irgendeine Informationsstelle anrufen und sagen: «Hallo, meine Mutter, Frau Soundso, wird von meinem Vater tot geglaubt, doch ich vermute, dass sie in Südamerika bei einem illegalen christlichen Volk lebt. Können Sie bitte mehr darüber herausfinden?»

Absurder, geradezu lächerlicher Gedanke.

Schade.

# 7. Kapitel

Luke ging nervös vor dem Wohngebäude auf und ab. Heute sollte seine Schwester ankommen. Aus welchem Grund auch immer war ihre Mission abgebrochen worden. Und sie hatte ihm noch immer nicht geschrieben. Luke wollte sich dringend mit ihr aussprechen. Sie mussten einige Dinge klären, die missverstanden worden waren. Ob sie wohl bereit war, ihm zuzuhören? Sie konnte sehr stur sein. Aber er ja auch. Und so schnell würde er nicht aufgeben. Der Sommer würde bald beginnen, die Sonne hatte das wohl auch endlich bemerkt und heizte die Erde kräftig auf. Luke schwitzte und zog seinen Pullover aus. Den hatte Leah ihm zum Geburtstag geschenkt. Er musste sehr teuer gewesen sein, denn es gab nicht viele Läden, die mehrfarbige oder gar bedruckte Kleidungsstücke zum Verkauf anboten. Der Pulli war von einem dunklen Bordeauxrot und darauf prangte ein silberner Bogen.

Bogenschießen war seine Lieblingssportart, seit er sie das erste Mal ausprobiert hatte. Sein Trainer war davon nicht sehr begeistert gewesen, denn im Krieg wurden so unnütze Waffen nicht benötigt. Luke war es egal, was andere davon hielten. In letzter Zeit hatte er sich mehr und mehr eine eigene Meinung gebildet, in seinem Kopf fand eine Rebellion statt. Und Luke hatte nicht die Absicht, sie zu stoppen. Obwohl er wusste, dass er schon jetzt an die Grenze des Erlaubten ging. Mehrmals war er bei etwas Verbotenem erwischt worden. Und nun hatte ihm der Direktor höchstpersönlich gedroht, das nächste Mal seinen Vater davon in Kenntnis zu setzen. Er musste unbedingt vorsichtiger sein. Und zwar nicht darum, weil er an dieser Schule bleiben wollte, sondern seines Vaters wegen. Luke konnte sich die Enttäuschung über ihn, seinen Sohn, schon detailliert vorstellen. Sie würde im Gesicht zu sehen sein, in seinen Augen. Finn Sommer erwartete von seinen Kindern Disziplin und Leistung. Und außerdem wollte Luke Leah hier nicht allein lassen.

Jetzt erst recht nicht mehr, nachdem er hatte mitansehen müssen, wie sein Freund abgeholt worden war. Auf Nimmerwiedersehen. Krampfhaft bemühte er sich, diese Bilder aus seinem Kopf zu vertreiben, von Niclas, mit nur noch einem Arm, der von zwei Männern in ein Auto verfrachtet worden war. Ohne Gepäck, ohne irgendetwas. Er war zu schwach gewesen, um sich zu wehren, doch aus seinen Augen hatte die nackte Angst geleuchtet. Luke hatte daneben gestanden und hatte versucht zu schreien. Er wollte die Männer mit den Masken treten, er wollte ihnen mit der Faust mitten in ihre verdeckten Gesicher schlagen. Es war unfair! Nein, gar nichts war fair. Nicht hier, in der Schweiz, nicht auf dieser Erde und nicht in diesem Universum.

Da entdeckte Luke etwas Blaues, weit weg, das zwischen den Bergen hervorkam und sich rasch näherte, bald erkannte er es als Motorrad. Dahinter folgten zwei andere. Aber halt – sie waren doch insgesamt fünf gewesen! Wo waren die beiden anderen? War ihnen etwas zugestoßen? Luke fuhr nervös mit der Zunge an der Innenseite seiner Zähne entlang – war mit Leah alles in Ordnung? Oder hatte sie sich nicht gemeldet, weil sie schlicht nicht in der Lage dazu war? Die Motorräder hatten rasch den Eingang der Parkanlage erreicht und waren nicht mehr zu sehen. Lukes Magen verkrampfte sich. Er musste wissen, ob mit Leah alles okay war. Er würde es sich nie verzeihen, wenn ihr etwas zugestoßen wäre, obwohl er gar nicht die Möglichkeit gehabt hatte, es zu verhindern.

Panisch sprintete er los, über den harten Beton, immer in Richtung Parkhaus. Sollte er nicht vielleicht umkehren? War es nicht besser, er würde nie erfahren, was passiert war? Würde er es verkraften können? Luke war sich nicht sicher, doch er brachte es nicht über sich, zu stoppen. Leah brauchte ihn jetzt, da war er sich sicher. Wenn sie verletzt war, umso mehr. Als er beim offenen Eingangstor angekommen war, hielt er inne. Hier musste er wohl oder übel warten. Es dauerte nicht lange, da verließ ein Junge mit ähnlich blonden Haaren wie die seinen das Gebäude. Luke glaubte sich zu erinnern, dass er Jason hieß. Er blickte beim Gehen zu Boden und schien in Gedanken versunken, jedenfalls bemerkte er Luke nicht. Gleich darauf trat Andy nach draußen. Luke hatte ihn noch nie ausstehen können und kauerte sich rasch hinter ein Gebüsch. Und dann erstarrte er. Auf Andys Schultern trug der Missionsleiter ein schlaffes Bündel, ein … Mädchen. Luke warf einen Blick auf ihren Fuß. Sofort wünschte er sich, es nicht getan zu haben. Der Fuß war verdreht. Kaputt. Unbrauchbar. Das konnte nicht wahr sein. Leah! Andy schlug eine andere Richtung ein und Luke sah das glatte, sehr dunkle Haar des Mädchens. Es war nicht seine Schwester! Aufgeregt wandte er sich wieder dem Tor zu. Im selben Moment trat ein Mädchen heraus. Mit braunen, golden schimmernden welligen Haaren. Dunkle Augen. Mit einem Satz war Luke bei ihr und umarmte sie. Sie war gesund!

«Luke, was … was tust du da?» Leah schubste ihn weg.

«Was ist los? Wir sind Geschwister!», antwortete er verblüfft.

«Kim war dir aber früher wichtiger als unsere Verwandtschaft», blaffte Leah schroff.

«Wir sind nicht mehr zusammen.»

Leah hob die Augenbrauen. «Ach, so ist das also. Kaum kannst du mit ihr nichts mehr anfangen, kommst du wieder zu mir. Weißt du, ich spiel nicht so gerne Ersatz, sorry.»

Sie verstand ihn total falsch! «Nein, hey, so mein' ich das gar nicht. Ich wollte dir sagen, dass es mir leidtut, und ob wir wieder Frieden schließen können!»

«Ach ja? Was versprichst du dir davon?»

«Ich will nur, dass wir uns wieder wie Zwillinge verhalten können.»

«Und was, wenn das nur dein Wunsch ist? Was, wenn ich einfach nur meine Ruhe will?»

«Was ist denn eigentlich geschehen?»

«Noch nie was von Schweigepflicht über eine Mission gehört?»

«Leah, hab dich nicht so! Ich bin dein Bruder! Um so etwas hast du dich früher nicht gekümmert!»

«Na, jetzt schon, wie du siehst.», erwiderte sie bissig, was

Luke nur noch mehr in seiner Angst bestätigte. *Irgendwas ist passiert. Etwas Schlimmes.* Er schauderte und sah Leah mitfühlend an.

«Ich weiß, dass da noch was anderes dahintersteckt. Du bist sonst nicht so.»

«Ja und wenn schon? Es geht dich *nichts* an. Und jetzt lass mich einfach.» Verärgert stapfte Leah davon, und Luke blieb nichts anderes übrig, als verstört einem Mädchen nachzusehen, das nicht mehr mit dem zu vergleichen war, was er einst seine Schwester genannt hatte. Erst jetzt fiel ihm auf, dass er Lucy noch gar nicht gesehen hatte, das fünfte Missionsmitglied.

Was war in Südamerika vorgefallen?

*****

In meinem Zimmer angekommen ließ ich die Tür ins Schloss krachen, begab mich mit Janics Tasche ins Badezimmer und verriegelte auch diese Tür. Dann ließ ich mich entkräftet zu Boden gleiten und konnte die Tränen nicht mehr länger halten. Ungehindert quollen sie aus meinen Augen, flossen über meine Wangen und benetzten mein Top. Wenn Luke wüsste, dass hinter meiner Feindseligkeit nur Kummer steckte. Aber ich wollte einfach allein sein. Liebend gern hätte ich ihm alles erzählt, doch er hätte mich entweder für verrückt erklärt oder gemeldet. Oder vielleicht …? Ich durfte das nicht denken. Es hätte uns beide in Gefahr gebracht, große Gefahr. Was musste er jetzt von mir denken? Es war ja nur zu seinem Schutz. Jetzt, nachdem ich so vieles entdeckt und erfahren hatte, kam er mir vor wie ein unwissendes Baby, das keine Ahnung von der Welt hatte. Er würde es sowieso nicht verstehen.

Neugierig öffnete ich den altmodischen Reißverschluss der Tasche, die Janic mir zugesteckt hatte. Das erste, was ich herauszog, war ein mir sehr wohl bekanntes Päckchen. Das hatte ich ja ganz vergessen! Die junge Frau, die beinahe vom Baum gefallen war, hatte es mir geschenkt. Wo hatte Janic es gefunden? Behutsam entfernte ich das Einpackpapier. Zum Vorschein kam eine feine Silberkette mit einem Anhänger in der Form eines Kreuzes. Das Jesus-Kreuz! Dieses war mir von den Christen als erstes aufgefallen. Und es hatte mich an meine Mutter erinnert. Ich fuhr die feinen Linien und Konturen mit den Fingern nach. *Meine Mutter. Ich vermisse sie.* Ich hängte mir die Kette um den Hals und ließ den Anhänger unter mein T-Shirt gleiten. Das kühle Kreuz auf meiner Haut verlieh mir ein Gefühl von Sicherheit. Nur durfte es nicht entdeckt werden!

Das nächste war ein Buch, und ich wusste schon, bevor ich es aufschlug, um welches es sich handelte. Es war die Bibel. Und dann wieder ein Buch – Janics Buch mit den Bildern! Ich hatte es absichtlich zurückgelassen, um nicht dauernd an ihn erinnert zu werden. Schon auf dem Flug hatte ich es bereut. Und jetzt war ich unglaublich froh, es bei mir zu haben. Die nächsten vier Bücher waren schmaler und mit einem Band zusammengebunden. Die Seiten waren leer. Tagebücher! Eine Möglichkeit zu schreiben, ohne kontrolliert zu werden. Dass er auch daran gedacht hatte! Ich griff ein letztes Mal in die Tasche und holte eine Art Röhre hervor. Ein zusammengerollter Bogen Papier, um das ein ausgefranster Strick gebunden war. Langsam öffnete ich den Knoten und rollte das Papier aus. Da stand:

> *Liebe Leah. Sorry, meine Schrift ist nicht die beste, ich schreibe so gut wie nie. Ich wollte dir nur sagen, dass du alles bist, was ich will. Und dass ich Jahrhunderte auf dich warten werde. Denn ich habe mit Saphira gesprochen. Und ich weiß jetzt, dass du zurückkommen wirst. Ich habe Gewissheit. Denk daran, ich werde dich nie verraten. Nie. Lieber würde ich sterben. Und egal was alles passiert, Leah, du musst wissen: Ich warte auf dich. Immer.*

Ich las es ein zweites Mal. Janics Abschied. Seine ehrliche Art, jemandem etwas mitzuteilen. Tränen der Sehnsucht stiegen in meine Augen, ich rutschte die Badezimmerwand hinunter, bis ich lag und schniefte, kämpfte gegen die Tränen an, aber ich war zu schwach. Sie kamen, unaufhörlich, dachten nicht mal daran, zu versiegen.

Keine Ahnung, wie lange ich so da lag, unglaublich traurig und doch auf eine seltsame Art getröstet. *Ich warte auf dich,* hatte er geschrieben. *Ich komme wieder. Du wartest nicht vergeblich,* erinnerte ich mich und schickte die Zusage in den Himmel mit dem Wunsch, sie würde bei Janic ankommen.

Ich vernahm ein leises Klopfen. Mist, wer mochte das sein? Schnell verstaute ich die Sachen wieder in der Tasche und stopfte diese in den Schrank, wischte mir die Tränen aus dem Gesicht und öffnete dann die Tür. Ich war total überrumpelt. Es war Samy. «Hi Leah», sagte er fröhlich. Offensichtlich wusste er noch nichts. Ein inneres Stöhnen breitete sich in mir aus. Ich war ausgelaugt. Ich hatte keine Kraft, ihm auch noch zu helfen. Ich war zu sehr damit beschäftigt, zu leben. «Hi Samy.»

«Weißt du, wo meine Schwester ist?»

Ich überlegte fieberhaft. Was sollte ich sagen? Sollte ich verneinen? Das war feige. Die Wahrheit konnte ich ihm auch nicht erzählen. Aber dass Lucy tot war …? Wie würde er reagieren? Ich war total überfordert mit der Situation. Und Samy blickte mich immer noch fragend an. Er erschien mir so verletzlich. Weshalb musste immer ich alles ausbaden? Hatte ich nicht genug Probleme?

«Leah?»

Mist. Ich verkrampfte mich. Ich musste es tun.

«Samy, sie … Sie kommt nicht zurück.»

«Was, sie kommt nicht zurück? Ich mag jetzt keine Witze hören. Wo ist sie?», beharrte er.

Ich rang um Worte. «Es ist kein Witz, Samy. Lucy kommt

nicht wieder zurück. Nie wieder.»

«Nein! Du lügst! Versprich mir, dass das nicht wahr ist!», rief Samy mit hochrotem Kopf und Verzweiflung in den Augen.

Ich hätte es ihm so gern versprochen. Aber das war unmöglich.

«Doch Samy. Es ist wahr.»

Ich wollte ihm über den Kopf streicheln, doch er trat einen Schritt zurück.

«Lass mich», kreischte er zornig. «Ich hasse dich! Ich hasse euch alle! Das ist nicht gerecht! Lucy hat mir geschworen, dass sie zurückkommt. Ihr seid schuld. Ihr hättet besser auf sie aufpassen müssen!» Er schluchzte und rannte weg. Ich blieb verdattert im Türrahmen stehen. Es hatte ja so kommen müssen. Ich war mal wieder schuld. Im selben Augenblick kam keine andere als Kim um die Ecke. Mir lief es eiskalt den Rücken hinunter. Hatte sie gelauscht?

«Du bist aber mitfühlend», flötete sie. «Sagst ihm mitten ins Gesicht, dass seine Schwester nicht mehr zurückkehrt.»

«Verpiss dich», schleuderte ich ihr entnervt entgegen. «Du hast ja so was von keine Ahnung!»

«Spinnst du? Wie redest du mit mir?»

«So wie ich will und nicht anders, kapiert?»

«Du hast dich verändert, Leah.»

«Meine Sache, oder?»

«Früher bist du nicht so brutal mit kleinen Kindern umgegangen.»

Muss ich mich jetzt vor ihr auch noch rechtfertigen? Kann ich nicht einfach die Tür zuwerfen und sie stehen lassen? Ich konnte nicht, ich war zu gereizt. «Was hättest du ihm denn gesagt?»

«Ich hätte es ihm schonender beigebracht.»

«Du bist gut. Mich schont ja auch niemand. Immer muss ich dafür bezahlen, wenn jemand Fehler macht!»

Kim musterte mich noch einmal verächtlich, drehte dann auf dem Absatz um und war weg. Zum Glück.

Zurück in meinem Zimmer setzte ich mich an meinen Bildschirm, um mich über meinen bevorstehenden Unterricht zu informieren. Dort wartete – wie hätte es auch anders sein können – bereits die nächste böse Überraschung auf mich.

«Das gibt's doch nicht! Euer Ernst? Ihr könnt mir doch nicht einfach meine Wahlfächer streichen! Die sind mein Recht! Was hab ich denn jetzt … Staatskunde? Gesetze und ihre Auswirkung? Euer Ernst? Ihr könnt mich mal!»

Und ich wusste auch schon, wer dafür verantwortlich war. Der, der nach der Rückkehr von einer Mission ein Feedback zur Leistung der Schüler geben konnte. Der Missionsleiter.

Andy.

Was hatte er ihnen erzählt? Ich wusste, dass Jason nichts verraten würde, und laut ihm hatte er auch Andy überzeugen können. Aber das hieß noch lange nicht, dass sich dieser auch daran hielt. Ich würde ihm so einiges zutrauen. Ich musste auf der Hut sein.

Es schien mir, als gäbe es nur Probleme. Eines nach dem anderen offenbarte sich mir in seiner ganzen Größe und platzierte sich dann ohne meine Erlaubnis auf meinen Schultern. Und die mussten mittlerweile ein Wahnsinns-Gewicht tragen.

Apropos Problem, was war jetzt eigentlich mit Melanie? Ich wollte nicht eines Morgens aufwachen und dann eine Nachricht erhalten, dass Melanie in Wüstenland war. Um keinen Preis. Doch was sollte ich unternehmen? Ich hatte keine Möglichkeiten, etwas auszurichten. Außerdem wurde ich absolut überwacht. Vor Schreck zuckte ich zusammen – was, wenn ich gefilmt worden war, während ich Janics Tasche ausgepackt hatte? Nein, im Badezimmer gab es keine Kamera. Ich musste mir wieder bewusst werden, dass ich hier keine Freiheit von Kontrolle hatte wie in Rio. Sonst würde ich teuer dafür bezahlen.

Ich wusste nicht recht, was ich jetzt tun sollte. Doch dann wurde mir klar, dass ich um jeden Preis Melanie zur Seite stehen musste. Sie brauchte mich jetzt wie sonst niemand. Was sollte ich anstellen? Ich musste mir erst mal Informationen beschaffen. Und zwar vom verantwortlichen Mediziner des Internats.

Mit Hilfe der Website hatte ich seine Handynummer rasch herausgefunden und startete den Anruf.

«Ja, Medizinstation hier?»

«Hier Leah Sommer. Eine Kollegin von mir hat den Fuß verdreht und ich würde gerne etwas über ihren Zustand in Erfahrung bringen.»

«Einen Moment bitte ...»

Im Hintergrund war leises Gemurmel zu hören. Dann wieder die Stimme: «Tut mir leid, das ist leider nicht möglich.»

«Was? Aber, ...»

Aufgelegt. So ein Mist. War Melanie vielleicht gar nicht mehr hier? Beim Gedanken daran wurde mir schlecht. Und noch immer hatte ich keine Ahnung, was ich tun konnte. Um mich abzulenken, prüfte ich den Standort der Überwachungskameras in meinem Zimmer. Als ich einen toten Fleck gefunden hatte, holte ich die Bibel hervor und las darin. Vielleicht hatte Jesus ja Zeit, mir zu helfen. Ich konnte mich jedoch überhaupt nicht konzentrieren, saß wie auf Nadeln. Und was wurde da auch erzählt? Ein Typ namens Johannes, der sich von Heuschrecken und Honig ernährte und der den Leuten weismachen wollte, irgendein neues Reich hätte begonnen. Wer war denn das?

Bald gab ich es auf. Ich musste irgendwas tun, ich würde sonst verrückt werden.

Unschlüssig schlenderte ich nach draußen und folgte einem schmalen Pfad, der sich zwischen Büschen und Bäumen hindurchwand und schließlich in einen Wald mündete. Keine gute Idee, denn das erinnerte mich wiederum an den Traum von meiner Mutter. Entnervt wechselte ich die Richtung. Gerade als ich wieder hinuntersteigen wollte und mein Blick den Gebäudekomplex des Internats streifte, fiel mir etwas hinter dem Krankengebäude auf. Mein Blick zuckte zurück. Ein schwarzer Transportwagen. Meine Augen weiteten sich. Abtransport! Es war wahr! Und wenn nun Melanie darin war? Die Wahrscheinlichkeit war beängstigend hoch. Hatte sie nicht in Südamerika bleiben wollen? Sie hätte es dort viel besser gehabt. Sie hätte überlebt. Nein, ich musste das verhindern. In einer irrsinnigen Entschlossenheit sprintete ich nach unten. Ich drängte mich, noch schneller zu laufen. Ich musste sie aufhalten. Jetzt oder nie. Ich biss die Zähne zusammen und beschleunigte noch mehr, obwohl das fast nicht mehr möglich war. Unten angekommen behielt ich das Tempo bei und meine Angst vergrößerte sich mit jedem Schritt, weil ich das Auto nicht mehr sehen konnte, das Gebäude versperrte mir die Sicht. Jede Sekunde zählte. Ausruhen konnte ich später. Nach Luft schnappend schlug ich einen Haken und rannte ich um die Ecke.

Doch da war kein Auto.

Es war weg.

Ich hatte versagt. Und Melanie musste dafür ihr Leben geben. Ich war schuld. Wie betäubt kehrte ich um. Im Schneckentempo schlurfte ich die Treppe hinauf und hoffte inbrünstig, ich würde endlich aus diesem Albtraum erwachen, schlimmer konnte es ja kaum werden.

Falsch gedacht.

Als ich die Zimmertür auftrat, fiel mir erst mal nichts auf. Ich hatte mich noch nie so schlecht gefühlt. Beim Versuch, mich zu entspannen, gönnte ich mir eine Dusche, doch die Wirkung wollte nicht einsetzen – ich war unglücklicher denn je.

Müde setzte ich mich auf die Bettkante. Ich wollte nicht schlafen, weil ich befürchtete, ich könnte erneut von meiner Mutter träumen. Wenn sie wirklich noch lebte, könnte sie sich doch endlich mal um ihre Kinder kümmern. Ich hätte ihre Hilfe momentan sehr zu schätzen gewusst. Naja. Solche Anschuldigungen führten zu nichts. Bauchschmerzen quälten mich. Ich versuchte zu heulen, doch jetzt waren meine Augen ausgetrocknet. Ich hatte bereits alle Tränen vergossen. Ich könnte ja nochmals versuchen, in der Bibel Trost zu finden, vielleicht einfach ein paar Seiten weiter. Ich griff unter das Bett, ins Leere. Ich hatte sie dorthin gelegt! Rasch legte ich mich auf den Bauch, doch unter dem Bett war nichts zu sehen. Spielte mir meine Erinnerung einen Streich? Hatte ich das Buch im Schrank verstaut? In Windeseile hatte ich alle Fächer und Schubladen aus- und wieder eingeräumt, ohne die Bibel gefunden zu haben. Sie war weder im Badezimmer noch unter dem Schreibtisch, weder in einem Regal noch im Nachttischfach.

Verzweifelt überlegte ich, was damit passiert sein könnte. Am realistischsten war die Möglichkeit, dass jemand sie gestohlen hatte. Andy fiel mir ein oder Jason – den beiden würde ich es zutrauen, zumal sie auch in Rio gewesen waren. Fieberhaft überlegte ich, was ich unternehmen sollte. Es gab keine Möglichkeit. Stocksteif saß ich auf meinem Stuhl und erwartete, dass jeden Moment die Tür aufschwingen würde und ich ins Gesicht eines Polizisten blicken würde. Würde er mich abführen? Und dann was? Mich verhören? Mich foltern? Mich schlussendlich ins Gefängnis oder gar nach Wüstenland liefern? Ich malte mir die schrecklichsten Dinge aus und war überzeugt, dass ich den größten Teil meines Lebens bereits hinter mir hatte. Wie hatte ich nur so dumm sein können? Weshalb hatte ich sie nicht besser versteckt? Ich war so naiv. Konnte ich denn nicht ein einziges Mal etwas richtig machen? Bisher hatte ich ja noch Glück gehabt, aber bei diesem Fehler könnte ich draufgehen.

So saß ich da und war schon beinahe so weit, dass ich mir wünschte, sie würden bald kommen, um mich von dieser fürchterlichen Ungewissheit zu erlösen. Oder hatten Andy und Jason ihnen die Bibel noch gar nicht gezeigt? Wollten sie vielleicht erst sicher gehen, dass es auch wirklich eine Bibel war? Denn, fiel mir ein, sie war auf Aräisch geschrieben. Ein Vorteil für mich.

Doch die Tür ging nicht auf.

Ich wartete und wartete, vergeblich. Ich musste mich zwingen, ruhig zu bleiben. Ich durfte mich jetzt bloß nicht in Sicherheit wähnen.


Da es schon Abend war, beschloss ich, nach unten zu gehen und etwas zu essen. Als ich den Speisesaal betrat, begegnete ich Luke, der sein Essen wohl schon hinter sich hatte. Er musterte mich, und obwohl ich sofort wegschaute und eine abweisende Miene aufsetzte, bemerkte ich die Verwirrung in seinem Gesicht. Wenn er nur nicht argwöhnisch wurde, das hätte mir noch gefehlt. Wahrscheinlich wäre es besser, würde ich mich etwas kooperativer geben, damit er ja nicht irgendeinen Verdacht schöpfte. Ich schaufelte meine Spaghetti in mich hinein, ohne wirklich zu merken, was ich aß. Es hätten genauso gut Würmer sein können. Es war mir so egal. Ich hatte absichtlich einen kleinen Tisch ganz hinten besetzt, um alleine sitzen zu können. Irgendwelche neugierigen Fragen konnte ich jetzt nicht hören. Nun fiel mir wieder meine Verabredung mit Carlos ein. Am westlichen Rand des Flugplatzes hatte er gesagt. Dort war ich noch nie gewesen. Nun ja, ich würde es schon finden. Hoffentlich. Ich wusste nicht so recht, was ich erwarten sollte, war ich mir doch fast sicher, dass es sich bei ihm um Janics Vater handelte. Dann würde ich endlich mal was über Janics Hintergrund erfahren. Außerdem konnte Carlos Aräisch, das hieß, es musste irgendeine Verbindung zwischen dem christlichen Volk und ihm bestehen. Die Frage war nur, welche? Ich glaubte nicht, dass er dort gelebt hatte. Aber vielleicht hatten die Christen hier Verbündete? Wenn das so war, wollte ich um jeden Preis auch einer werden.

*****

Finn Sommer starrte wütend zur Zimmerdecke auf. Er war wieder zu Hause, doch was nützte ihm das? Seine Tochter war zurück im Internat und sein Sohn weigerte sich, ihm Informationen zu geben. Finn hatte den Eindruck, dass Luke immer rebellischer wurde, und das gefiel ihm gar nicht. Luke erinnerte ihn an sich selbst, als er in seinem Alter gewesen war. Auch er hatte damals des Öfteren aufbegehrt. Sein Vater hatte damit reagiert, dass er seinen Sohn in eine Armee für Jugendliche geschickt hatte. Diese Einrichtungen waren zu jener Zeit selten gewesen, da sie verboten waren. Doch heute gab es Formationen von Jugendsoldaten überall. Vielleicht würde sein Sohn endlich vernünftig werden, wenn er ein paar Monate aufs Härteste gedrillt wurde. Bei ihm zumindest hatte es genützt. Finn war dort abgehärtet und gefühlskalt herausgekommen, mit achtzehn Jahren, bereit für das reale Leben. Ja, das würde für Luke das Richtige sein.

Gleich morgen früh würde er sich die beste Adresse empfehlen lassen und seinen Sohn einschreiben. Damit hatte er eines von zwei Problemen gelöst.

Und Leah? Er wusste nicht so recht, wie es um sie stand. Sie war schon immer von Natur aus stolzer gewesen als ihr Bruder und hielt sich mit ihren Gefühlen zurück. Wahrscheinlich wäre es gut, sie intensiver überwachen zu lassen, dann würde er bald Gewissheit haben. Und die brauchte er. Luke nützte ihm nichts, aber Leah war der Schlüssel für den Zugang zu seiner Frau. Er musste sie bloß drankriegen. Wahnwitzige Gedanken kamen ihm und er stellte sich vor, wie er Leah entführte und solange an ihr ... arbeitete, bis sie mit der Sprache rausrückte. Er musste bloß den richtigen Zeitpunkt erwischen.

Aber auch Carlos könnte ihm weiterhelfen. Bestimmt würde er freiwillig nichts sagen, doch Finn kannte da so einige Tricks, um Menschen zum Sprechen zu bringen. Jetzt ging es darum, sich einen ausgeklügelten Plan zurechtzulegen. Und darin war Finn gut. Klar war, dass er seinem Sohn nichts von seinem Plan, ihn in die Armee zu schicken, verraten würde. Und Carlos, den würde er mal zu einem Geschäftsessen einladen. Er könnte ihm anbieten, dass dieser bei seinem neuen Auftrag mithelfen könnte – der in Wirklichkeit gar nicht existierte. Doch das musste er nicht wissen. Es ging ihm nur um Carlos' Reaktion. Finn hegte nämlich die Vermutung, dass die christliche Untergrundorganisation ihre Zentrale in Südamerika hatte. Wenn Carlos erschrak oder sich gar weigerte, hatte Finn Beweis genug. Dann musste er Carlos nur noch stummschalten, um zu verhindern, dass er irgendwen warnte. Denn wenn er seine Frau in Sicherheit wusste, würde Finn nicht davor zurückschrecken, die Christen zu verraten. Das würde ihm mit Sicherheit zu einer Beförderung verhelfen.

Nun, bevor er sich über seinen Erfolg freuen konnte, musste Finn schauen, dass es auch so weit kam. Am besten begann er, indem er Carlos eine Nachricht zukommen ließ. Er zückte sein Handy. Doch während er am Tippen war, kam ihm eine andere Idee. Das höhnische Aufblitzen in seinen Augen hätte gereicht, um so manchen einzuschüchtern. Finn suchte eine andere Nummer, schrieb seine Bitte und grinste siegessicher, als er auf «Senden» drückte. Jetzt konnte nichts mehr schiefgehen. In seiner gefühlten Überlegenheit hätte er am liebsten hämisch losgelacht. Es gab doch genug naive, friedliebende Menschen im Vereinigten Europa. Da würde seine Verschlagenheit nichts schaden.

*****

Ich lag im Bett und wälzte mich unruhig hin und her. Die Wecker-App des Handys hatte ich auf zwei Uhr morgens gestellt. Ich wollte ausgeruht sein. Obwohl ich mir gar nicht vorstellen konnte, bei einem solchen Treffen müde zu sein. Aber jetzt konnte ich nicht einschlafen. Ich hatte Bauchschmerzen und warf mich von einer auf die andere Seite. Lag es vielleicht an dem Saft, den ich getrunken hatte? Er hatte speziell geschmeckt. Außerdem hatte ich Fernweh. Ich vermisste Rio so stark, wie ich noch nie etwas vermisst hatte. Abgesehen von meiner Mutter. Ich blickte durchs Fenster nach draußen. Ich hatte es nicht abgedunkelt – ich wollte mich nicht noch eingesperrter fühlen. Der Mond war zu sehen, eine schimmernde, runde Scheibe. Noch immer war fast Vollmond. Das Osterfest lag so kurz zurück und doch schien es mir, als wären Jahre vergangen. Ohne es zu wollen, fragte ich mich, ob Janic wohl gerade den gleichen Mond anschaute. Eine tröstliche Vorstellung. In meinem Kopf erschuf ich ein Bild von ihm, wie er auf einem Ast saß, an den Stamm gelehnt, den Blick nach oben zum Nachthimmel gerichtet. Dort über dem Urwald, wo es keine Umweltverschmutzung gab, bildeten die Sterne ein Lichtermeer am Himmel. Wie hatte ich diesen Anblick vermisst. Bestimmt spiegelten sie sich gerade jetzt in Janics türkis-blauen Augen. Seine Haare, schwarz wie die Nacht, würden glänzen wie Seide. Das Bild erinnerte mich an die Prophezeiung von ihm und mir. Ich klammerte mich an dem Wissen fest, ihn nicht für immer verlassen zu haben. Ich saß nämlich auf der anderen Seite des Stammes und hatte bloß das Gesicht abgewandt. Der Kummer versiegte für einen Moment. Ich war eingeschlafen.

*****

Das Handy unter meinem Kopfkissen vibrierte. Meinem Empfinden nach hatte ich nur wenige Minuten geschlafen. Leise setzte ich mich im Bett auf und lauschte erst mal angestrengt, ob nicht irgendein Aufseher draußen im Gang herumlief. Soweit ich hören konnte, war dies nicht der Fall. Also stand ich auf das Bett und entfernte die Kamera über meinem Kopfkissen. Es ging leichter, als ich dachte. Wahrscheinlich rechneten die Leute von der Überwachung nicht damit, dass irgendwer auf die Idee kam, sie zu umgehen. Wie das funktionierte, hatten Luke und ich vor Jahren einmal herausgefunden, als wir gemeinsam Abenteurer spielten. Ich löschte die Aufnahme der letzten paar Minuten. Natürlich konnte man die wieder zurückholen, dort, wo alles gespeichert war, doch im Normalfall machte das niemand. Und als ich die Kamera wieder zurück an ihren Platz schraubte, achtete ich darauf, dass sie so gerichtet war, dass man nur die Bettdecke sah. Hoffentlich würden sie denken, sie wäre unabsichtlich verrutscht – ich würde sie später wieder normal richten. Keiner durfte wissen, dass ich mitten in der Nacht angezogen mein Zimmer verließ. Ich streifte einen dunklen Pullover über und schlüpfte in eng anliegende Jeans. Sicherheitshalber steckte ich mir ein paar MMs ein – Messer, so klein wie eine Nadel. Doch weitaus schädlicher.

Ich ging zur Tür und bemerkte am Boden davor einen zusammengefalteten Papierfetzen. Misstrauisch betrachtete ich ihn. Wer schrieb denn hier noch auf Papier? Was mochte darauf stehen? Zögernd bückte ich mich, um es aufzuheben. Jemand hatte es wohl unter der Tür hindurch geschoben. In krakeliger Handschrift stand darauf:

«Lass das Handy im Zimmer. Es kann geortet werden.»

Die Warnung war mir nicht geheuer. Im Gegenteil, es bedeutete, dass jemand von meinem Vorhaben wusste. Carlos konnte es nicht gewesen sein, da er keinen Zutritt zu den Schlafgebäuden hatte. Von wem also war diese Nachricht? Ich hatte niemandem etwas erzählt. Ein leichtes Zittern durchfuhr mich. Und ich hatte weder von Hand noch auf dem Handy etwas aufgeschrieben, das mich hätte verraten können. Unschlüssig blieb ich stehen, das Handy in der Hand. Schließlich legte ich es zurück aufs Kopfkissen, doch ich war mir unsicher, ob ich gehen sollte. War es nicht vielleicht klüger, hier zu bleiben? Was, wenn es eine Falle war? Wenn Carlos mich angelogen hatte oder mich gar verraten hatte? Wenn ich jetzt das Haus verlassen würde, hätten sie Beweise genug.

Doch was, wenn Carlos hier Verbündete hatte, die mir eine Nachricht hatten zukommen lassen? Dann wäre ich dumm, mir das Treffen entgehen zu lassen. Schlussendlich siegte mein Wissensdurst. Wenn die Polizei um meinen Glauben wusste, würde sie so oder so einen Weg finden, mich zu überführen, dann hatte ich nichts mehr zu verlieren. Etwas unheimlich war mir schon, als ich in den Gang hinaustrat. Die Kameras, die es auch hier gab, hatte ich komplett vergessen.

Draußen war es zwar nicht wirklich kalt, aber doch viel weniger warm als in Südamerika. Ich fühlte mich beobachtet, seit ich wusste, dass mein geheimer Ausflug gar nicht so geheim war. Nervös beschleunigte ich meine Schritte, die meinem Empfinden nach viel zu laut durch die Stille der Nacht hallten. Einerseits war ich froh, als ich aus der Sichtweite der Gebäude getreten war, andererseits fühlte ich mich hier noch hilfloser und verletzlicher. Ich hielt mich bewusst am Wegrand und bedauerte, dass ich nicht mehr Zeit einberechnet hatte. Denn zu Fuß dauerte die Strecke beachtlich länger als mit dem Motorrad. So blieb mir nichts anderes übrig als zu joggen, wenn ich rechtzeitig ankommen wollte. Aber das wurde bald zur Qual, da meine Bauchschmerzen sich verstärkt hatten. Es war stockdunkel, weil sich düstere Wolken vor den Mond geschoben hatten, und ich hatte das Gefühl, als würden die Berghänge auf mich zukommen, um mich zu zerquetschen. Nach geschätzten eineinhalb Stunden kräftezehrenden Dauerlaufs hatte ich den Flugplatz erreicht. Wie eine endlose, graue Fläche erstreckte er sich vor mir, mit zahlreichen Flugobjekten, die darauf geparkt waren. Da ich mein Handy hatte zurücklassen müssen, hatte ich keine Ahnung, wie spät es war. Vermutlich blieben mir etwa zwanzig Minuten, den Treffpunkt zu finden. Doch beim nächsten Schritt wären meine Beine beinahe unter mir weggeknickt. Ich musste wohl oder übel eine Pause einlegen. Es war mir unangenehm, mich gleich hier hinzusetzen, also entfernte ich mich ein Stück und sank hinter einem Gebüsch zu Boden.

Merkwürdigerweise fühlte ich mich noch immer beobachtet, als wären zwanzig Nachtsichtgeräte auf mich gerichtet. Fröstelnd zog ich die Knie enger an meinen Körper. Was Carlos wohl tun würde, wenn ich zu spät kam? Würde er glauben, ich wäre nicht gekommen, und wieder zurückgehen? Ich musste mich beeilen. Mühsam unterdrückte ich das Stechen in meinem Bauch und joggte weiter dem Rand des Flugplatzes entlang. Dann befand ich mich auf der Westseite. Unentschlossen schlich ich bis zur Mitte. Carlos hatte keinen genaueren Standort angegeben. Wahrscheinlich bewusst nicht. Der Gedanke, dass er mich jetzt schon beobachtete, behagte mir ganz und gar nicht. Jetzt musste es vier Uhr sein. Ungeduldig blickte ich in alle Richtungen, da ließ mich eine Stimme zusammenfahren.

«Wir sehen dich.»

# 8. Kapitel

Ich zuckte zusammen und wirbelte herum. Doch da war keiner zu sehen.
«Wir haben dich bereits erwartet. Du bist spät.»
Der Sprecher blieb weiterhin unsichtbar. Ich sagte nichts und wartete auf eine Offenbarung. Ich war mir sicher, die Stimme war nicht die von Carlos.
Da war sie wieder: «Was willst du?»
«Das wissen Sie genau. Ich habe mich hier mit jemandem verabredet», sagte ich. Falls es eine Falle war, wollte ich Carlos nicht verraten.
Fordernd blickte ich in die Dunkelheit, als könnte ich Carlos dadurch dazu bewegen, sich mir zu zeigen. «Und ich würde es sehr zu schätzen wissen, könnte ich mit einem sichtbaren Gesprächspartner sprechen», bemerkte ich in einem trotzigen Tonfall, der meine Angst verstecken sollte.
«Wir müssen erst sicher gehen, dass wir dir trauen können. Wie heißt du?»
«Leah Sommer», murmelte ich, während alles in mir drängte, loszurennen.
«Weshalb bist du hier?»
Ich rollte genervt die Augen.
«Hab ich schon mal gesagt! Ich will mit jemandem sprechen!»
«Kannst du beweisen, dass du nicht mit der Polizei zusammenarbeitest?»
«Nein! Ich verstehe nicht, warum ihr mir nicht einfach glaubt!»
«Irgendwann wirst du das. Ich glaube, wir können dir für den Moment vertrauen.»
Dann war es still, gefährlich still. Nichts geschah. Nervös drehte ich mich im Kreis. Was passierte jetzt? Würde Carlos

kommen? Würden sie mir sagen, wo ich hinmusste?

Ehe ich mich versah, wimmelte es um mich herum vor dunklen Gestalten, die sich rasch und lautlos näherten. Ich war total unvorbereitet, als mich plötzlich ein heller Lichtstrahl blendete. Ich konnte nichts mehr sehen. Ich wollte schreien, doch das verhinderte etwas, das auf meinen Mund gepresst wurde und sich wie Metall anfühlte. Bevor ich um mich schlagen konnte, packten mich raue Hände. Schnüre spannten sich um meine Arme und Beine und dann wurde ich hochgehoben. Sekunden später landete ich auf hartem Boden und hörte daraufhin einen leisen Knall, als ob eine Klappe zugeschlagen würde. Und dann konnte ich auch wieder sehen. Das heißt, das Licht war weg. Jetzt war es dunkel. Panisch rollte ich mich zur Seite. Sofort prallte ich gegen eine Wand. Ich robbte zurück. Überall nur Wände. Ein leises Brummen ertönte. Ein Motor wurde gestartet. Worin immer ich mich befand, rollte los. Und dann fühlte es sich komisch an, als ob wir abheben würden! Na klar, ich war in einem Flugzeug. Logisch, wenn wir auf einem Flugplatz waren.

Und wohin ging es? Wohin wohl? Es war sonnenklar. Sie hatten mich hierhin gelockt. Waren Sie es also gewesen, die meine Bibel gefunden hatten? Ich war entführt worden. Nach Wüstenland. Mir graute vor dem Anblick, der sich mir bieten würde, wenn ich aussteigen musste. Mein Traum kam mir in den Sinn. Schmutz, Krankheit, Hoffnungslosigkeit. Tod. Verzweifelt wollte ich schreien, doch es war unmöglich. Ich war überlistet worden. Weshalb war ich bloß so leichtsinnig gewesen? Ich hatte noch nicht mal das Handy, um meinem Bruder zu schreiben. Ich hatte nichts. Mein Leben war gelebt.

Doch, etwas hatte ich. Vermutlich sinnlos, aber trotzdem meine letzte Chance. Mein MM. Es erwies sich als Herausforderung, mit gefesselten Händen meine Hosentaschen zu erreichen. Endlich konnte ich einen MM greifen. Ich begann, damit an meinen Fesseln zu säbeln, doch das Minimesser war fürs Stechen und nicht zum Schneiden gedacht. Ich bemerkte keine Fortschritte. Ich warf es weg und zerrte von Hand an den Schnüren, wobei ich sie nur noch enger zog. Es war hoffnungslos! Ich konnte es angehen, wie ich wollte. Wüstenland war für mich immer wie ein Schimpfwort gewesen, etwas Unwirkliches, weit weg. Und jetzt würde ich bald selbst dort landen. Angestrengt versuchte ich, eine sitzende Haltung einzunehmen, und schließlich gelang es mir. Da hörte ich von weiter vorne laute Rufe, diskutierende Stimmen, und dann sprang eine Tür auf. Wenig Helligkeit drang hinein, doch ich konnte einen Jungen ausmachen, der auf mich zu sprang, ein Messer in seiner Hand. War er wahnsinnig? Wollte er mich töten? Es wäre besser so. Ich würde mich nicht wehren. Doch als er bei mir angelangt war, durchfuhr mich der nackte Überlebenswille. Blitzschnell hechtete ich zur Seite und rollte mich weg. Mit einem Satz hatte er mich eingeholt. Ich war in die Ecke gedrängt und hatte keine Chance mehr. Zitternd schloss ich die Augen, da spürte ich, wie sich die Fußfessel lockerte und schließlich ganz abfiel - Kurz darauf auch meine Handfesseln. Was tat dieser Junge? Ich schlug die Augen auf und blickte in die besorgten Augen meines Zwillingsbruders.

«Luke! Was machst du hier?»

«Sie wollten mich nicht zu dir lassen, doch ich konnte nicht zulassen, dass du hier in Todesangst rumliegst. Es war wohl unangenehm?»

«Was ist los? Wohin fliegen wir?»

«Nirgendwo hin. Wir fliegen Kreise. Sie hielten es für sicherer, hier oben mit dir zu sprechen.»

«Sie? Und ... woher weißt *du* davon?»

«Ich bin ihr Helfer.»

«Was?!»

«Ich bin nicht Christ oder so. Ist nur so, dass sie Untergrundhelfer suchen und da helfe ich mit.»

«Und ...?»

«Und dann haben sie mir erzählt, dass sie heute Nacht ein Mädchen aus dem Internat treffen.»

«Was ...?»

«Dann hast du dich so merkwürdig benommen. Ich war in deinem Zimmer und hab die Bibel gefunden, da war mir alles klar.»

Verdattert erhob ich mich. «Du hast sie genommen! Ich bin fast gestorben vor Angst! Ich dachte, sie würden mich jeden Moment abholen kommen!»

Beschämt sah Luke zu Boden. «Sorry.»

Ich schüttelte fassungslos den Kopf. «Dann warst du das auch mit dem Zettel unter der Tür?»

«Ja. Außerdem hab ich, als du gegangen warst, noch die Aufnahmen auf den Kameras im Gang gelöscht.»

«Oh, die hatte ich ganz vergessen.»

«Schon okay.»

In diesem Moment betrat Carlos das Zimmer. «Tut mir Leid wegen der unhöflichen Behandlung, doch etwas Einschüchterung war nötig.»

«Egal», meinte ich leichthin, obwohl sich das alles hier irgendwie falsch anfühlte.

«Aber ... gehört ihr auch zu den Untergrundchristen?»

Carlos musterte mich noch einmal eindringlich, bevor er langsam nickte.

«Dann kennen Sie Saphira und Kai und die anderen?»

«Ja»

«Und ... Janic?»

Carlos Augen weiteten sich. Er schaute mir nicht in die Augen.

«Auch Janic?», wiederholte ich.

«Ja. Er ...»

«Wie kann man bloß so herzlos sein!»

Verständnislos sah Luke mich an, ich ignorierte ihn.

«Sie wissen, wo Ihr Kind ist, Sie kennen den Aufenthaltsort Ihres Sohnes und trotzdem lassen Sie ihn allein!»

«Nein, Leah, du verstehst das falsch ...»

«Ach ja?»

Wir waren ins Aräisch gewechselt.

«*Er* will mich nicht sehen. Er will nichts von mir wissen.»

«Und warum nicht?»

«Weil ... also ... ich habe Mist gebaut. Großen Mist. Und

dann ist er abgehauen ... Ich wusste lange nicht wohin. Bis ich mit der Untergrundorganisation in Kontakt kam. Dann bin ich dort hingereist. Und hab ihn gesehen, aber er ist davongelaufen.»

«Was für Mist haben Sie denn gebaut?»

«Das musst du nicht wissen.»

Ich verengte meine Augen zu schmalen Schlitzen. Ich musste es wissen. Unbedingt. Ich musste Janic verstehen! «Sie wissen, ich kann euch alle jederzeit verraten?»

«Erstens befinden wir uns in ein paar hundert Metern Höhe. Zweitens hast du kein Handy. Wir sitzen eindeutig am längeren Hebel.»

«Woher wollen Sie wissen, dass ich mein Handy nicht dabeihabe?»

«Weil wir dich davor gewarnt haben, es mitzunehmen. Ich glaube kaum, dass du die Nachricht ignoriert hast.»

«Sie müssen es mir trotzdem sagen.»

«Nein.»

«Oh doch!» Unerwartet griff ich in meine Hosentasche und im nächsten Moment befand sich meine Hand mit dem MM einen Millimeter von Carlos' Hals entfernt. Seine Augen zeigten sich erschrocken über diesen plötzlichen Angriff.

«Du», zischte ich, während ich mich fragte, ob ich gerade wahnsinnig geworden war, «wirst mir jetzt sofort sagen, was du getan hast.»

Ich spürte, dass es etwas Wichtiges war. Ich war nur eine Haarbreite von der Lösung entfernt. Gleich wäre Carlos so weit.

«Ich war Arzt», bekannte Carlos leise und bedachte mich nochmals mit einem flehentlichen Blick, der darum bat, schweigen zu dürfen. Aber er wurde von dem unnachgiebigen Befehl, weiterzusprechen, quittiert. Das MM berührte ganz sachte seine Haut. «Ich habe viele Patienten nach Wüstenland geschickt. Doch ich habe ihnen nie eigenhändig etwas angetan. Ich habe niemanden getötet. Niemals ... außer einmal. Ich wurde erpresst ... meine Familie mit dem Leben bedroht. Ich hatte keine Wahl. Ich musste es tun.»

«Was?», drängte ich. Ich musste es wissen, doch etwas riet mir davon ab. Ich wollte mich vor der Wahrheit verstecken. Ich hatte Angst, ich würde sie nicht ertragen. Aber äußerlich straffte ich die Schultern und wartete auf die Antwort.

«Ich habe ihn getötet. Den Jungen. Das Kind ... es war knapp ein Jahr alt. Und sein Vater ... Er war mein Schulkamerad.»

Ich schluckte. Mein Herzschlag musste kilometerweit zu hören sein.

«Mein Schulkamerad ... Sein Name war ... Finn, euer Vater.»

Ich erstarrte. Alles drehte sich um mich herum. Mir wurde schwindelig und ich schwitzte. Ich sah und hörte nichts mehr. Das war es also. Ich hatte richtig gelegen mit meiner Vermutung. Milan war ermordet worden. Von Carlos. Ich konnte keinen anderen Gedanken fassen. Mein Bruder war ermordet worden, von einem Mann, der mir gegenüberstand. Von Janics Vater! Vom Vater des Jungen, den ich liebte! Die Szene lief in Endlosschleife vor meinem inneren Auge ab. Jahrelang hatte ich die Erinnerung an Milan von meinem Herzen ausgesperrt, hatte Gedanken an ihn verdrängt, bis er zu einer flüchtigen Erinnerung verblasst war. Und jetzt das. Es fühlte sich an wie ein Pfeil, der mitten in meine Brust gejagt worden war. Mein Kopf schmerzte. Meine Knie zitterten.

Und ehe ich mich versah, hatte meine Faust einen Volltreffer in Carlos Gesicht gelandet. Er stürzte zu Boden. Ich trat blindlings nach ihm. Ich konnte meinen Körper nicht mehr steuern. Nichts war okay auf der ganzen Welt. Mein Körper war eiskalt und glühend heiß zugleich. Ich sah schwarz und rot, blutrot. In meinen Ohren rauschte es. Ich konnte mich nicht mehr halten. Ich wollte ihn schlagen, bis er tot war, genauso tot wie Milan. Er sollte meinen Schmerz spüren. Ich wollte nicht die einzige sein, die sich wand und allem entkommen wollte. Er sollte nie mehr vergessen, was er mir angetan hatte. Weil ich es auch nie mehr würde vergessen können. Hass schoss durch mein ganzes Empfinden, ungebremster Zorn und eine wahnsinnige, zerstörerische Wut, die alles kurz und klein schlagen wollte. Es erschien mir nicht fair, dass auch nur ein einziger Mensch glücklich sein durfte, während ich mich fühlte wie in einem dunklen Loch, aus dem es kein Entkommen gab. Ein Todesstrudel, von dem ich in die Tiefe gerissen wurde. Ich schnappte nach Luft. Doch da war keine. Ich atmete flacher, fiel selbst zu Boden. Die Bauchschmerzen waren plötzlich unerträglich stark. Das Geschehen um mich herum nahm ich nicht mehr wahr. Feuer schoss durch meine Adern bis in mein Herz und fraß alles auf. Ich war leer, ich war Asche, ich war eine leere Hülle. Ich existierte nicht mehr. Hoffte ich zumindest. Dann spürte ich nichts mehr.

*****

*Ich erwache. Der Untergrund, auf dem ich liege, ist flauschig und weich. Eine Decke bedeckt mich vollständig. Ich öffne die Augen. Ich liege in einem Bett. In einem Zimmer, das mich an ein Märchenschloss erinnert. Die Wände sind schneeweiß, ein Kronleuchter strahlt warmes Licht aus und ein hellrosa Teppich ist auf dem Boden ausgelegt. Ein mit Schnitzereien verzierter Holzschrank steht in der Ecke und ein gerahmtes Bild ziert eine andere Wand. Es gibt keine Fenster, ich entdecke auch nirgends eine Tür, was mich etwas irritiert. Ich kann mich nicht erinnern, wie ich hierhin gekommen bin. Außer mir ist niemand im Zimmer. Neugierig schlüpfe ich aus dem Bett und öffne den Schrank. Überrascht sehe ich, dass sich darin bloß ein wunderschönes Kleid befindet. Es ist dunkelblau und der Saum wird von einem silbernen Streifen geziert, ebenso gibt es dazu einen silbernen Gürtel. Es scheint, als habe es genau meine Größe. Ich probiere es an, es passt mir wie angegossen. Es reicht etwa bis zu den Knien. Als ich mich wieder umdrehe, ist da wie aus dem nichts eine Tür in der Wand. Ich drehe den Türknauf und betrete einen Gang. Nirgends sind weitere Türen zu sehen, deshalb gehe ich einfach geradeaus. Kurz blitzt in meinen Gedanken eine Erinnerung auf, eine blutrote, stechende Erinnerung. Ich verdränge sie. An diesem vollkommenen Ort hat sie nichts zu suchen. Aber wieso bin ich hier? Es erscheint mir wie eine Ewigkeit, obschon ich gar kein Zeitgefühl habe. Irgendwann komme ich am Ende des Flurs an. Da ist eine weitere Tür. Nein, eigentlich ein Tor. Ein mächtiges Tor, das mir ein Gefühl von Winzigkeit verleiht. Es gibt weder eine Klinke noch einen Knauf, also drücke ich einfach dagegen, und es schwingt tatsächlich auf. Das, was sich mir nun offenbart, habe ich nicht erwartet. Es ist ein riesiger Saal, der dunkel, ja schwarz ist. Ich kann nicht sehen, wo die Decke und die Wände sind. Und in der Mitte, schätze ich zumindest, scheint ein Lichtstrahl von oben hinunter bis auf den Boden, ein einzelner Scheinwerfer. Er beleuchtet ein schlichtes Holzkreuz, das verlassen dasteht und Wärme ausstrahlt. Davor am Boden liegt ein dickes Buch. Ich trete näher heran. Es hat einen ledernen Umschlag. Ich knie zu Boden und öffne das Buch. Jede Seite ist gefüllt mit tausenden von Buchstaben. Ich schaue genauer hin. Es sind Namen. Dann schließt sich das Buch wieder, und auf dem Umschlag erscheint ein Satz aus goldenen, verschlungenen Lettern.*

*«Ihr seid nicht länger Gefangene des Gesetzes, sondern Kinder Gottes.»*

*Und finde darin auch meinen Namen. Und Milans Name. Ich weiß, dass er nicht gestorben ist. Er ist aufgewacht, im Himmelreich. Bei seinem himmlischen Vater.*

\*\*\*\*\*

Ich saß im Unterricht und kriegte kein Wort von dem mit, was der Lehrer erzählte. Es interessierte mich sowieso nicht. Und ich hatte wieder diese grausamen Bauchschmerzen, kaum auszuhalten. Wenn sie nicht endlich aufhörten, musste ich mich bei der Krankenstation melden, doch ich fürchtete mich davor.

In der Nacht waren Luke und ich gemeinsam zurückgelaufen, das einzige, was ich ihm erzählt hatte, war, dass ich sicher war, dass es Milan gut ging. Etwas anderes hätte er nicht kapiert. Er hatte glücklicherweise auch nicht nachgefragt.

Der Lehrer erläuterte gerade die *Grundsätze der gerechten europäischen Gesellschaft*. Ich wäre am liebsten laut damit herausgeplatzt, dass dies eine unverschämte Lüge war. Von wegen

Gerechtigkeit! Gar nichts war gerecht!

Mein Bauch verkrampfte sich noch mehr, wie eine Mahnung, mich zurückzuhalten. Mürrisch starrte ich auf den Bildschirm, sah dort Zahlen und Buchstaben, war aber nicht in der Lage, sie einzuordnen. Sie waren so unwichtig im Vergleich zu der Wahrheit, die ich herausgefunden hatte. Die Wahrheit, die mein Leben verändert hatte. Und plötzlich wünschte ich mir, mehr darüber zu erfahren. Ein Wunsch ohne Zukunft … Mir fiel auf, dass ich Rio erst gestern verlassen hatte. Wahnsinn! Die Zeit, seit ich wieder hier war, kam mir unendlich lang vor. Und hier sollte ich mein restliches Leben verbringen? Unvorstellbar! Am liebsten wäre ich gleich wieder abgehauen. Doch das war nicht möglich, weil dann Andy und Jason sofort gewusst hätten, wo ich zu finden war.

Wieder zuckte ein heftiges Stechen durch meinen Bauch und ich krümmte mich vor Schmerzen. Ich wollte nur noch in mein Bett. Mein Kopf brummte. Mist. Konnte der Mann da vorne nicht endlich Ruhe geben? Er wusste nichts, was mich auch nur im Geringsten angesprochen hätte. Er konnte viel mehr von mir lernen als umgekehrt. Ja, ich fühlte mich wie das einzige Wesen im gesamten VEPA, das eine Ahnung von der Wirklichkeit hatte. Und alles hier stand gegen mich: Meine ehemalige Freundin Kim, Lucys armer Bruder Samy, das Internat, mein Vater – er hatte sich länger nicht gemeldet. Das war echt verdächtig. Hatte er etwas geplant? Ich war nicht so naiv zu glauben, er hätte aufgegeben oder er würde mir zuliebe nichts unternehmen. Er war wohl gerade in der Flutwellenphase, wie ich sie nannte: Das Meer zieht sich so weit zurück, bis man es nicht mehr sieht. Da ist bloß weißer, feiner Sandstrand. Doch ganz weit hinten sammelt sich das Wasser, es holt Anlauf und legt dann so richtig los. Wer so dumm ist, es sich mit seinem Liegestuhl auf dem Traumstrand bequem zu machen, wird gnadenlos überrollt und weggespült. Doch, was beabsichtigte er? Ließ er mich überwachen? Hatte er Spione beauftragt? Der Gedanke gefiel mir ganz und gar nicht.

Endlich, nach einer gefühlten halben Ewigkeit, war die Lektion zu Ende. Jetzt hatte ich erst mal Pause, am Nachmittag ging es dann weiter.

Statt wie vorgehabt meinem Bett einen Besuch abzustatten, begab ich mich auf direktem Wege zur Krankenstation. Ich hielt das nicht mehr länger aus. Ich trat durch die gläserne Eingangstür zum Empfang. Eine junge Dame kam auf mich zu und nachdem ich ihr die seltsamen Schmerzen geschildert hatte, schien es mir, als blitzte etwas Wissendes in ihren Augen auf. Doch eine Sekunde später war es verschwunden und ich fragte mich, ob ich mir das nicht einfach bloß eingebildet hatte. Vermutlich schon. Ohne zu zögern, wies sie auf eine Tür ganz hinten in der Ecke. Irritiert stellte ich fest, dass davor gar kein Schild hing. Alle anderen Türen waren beschriftet, mit «Chirurgie» oder «Innere Medizin». Doch dies hier war eine einfache, schwarze Tür. Sie jagte mir Angst ein. Was war dahinter? Widerstrebend blickte ich in den Augenscanner und die Tür schwang mit einem leisen Zischen auf. In dem Raum stand ein Bett, weiß bezogen und mit verkabelten Maschinen daneben. An einer anderen Wand war ein kleiner Schreibtisch. Darüber beugte sich ein Mann mit feuerroten, strähnigen Haaren. Er war mir auf Anhieb unsympathisch. Alles an ihm war unheimlich: Die Rattennase, die zusammengekniffenen Augen, das schneebleiche Gesicht, sein schwarzer Anzug. Er kam mir vor wie ein Diener des Teufels höchstpersönlich, dazu beauftragt, mich in die Hölle zu transportieren. Oder nach Wüstenland. Wären die Schmerzen nicht unerträglich gewesen, wäre ich auf der Stelle nach draußen gerannt. Mein Bauch krampfte zusammen, sodass ich mich am Bett festhalten musste. Da sagte er mit einer schnarrenden, unangenehmen Stimme: «Ah, du bist Leah Sommer, eben erst von einer Mission heimgekehrt.»

«Woher wissen Sie das?»

«Oh, ähm», er kicherte, völlig unangebracht in dieser Situation. «Ich habe gestern deine, ähm, Kollegin, behandelt», wo überall möglich machte er eine Sprechpause, «Melanie hieß sie, richtig?»

Ein kalter Schauer lief mir über den Rücken. Dieses Ungeheuer hatte Melanie ins Verderben gestürzt. Stumm stand ich da und antwortete nichts. Er grinste selbstgefällig.

«Was ist denn dein Problem, Madame?»

Ich hätte ihm am liebsten meine Faust ins Gesicht gejagt.

«Bauchschmerzen. Stechender Schmerz, immer stärker werdend.»

«Ach ja ... Da schauen wir doch, wie wir helfen können.»

‹Wer ist wir? *Du und deine Dämonen?*›, dachte ich unwillkürlich.

«Leg dich doch bitte aufs Bett.»

Widerwillig gehorchte ich. Das Zimmer hatte sich in meiner Vorstellung längst von einem Krankenzimmer in eine finstere Folterkammer gewandelt. Ich zitterte, als er auf mich zukam. Ohne mich um Erlaubnis zu fragen, zog er mein T-Shirt nach oben. ‹*Finger weg! Du hast da nichts zu suchen!*›, schrie alles in mir.

Seine kalten Finger ließen mich erstarren. Er drückte mit seinen dünnen, langgliedrigen Fingern hier und da in meinen Bauch. Gleich würde ich kotzen! Dann begann er, meinen Bauch zu kneten. Das verursachte erstens unvorstellbare Schmerzen und zweitens war es aufs Heftigste unangenehm. Nun ließ er von mir ab. Er beugte sich demonstrativ über mich. «Ich glaube, das Problem gefunden zu haben. Es ist etwas zu», er hob die Augenbrauen, «*kompliziert*, um es dir erklären zu können. Auf jeden Fall müssen wir operieren. Ich werde dich jetzt», er zwinkerte mir zu, «betäuben.»

Noch nie hatte dieses Wort solche Panik in mir ausgelöst. Ich wollte wach bleiben! Auf keinen Fall durfte er, ohne dass ich wusste, was er tat, an mir rumfingern. Ich wäre ihm absolut ausgeliefert! Ihm wären keine Grenzen gesetzt. Was würde er mir antun? Bevor ich protestieren konnte, spürte ich einen schwachen Stich am Oberarm, meine zu Fäusten geballten Hände erschlafften, ich wurde mal wieder bewusstlos.

*****

Scheinbar nur Sekunden später erwachte ich. Was war geschehen? Wo war ich? Einen Augenblick später realisierte ich das schwach beleuchtete Krankenzimmer und den Mann mit den Bluthaaren, der mir den Rücken zugewandt hatte und an seinem Schreibtisch saß. Erschrocken erkannte ich, dass mein linkes Handgelenk geschwollen war und pochte. Was hatte er getan? Was hatten meine Bauchschmerzen mit meinem Arm zu tun? Möglichst geräuschlos setzte ich mich auf, doch gleichzeitig drehte der Doktor sich mitsamt seinem Stuhl zu mir um. Ein dünnes Lächeln zog an seinen Mundwinkeln.

«Der Eingriff ist vollkommen unproblematisch verlaufen, Miss Leah. Du kannst gehen, nachdem du einen Blick in den Augenscanner geworfen hast.»

Diese Aufforderung ließ ich mir nicht zwei Mal sagen. Je schneller ich hier raus war, desto besser. Ich stand auf, ließ den Scanner die Daten aus meinen Augen lesen. Sobald ich die Zimmertür hinter mir geschlossen hatte, hetzte ich davon, als wäre der Henker höchstpersönlich hinter mir her. Schnaufend erkletterte ich die Treppe und hielt kein einziges Mal an. Erleichtert erreichte ich mein Zimmer, riss die Tür auf und sprang in mein Bett, als ob es ein Rettungsring wäre.

Erst jetzt fiel mir auf, dass die Bauchschmerzen verschwunden waren und der Eingriff auch sonst keine Schmerzen hinterlassen hatte. Mein kleines Zimmer kam mir hell und luftig vor im Vergleich zu dem des Bluthaarigen. Um den Kontrast noch mehr hervorzuheben, zog ich die Vorhänge beiseite und öffnete das Fenster. Meine Lungen füllten sich mit frischer Luft. Nie mehr würde ich einen Fuß in die Krankenstation setzen. Jemand anderes auch nicht, fiel mir ein. Melanie. Sie würde Wüstenland nie mehr verlassen. Mitleid durchfuhr mich. Sie hatte das nicht verdient. Niemand hatte das verdient. Ich sah die Panik, die Verzweiflung in ihren Augen, als ich sie im Urwald gefunden hatte. Ich war schuld! Just in diesem Moment vibrierte mein Handy. Genervt sah ich, dass Jason mir eine Nachricht geschickt hatte. Ich wollte ihn nicht sehen! Er hatte mir die Suppe eingebrockt, die ich nun auslöffeln musste. Er sollte aus meinem Leben verschwinden! Wie spät war es eigentlich? «16:07», verriet das Handy-Display. Schon? Hatte die Operation so lange gedauert? Unwillkürlich griff ich an meinen Bauch, doch er fühlte sich ganz normal an. Ich hatte in einer Stunde schon wieder Schule! Und was hatte Jason geschrieben?

«Hey Leah. Ich bin draußen vor dem Haus. Komm bitte kurz raus. Geht auch nicht lange.»

Ich seufzte. Was wollte er? Ich hatte seit dem Morgen auch noch nicht mal was gegessen. Doch ich verspürte keinerlei Appetit. Na gut. Ich würde Jason mal nicht zu lange warten lassen, doch erst musste ich meine Kleider wechseln. Diese waren ziemlich verschwitzt. Enttäuscht stellte ich fest, dass sich in meinem Schrank nur die üblichen schwarzen Hosen und weißen T-Shirts befanden, von denen wir jedes Jahr ein paar neue bekamen. Anderes mussten wir selbst kaufen und mein Geld hatte einfach nicht gereicht. Um die langweiligen Farben zu überdecken, schlüpfte ich in hellblaue Schuhe und bändigte meine Haare mit einem knalligen, violetten Haarband. Trotzdem fühlte ich mich unwohl in den steifen Sachen, als ich die Treppe hinunterstieg. Ich war in letzter Zeit ziemlich gewachsen, und die Hose war definitiv zu eng. Doch weil ich nichts anderes bekommen würde, musste ich mich wohl damit abfinden.

Jason stand draußen an einen Baum gelehnt und starrte mürrisch gegen die Hauswand. Was war denn jetzt schon wieder mit ihm los?

«Hey», ich schlenderte zu ihm hin, «du wolltest mir was sagen?»

«Ich wollte mich verabschieden.»

Überrascht musterte ich ihn. Sollte das ein Witz sein? «Wieso?»

Er schnaubte. «Frag meinen stinkreichen Dad. Er kackt mich an. Hat mich für so ne Armeeschule in Amerika angemeldet, zusammen mit Andy.»

«Was hat denn der damit zu tun?»

«Mein Dad kennt Andy schon lange und hat mich nur seinetwegen hierhingeschickt. Jetzt entspricht das Internat nicht mehr seinen Anforderungen und er hat was anderes gesucht. Meine Meinung juckt ihn nicht.»

«Oh.»

Ich musste mir Mühe geben, betroffen zu wirken. Innerlich jubelte ich. Eine Gefahr weniger! Nun waren ich und mein Bruder die Einzigen hier, die von den Christen wussten. Es kam mir vor wie ein unverschämtes Glück. Doch jetzt durfte ich Jason keinen falschen Eindruck vermitteln.

«Aber», hob ich vorsichtig an, «will dein Vater nicht etwas zuwarten? Ich meine, du bist gerade erst wieder hier angekommen.»

«Ihm doch egal!», schnitt Jason mir das Wort ab, «Wen interessiert's? Mein Dad kann mit mir machen, was er will. Alle hier können das. Wir Minderjährigen haben nichts zu sagen.»

«Aber ...»

«Ist doch wahr! Versuch gar nicht erst, mich zu besänftigen. Ist ja nicht so, als ob du mit der Politik des VEPA einverstanden wärst.»

«Naja, stimmt. Tut mir leid.»

Jason blickte mich verzweifelt an, doch ich konnte seine Gefühle einfach nicht erwidern. Okay, er war hübsch, okay, er war klug, aber ich wollte Janic! Ich war *froh*, wenn Jason endlich aus dem Weg war. Es war nun mal so! Ich fuhr deshalb etwas zu unwirsch fort: «Du kannst nun mal nichts daran ändern. Nimm es, wie es ist, und mach das Beste draus.»

Augenblicklich bereute ich, was ich gesagt hatte. Jason starrte mich erst ungläubig, dann zornig an. Er öffnete den Mund, als wollte er etwas entgegnen, doch brachte nichts hervor. Ich sah, wie er sich anspannte. Ohne ein weiteres Wort drehte er sich um und rannte weg.

Und ich blieb stehen, selbst verdattert über mich. Als ich wieder zu meinem Zimmer hochstieg, plagte mich das schlechte Gewissen. Wie konnte ich nur so gefühlskalt sein? Es wäre nur fair gewesen, mich bei ihm zu entschuldigen. Mein Stolz meldete sich mit der Warnung, dass Jason eigentlich schuld war an dem ganzen Schlamassel, in dem ich steckte. Doch ich ignorierte ihn mit aller Kraft und begab mich abermals nach unten. Ein Wind war aufgekommen, der an meinen Haaren zerrte. Blätter wirbelten durch die Luft. Wo war Jason? Er war Richtung Sportgelände gerannt. Vielleicht wollte er sich dort abreagieren. Ich bemerkte, dass ich schon ewig nicht mehr dort gewesen war. Ich fand ihn aber weder bei den Laufbahnen noch im Kletterpark. Vielleicht konnte ich sein Handy orten. Ich zückte meins und das erste, was mir entgegenleuchtete, war die Uhr. Ungnädig zeigte sie «17:02» an. So ein Mist. Ich rang mit mir. Was war wichtiger? Die Schule oder Jason? Ich würde eine Verwarnung kassieren. Aber Jason wäre nachher weg. Es war meine letzte Chance. Also schlug ich mein Pflichtbewusstsein in den Wind und suchte weiter. Ich hatte schon fast aufgegeben, da landete direkt vor mir eine Gestalt im Gras. Jason. Er war oben auf der Buche gewesen! «Du kannst mich mal!», zischte er mich an. «Ich will nichts mehr von dir hören. Verschwinde einfach.» Keinerlei Zuneigung stand ihm mehr ins Gesicht geschrieben, sondern eine Mischung aus Verachtung, Hass und Wahnsinn.

Tränen stiegen mir in die Augen. Ich war so fies zu ihm gewesen und jetzt wollte er keine Entschuldigung annehmen.

«Jason! Warte! Es tut mir leid!»

Keine Antwort. Er war wieder weggelaufen. Ich konnte ihm nicht ewig hinterher rennen. Ich musste schleunigst zurück! Ich hatte es versucht, tröstete ich mich und kehrte um. Während ich unglücklich zurückmarschierte, spürte ich wieder ein seltsames Pochen an meinem Handgelenk. Ich untersuchte es genauer. Die Schwellung war zurückgegangen, doch es fühlte sich merkwürdig an. Ich hielt die Hand dicht vor meine Augen. Und da sah ich sie. Eine ganz feine, fast unsichtbare Linie. Eine Naht! Der Typ hatte mein Handgelenk aufgeschlitzt! Was hatte er mit mir angestellt, während ich bewusstlos gewesen war?

\*\*\*\*\*

Ich trat gerade aus dem Unterrichtssaal. Von dem ganzen Gelaber des Lehrers hatte ich mal wieder null mitgekriegt. Ich wollte es auch gar nicht hören. Was er sagte, entsprach der Staatslehre, aber die war manipuliert, nein gelogen! Seit ich von der Welt da draußen wusste, von der Untergrundorganisation der Christen, von dem Gottessohn Jesus, da wollte ich das Verlogene hier nicht mehr hören!

Beim Gedanken an Jesus fasste ich unwillkürlich nach der Kreuzkette. Statt der Kette spürte ich mein Herz schlagen, gemächlich, aber stetig. Aber wo war die Kette? War sie nach hinten gerutscht? Nein, sie war gar nicht mehr da! Auflauernde Angst erfüllte mich, konnte ich mich doch genau erinnern, wann ich sie zum letzten Mal getragen hatte. Vor dem Arztbesuch. Dann hatte er mich betäubt, wahrscheinlich die Kette bemerkt und mir abgenommen. Wo blieb mein Hirn? Ich hatte mich selbst verraten. Ich hätte das Schmuckstück nie anziehen dürfen! Ich hätte mir des Risikos bewusst sein müssen. Jetzt war es aus. Es war schon ein unverschämtes Glück gewesen, dass Luke und nicht sonst jemand die Bibel gefunden hatte. Doch meine Unachtsamkeit war mir zum Verhängnis geworden. Nun konnte ich wieder nur bange darauf warten, wie lange es dauern würde, bis mich jemand abholte. Würden sie mich verhören? Ich stählte mich innerlich. Kein Wort würden sie aus mir rauskriegen, kein einziges Wörtchen, und wenn sie mich zu Tode folterten. Diesen Triumph würde ich ihnen auf keinen Fall gönnen.

Völlig ausgehungert aß ich mein Nachtessen. Ich würde Energie brauchen. Doch in meinem Bett war nicht an Schlaf zu denken. Unruhig wälzte ich mich hin und her. Meine Gedanken drehten sich im Kreis. Außerdem wurde ich nicht schlau aus Jesus. Wenn ich doch die ganze Zeit zu ihm hielt, könnte er mir auch mal helfen! Wenn ihm doch alles möglich war, wäre es ja keine Sache für ihn, mir ein paar Vorteile zu verschaffen. Wirklich. Was tat er denn dauernd? In meinem Hirn rotierte es unaufhörlich. Schließlich gab ich auf. Wenn ich wach war, konnte ich meine Zeit geradeso gut für etwas nutzen. Erst mal suchte ich jeden Winkel meines Zimmers nach der Kreuzkette ab. Nur um ganz sicher zu gehen. Doch sie blieb verschwunden. Was sollte ich noch tun? Mir kam die Idee, Luke zu schreiben. Ich wollte mich unbedingt wieder mit Carlos und seinen Leuten treffen. Und vielleicht könnte mein Bruder etwas organisieren. Ich hatte die Nachricht schon eingetippt, da fiel mir siedend heiß ein, dass die Verbindung ja nicht geschützt war. Ich musste ihm die Bitte verschlüsselt schreiben, sodass niemand daraus schlau werden würde. Ich probierte allerlei Dinge aus. Aber es führte zu nichts. Es war entweder durchschaubar oder so kompliziert, dass Luke es eh nicht kapieren würde. Ich seufzte und wollte gerade aufgeben, da klopfte es an der Tür.

Wie erstarrt hielt ich mitten in der Bewegung inne. Das mussten sie sein. Sie hatten meine Kreuzkette. Und jetzt waren sie gekommen, um mich abzuholen. Nein, es war zu früh! Ich wollte noch nicht sterben. Aber, was sollte ich tun? Angespannt suchte ich mit den Augen nach einem Versteck. Das Einzige, was mir auf die Kürze einfiel, war das Bett, ich musste unter das Bett! Rasch ließ ich mich auf den Bauch fallen und robbte unter das Bettgestell. Wieder vernahm ich ein Klopfen, diesmal weitaus deutlicher und eindringlicher. Angestrengt zwängte ich mich ganz in die Ecke und verharrte mucksmäuschenstill. Würden sie jetzt reinkommen, um mich zu holen? Wieso sagten sie nichts? Ich hatte sowieso keine Chance, zu entkommen. Sie konnten sich genauso gut zu erkennen geben. Ich war ihnen völlig ausgeliefert. Wieder einmal verfluchte ich meine Dummheit, die Kette zu tragen. Nun hörte ich ein leises Schaben und Schritte. Jemand war eingetreten. Nur einer? Wo blieben die anderen? Dieser Jemand bewegte sich erst mal nicht. Vermutlich suchte er den Raum mit Blicken nach mir ab. Nervös befahl ich meinem Körper, sich keinen Millimeter zu bewegen. Sonst wäre sofort alles verloren. Beinahe hätte ich mich der Aufforderung widersetzt, als zwei Schuhe in mein Sichtfeld traten. Ich wollte mich noch mehr an die Wand pressen, doch es ging nicht. Die Schuhe drehten sich im Kreis und kamen dabei gefährlich nahe an das Bett heran. Ich stellte mir vor, wie sich der Unbekannte über mein Nachttischchen beugte und mein Handy aufhob. Glücklicherweise hatte ich die fehlgeschlagenen Versuche gelöscht – so konnten sie meinem Widersacher keinen Hinweis liefern. Hier unten war es drückend heiß und ich war plötzlich unglaublich durstig. Ich musste meine ganze Selbstbeherrschung aufwenden, um ruhig liegen zu bleiben. Ich war mir sicher, jeden Moment würde ich entdeckt werden. Zumindest wüsste ich dann endlich, mit wem ich es zu tun hatte. Aus den Schuhen konnte ich keine Schlüsse ziehen. Sie waren schwarz, schlicht, robust. Hunderte Leute trugen solche Schuhe. Wieso hörte ich nichts mehr von ihm? Was machte er? Auf einmal machte ich ein kaum hörbares Schaben aus, als würde ein Stift auf einem Papier kratzen. Dann segelte ein Blatt Papier zu Boden und blieb dort liegen. Was sollte das? Hatte er es geschrieben? Vorsichtig hob ich den Kopf ein klitzekleines Stück, um das Geschriebene entziffern zu können. Gänsehaut überzog meine Arme und Beine, als ich die Botschaft las. Da stand:

«Ich weiß genau, wo du bist.»

Und dann ging die Person ganz, ganz langsam in die Knie.

# 9. Kapitel

Ich zitterte. Es war zu Ende.
Ohne abzuwarten, dass der Unbekannte mich packte, rollte ich mich hervor. Reflexartig kickte ich nach der Gestalt. Sie wich zurück und da erkannte ich sie.

«Luke! Was zum Teufel machst du hier?»

«Dich besuchen», er grinste verschmitzt.

«So extrem lustig find ich das, ehrlich gesagt, nicht.» Meine Stimme triefte vor Sarkasmus. «Und jetzt sag mir endlich, weshalb du hier bist. Und wage es nicht, mich anzulügen.» Ich war wirklich nicht in der Stimmung, um zu spaßen.

Auch Lukes Miene nahm einen ernsteren Ausdruck an. «Sorry wegen vorhin – es sollte eine kleine Prüfung sein. Du musst vorbereitet sein, falls irgendwas geschieht. So schlecht warst du gar nicht – aber nächstes Mal könntest du noch das Licht ausschalten.»

Ich schlug mir auf die Stirn. Natürlich! An das Licht hatte ich gar nicht gedacht! Ich hatte es einfach brennen lassen.

«Mach dir nichts draus. Anfängerfehler. Aber eigentlich wollte ich mit dir etwas besprechen. Lass uns aber erst die Kamera entfernen.»

Mit ein paar sicheren Handgriffen hatte er die Überwachungskamera ausgeschaltet.

«Hoffen wir mal, dass gerade niemand die Aufnahmen überwacht. Er wird sonst misstrauisch.»

Eine Frage lag mir auf der Zunge. «Kann ich Carlos wiedersehen?», platzte ich heraus.

«Wahrscheinlich schon», bestätigte mein Bruder. «Um zu fragen, ob du wieder ein Treffen willst, war ich hergekommen.»

«Weil … Es ist nur so, als ich in Südamerika war …», ich musterte ihn prüfend. Konnte ich mich ihm anvertrauen?

Als hätte er meine Gedanken erraten, versicherte mir Luke:

«Du kannst mir vollkommen vertrauen, Leah. Ich stecke doch auch schon bis zum Hals in der Sache drin. Ich weiß, dass eure Mission nicht so ereignislos war, wie ihr behauptet.»

«Ich weiß nicht. Es ist schwer. Wenn ich es dir sage … Also ein falsches Wort und alles wäre zerstört. Ich will kein … Risiko eingehen.»

Wir setzten uns aufs Bett. Ich presste die Lippen zusammen.

«Leah, ich will dir bloß helfen. Ich hasse die Regierung viel zu sehr, als dass ich etwas verraten würde.»

Ich blickte zu Boden. Wenn er wirklich mein Feind wäre, hätte er schon lange etwas unternommen. Fürs erste konnte ich ihm vertrauen und ein Verbündeter war von Vorteil, zumal es einer war, den ich gut kannte. Oder etwa nicht? Wann hatte ich mich zum letzten Mal so richtig mit Luke unterhalten? Er hatte sich verändert. War kluger, gerissener geworden. Allgemein erwachsener. Aber er hatte nichts von seinem Humor verloren.

«Na gut», begann ich schließlich. Und dann sprudelte die ganze Geschichte wie ein Wasserfall aus mir heraus. Wie ich mich mit Kim gestritten hatte, dann auf Mission geschickt wurde. Wie wir dort die Christen entdeckt und kennengelernt hatten, wie sie mir anfangs verrückt erschienen waren und von der seltsamen Prophezeiung. Von Janic, wie ich mich in ihn verliebt und was er mir gezeigt hatte. Wie ich Jason und Andy belauscht hatte und Jason dann doch noch hatte dazu bringen können zu schweigen. Von meiner Entscheidung für Jesus und von Melanies Unfall. Wie ich, wieder zurück, versagt hatte, als ich sie hatte retten wollen und von meinem letzten Gespräch mit Jason. Mittendrin hatte Luke mich in die Arme geschlossen und nicht mehr losgelassen. Es tat so gut, seine Zuneigung und Fürsorge. Er war eben trotz allem mein Bruder.

«Luke, ich will mich der Rebellengruppe anschließen. Ich will alles tun, solange ich nur gegen das ganze Unrecht kämpfen kann.»

«In dem Fall sind wir uns wohl einig.» Das charakteristische Lächeln platzierte sich wieder auf Lukes Gesicht.

«Aber, was genau kann man eigentlich tun?», fragte ich.

«Mein Hauptauftrag ist es, aufklärende Broschüren zu verteilen. Ohne dabei gesehen zu werden, versteht sich. Darin können die Leute lesen, dass es so, wie es ist, nicht gerecht ist. Und dann sollte ich eigentlich auch noch Leute für diesen Jesus gewinnen. Aber ich kenn' den nicht mal. Deiner Beschreibung nach ist er okay. Ich kann nur nicht verstehen, wie man einen Menschen so verehren kann.»

«Aber Luke, Jesus ist doch gar nicht einfach ein Mensch! Er ist der Sohn Gottes! Er ist in der Gestalt eines Menschen auf die Erde gekommen, um uns zu befreien!»

Luke sah mich zweifelnd an. Schulterzuckend meinte er: «Wie dem auch sei – wir haben das gleiche Ziel. Jetzt müssen wir uns organisieren.»

«Ich habe vorhin, bevor du mich … *gestört* hast, mir den Kopf darüber zerbrochen, wie wir einander Nachrichten senden können, ohne aufzufliegen.»

«Das ist echt ein wichtiger Punkt. Papier ist immer das Beste, erfordert aber auch den größten Aufwand. Man müsste eine Methode finden, es schnell zu überbringen.»

Ich nickte und überlegte weiter. «Sind die Stockwerke im Jungstrakt gleich aufgeteilt wie bei uns?»

«Ich bin jedenfalls auf gleicher Höhe wie du.»

«Dann könnte man … Sag mal, du hast immer noch zwei Pfeilbogen?»

«Ja. Meinst du …?»

«Genau! Wenn wir das Fenster geöffnet lassen, können wir uns jederzeit einen Pfeil zuschießen. An dem hängt dann der Zettel. Wichtig ist bloß, dass uns zwischen den beiden Gebäuden niemand beobachtet.»

«Es könnte funktionieren. Ich bringe dir heute Nachmittag den einen Bogen samt Pfeilen.»

Zufrieden mit dieser Lösung lehnte ich mich an der Wand an. Da fiel mir etwas ein. «Luke, bringst du mir bitte auch die Bibel wieder mit?»

«Klar. Du, ich muss jetzt los.»

Etwas enttäuscht nickte ich. Ich konnte ihn verstehen, doch

ich hätte gerne noch mehr Zeit mit ihm verbracht.

«Ach ja, Leah», teilte Luke mir noch mit, «nimm dich vor Kim in Acht. Sie benimmt sich momentan wie eine bissige Schlange.»

*Was mir auch schon aufgefallen ist,* wollte ich erwidern, unterließ es aber und begnügte mich mit einem: «Ich werd's beherzigen. Bis bald.»

*****

Ich hätte beinahe meine erste Lektion verpasst. Als ich einen Blick auf das Handy warf, schnellte ich vom Bett hoch, zog mir dieselben Kleider wie gestern über und rannte zum Unterrichtssaal. Der Unterricht hatte bereits begonnen. Der Lehrer warf mir einen strengen Blick zu, doch ich beachtete ihn nicht und ließ mich in der hintersten Reihe auf einen Sitz fallen.

«Ab heute werdet ihr an einem Aufsatz arbeiten, dessen Thema ihr selbst wählen könnt», verkündete der Lehrer. Er hatte schlohweißes, dichtes Haar, obwohl er gar nicht so alt wirkte. Seine Stimme schallte so laut durch meine Gehörgänge, dass ich mir am liebsten die Kopfhörer aus den Ohren gerissen hätte.

Als er den Aufsatz erwähnte, verdrehte ich kurz die Augen.

«Aber», fuhr er fort, «es sind gewisse Anforderungen gegeben. Erstens», er richtete seinen stählernen Blick auf mich, «verlange ich absolute Korrektheit. Keine Schlampereien. Keine unnötigen Rechtschreibfehler. Keine Kopien von anderen Aufsätzen. Zweitens ist das Grundthema des Aufsatzes vorgegeben. Es muss etwas mit unserem Regierungssystem zu tun haben. Lasst euch was einfallen, da gibt es viele Möglichkeiten. Die Bildung der Regierung, die Grundwerte unserer Gesellschaft, die Entstehung der Gesetze ... Ich gebe euch keine weiteren Ideen.»

Ich hörte seinen Ausführungen schon nicht mehr zu. Meine Gedanken schweiften ab und schon war ich weit, weit weg. Ich wusste, worüber ich den Aufsatz schreiben konnte. Wenn es schon mal um die Regierung ging ... Ich könnte doch etwas über ihren Umgang mit der Religion schreiben. Ich musste nur schauen, dass ich dafür keinen Verweis für Rebellion kriegen würde. Aber wenn ich es geschickt anstellte ... Ich hatte die Sätze schon gebildet, musste sie bloß noch aufschreiben. Aber der Aufsatz musste einen guten Aufbau haben und die Gedanken mussten gut begründet sein.

Nach der Lektion setzte ich mich in meinem Zimmer vor den Bildschirm und diktierte ihm die Sätze. Es würde den Lehrer auf jeden Fall herausfordern.

«Die heutige Regierung ist außerordentlich gut organisiert. Das Gesetz ist bis ins kleinste Detail festgelegt. Auch der Umgang mit der Religion wurde schon vor Jahren thematisiert. Man wurde sich einig und verbot sie. Denn bisher hatte sie ausschließlich Probleme verursacht. Und wie kann man einen Gott anbeten, wenn in seinem Auftrag ein blutiger Krieg geführt wird? Deshalb wurden sämtliche Gläubige eliminiert, eingesperrt oder ausgeschafft. So wollte man jeden Protest im Keim ersticken. Dabei blieb aber der Unterschied zwischen den Religionen völlig unbeachtet. In der Schule lernen die Kinder, welche grausamen Aufforderungen Gott an die Menschen richtet im Koran. Damit will man abschrecken. Doch sind alle Gläubigen so? Wollen sie alle Krieg und Vernichtung? Aber die Islamisten, die so viele Staaten erobert haben, sind bloß ein kleiner Teil aller Muslime. Längst nicht alle heißen ihre Taten gut – ist es nicht ungerecht, dass man sie verurteilt für etwas, das sie nicht getan haben? Es erscheint unlogisch, wie beispielsweise der christliche Glaube so viele Menschen überzeugt hat. Denn gerade das Christentum wurde, laut den Geschichtsbüchern, niemandem aufgezwungen. Die Regierung sah ein Problem darin, dass die Bibel die Menschen zu unrealistischen und abgehobenen Vorstellungen verleitet. Deshalb werden drastische Maßnahmen eingeleitet, sobald man Anhänger dieses Glaubens entdeckt. Doch würde man nicht viel Leid verhindern, würde man diesen Menschen ihren Glauben lassen?»

Ich musste aufpassen, nicht zu rebellisch zu schreiben. Ich wollte gerade wieder ansetzen, da trat Luke ohne zu klopfen in mein Zimmer ein.

Wortlos reichte er mir seinen Bogen. Zu einem anderen Zeitpunkt hätte ich ihn bestaunt, doch Lukes Gesichtsausdruck verwirrte mich. «Was ist denn los mit dir? Weshalb bist du schon wieder da?»

Nun konnte ich das Gefühl in Lukes Augen deuten. Es war unterdrückt, doch mir blieb es nicht verborgen. Es war Zorn. Luke musste wirklich wütend sein. Bloß worüber? «Was ist vorgefallen?»

Luke schüttelte den Kopf, ballte die Fäuste, löste sie wieder, scheinbar unfähig, es mir zu erklären.

Sorgenvoll erhob ich mich und näherte mich ihm. «Was ist passiert?»

«Finn!», stieß Luke hervor.

«Was ist mit ihm? Hat er dich angerufen?»

«Nein.»

«Eine Nachricht geschickt?»

«Nein.»

«Was dann?»

«Er hat sich überhaupt nicht gemeldet. Ich hab nur wie üblich seine E-Mails abgefangen. Jetzt rate mal, was er vorhat.»

«Will er uns zu sich heimholen?»

Luke schüttelte den Kopf. Ich schloss rasch die Tür – niemand musste hören, was er mir nun mitteilte.

«Er ... Dieses Schwein will uns trennen!»

«Nein!»

«Doch.»

Ich konnte es nicht fassen. Luke und ich, wir waren immer zusammen gewesen. Wir waren Zwillinge! Das konnte uns mein Vater nicht antun.

«Er hat mich für eine Militärschule angemeldet.»

«Das kann doch nicht wahr sein», wisperte ich. «Wir müssen etwas dagegen tun!»

«Was denkst du denn?», schnaubte Luke, «will ich ja auch! Aber was können wir schon ausrichten gegen unseren Vater, wir sind minderjährig!»

«Ja, aber ...»

«Nichts aber!» Luke stampfte auf. «Er hat uns in der Hand. Er kann tun und lassen, was er will!»

«Du willst doch nicht kampflos aufgeben?»

«Lieber würde ich sterben, als tatenlos zuzusehen, wie er mich von dir wegnimmt!»

Das klang schon besser. Optimistischer. Ich brauchte jeden Optimismus, den ich bekommen konnte.

Ich zuckte zusammen, als abermals die Tür aufschwang. Da stand Kim. Luke fuhr herum.

«Du!», zischte er aufgebracht. «Was für eine Unverschämtheit! Das hier ist privat! Du hast in diesem Zimmer nichts verloren.»

«Du aber auch nicht», konterte Kim und blieb seelenruhig. «Ich hörte eine Jungenstimme. Wie euch bekannt sein sollte, hat niemand etwas im Trakt des anderen Geschlechts zu suchen. Es ist nicht das erste Mal, dass ich dich vor dieser Tür beobachte. Du hattest auch schon mal einen Zettel dabei. Ganz schön geheimnisvoll …»

Ich starrte sie bloß an und knirschte mit den Zähnen, aber Luke explodierte endgültig. «Hau ab! Du hast nichts mehr mit uns zu tun! Immer musst du dich in jede Angelegenheit einmischen! Es geht dich nichts an, kapiert? Zwischen uns ist es aus, wie oft muss ich dir das noch sagen, und ich will dich nie wiedersehen! Nie wieder! Ich weiß selbst, was ich mache, du hast mir rein gar nichts vorzuschreiben! Geh mir einfach aus dem Weg!»

Während Lukes Wutausbruch hatte Kim nicht einmal geblinzelt. Sie schien isoliert von jeglichen Gefühlsregungen.

«Nun, egal was du über mich denkst», erklärte sie, «ich kenne euch. Ich werde euch im Auge behalten.» Mit diesen Worten war sie wieder weg.

Ungläubig schaute ich zu, wie die Tür ins Schloss fiel, unfähig, etwas zu sagen.

Luke standen Tränen in den Augen. «Ich hasse sie!»

Ich nickte schlicht und fragte mich, wer dieses Mädchen war, das uns gerade so angefaucht hatte. Jedenfalls nicht die ehemalige beste Freundin.

«Luke, wir werden uns etwas einfallen lassen wegen Vater, aber du musst jetzt gehen. Ich will nicht, dass sie uns verpfeift», entschied ich.

Er nickte und flüsterte: «Heute Nacht, ein Uhr, bei der Schlucht.»

Ich schluckte. Dort hatte ich mich schon letztes Mal so beobachtet gefühlt. Jetzt wusste ich, es war Luke gewesen. Das beruhigte mich zwar, doch ich fühlte mich immer noch unsicher. Ich konnte nicht so recht glauben, dass mein nächtlicher Ausflug von niemandem bemerkt worden war. Unwillkürlich fasste ich mir an mein linkes Handgelenk. Etwas war damit nicht in Ordnung, es begann schon wieder so komisch zu pochen, und die Naht stach mir ins Auge, als ob sie mich für meine Ahnungslosigkeit verspotten wollte.

Verstört machte ich mich wieder an meine Hausaufgaben. Ich musste noch irgendwelche Jahreszahlen auswendig lernen und hoffte, mich dadurch abzulenken. Die letzten Stunden war es mir recht gut gelungen, Janic aus meinem Gedächtnis zu verbannen – ihn als Person. Nicht jedoch seine Augen. Die leuchtend blauen Augen schienen vor meinem inneren Auge festgeklebt zu sein. Und seine Worte: «Ich werde immer auf dich warten.»

Diese Aussage wiederholte sich unzählige Male in meinem Innern, wie ein nie endendes Echo. Und sie erfüllte mich mit Glück. Die unrealistische Hoffnung, ihn in der Zukunft wiederzusehen, gab mir Kraft. Ob er auch an mich dachte? Unwirsch schüttelte ich den Kopf. Nun hatte ich schon wieder an ihn gedacht. Verflixt, wieso konnte ich diesen Jungen einfach nicht aus meinem Kopf kriegen?

Die Jahreszahlen verschwammen vor meinen Augen, verblassten zu unleserlichen Zeichen. Meine Konzentration hatte sich verabschiedet. Ich war bei Janic, Amelia, Shana, Kai und Saphira. Ging es ihnen gut? Urplötzlich überrollte mich eine Welle der Angst. Mein Herz zog sich zusammen, die Klaue des

Grauens packte es fest. Es war überhaupt nicht selbstverständlich, dass sie in Ordnung waren! Möglicherweise waren sie verraten worden und lebten nicht mehr. Das war ein schlechter Witz meiner Vorstellungskraft, redete ich mir ein. Aber trotzdem erschien es mir gar nicht so abwegig, dass Jason sein Wort nicht gehalten hatte, in Anbetracht unserer Auseinandersetzung gestern. Krampfhaft klammerte ich mich an der Tischplatte fest, der Schwindel drohte mich zu überwältigen. Mein Herz war eine einzige, sich gegen jegliche Vernunft auflehnende Masse. Ich wollte zu Janic. Jetzt. Sofort. Ich konnte es nicht ertragen, nicht zu wissen, wie es ihm ging.

Irgendwie schaffte ich es, mich aufs Bett zu legen, worauf ich sofort in einen unruhigen Schlummer fiel. Ich träumte von einer großen Menschenmenge, die zusammengepfercht dastand und nichts tun konnte, umringt von dunklen Silhouetten, die alle ein Gewehr in der Hand hielten. Auf ein unsichtbares Kommando begannen sie zu feuern und ein ganzer Kugelhagel drohte die hilflosen Christen zu durchbohren. Doch dann kam ein junger Mann und stellte sich den Kugeln in den Weg. Keine einzige kam an ihrem Ziel an. Die Gestalt trug ein blütenweißes Gewand. Da stürzten sich die Männer auf ihn, zerrissen seine Kleidung, setzten ihm eine Dornenkrone auf und nagelten ihn an ein Kreuz. Doch bevor er sterben konnte, kam ein Wesen mit Flügeln und trug ihn zu den Wolken empor. Nun rannte ein Mädchen zum Kreuz. Als sie sah, dass es verlassen war, begann sie zu weinen, und Wasserfluten bedeckten die ganze Landschaft. Darauf trieben glitzernde Diamanten und Juwelen. Dann erkannte ich Kim mit einem Speer in der Hand, wie sie die kostbaren Edelsteine einzeln zerstach. Luke kam und versuchte, sie daran zu hindern, doch gleichzeitig bemerkte ich im Hintergrund meinen Vater, der einer Truppe Männer einen Befehl erteilte. Sie eilten zu Luke, packten ihn und schleppten ihn weg. Ich wollte ihm zu Hilfe eilen, aber eine überdimensionierte Kamera versperrte mir den Weg. Hinter mir hörte ich ein Lachen und ich wusste, dass mein Vater mich per Überwachung beobachtete. Der irre Traum schien endlos weiterzugehen.

*****

Die Nachtluft war kühl, deshalb hatte ich mir meine Windjacke übergestreift. Fröstelnd beugte ich mich aus meinem Fenster. Ich hatte soeben den Entschluss gefasst, auf diesem Weg nach draußen zu gelangen. Nach den endlosen Schulstunden heute Nachmittag sehnte sich jede Faser meines Körpers nach Freiheit. Sorgfältig suchte ich jeden Winkel des Platzes vor mir ab, es war jedoch keine Menschenseele zu sehen. Aufgeregt schwang ich meine Beine über die Fensterbank und drehte mich um, sodass ich mich mit beiden Händen auf dem Fenstersims abstützte. Ich zog das Fenster bis auf einen Spalt zu und rutschte nach unten, bis ich gestreckt an der Wand hing. Mit den Zehenspitzen spürte ich unter mir das Dach des Geräteschuppens. Prüfend trat ich auf, ohne ganz loszulassen, um sicherzustellen, dass das Wellblechdach robust genug war. Unter meinem Gewicht bog es sich zwar leicht, aber es brach nicht. An die Hausmauer gepresst, ließ ich mich in eine sitzende Position sinken und schob mich mithilfe meiner Hände nach vorne, bis meine Beine über dem Boden baumelten. Von hier aus sprang ich ins Gras und federte ab. Nochmals checkte ich, ob die Luft auch hundertprozentig rein war. Ich wollte Kim keine weiteren Hinweise liefern. So joggte ich los, in der rechten Hand eine kleine Taschenlampe, die ich aber erst einschaltete, nachdem ich aus der Sichtweite des Internats getreten war. Ich fühlte mich etwas unwohl, als der helle Strahl aufleuchtete. Wenn mir jetzt irgendjemand folgte, wäre es für ihn ein Leichtes gewesen, mir dicht auf den Fersen zu bleiben. Dennoch wollte ich nicht auf meine einzige Lichtquelle verzichten.

Ob Luke schon dort war? Vermutlich schon, obwohl ich recht früh dran war. Das vermutete ich zumindest, mein Handy lag nämlich in meinem Zimmer auf dem Nachttisch. Ich fühlte mich schutzlos ohne den sonst selbstverständlichen Begleiter, abgeschnitten vom Rest der Welt. Ob Jesus mich jetzt sehen konnte? Ob er mich *sah*? Merkwürdiger Gedanke. Aber auch tröstlich. Ja, wahrscheinlich schon, wenn man den Christen glaubte. Die Vorstellung von Jesus, der neben mir herging und über mich wachte, begann mir zu gefallen. So war ich nie allein. Mittlerweile hatte ich die Ebene hinter mich gelassen. Die Felswände neben mir wurden immer steiler, bald würde ich die Schlucht erreichen. Der Mond hatte sich entschieden, wieder zuzunehmen und war jede Nacht etwas deutlicher zu sehen. Einerseits hatte ich nichts dagegen, wenn es nicht mehr so stockfinster war, andererseits lieferten mir die Schatten der Nacht einen gewissen Schutz.

Nun war ich am Ziel angekommen. Nachdem ich meine Umgebung abgeleuchtet hatte, ohne Luke zu entdecken, schaltete ich die Taschenlampe aus, hockte mich auf einen Baumstumpf und wartete. Meine Ungeduld war kaum zu zähmen. Hatte Luke sich verspätet? Oder hatte er einen anderen Grund, sich vor mir zu verstecken?

Obschon ich vorbereitet war, zuckte ich zusammen, als Lukes Stimme erklang.

«Komm mit», wies er mich an. «Folge mir einfach und stell keine Fragen, bis ich es dir erlaube, okay?»

Ich nickte stumm. Anspannung breitete sich in mir aus, weil mir bewusst wurde, dass es kein einfacher Ausflug zweier Geschwister war, sondern es sich um ein Treffen mit Mitgliedern einer Untergrundorganisation handelte. Es war todernst. Ich bemühte mich, nicht hinter Luke zurückzufallen, denn er legte ein strenges Tempo vor und ich verlor ihn immer mal wieder aus den Augen, wenn es um die Ecke ging oder ein Gestrüpp mir die Sicht versperrte. Endlich hatten wir den Flugplatz erreicht. Doch Luke bog nicht, wie ich erwartet hatte, nach rechts ab, um den Platz zu umrunden wie ich letztes Mal, sondern strebte auf die Mitte des Flugplatzes zu. Genauer gesagt, nach ganz hinten. Zielstrebig lotste er mich zwischen den Flugzeugen und Gebäuden hindurch, ohne einmal die Orientierung zu verlieren. Ganz offensichtlich kannte er sich hier aus.

Ich dachte schon, er würde nie anhalten, da steuerte er auf den riesigen, dunklen Umriss eines Flugzeugs zu. Ohne mir irgendwas zu erklären, klaubte Luke eine Art Fernbedienung aus seiner Tasche. Er drückte einen kleinen, runden Knopf und flüsterte gleichzeitig etwas, das ich nicht verstand. Wie von Geisterhand klappte plötzlich eine Leiter nach unten. Mich noch immer nicht beachtend, erklomm er die Sprossen und zeichnete mit seinem Finger das Kreuzsymbol auf die Unterseite einer Falltür. Augenblicklich sprang sie auf, und wir begaben uns ins Innere des mysteriösen Flugzeugs. Hier war es dunkel, doch da Luke mit der Umgebung vertraut war, schritt er, ohne zu zögern, voran. Ein paar Meter weiter vorne stiegen wir wieder eine Treppe nach unten. Sie zog sich in die Länge und ich konnte mir nicht vorstellen, dass das Flugzeug soweit nach unten reichte, es müsste ja im Erdboden versinken. Vielmehr vermutete ich, dass wir uns irgendwo unter der Erde befanden.

Meiner Meinung nach konnte Luke nun wirklich wieder mal etwas sagen. Die Treppe endete an einer Tür, die Luke mithilfe eines weiteren eingetippten Passworts öffnete. Wie viele Sicherheitsvorkehrungen wollten die noch treffen? Der Gang, dem wir jetzt folgten, führte schnurstracks geradeaus und war so eng, dass ich die Wände streifte. Dann schienen wir endlich am Ziel angekommen zu sein. Der Flur wurde breiter, bis ich ein großes Tor erkennen konnte. Es war aus irgendeinem Metall und wirkte abweisend, als könnte es alleine durch seinen Anblick mögliche Eindringlinge verscheuchen. Luke nahm abermals seine Fernbedienung zur Hand und drückte sie in einen ins Tor eingelassenen Hohlraum. Das Tor sprang auf. Erschrocken blinzelte ich einem von Licht erfüllten Raum entgegen. Geblendet trat ich ein, worauf sich die beiden Torhälften hinter mir schlossen. Ich verengte die Augen zu schmalen Schlitzen, bis ich mich an die Helligkeit gewöhnt hatte. Neugierig schaute ich mich in dem Raum um. Er war recht groß. Uns gegenüber und zu beiden Seiten des Zimmers standen schwarze Tische, dahinter unzählige Stühle und darauf …

Menschen.

Männer und Frauen, dunkel gekleidet, die mich wie Statuen beäugten, ohne sich zu rühren. Ihre Gesichter waren von schwarzen Masken bedeckt, aus denen zwei leuchtende Augen stachen. Niemand sagte etwas, doch alle starrten mich an. Mir war ziemlich unwohl. Was sollte ich tun? Ich wollte mich zu Luke umdrehen, doch er war verschwunden. Wo war er hin? Erst jetzt richtete ich meine Aufmerksamkeit auf eine Frau, die an einem Tisch mir gegenüber saß. Sie war klein, schien aber das Kommando zu haben. Geräuschlos erhob sie sich. Ihre Augen strahlten eine Autorität aus, die mich faszinierte. Wie alt mochte sie sein? Ihr Körper war kräftig und sie wirkte sportlich, doch ihr Blick zeugte von großer Weisheit.

«Leah», sprach sie mich an. Automatisch zuckte ich zusammen.

«Ja?»

«Du wolltest dich mit uns treffen.»

«Ja.»

«Du musst wissen, dass dies kein Spiel ist. Es geht um Leben und Tod. Von vielen Menschen auf allen Kontinenten der Erde. Der Sitz ist in Südamerika – doch das muss ich dir nicht erzählen. Unser Kontaktmann zur Zentrale ist Carlos. Was du hier siehst, ist die Generalversammlung der schweizerischen Mitglieder. Die Bedingungen für Christen werden immer härter, Morde an ihnen sind keine Seltenheit. Doch Christus lebt und deshalb geben wir nicht auf. Wir bilden junge Menschen wie deinen Bruder dazu aus, dem Untergrund zur Seite zu stehen. Auch du kannst bei uns in Ausbildung treten, wenn du willst.»

«Ich will!»

«Bist du dir sicher, dass du wirklich dazu bereit bist?»

«Absolut.» Nichts mehr als das.

Ich musste an Melanies verdrehten, blutverkrusteten Fuß denken, an die Panik in ihren Augen. Ich hätte bereiter nicht sein können, den Menschen in Rio, die mir so ans Herz gewachsen waren, zu helfen. Aber irgendwie hatte ich mir dieses Treffen anders vorgestellt – diese Menschen hatten nichts mit den Christen, wie ich sie kennengelernt hatte, gemeinsam. Was würde nun geschehen?

«Jetzt wirst du mit deinem Bruder gemeinsam trainieren. Ihr müsst vorbereitet sein für ... Nun, ihr werdet noch erfahren, wofür. Jedenfalls geh jetzt. Hier durch.»

Sie bediente einen Knopf und links vor mir öffnete sich ein Durchgang. Unsicher ging ich ein paar Schritte darauf zu. Sollte ich allein gehen? Offensichtlich schon. Neugierig tastete ich mich dem Gang entlang, denn hier gab es kein Licht. Weiter vorne sah ich eine Tür, die einzige. Ich öffnete sie. Ich hatte alles erwartet, nur nicht das. Der Boden war mit dünnen Matten ausgelegt, sonst war da nichts. Aber mitten im Zimmer war ein Kampf zu sehen. Zwei junge Männer, die sich duellierten. Und sie waren gut. Erstaunt erkannte ich Luke. Sie hatten mich nicht bemerkt. Oder sie wollten ihre Übung nicht unterbrechen. Aufmerksam beobachtete ich die Bewegungsabläufe. Und ich wusste sofort: Das will ich auch können.

*****

Müde schlurfte ich die Treppe nach unten. Eine Woche war vergangen seit meinem ersten nächtlichen Training und diesem waren regelmäßig weitere gefolgt. Dass ich kaum die halbe Nacht in meinem Bett verbrachte, zeigte sich tagsüber immer mehr. Ich war unkonzentriert und meine Leistungen in der Schule waren fahrig. Auch die Lehrer hatten das bemerkt. Heute musste ich meinen Aufsatz abgeben. Ich war deutlich angespannter als sonst und trat zögerlich in den Unterrichtssaal. Wie mein Aufsatz wohl bewertet werden würde?

Eiligen Schrittes ging ich zu meinem Pult, klickte meinen Aufsatz an und sendete ihn an den Lehrer. Dann machte ich mich daran, irgendeinen langweiligen Text über die Schiffindustrie zu lesen. Ich schreckte auf, als ein Licht oberhalb des Bildschirms aufleuchtete. Das Zeichen für eine eingegangene Nachricht. Ich öffnete die Mitteilung. In fetten Lettern stand da geschrieben: «Leah Sommer. Begib dich augenblicklich nach vorne zum Lehrer.» Nervös hob ich den Blick, doch der Lehrer beachtete mich nicht. Was hatte ich verbrochen? War es wegen meines Aufsatzes? Oder hatten sie bemerkt, dass ich mich jede Nacht aus dem Haus schlich? Ich würde es bald erfahren. Die anderen Schüler schauten nicht von ihren Arbeiten auf, als ich langsam an ihnen vorbeiging. Unten angekommen stellte ich mich neben den Lehrer.

«Sie wollten mich sprechen?»

Er sah mich an und ich wand mich unter seinem durchdringenden Blick.

«Folge mir.»

Damit wandte er sich um und verließ mit großen Schritten den Schulsaal. Das Zimmer, in das er mich führte, war recht klein. Ich konnte weder Fenster noch eine zweite Tür ausmachen. Unbehagen breitete sich in mir aus. Wäre es eine einfache Zurechtweisung gewesen, hätte er mich doch vor den anderen Schülern rügen können. Er ließ sich auf einem Stuhl nieder und wies mich an, mich auf den anderen zu setzen. Die hölzerne Lehne drückte hart gegen meinen Rücken. Nachdem er mich noch einmal eindringlich gemustert hatte, setzte er zum Reden an.

«Leah Sommer. Ich habe deinen Aufsatz gelesen und ich bin erschüttert über deine Unverschämtheit»

Seine schneidende Stimme zerschnitt mein Selbstbewusstsein in kleine Stücke.

«Du wagst es, unser Regime auf frechste Weise zu kritisieren, mehr noch, du klagst unsere Gesellschaft an, ungerecht zu sein. Des Weiteren stellst du dich auf die Seite religiöser Rebellen, derentwegen alle unsere Probleme bestehen. Du redest von dem Land, das dein Leben ermöglicht, als wäre es ein Feind, den es zu bekämpfen gilt. Wenn du mir jetzt einen Grund nennen kannst, der dieses Fehlverhalten entschuldigt, muss er gut sein.»

Ich war während seiner Rede in mich zusammengesunken. Offensichtlich erwartete er, dass ich das Wort ergriff und mich entschuldigte. Doch ich konnte nicht. Ich konnte nicht kriecherisch um Verzeihung bitten, ich konnte ihm nicht versichern, dass ich es nicht so meinte. Ich konnte Jesus Christus nicht verleugnen, es stellte sich als Ding der Unmöglichkeit heraus. Also blieb ich stumm und senkte den Blick.

«Schau mich an!», befahl er.

Wie du willst.

Und mit dem gesamten Stolz, den ich besaß, sah ich ihm in die Augen. Ich erwiderte seinen Blick steinhart und schickte eine Botschaft aus meinen Augen, die lautete: «Du kriegst mich nicht klein. Ich gebe nicht auf.»

Seine Augen wurden dunkel vor Zorn, doch auch er sagte nichts. Wir lieferten uns ein stilles Gefecht. Er versuchte, mich durch die Kälte in seinen Augen unterzukriegen. Ich hielt ihm stand. Ich würde meinen Glauben nicht verraten. Als hätten wir etwas diskutiert, befand der Lehrer: «Nun, gut. Du kannst gehen. Aber wenn ich nochmals solch störrisches und rebellisches Verhalten bemerke, kommst du nicht so glimpflich davon. Und ich vergesse nichts. Merk dir das.»

Ich nickte rasch, erhob mich und raste, so schnell wie möglich, den Gang entlang in den Unterrichtssaal zurück. Erleichtert merkte ich, dass die Lektion zu Ende war. War ich so lange fort gewesen? Ich packte meine Sachen und verschwand in meinem Zimmer. Dort fiel ich aufs Bett und alle Kraft wich von mir. Die ganze Erschöpfung und Angst, die ich unterdrückt hatte, kam nun zum Vorschein. Ich hatte tatsächlich nochmals unverschämt Glück gehabt. Doch wie lange würden Luke und ich noch unentdeckt bleiben? Früher oder später würde man uns entdecken. Ich musste mit Luke reden. So konnte es nicht weitergehen. Ich nahm Papier und Stift zur Hand und kritzelte eine Botschaft darauf, was nervenzerreißend lange ging, weil von Hand zu schreiben für mich noch immer sehr ungewohnt war. Anschließend band ich den Zettel an einen Pfeil und stellte mich ans Fenster. Als ich gerade die Sehne spannte und auf Lukes Fenster zielte, erklang hinter mir eine leise Stimme.

«Was tust du da?»

Unwillig entgegnete ich: «Ist doch meine Sache!»

Dann drehte ich mich um und erkannte Samy. Verdattert starrte ich ihn an. Was war hier los? Weshalb war Samy in meinem Zimmer?

«Nein, ist es nicht», widersprach Samy mit einer Festigkeit in seiner Stimme, die ich ihm nicht zugetraut hätte. Er kam auf mich zu.

«Ich weiß genau, dass du mir nicht die Wahrheit gesagt hast. Nicht die ganze Wahrheit.»

Ich sagte nichts. Woher konnte er das wissen?

«Sie hat mir geschrieben.»

Erschrocken keuchte ich auf. War das wahr? Wie konnte Lucy nur so dumm sein! Alle Chatverläufe wurden überwacht! Und sie sollte doch als tot gelten!

«Was hat sie geschrieben?», verlangte ich zu wissen.

«Das sage ich dir erst, wenn du mir die Wahrheit erzählt hast», beharrte der Junge trotzig. Ich legte die Stirn in Falten. Was war die Wahrheit? Das, was passiert war? Das, was hätte passieren sollen? Ich beschloss, es kurz zu machen.

«Ja, sie lebt noch. Sie ist ... aus dem Flugzeug gesprungen, als wir abgeflogen sind.»

Samys Augen weiteten sich.

«Sie wollte in Südamerika bleiben.»

«Wieso?»

«Sie hat dort Freunde gefunden, die wollte sie nicht verlassen.»

«Sind die nett?»

Ich musste lächeln. «Ja, sehr nett.»

«Aber ich – ich bin ihr nicht wichtig?»

«Doch, du ...», ich biss mir auf die Zunge. Wie sollte ich es ihm erklären? «Lucy hat darauf vertraut, dass du groß genug bist, alleine zu leben. Denn wenn sie zurückgekommen wäre, wäre sie vielleicht gefangen genommen worden.»

«Wirklich? Wieso?»

«Weil sie nicht das Gleiche glaubt wie die Regierung des VEPA. Aber, Samy, du musst mir vertrauen. Ich weiß, dass sie dich ganz, ganz fest lieb hat. Ich bin mir sicher, sie denkt jede Sekunde an ihren tapferen Bruder.»

Samy schniefte, wischte sich aber gleich mit dem Handrücken die Tränen aus dem Gesicht. «Ich weiß. Ich will stark sein, für sie. Und eines Tages werde ich sie wiedersehen.»

Das bezweifelte ich.

Doch, wie um seine Aussage zu unterstreichen, fügte der Junge hinzu: «Das hat sie mir geschrieben. Dass wir uns wiedersehen werden.»

Lucy!, schrie es in meinem Inneren. Weshalb musst du ihm falsche Hoffnungen machen? Er hat es doch so schon schwer genug!

Samy war noch nicht fertig. «Sie hat geschrieben, ich kann mit dir mitkommen.»

Ich schnappte nach Luft. Was? Mit mir? Woher wusste Lucy, dass ich fliehen wollte? Und wie kam sie auf die Idee, das einem Siebenjährigen anzuvertrauen? Woher nahm sie die Gewissheit, dass er nichts verraten würde? Und sowieso: Er würde mich und Luke nur aufhalten.

Dann begann mein Mitgefühl zu sprechen und erinnerte mich daran, dass es Samys Recht war, mitzukommen. Er hatte hier niemanden. Niemanden, der ihn tröstete, niemanden, der ihm Mut machte, niemanden, der ihm zuhörte, niemanden, von dem er Zuneigung und Liebe bekam. Ich wollte nicht, dass er dasselbe durchmachte wie ich, als ich in seinem Alter war. Ich würde ihn mitnehmen. «Aber du darfst wirklich niemandem davon erzählen, sonst klappt das nicht. Es ist geheim. Wenn es soweit ist, werde ich dich informieren. Ich werde dich mitnehmen.»

Und das Strahlen, das sich auf Samys Gesicht legte, war die Belohnung. Er nickte, winkte und rannte nach draußen. Doch er drehte sich nochmals um und kam zurück. Seine Hand griff in die Hosentasche und angelte etwas silbern Glitzerndes heraus. Eine ... Kette. Mit einem Anhänger! Meine Kette, die ich verloren hatte, die ich gesucht hatte, wegen der ich Todesangst ausgestanden hatte!

«Ich hab sie draußen gefunden. Im Gras», meinte er. «Und ich hab sie geöffnet. Darin stehen drei Wörter. Alice ... für Leah.» Damit war Samy auch schon wieder weg.

Ich hielt den Atem an. Ich hatte nicht bemerkt, dass man das Kreuz aufklappen konnte. Und da war tatsächlich eine Prägung, so klein, dass man sie leicht übersehen konnte. «*Alice, für Leah*».

*Die Frau, die sie mir gegeben hat ... War es meine Mutter? Nein. Sie sah ganz anders aus. Sie war zu jung. Aber war sie vielleicht nur der Bote? Von meiner Mutter an mich? Dann weiß meine Mama von mir! Dann ist sie bei den Christen! Vielleicht. Kann auch sein, dass sie mittlerweile ganz woanders ist. Sonst hätte sie mich doch persönlich gesprochen?*

Ich wischte die Gedanken beiseite. Obwohl ich immer noch zitterte und meine Lippen bebten, spannte ich den Bogen ein zweites Mal, zielte und schoss die Nachricht ab. Ich wollte mich schon meinen Hausaufgaben widmen, als ich aus dem Augenwinkel wahrnahm, wie der Pfeil vom Wind erfasst wurde und abdrehte. Nachdem er kurz durch die Luft gewirbelt war, nahm er Kurs in Richtung Boden. *Nein!*

Und dort lehnte Kim an der Hauswand und grinste hämisch zu mir hinauf.

Ohne nachzudenken, sprintete ich in großen Sprüngen die Treppe hinunter. Ich stieß die Tür auf, eilte weiter und prallte in Kim hinein, die gerade daran war, die Nachricht aufzufalten. Panisch entriss ich ihr das Papier und rannte davon, in Richtung Wald.

Kim nahm die Verfolgung auf. Mit ihren langen Beinen war sie schneller als ich und hatte mich bald eingeholt. Ich verlangsamte das Tempo und ließ mich zu Boden fallen, worauf sie über mich stolperte. Ich rappelte mich wieder auf und floh in eine andere Richtung. Kim würde die Nachricht nicht zu lesen bekommen, dafür würde ich schon sorgen.

# 10. Kapitel

Der Computer gab ein leises Klingeln von sich. Sofort schaltete Finn ihn ein. Ein Grinsen schlich sich auf sein Gesicht. Mehr als zwei Monate waren vergangen, seit er Luke für die Militärschule angemeldet hatte, und nun war endlich die Bestätigung eingetroffen. Es hätte sicherlich bedeutend länger gedauert, hätte Finn nicht seine Kontakte spielen lassen. Doch jetzt war es soweit. In zehn Tagen würde man Luke abholen. Und der hatte noch immer keine Ahnung von seinem Plan. Das war auch gut so. Bald würden die Meldungen über Lukes Rebellionen ein Ende haben und Finn würde sich mehr auf seine Aufträge konzentrieren können. Obwohl er natürlich stets ein Auge auf Leah behalten würde. Dank seines genialen Einfalls, der von seinem Freund, dem Arzt, in die Tat umgesetzt worden war, hatte er sie voll im Griff. Kein Aufwand war nötig, um sie zu kontrollieren. Und das gefiel Finn. Die Fortschritte ließen sich sehen und es würde nicht mehr lange dauern, bis Finn seine Frau selbst würde suchen gehen. Er benötigte nur noch weitere Informationen. Und dann würde er unabhängig forschen. Rücksichtslos und nur zu seinem Vorteil. Was mit anderen geschah, kümmerte ihn nicht. Und selbst wenn, dann hätte er die Gefühle unterdrückt. Gefühle waren Schwäche. Trauer war Weichheit. Zorn war ein Anzeichen mangelnder Selbstbeherrschung. Freude war Naivität. Hoffnung war eine Illusion.

Finns Weltbild existierte seit Jahrzehnten so und es hatte ihn dorthin gebracht, wo er jetzt war.

*****

Ich tappte ziellos in meinem Zimmer umher und sah andauernd auf die Uhr. Luke und Samy mussten bald losgehen. Vor lauter Unruhe hatte ich am Abend gar nicht erst versucht, einzuschlafen. Es war der neunte Juli, gestern war ich vierzehn geworden. Doch der Tag war absolut normal verlaufen, ich hatte nirgends eine Veränderung bemerkt. Und nun war ich hier in meinem Zimmer, trat ans Fenster und beobachtete angestrengt die Straße zwischen den Gebäuden. Zum siebten Mal kontrollierte ich meine Ausrüstung. Die Waffen an meinem Gürtel. Den Rucksack an meinem Rücken. Viel war nicht drin, die Reise würde nicht lange dauern. Bloß etwas Proviant und Wechselkleidung hatte ich darin verstaut, außerdem meine Bibel und Janics Buch. Ach ja, und eine Art Notfallflieger – ein schwarzes Kästchen – und einen Langstab, falls ich aus irgendeinem Grund mal eine Mauer oder dergleichen überwinden musste. Die Sicherheitsleute waren nicht aufgetaucht. Gar nichts war passiert und die Stille erschien mir verräterisch, wie vorgespielt. Ich durfte mich trotzdem nie in Sicherheit wähnen. Abermals kontrollierte ich, ob wir auch rechtzeitig dran waren. Es war Zeit loszugehen. Der Fluchtweg über den Schuppen hatte sich bewährt. Ich öffnete das Fenster, ließ mich auf sein Dach gleiten und sprang zu Boden. Ohne innezuhalten, lief ich weiter, weg von dem Haus, das ich als mein Zuhause kannte, seit ich klein war. Statt heimatlos fühlte ich mich aber plötzlich frei. Ich drehte mich kurz um und machte endlich zwei Gestalten aus, die auf mich zu huschten. Nachdem sie mich eingeholt hatten, tappten wir wortlos weiter. Es war nicht nötig, zu kommunizieren, der Plan war klar.

Ich spürte den Wind in meinen Haaren, den unebenen Boden unter meinen Füßen und ein Rascheln in meinen Ohren. Ein Rascheln? Von was? Unauffällig blickte ich über meine Schulter zurück und vergaß vor Schreck beinahe zu atmen. Hinter uns schlichen sich etwa ein Dutzend hochgewachsene Silhouetten durch die Nacht.

Wie erstarrt blieb ich stehen, um einen Moment später loszurennen.

«Luke!», keuchte ich atemlos, «sie sind hinter uns her! Beeil dich!»

Ohne zu schauen, ob er meinem Befehl Folge leistete, legte ich an Tempo zu. Wenn sie uns bis zum Flugplatz eingeholt hatten, war es aus. Soweit durfte es nicht kommen. Gleichzeitig drängte sich die Frage in mein Bewusstsein, wie sie hinter unser Vorhaben gekommen waren. Waren wir nicht genug vorsichtig gewesen? Oder verraten worden? Kim kam mir in den Sinn. Sie hatte in den letzten Monaten nicht aufgehört, mir giftige Blicke zuzuwerfen – unsere einstige Freundschaft schien ihr gar nichts mehr zu bedeuten. Doch damit konnte ich mich jetzt nicht beschäftigen. Mir war bewusst, dass Luke mit dem kleinen Samy hinter mir zurückfiel, doch ich wäre keine Hilfe, wenn ich warten würde. Ich musste Carlos und die anderen warnen! Vielleicht würden wir entkommen, wenn sie startbereit wären.

Eine Viertelstunde später hatten uns die Männer noch nicht eingeholt. Was war wohl ihre Taktik? Ich war nicht so naiv, zu glauben, sie wären langsamer geworden oder hätten gar aufgegeben. Viel wahrscheinlicher war ein Hinterhalt. Ob sie auf Fahr- oder Flugzeuge zurückgegriffen hatten? Selbst mit der besten Kondition war das Tempo, das wir vorlegten, nicht ewig durchzuhalten.

Widerwillig stoppte ich kurz und wartete auf die anderen beiden. Wenig später hatten wir die Landebahnen erreicht, immer noch kein Anzeichen von unseren Verfolgern. Ich wusste genau, wo wir hin mussten, und steuerte ein kleines, unauffälliges Fluggerät in der hintersten Ecke an. Zwei Scheinwerfer strahlten gedämpftes Licht aus, sonst konnte ich nichts Auffälliges sehen. Doch während mein Bruder mit Samy auf mich zu sprintete, erkannte ich meinen Irrtum. Zahlreiche schwarz gekleidete Uniformierte näherten sich uns. Keine Chance auf eine unauffällige Flucht. Fieberhaft überlegte ich, was wir tun sollten.

«Nimm Samy», wies Luke mich an, während er die Leiter ins Innere des Flugzeugs erklomm. «Reich ihn mir hoch. Schnell!»

Eilig packte ich die Hüfte des Jungen und hob ihn soweit an, dass Luke ihn nach oben ziehen konnte. Geschafft. Da hatten mich die Gestalten erreicht. Es blieb mir keine Zeit mehr, ich musste aufspringen. Ich fuhr herum und setzte zum Sprung an … Beinahe wäre mein Herz stehen geblieben, als ich das Geräusch hörte. Es war das Starten des Motors. Das Rollen der Räder auf Teer. Sie waren ohne mich losgerollt. Verzweifelt winkte ich in ihre Richtung. Dunkelheit. Ich war zurück gelassen worden.

Entschlossen wandte ich mich den schwarzen Männern zu. Wenn ich schon nicht entkam, würde ich zumindest dafür sorgen, dass sie die anderen nicht aufhalten konnten. Ich würde sie mit meinem Leben verteidigen. Niemals würde ich zulassen, dass ihnen etwas zustieß. Kraft durchsprudelte mich. Obwohl die Aussicht auf einen Sieg lächerlich war, zog ich den Schlagstock aus meinem Gürtel und aktivierte ihn per Augenscanner, damit er auf alles, was ich mit dem vorderen Teil traf, Elektroschocks abfeuerte. Blitzschnell holte ich aus und wirbelte meine Waffe durch die Luft, doch meine Widersacher wichen kaum zurück und zückten nun ihrerseits die Waffen, die sich als Handschellen entpuppten.

Hinter mir war bloß dichtes Gestrüpp, ich saß in der Falle. Ich hatte nicht die geringste Chance. Aber ich würde lieber sterben, als aufzugeben. Urplötzlich landete ein Seilende mitten in meinem Gesicht, es brannte wie Feuer. Ich stolperte rückwärts, landete in den Büschen. Und war auf einmal außer Reichweite der Angreifer. Hastig warf ich einen Blick nach hinten. Die Dornen an dieser Stelle waren genug licht, um hindurchkraxeln zu können. Sämtliche Gedanken schrien:

«Flieh! Renn! Los, renn um dein Leben! Hau ab!»

Und das tat ich dann auch. Ich rannte, bis ich nicht mehr konnte. Und weiter. Nun befahlen sämtliche meiner Muskeln anzuhalten, doch ich ignorierte sie. Ausruhen konnte ich mich später. Entweder in der Freiheit oder ... Ich schauderte. Ich wollte es gar nicht wissen. Im Gefängnis? Im Verhör? In Wüstenland? Nein. Nur nicht daran denken. Ich richtete meine Aufmerksamkeit auf den Boden vor mir und biss die Zähne zusammen. Meine körperlichen Schmerzen waren nichts im Vergleich zu der Kälte, die mein Herz umklammerte. Luke war weg. Mein Zwillingsbruder, mein bester Freund. Und ich konnte nicht verhindern, dass sich ein fieser Gedanke in mein Bewusstsein schlich.

Er hat dich verlassen. Dich alleingelassen. Du warst ihm nicht wichtig.

Diese Worte trieben mir Tränen in die Augen, doch ich hielt sie zurück. Ein Heulkrampf war das letzte, was ich gebrauchen konnte. Ich hasste es, bei jeder Gelegenheit weinen zu müssen, ich war doch kein Weichei!

Vielleicht war eine Minute vergangen. Vielleicht auch eine Stunde. Ich wusste es nicht. Jedenfalls hatte ich irgendwann das Ufer eines breiten Flusses erreicht. Ich schaute mich um. Nichts als weite, grasbewachsene Hügel. Ich konnte mich nicht erinnern, so etwas in Geografie gelernt zu haben. Laut unserem Lehrer war die gesamte Schweiz mehr oder weniger zugebaut, was auch nötig war, um zwölf Millionen Menschen zu beherbergen. Naja, war mir auch ziemlich egal. Ich wollte mich gerade hinsetzen, um mich auszuruhen, da bemerkte ich eine Gestalt, die noch etwa hundert Meter entfernt war und sich rasch näherte. War ich nicht genug weit gelaufen? Rasch ließ ich mich flach auf den Bauch fallen, sodass es mir fast die Luft abschnitt. Bald sah ich, dass die Gestalt deutlich kleiner und schmaler war als die Uniformierten. Es war ein Junge. Meine Augen weiteten sich, als ich Luke erkannte. Träumte ich?? Ich konnte mich kaum noch beherrschen. Doch ich zwang mich, reglos liegen zu bleiben. Luke war bei mir angekommen und sah sich suchend um.

«Leah», zischte er eindringlich, «wo bist du? Wir müssen weg! Du hast sie längst noch nicht abgehängt!»

Erleichtert sprang ich auf die Füße und mein Bruder zuckte zusammen.

«Hier bin ich! Luke, bist du das wirklich?», ich musterte ihn. «Was ist geschehen?»

«Nichts. Ich bin abgesprungen, als der Flieger abhob. Samy ist außer Gefahr. Aber wir müssen hier weg!»

Mein Kopf drohte überzuquellen vor Fragen. Ich konnte es nicht glauben. Ich wollte ihn umarmen, unterließ es aber.

«Du bist abgesprungen?», platzte ich heraus, «Echt? Bist du total wahnsinnig? Bei der Geschwindigkeit? Hast du dir nicht alle Knochen gebrochen?»

Als Entgegnung hielt mir Luke seinen rechten Arm hin. Mitleid durchfuhr mich. Eine breite Wunde klaffte an seinem Ellbogen, sein Pullover, den er hochgekrempelt hatte, war blutdurchtränkt. Luke zuckte die Schultern, als wäre die Verletzung nicht der Rede wert.

«Egal. Ich habe echt Glück gehabt, dass ich nicht mehr abgekommen habe. Und sie haben mich noch nicht mal gefasst. Aber sie kommen bald. Wir müssen abhauen, komm!»

Er zog mich näher ans Wasser heran. «Spring rein.»

«Das ist jetzt nicht dein Ernst? Ich soll schwimmen?»

«Was denn sonst? Es gibt keine andere Möglichkeit. Am Ufer werden sie uns sofort sehen.»

Ich wusste, dass er recht hatte. Uns blieb nichts anderes übrig. Angestrengt starrte ich in das schwarze Wasser, das von der Strömung gezwungen wurde, immer weiter zu fließen. Es machte mir Angst, obwohl ich mich ermahnte, nicht über die Risiken dieses Vorhabens nachzudenken. Obwohl sich alles in mir dagegen sträubte, watete ich mitsamt meinen Kleidern ins knietiefe Wasser.

«Was ist mit dem Rucksack?», fiel mir ein, «ist der wasserdicht?»

«Ja, wenn du ihn richtig verschlossen hast. Warte, ich schau kurz nach.» Luke trat hinter mich und irgendwas klickte. «Alles klar», gab er Entwarnung, «Du kannst loslegen.»

Zitternd wagte ich einen weiteren Schritt. Und erst vor wenigen Minuten hatte ich mir eingeredet, ich sei kein Weichei. Was für ein Witz. Da rutschte ich auf dem glitschigen Untergrund aus und fiel ins Wasser. Die eiskalten Wellen schwappten über mir zusammen. Instinktiv wollte ich nach Luft schnappen, aber hustete nur Wasser heraus. Strampelnd erreichte ich die Oberfläche und hustete. Ich konnte Luke nirgends entdecken, vertraute jedoch darauf, dass er alleine zurechtkam. Unbeholfen schwamm ich ein Stück, erkannte dann aber, dass es nichts nützte, durch die Strömung wurde ich genug schnell vorangetrieben. Also konzentrierte ich mich darauf, kein Wasser zu schlucken und mich oben zu halten, was gar nicht so einfach war. Ich hatte die Kraft des Wassers ziemlich unterschätzt. Schon Minuten später machten sich Erschöpfung und die Anstrengungen bemerkbar. Wo war Luke? Ich musste ans Land. Ich würde es nicht mehr lange schaffen. Genau in diesem Moment tauchte neben mir ein strohblonder Haarschopf auf.

«Leah, wir dürfen nicht ans Ufer, es ist noch nicht ...» Er verschwand wieder kurz. Panisch wollte ich unter Wasser nach ihm suchen, egal wie sinnlos das sein mochte. Doch da war er schon wieder oben. «Leah!», rief er mir zu, «bleib im Fluss, draußen ist es nicht sicher! Wenn wir uns verlieren ...» Ich biss mir auf die Lippen. Das durfte nicht geschehen. «Wenn wir uns verlieren, musst du Richtung Süden, nach Italien, in die südlichste Hafenstadt, die du finden kannst.»

Mir blieb nicht mal die Zeit zu nicken, da war er auch schon wieder weg. Zum Kräfteschwund kam nun auch die Kälte hinzu. Mittlerweile hatte ein unkontrollierbares Zittern meinen Körper erfasst. Ich wünschte mir, die Sonne herholen zu können. Sie sollte endlich aufgehen! Die Nacht kam mir ewig lang vor und ich sehnte mich nach der Wärme und dem Licht des Tages. Immer öfters sank ich nach unten, hatte nicht die Energie, an der Oberfläche zu bleiben. Es war gefährlich. Furcht machte sich in mir breit. Jesus kam mir in den Sinn. Er konnte mir doch bestimmt helfen. Ob er das wollte? Vielleicht war dies eine Strafe. Ich hatte in letzter Zeit kaum Zeit, mich mit ihm zu beschäftigen, ich hatte kaum in der Bibel gelesen und gebetet. Ob er enttäuscht von mir war? Es war aber auch so schwierig, wenn Jesus sich nie zeigte. In der Bibel war er für die Leute real gewesen, ein Mensch aus Fleisch und Blut. Hier kam er mir manchmal vor wie ein Hirngespinst. War er tatsächlich da? Meine Entscheidung für ihn erschien mir wie in ferner Vergangenheit. Ich entschied mich, offen mit ihm zu reden:

«Jesus, wenn du helfen kannst, tu es bitte. Ich brauch dich jetzt. Wenn du mir beweisen willst, dass es dich gibt, dann zeig dich. Falls du nicht eine inexistente Figur eines Märchens bist.»

Gespannt wartete ich. Ich war mir nicht ganz sicher, was ich erwarten sollte. Engel, die mich aus dem Wasser hoben? Gottes Stimme in meinem Kopf? Neue Energie fürs Schwimmen? Nichts geschah. Ich wurde ungeduldig. Ob Jesus mich überhaupt gehört hatte? Interessierte ich ihn noch? Hatte er mich vergessen, weil ich so lange nicht mit ihm gesprochen hatte? Enttäuscht musste ich mir eingestehen, dass sich nichts verändert hatte. Jesus hatte nicht reagiert. Sei´s drum, ich musste es halt alleine schaffen.

*****

Eine gefühlte Ewigkeit später kletterte ich aus dem Wasser und hievte mich mit letzter Kraft aufs Trockene. Erschrocken merkte ich, dass sich unweit von mir Schutzmauern erhoben. Sie waren zu niedrig für eine Stadt, also musste es sich wohl um ein großes Dorf handeln. Gehetzt schaute ich mich um. Niemand zu sehen. Gleich neben dem Fluss erspähte ich einen Baum. Der würde mir vorerst Sicherheit bieten. Ich kauerte mich auf einen Ast und behielt das Wasser im Auge, um Luke nicht zu verpassen. Die Sonne zog sich am Horizont nach oben. Sanftes Licht umspülte die Landschaft. Allmählich war ich mir sicher, im Kanton Bern zu sein, nirgends sonst gab es so viel unbebautes Land. Mein Vater stammte aus Zürich, wo genau das Internat war, wusste nicht mal ich. Ich hoffte, mich möglichst weit davon entfernt zu haben. Müdigkeit befiel mich, angestrengt hielt ich die Augen offen. Ich durfte jetzt bloß nicht einschlafen. Um mich abzulenken, zog ich den Rucksack aus und wühlte etwas darin herum. Als erstes holte ich einen Kompass heraus. Ich musste nach Süden. Das war dummerweise die Richtung, in der das Dorf lag – ich würde eine Möglichkeit finden müssen, mich ungesehen daran vorbei zu schleichen. Dann verstaute ich den Kompass wieder und bereute es, keine Karte eingepackt zu haben. Doch ich hatte nicht damit gerechnet, zu Fuß gehen zu müssen.

Ob Samy schon in Südamerika angekommen war? Ob es ihm gut ging? Ich hatte keine Möglichkeit, es zu erfahren. Ohne darüber nachzudenken, holte ich die Bibel hervor. Vielleicht nützte das ja was. Gleichgültig schlug ich sie auf.

«Matthäus», prangte mir in verschlungenen Lettern entgegen. Genervt blätterte ich ein Stück weiter. Ich wollte etwas, das mir eine Gewissheit gab, und sei es auch nur, dass ich auf mich selbst gestellt war.

«Da ging Jesus auf seine Jünger zu und sprach: ‹Ich habe von Gott alle Macht im Himmel und auf der Erde erhalten. Geht hinaus in die ganze Welt, und ruft alle Menschen dazu auf, mir nachzufolgen! Tauft sie im Namen des Vaters, des Sohnes und des Heiligen Geistes! Lehrt sie, so zu leben, wie ich es euch aufgetragen habe. Ihr dürft sicher sein: Ich bin bei euch, bis das Ende dieser Welt gekommen ist.›»

Der letzte Satz stach mir ins Auge, als wäre er markiert. Er leuchtete aus der Geschichte heraus.

«Ich bin bei euch, bis das Ende dieser Welt gekommen ist.»

Wer kann denn so was versprechen? Niemand kann sich sicher sein, dass er nicht jeden Augenblick eliminiert werden könnte. Na gut, ein Gottessohn vielleicht schon. Ich würde das Versprechen gerne für mich in Anspruch nehmen. Aber ich will mich nicht auf etwas stützen, das jeden Moment einstürzen konnte. Ich weiß ja noch nicht mal, ob die Worte in diesem Buch wahr sind. Ich sollte es besser vergessen.

Ich schlug die Bibel zu, verstaute sie zuunterst in meinem Rucksack und versuchte, die in meinem Herz aufflackernde Hoffnung zu unterdrücken. Ich durfte keine Illusionen zulassen. Um mich zu beschäftigen, holte ich eine Scheibe Brot hervor. Ich hatte nicht wirklich Hunger, aber ich musste bei Kräften bleiben. Lustlos kaute ich auf der Kante herum. Wenn Luke doch bloß kommen würde! Doch ich glaubte selbst nicht mehr so recht daran. Er musste längst vorbei sein. Wahrscheinlich war er sogar vor mir hier vorbei gekommen. Die Vorstellung, mich alleine durch unbekannte Ortschaften schlagen zu müssen, behagte mir ganz und gar nicht.

Wie um diesen Gedanken zu bestätigen, hörte ich auf einmal ein Surren. Verstört hob ich den Blick. Erschrocken erkannte ich den Hubschrauber, der sich nahe – für meinen Geschmack viel zu nahe – bei meinem Baum zu Boden sinken ließ. Gehetzt packte ich meine Sachen zusammen. Mir war klar, dass man mich früher oder später hier finden würde, ich brauchte dringend ein besseres Versteck. Hastig würgte ich das Brot hinunter, ließ mich ins Gras fallen und sprintete davon, in die entgegengesetzte Richtung des Hubschraubers.

Aus dem Augenwinkel nahm ich wahr, wie eine Truppe finsterer Silhouetten aus dem Hubschrauber stieg. Gleich würden sie mich entdecken. Der einzige Ausweg war das Dorf. Ich rannte zielstrebig darauf hinzu. Wie sollte ich bloß durch die Tore kommen? Freiwillig würden sie mich garantiert nicht reinlassen. Meine Kleider waren noch immer patschnass und klebten mir am Körper wie eine zweite Haut, was es mir nicht leichter machte, schnell voranzukommen. Die Leute hinter mir verhielten sich verdächtig leise. Kaum hatte ich diesen Gedanken gedacht, surrte ein winziges rotes Ding einen Zentimeter neben meinem Knie vorbei. Sie beschossen mich! Waren es Betäubungspfeile? Ich musste eine Möglichkeit finden, die Mauer zu überwinden. Es gab jedoch keine! Mit einem Satz hatte ich die Mauer erreicht.

«Mist.»

Sie war aus Stahl. Wie sollte ich da bloß hochkommen? Ein weiterer Pfeil prallte direkt über mir an der Wand ab. Ich öffnete meinen Rucksack, klaubte den Langstab hervor und klappte ihn auf. Am oberen Ende befand sich ein Haken, den ich über die Mauer schwang. Ich zog probeweise daran. Er hielt! Schnell kletterte ich los und zog mich daran hoch. Weitere Pfeile verfehlten mich nur um Haaresbreite. Ich war oben und stieß mich ab, den Stab musste ich in der Eile zurücklassen. Ich stürzte auf der anderen Seite zu Boden und stolperte. Stechender Schmerz zuckte durch mein Knie und ich sackte zusammen. Mein Hirn spornte mich an, aufzustehen und weiterzugehen, denn ich war mir sicher, dass mein Eindringen den Kameras nicht verborgen geblieben sein konnte. Und meine Verfolger mussten auch bald da sein. Wie hatten sie mich bloß so schnell gefunden? Handyortung konnte ihnen nicht geholfen haben, denn mein Handy lag in meinem Zimmer auf dem Bett.

Wie dem auch sei, darüber würde ich mir später den Kopf zerbrechen. Ich musste erst mal weg hier. Ich rappelte mich auf und presste die Lippen zusammen. Unbeholfen hinkte ich ein Stück. Um mich herum nur Villen und große, mehrstöckige Häuser. Es konnten sich anscheinend nur die ganz Reichen leisten, auf dem Land hinter diesen Sicherheitsvorkehrungen zu leben. Die Mittel- und die Unterschicht lebte in den Städten, wo sie in Fabriken tätig waren. Uns war immer eingeredet worden, sie wären zu dumm und hätten es nicht anders verdient. Erschrocken zuckte ich zusammen, als plötzlich eine Gestalt aus einer Nische hervorsprang. Luke? Enttäuscht verwarf ich diese Vermutung. Der Junge war zu klein, außerdem sah ich nun sein braunes Haar, das in Stacheln von seinem Kopf abstand. Stumm bedeutete er mir, ihm zu folgen. Was hatte er im Dorf der ersten Schicht zu suchen? Er wirkte in seinen verschlissenen Klamotten ziemlich verwahrlost. Zögernd ging ich ihm nach. Als ob ich eine andere Wahl hätte. Er führte mich zwischen den Häusern hindurch, über Steinmauern, enge Gassen, durch Gärten und Innenhöfe. Er kannte sich hier beachtlich gut aus und schien nicht einmal die Orientierung zu verlieren. Er sah aber auch nie zurück. Immer wieder fiel ich hinter ihm zurück, obwohl er gar nicht mal so schnell marschierte. Doch mein Knie protestierte bei jedem Schritt. Was wollte er von mir? Schließlich erreichten wir wieder die Dorfmauer, vermutlich auf der anderen Seite. Er machte aber keine Anstalten, daran hoch zu klettern, sondern lotste mich zu einem dichten Gebüsch. Zumindest sah es danach aus. Der Junge aber legte sich auf den Bauch und robbte unter den Blättern hindurch.

Widerwillig tat ich es ihm nach. Mein Knie legte gerade einen Schwur ab, mir nie wieder zu vergeben. Ich konnte es ihm nicht verdenken. Im Inneren des Unterschlupfs angekommen, fiel mein Kopf zu Boden und ich schnappte ausgelaugt nach Luft. Das Versteck war größer, als ich mir vorgestellt hatte. In der hintersten Nische lagen eine ausgefranste Decke und ein zusammengerolltes Bündel Stoff, daneben ein prall gefüllter Sack. Direkt an der Mauer war eine Art Vorsprung – darauf waren einige Lebensmittel aufgereiht. Und dann war da noch eine ovale Steinfläche, auf der sich ein paar Bücher stapelten. Ich traute meinen Augen nicht. Wohnte der Knirps etwa hier? Nun musterte ich ihn genauer. Ich schätzte ihn auf etwa neun oder zehn Jahre. Seine Haut war braungebrannt, er hatte grüne, runde Augen und sein Haar stand auf allen Seiten von seinem Kopf ab. Ich verkniff mir ein Grinsen, denn bei seinem Anblick musste ich an einen Igel denken.

«Wer bist du?», wollte ich wissen.

«Sollte ich das nicht erst mal von dir wissen? Ich hab dir schließlich das Leben gerettet.»

«Woher willst du das wissen?»

«Du hast zumindest nicht ausgesehen, als hättest du die Mauer erklommen, um hier deine Großmutter zu besuchen.»

Ich schaute an mir herab. Momentan sah ich wohl auch nicht besser aus als er. Meine Kleidung war feucht, meine Hose am einen Knie zerrissen, meine Haare verknotet und um mein Gesicht stand es kaum besser. Ich zuckte die Schultern. «Da gibt's nicht viel zu sagen. Ich heiß Leah. Bin auf der Flucht.»

«Wovor?»

«Gute Frage. Vor der Schweiz? Vor den Beamten? Vor dem Internat? Vor der Unterdrückung? Was weiß ich.» Janics Gesicht tauchte vor meinem inneren Auge auf. Mein Ziel war jedenfalls klar.

«Und wohin soll´s gehen?»

Ich beobachtete ihn misstrauisch. Wollte er mich aushorchen? Er sah nicht wirklich hinterlistig aus. Seine Augen schienen mich eher auszulachen. «Beruhig dich, Mädel, ich werde dich schon nicht verpfeifen. Hab dich schließlich nicht zum Spaß in mein Versteck geführt, weißt du.»

Klugscheißer.

«Und trotzdem bin ich nicht verpflichtet, dir meine Reisepläne mitzuteilen. Du bist dran, Knirps. Wer bist du?»

Er warf mir einen vernichtenden Blick zu. «Nenn mich noch

mal Knirps und du fängst dir eine.»

Ich verkniff mir ein Grinsen und musste mich beherrschen, nicht mit Vergnügen, *Knirps* zu sagen. Doch jetzt war nicht Zeit, ihm zu beweisen, wer hier stärker war.

«Geht klar. Wer bist du?»

«Darf ich mich vorstellen», er verbeugte sich theatralisch, «Alessandro Mario Manuele, Sohn des Fernandos.»

Ich verdrehte die Augen.

«Du bist Italiener?»

«Aber sicher. Bloß spreche ich kein Italienisch.»

«Wie kommt das denn?»

«Mein Vater ist gestorben – auf hoher See, versteht sich – als ich noch klein war. Meine Mutter ist mit mir in die Schweiz gezogen und jetzt ist sie auch weg.»

Ich brauchte nicht zu fragen, was *weg* bedeutete.

«Und du kommst alleine zurecht?»

«Was anderes bleibt mir wohl nicht übrig, dummes Mädel. Will ja nicht ausgeschafft werden.»

«Tu nicht so, als wär ich fünf!»

«Du benimmst dich aber so!»

«Wie alt bist denn *du*, Igel?» abermals unterdrückte ich das Grinsen, das an meinen Mundwinkeln zupfte. Igel. Das passte wirklich zu seiner Stachelfrisur.

«Zwölf.»

«Nie im Leben!»

«Ich lüge nicht, also halt's Maul.»

Ich konnte ihn nicht ausstehen. Nicht das kleinste Bisschen. Ich hasste sein besserwisserisches Getue. Aber vorerst war ich wohl leider auf ihn angewiesen.

«Und was soll ich jetzt hier?» Ich verschränkte die Arme vor der Brust.

«Nun, falls du zu gehen wünschst, dann kannst du dich auf der Stelle verpissen.»

«Sehe ich aus, als wüsste ich, wohin?»

«Nicht wirklich, um ehrlich zu sein. Wie wär's, wenn du mal frische Klamotten anziehst?»

Ich bedachte ihn mit einem Blick, der ihm zu verstehen geben sollte, dass ich nicht auf seine Erziehung angewiesen war.

«Wenn du mich mal kurz allein lässt …?»

Er zuckte die Schultern und war gleich darauf weg. Ich streifte meine nassen Kleider aus, wrang sie gründlich aus und suchte mit Blicken den Unterschlupf nach einer Wäscheleine oder Ähnlichem ab, mit einem Trockner brauchte ich hier ja wohl nicht zu rechnen. Ich war nicht erstaunt, als ich nichts dergleichen fand. Schließlich breitete ich die Sachen einfach auf dem Boden aus und zog frische Kleider aus dem Rucksack an. Sicherheitshalber angelte ich auch den Notflieger hervor und befestigte das schwarze Kästchen an meinem Gürtel, um jederzeit Zugriff darauf zu haben. Danach setzte ich mich hin und wartete darauf, dass Igel wieder zurückkam, was jedoch nicht geschah. Was sollte ich tun? Jedenfalls nicht tatenlos rumsitzen. Doch hatte ich überhaupt eine Wahl? Ich hatte keine Ahnung, wo ich mich befand. Das Versteck war eng. Viel zu eng. Ich fühlte mich immer unbehaglicher. Was, wenn sie mich jetzt aufspürten? Ich saß in der Falle. Kein Fluchtweg. Mein Herz hämmerte rassig. Gehetzt sah ich mich nach einem zweiten Eingang um. Ich musste hier raus. Wo blieb Igel? War er doch ein Verräter? Hatte ich mich geirrt und nun war es aus? Zumindest musste ich vorbereitet sein, falls ich zu einer Flucht gezwungen würde. Den Rucksack anzuziehen, wäre zu auffällig, aber … Hastig klaubte ich meine kleine Handtasche aus dem Rucksack, stopfte Kompass und ein paar Scheiben Brot hinein. Für mehr reichte es nicht, denn im selben Moment streckte Igel seinen Kopf in den Unterschlupf. Ich zuckte zusammen und hielt das Täschchen hinter meinen Rücken, um es vor Igels Blicken zu schützen. Da fiel unbemerkt ein altes Papierstück heraus.

Automatisch wartete ich auf das Grinsen auf seinem Gesicht, auf das hämische Aufblitzen in seinen Augen, die gehässige Ankündigung, es sei aus. Weil er mich überlistet hatte. Doch es blieb aus. Er blickte mich an mit einer Ernsthaftigkeit in den Augen, die ich ihm nicht zugetraut hätte. Er musste ein sehr guter Schauspieler sein.

«Komm raus, Leah! Wir müssen weg hier! Da draußen schleichen Männer rum», zischte er mir zu. Ich durfte mir jetzt bloß nichts anmerken lassen. Ruhig und konzentriert bleiben. Igel robbte rückwärts wieder hinaus, ich packte meinen Rucksack, erleichtert, ihn mitnehmen zu können und folgte ihm angespannt. Der Reißverschluss der kleinen Tasche, die ich fest umklammert hielt, verhakte sich in den Dornen und ich zog entnervt daran, um sie freizubekommen, bevor ich mich aufrappelte und zu Igel wandte, der ungeduldig auf mich wartete. Sobald er sich wegdrehte und loslaufen wollte, zog ich ihm mit einem gezielten Tritt die Beine unter dem Körper weg, er stürzte zu Boden und ich rannte los, ohne einen Blick zurückzuwerfen. Wohin? Überall Häuserfassaden und Sicherheitszäune, dazwischen stämmige Eichen und Buchen. Beinahe hätte ich eine breitere Straße gekreuzt, im letzten Moment drehte ich nach links ab. Erreichte eine weiße Fassade, an der ich mich entlang schlich. Wieder bog ich ab, joggte weiter, ohne mein Ziel zu kennen. Gasse um Gasse. Ich hatte die Orientierung verloren und bewegte mich vermutlich im Kreis, anders konnte ich mir nicht erklären, wieso ich nicht längst wieder an die hohe Mauer gelangt war. War es ein Fehler gewesen, einfach wegzurennen? War es ein Fehler gewesen, überhaupt auszureißen? War es ein Fehler gewesen, mit den Christen in Kontakt zu kommen? War vielleicht mein Leben ein einziger Fehler? Ein Zufallsprodukt? War ich ein Wesen von Milliarden, in einem endlosen Strom gefangen, der jederzeit eliminiert werden konnte? Ich kannte nur einen einzigen, der das anders dachte.

Jesus.

Seine Lehre war das komplette Gegenteil der Grundsätze der Verfassung des VEPA. Schließlich blieb ich stehen, lehnte mich an eine Hausmauer und sank zu Boden.

Tränen bahnten sich einen Weg nach draußen und eroberten meine Augenwinkel. Ich hatte alles falsch gemacht. Ich hatte jedes Mal die falsche Entscheidung getroffen. Wahrscheinlich war es auch eine falsche Entscheidung gewesen, Jesus Christus anzunehmen, denn jetzt musste ich mich die ganze Zeit mit Gedanken an ihn herumschlagen, obwohl er vermutlich gar nicht existierte. Und ich musste falsche Hoffnungen ertragen. Ich war frustriert, verwirrt und unglaublich erschöpft. Jegliche Kraft zu kämpfen oder rennen war aufgebraucht – sollten sie mich doch finden. Ich wollte nur noch schlafen, dem ganzen Gedankenstrudel entfliehen, irgendwo anders aufwachen. Aber gab es denn überhaupt etwas anderes? Ich musste mich wohl damit abfinden. Es gab nur diese Welt. Dieses grausame Existieren, in dem man vom Schicksal verhöhnt wurde, in meinem Fall. In diesem Moment schwor ich Gott ab. Es gab ihn nicht. Vielleicht sollte ich dem Beispiel meines Vaters folgen. Er war der Überzeugung, dass Hoffnung eine Illusion war, etwas Inexistentes. Freude eine Einbildung. Er hatte recht. Es gab keine Freude mehr. Die einzige Freude, die ich gehabt hätte, war Janic. Doch was, wenn ich seine blauen, funkelnden Augen nie gesehen hatte? Wenn ich mir in meiner Verzweiflung alles ausgedacht hatte?

Endlich übermannte mich der erlösende Schlaf.

# 11. Kapitel

Ich erwachte, als etwas meinen Kopf berührte. Erschrocken sah ich mich um. War ich entdeckt worden? Doch da war niemand. Ich schaute nach oben – und erblickte einen dicken Strick, der mich geweckt hatte – Reflexartig sprang ich auf und nahm Verteidigungsposition ein. Ich ließ meine Augen nach oben schweifen, sehr weit nach oben, bis sie das Dachfenster erreichten. Und daraus beugte sich kein anderer als «Igel».

Er bedeutete mir mit einem Wink, nach oben zu klettern. Sollte ich ihm trauen? Ich wollte gerade wieder weglaufen, als ich stramme Schritte vernahm. Schnell presste ich mich an die Hauswand und wagte einen Blick um die Hausecke. Blitzartig zog ich den Kopf wieder zurück. Sie hatten mich abermals aufgespürt. Ich musste mich jetzt auf Igel verlassen. Ich überprüfte erst mal, ob der Strick mein Gewicht hielt, was der Fall war. Zögernd zog ich mich nach oben, legte aber bald beachtlich an Tempo zu. Es dauerte länger als erwartet. Bald waren meine Arme schlaff und mein Körper schwer wie Blei. Ich musste mich zusammenreißen, um nicht wieder nach unten zu rutschen. Wie lange würde es gehen, bis die Polizisten auf dieser Seite des Hauses suchten? Sie würden mich sofort vorfinden und ich wäre ihnen hier oben schutzlos ausgeliefert.

Eilig erklomm ich Stück für Stück, bis ich schließlich oben angekommen war. Ich stieg ins Zimmer hinein und schnappte tief nach Luft, während ich das Zuklappen des Fensters hörte. Nun sah ich mich um. Zu meinem Erstaunen waren ich und Igel nicht die einzigen im Raum. Auf einem Stuhl saß ein etwa zehnjähriges Mädchen mit grünen Augen und blonden Haaren, die ihr bis zur Hüfte reichten. Sie erinnerte mich sofort an Lucy, wie sie mich offen musterte und nicht versuchte, ihre Neugier zu verbergen.

«Wer ist das?», wollte ich wissen und analysierte weiter das

Zimmer. Es war ganz klar ein Kinderzimmer. Den Boden bedeckte ein rosafarbener, flauschiger Teppich, in einer Ecke standen ein Himmelbett und an einer anderen Wand ein hölzerner Schrank. Aus was für einer reichen Familie musste dieses Mädchen stammen, die sich Holz leisten konnte? Außerdem hingen überall an den Wänden Zeichnungen und Fotos. Ich bemerkte sogar einen Notenständer.

«Das ist Zoe», antwortete Igel und warf mir einen vorwurfsvollen Blick zu. «Ich weiß nicht, was in dich gefahren ist, als du einfach abgehauen bist.»

«Woher sollte ich wissen, ob ich dir trauen kann?», fauchte ich.

«Nur damit du's weißt: Hätte ich dir nicht geholfen, hätten die da draußen», er deutete zum Fenster, «dich längst abgeführt.»

Ich presste trotzig die Lippen zusammen. Ich wusste, dass ich einen Fehler begangen hatte, doch ich konnte jetzt auch nichts mehr daran ändern. «Und was tun wir hier?»

«Zoe hilft dir. Sie ist meine Freundin. Ich hab ihr erzählt, wer du bist.»

«Spinnst du?», explodierte ich. «Was fällt dir ein, mich zu verraten? Sie ist einheimisch! Du kannst hier niemandem vertrauen!»

«Ich kenne sie wohl besser als du», entgegnete Igel herablassend. «Also fälle kein Urteil, wo du keine Ahnung hast.»

Der dumme Klugscheißer würde mich noch um den Verstand bringen.

«Ehm ... Alessandro», mischte Zoe sich ein. «Du hast gesagt, ich soll schauen, ob ich herausfinde, weshalb sie dauernd wissen, wo deine Freundin ist?»

Ich knirschte mit den Zähnen. Ich war ganz sicher nicht Igels Freundin.

«Ich habe Papas Untersuchungsset geklaut. Ich kann euch helfen, echt!»

Sie wirkte, als wollte sie Igel beeindrucken. Und auf dessen Gesicht schlich sich tatsächlich ein Lächeln.

«Leah, zeig ihr mal deinen Arm. Die Narbe am Handgelenk ist mir aufgefallen», erklärte er.

Widerstrebend krempelte ich den Pullover hoch. Zoe strich sich das Haar aus der Stirn und legte ihre Hand auf die Narbe. Ihre Augen weiteten sich.

«Ich weiß, was das ist!»

«Halt!», wehrte ich ab. «Erst einmal, wo sind deine Eltern?»

«Papa hat gesagt, sie müssen etwas erledigen und kommen morgen wieder. Maya passt auf mich auf.»

«Wer ist das?», ich beäugte misstrauisch die Zimmertür und rechnete damit, dass sie gleich aufschwang.

«Ihr Kindermädchen», antwortete Igel, lehnte sich an die Zimmerwand und verschränkte die Arme vor der Brust. «Du kannst dich beruhigen, sie ist gerade nicht da. Zoe kannst du vertrauen, sie versorgt mich schon seit Monaten mit Essen. Ach ja», er hielt mir seine offene Hand hin, in der ein zusammengeknüllter Zettel lag, «Das hier lag noch im Dornengestrüpp. Musst du wohl dort verloren haben.» Ich nahm den Zettel verwirrt entgegen, schenkte ihm aber keine große Beachtung.

«Ich könnte das nicht, so alleine leben, ohne Spielzeug und Mama und Papa», bekannte Zoe. «Alessandro ist ein Held.»

Ihre Augen leuchteten auf und sie sah ihn bewundernd an.

Ich verdrehte die Augen. «Und was ist jetzt mit der Narbe?»

Zoe wurde ernst. «Das hat Papa bei jemand anderem auch schon mal reingetan, ich durfte zugucken. Er hat gesagt, damit weiß man immer, wo die Person ist, damit sie nicht verloren geht», sie zuckte mit den Schultern. Augenscheinlich war ihr die Bedeutung ihrer Worte nicht bewusst.

Mir wurde abwechselnd heiß und kalt. Ein Schauder durchfuhr mich, ich begann zu zittern und sank kraftlos zu Boden.

«Soll ich es rausmachen? Dafür muss ich dir aber erst eine Spritze geben, damit du einschläfst und es nicht schmerzt», vernahm ich Zoes Stimme wie durch dicke Watte. Ich nickte abwesend, worauf das Mädchen das Zimmer verließ und kurz darauf mit einem kleinen Koffer wiederkam. Kurz darauf wurde der Pullover an meinem Arm bis zur Schulter hochgestreift und ich spürte einen kleinen Stich im Oberarm – das musste die Betäubungsspritze sein. Das realisierte ich aber nur ganz am Rande meines Bewusstseins, ich war zu beschäftigt mit meinen eigenen Gedanken.

Alles machte plötzlich Sinn. Die Puzzleteile fügten sich zusammen. Mein Vater, der von mir hatte wissen wollen, was in Südamerika war. Ich hatte ihm nicht geantwortet. Ich hätte wissen müssen, dass er etwas unternehmen würde. Der Saft, den ich getrunken hatte. Darauf das Bauchweh. Meine Visite beim Arzt, wie er mich wissend angeschaut hatte und mich daraufhin betäubt hatte. Dann die Narbe. Dass die Polizei immer gewusst hatte, wo ich zu finden war. Mein Vater hatte mir ein Ortungsgerät einoperieren lassen. Er hatte mich als Mittel zum Zweck missbraucht. Wut brodelte in mir auf. Hass durchfuhr mich. Er hatte mich betrogen. Er hatte mich zum zweiten Mal betrogen.

Zum zweiten Mal?

In meinen Gedanken blitzte etwas auf. Das Blatt Papier, auf dem gestanden war, dass Finn sich von meiner Mutter hatte trennen lassen. Ich schaute auf den Zettel in meiner Hand, faltete ihn hastig auf und heftete meinen Blick auf die letzten Zeilen, die ich damals nicht mehr hatte lesen können. Und dort stand geschrieben:

Luke und Leah, die zwei Kinder aus erster Ehe von Herrn Sommers Frau, werden ihr hiermit entzogen und gehören von nun an Herrn Sommers Besitz an.

*Aus erster Ehe.* Ich blinzelte. *Finn ist nicht mein Vater? Er ist nicht mein Vater, nicht mein Vater,* hämmerte mein Herz. Alles eine Lüge. Wer war ich nun? Ich war nichts. Niemandes Tochter. Die Adoption war nur eine Maske. Der ganze Schmerz, das Gefühl der Verlassenheit. Finster wie die Nacht, wie der Hass, wie die Angst, wie die Einsamkeit. Das Betäubungsmittel begann, passend zu meinen Gedanken, zu wirken. Die Schwärze kroch von meinem Hirn in mein Herz und breitete sich von dort in meinem ganzen Körper aus. Dunkelheit bedeckte mein Sichtfeld. Meine Gehörgänge wurden durch Finsternis verstopft. Ich dachte nichts mehr. Ich träumte diesmal auch nichts.

\*\*\*\*\*

Finn marschierte durch die Straßen Berns. Seine geballten Fäuste steckten in den Hosentaschen, die Augen waren zusammengekniffen und feuerten wütende Blitze auf alles ab, was ihm begegnete.

Weshalb hatte sich auch dieser elende Mann einmischen müssen? Er hatte die Daten zu dem Ortungschip verlangt, der in Leahs Handgelenk war. Seine Behörde wollte ihren Standort kennen. Die Behörde war es, die die Adoption bewilligt hatte, nachdem man den echten Vater ausgeschafft hatte. Ihre Mutter hätte Finn nicht geheiratet, wenn sie nicht ihre Kinder in die Ehe hätte mitnehmen dürfen. Finn hatte ihr den Wunsch erfüllt, unter der einen Bedingung, dass die Kinder nie erfahren durften, dass er nicht der echte Vater war. So hatten sie sich geeinigt.

Finn hatte sich nach der Flucht seiner Frau nach Südamerika scheiden lassen. Dies nur als Vorsichtsmaßnahme, um nicht verdächtigt zu werden, mit den Machenschaften in Südamerika verbunden zu sein. Aber in seinem Herzen liebte er sie immer noch.

Die Behörde, von der Finn jahrelang nichts mehr gehört hatte, hatte irgendwie davon erfahren, dass Leah ausgerissen war. Schnell hatten sie herausgefunden, dass ihr ein Chip implantiert worden war.

Sie kamen zu Finn und verlangten von ihm die Zugangsdaten zu ihrem Standort. Sie waren die Regierung. Sie hatten die Macht. So hatte Finn schließlich nachgeben und die Daten herausgeben müssen.

Und es war klar, dass sie ihr die Polizei auf den Hals jagen würden.

Finn hatte gewusst, dass sie abgehauen war. Das war auch gut so gewesen. Das war sein Plan! Sie hätte ihn zu seiner Frau geführt. Aber das konnte er jetzt vergessen. Leah war zwar klug, aber gegen eine solche Übermacht an Gesetzeshütern kam sie nicht an. Früher oder später würden sie ihr das Handwerk legen. Und dann wäre alles umsonst gewesen.

Finn hatte seine Kontakte spielen lassen, er war heute Morgen sogar höchstpersönlich auf der Polizeistation gewesen – doch sie waren unnachgiebig. Nicht, dass Finn jetzt aufgeben würde. Nein, so weit war es noch lange nicht. Aber die plötzliche Veränderung der Situation zwang ihn dazu, seinen Plan zu ändern.

Doch urplötzlich schlich sich ein Grinsen auf das Gesicht des Mannes. Die Sache begann Finn zu gefallen. Wenn es schon Komplikationen gab, konnte ihn nichts davon abhalten, sie zu seinem Zweck zu nutzen. Er würde das ganze Katz- und Maus-Spiel etwas verändern und seine eigenen Regeln machen. Und zwar, indem er einen zweiten Chip ins Spiel brachte. Das würde für die nötige Verwirrung sorgen, und Leah konnte hoffentlich entkommen. Und nachdem das Ganze hier zu Ende und seine Frau wieder bei ihm war, würde Finn die gewonnenen Informationen, selbstverständlich nicht zur Seite legen. Dann konnte er das ganze Christennest ausräuchern und sich eine Beförderung sichern. Denn er wusste mehr als genug über sie. Und sie tappten ahnungslos im Dunkeln.

*****

Er liebt mich nicht, hat mich nie gewollt.
Ich bin nicht seine Tochter. Er ist nicht mein Vater.
Ich hatte nie einen Vater.
Ich bin allein
«Leah! Wach auf!»
Ich stöhnte. Ich wollte nicht aufwachen. Ich wollte bleiben, wo ich war. In der Dunkelheit, wo ich nichts wahrnahm. Wo es keine zerstörerische Realität gab. Wo es keinen Hass und keinen Verrat gab. Doch je mehr ich mich gegen das Wachsein wehrte, desto schneller eroberte es mich. Schließlich schlug ich ergeben die Augen auf. Igel war gerade dabei, mich zu schütteln.
«Hör auf!», befahl ich ihm schlaftrunken. «Ich will nicht …»
«Du – Musst – Aufwachen!»
Ich funkelte ihn verärgert an. «Du – Hast – Mir – Nichts –

Und noch mal nichts – Zu – Sagen! Lass mich einfach in Ruhe!»

Damit drehte ich mich weg, schloss wieder die Augen und wartete darauf, abermals in das schwebende Nichts des Schlafs einzutauchen. Leise hörte ich noch Igels Stimme.

«Dann halt ohne ihr Einverständnis. Sag ihm, er soll in zehn Minuten da sein, wir tragen sie runter.»

Höchstens ein Prozent meiner Wahrnehmung hatte diesen Satz zur Kenntnis genommen und der wollte sich wehren. Aber die Müdigkeit überwog und der größte Teil in mir sehnte sich mit einer unglaublichen Kraft nach der Finsternis.

Als ich wieder erwachte, war das erste, was ich bemerkte, ein helles Quadrat. Alles darum herum war verschwommen und wackelig, aber dieses Licht konnte ich deutlich sehen. Was vielleicht daran lag, dass es etwas anderes als die ganze Dunkelheit war. Nach einer Weile vermochte ich zu erkennen, dass es sich dabei um ein Fenster handelte. Als nächstes spürte ich ein unregelmäßiges Rumpeln. Nun hörte ich auch ein Brummen. Das wurde ja immer seltsamer. Es ging noch ein paar Minuten, ehe ich meine Umgebung richtig einordnen konnte. Ich realisierte, dass ich mich im Inneren eines Fahrzeugs befand, vermutlich in einem Frachtraum. Was hatte das zu bedeuten? Ich regte mich schwach, worauf ich eine Stimme neben mir vernahm. «Du bist wieder wach.»

Igel.

«Ja.»

Stille.

«Wo sind wir? Was ist geschehen?»

«Wir sind in einem Lastwagen und fahren zu einem sicheren Ort. Vorher haben wir den Ortungschip rausoperiert.»

Reflexartig fuhr meine rechte Hand an mein linkes Handgelenk. Ich spürte einen rauen Verband. Doch keinen Schmerz.

«Die Hand ist betäubt», erläuterte Igel, als hätte er meine Gedanken gelesen.

«Ihr seid … Kinder! Wie habt ihr das geschafft?»

«Zoe ist hochbegabt. Behauptet sie jedenfalls. Sie sagte, sie könne das schon. Und sie konnte es.»

Nun musste ich an Zoe denken. Irgendwie bedauerte ich es, sie verlassen haben zu müssen. In ihrem Zimmer hatte ich etwas gesehen, was ich gar nicht kannte:

Eine heile Welt.

Ihre Worte und ihr Wesen zeigten deutlich ihre Unschuld. Sie hatte eine Ahnungslosigkeit, um die ich sie beneidete. Sie konnte Kind sein. Dieses Vorrecht hatte ich längst verloren, genau wie mein Bruder, wie Samy und Lucy, wie Igel.

«Und wohin fahren wir? Und mit wem?»

«Der Lastwagenfahrer ist Zoes Cousin – der einzige, der außer ihr von mir weiß.»

«Du vertraust ja vielen Leuten.»

«Es sind zwei, mach dich nicht lächerlich! Und wir fahren dahin, wohin du willst. Und ich komme mit.»

«Bloß nicht!»

«Hast du ein Problem damit?»

«Naja, von dem Ort, wo ich hin will, darf niemand außer mir und meinem Bruder wissen.»

«Du hast einen Bruder?»

«Einen Zwillingsbruder, ja. Und wenn du auf diesem Wahnsinn beharrst, sag deinem Cousin, er soll uns zur südlichsten Hafenstadt Italiens bringen.»

«Okay.»

Igel verzog keine Miene. Nun ja, ich konnte ihn in der Dunkelheit auch nicht sehen. Aber seiner Stimme hörte man keine Überraschung an.

«Wieso tust du das?», wollte ich wissen.

«Wieso tue ich was?»

«Na, mir helfen. Was bringt dir das?»

«Ich weiß nicht genau», meinte er vage.

Ich runzelte die Stirn. «Wie du meinst.»

Igel schwieg ein paar Sekunden. Dann seufzte er. «Um ehrlich zu sein, ich kann dir keinen guten Grund nennen, aber ich habe auch nichts zu verlieren. Ich hatte einfach das Gefühl ... dass ich das tun sollte.»

Seine Stimme klang unsicher, als er nach kurzem Zögern

weiterfuhr. «Weißt du … ich hab Zoe kennengelernt, als ich mal nachts in ihr Haus einbrechen wollte. Ich hatte herausgefunden, dass dort ein Arzt wohnt und ich wollte … naja … ich wollte Medikamente stehlen.»

Ich horchte auf. An sich nichts Besonderes, dass ein obdachloser Junge Medikamente brauchte, aber auf irgendwas wollte Igel hinaus.

«Ich hab eine Krankheit», gestand er leise, «eine unheilbare Krankheit. Vor Monaten, kurz bevor meine Tante tödlich verunglückt ist und ich auf die Straße geflüchtet bin, haben die Ärzte mir gesagt, ich hätte noch höchstens ein Jahr zu leben. Also bin ich durch ein Fenster ins Haus eingestiegen. Ich wollte alle Medikamente schlucken, die ich finden konnte, in der sinnlosen Hoffnung, irgendwas davon würde mir helfen. Ihr Vater war – zu meinem Glück – nicht zu Hause, aber Zoe habe ich aufgeweckt, als ich eine Vase umgestoßen habe. Sie wurde meine einzige Freundin.

Jedenfalls kann jeder Tag mein letzter sein … und wie gesagt, ich glaube, dass ich hier mehr ausrichten kann, als wenn ich in meinem Versteck sitze. Ich will dir helfen, dein Ziel zu erreichen, wo auch immer es ist.»

Mir hatte es für einen Moment die Sprache verschlagen. Igel, der freche, lebendige Junge – er sollte sterbenskrank sein?

«Aber Zoe – hat sie dir nicht helfen können? Und was hast du denn für eine Krankheit?», fragte ich ungläubig.

«Zoe hat getan, was sie konnte, sie hat ihren Vater ausgefragt, sie hat nachgeforscht – aber da gibt es nichts, was mir helfen könnte. Und ich weiß nicht, was das für eine Krankheit ist, aber es muss etwas mit meinem Herz sein. Manchmal wache ich mitten in der Nacht auf, spüre, wie mein Herz unglaublich schnell schlägt, wie meine Brust schmerzt und sich zusammenzieht, sodass ich kaum noch Luft kriege. Das ist nun fast jede Nacht so …» Igel verstummte und ich wusste nicht, was ich tun sollte. Unbeholfen tastete ich nach seiner Hand und drückte sie in einem schwachen Versuch, ihm Trost zu spenden. Wir schwiegen beide einige Minuten.

Schließlich durchbrach ich die Stille mit einer belanglosen Frage. «Wie viel Uhr ist es?»

«Es ist mitten in der Nacht», verkündete Igel, während er dem Geräusch nach eine Nachricht in irgendein Gerät tippte.

Verwundert fragte ich mich, ob wir schon lange unterwegs waren, ob das Operieren so lange gedauert hatte oder warum sonst so viel Zeit vergangen war. Ich drehte den Kopf Igel zu und machte seine undeutlichen Umrisse aus. Das stachelige Haar, weswegen ich ihn Igel nannte. Die schmalen Schultern. Er war noch so jung. Was tat er hier? Er sollte in einer Familie leben und behütet aufwachsen. Gesund, mit einem langen Leben vor sich. Er hatte es verdient. Meine anfängliche Abneigung gegen ihn war verblasst. Ich konnte auf ihn zählen. Dabei fiel mir auf, dass ich ihn noch nicht mal vierundzwanzig Stunden kannte. Verrückt.

«Du bist abgehauen, weil du Christ bist.»

Es war eine Feststellung, keine Frage, die er da ausgesprochen hatte. Und die jetzt schwer in der Luft lag.

«Woher willst du das wissen?»

«Du hast im Schlaf geredet. Von einem Kreuz und Gnade und irgendeinem Jesus, der dir helfen soll.»

«Echt jetzt? Dein Ernst?»

«Mein voller Ernst.»

Verblüfft fragte ich mich, wie das kam. Ich hatte mich doch entschieden, mein Leben selbst zu leben. Ohne Märchensuperhelden.

«Sag mal ...», vernahm ich Igels zaghafte Stimme, «ich hab da keine Ahnung, was diesen Glauben betrifft. Könntest du mir das mal erzählen, also, um was es da geht?»

Ich zögerte. «Weißt du, eigentlich bin ich kein Christ. Die Geschichte stimmt ja auch nicht wirklich.»

«Erzähl sie mir trotzdem!»

Irrte ich mich oder konnte ich so was wie Sehnsucht aus Igels Stimme heraushören?

«Na gut. Also, die Christen glauben, es gäbe einen Gott, der ganz am Anfang die Erde erschaffen hat. Die Menschen lebten im Paradies, doch sie wandten sich von Gott ab und wurden aus dem Paradies verbannt», ich überlegte, wie absurd sich das anhören musste, was ich ihm jetzt erläuterte. «Nachdem Gott seinem Volk treu geblieben war, sie aber immer wieder gesündigt hatten, begriff er, dass sie es selbst nicht auf die Reihe kriegen würden, fehlerlos zu sein. Weil er sie aber so liebte, schickte er seinen Sohn, Jesus, auf die Erde.»

«Ist ja krass! Er muss die Leute damals ja total geliebt haben, ich meine, würde ich im Himmel leben, würde ich ganz sicher nicht meinen Sohn in die Kacke hier runter schicken.»

«Jesus war *perfekt*.» Bitterkeit schlich sich in meine Stimme. *Ich* war alles andere als perfekt. «Doch das gefiel den Leuten nicht, und sie kreuzigten ihn. Man sagt, er ist für die Sünden gestorben, weil wir Menschen es selbst nicht schaffen würden, sie abzubezahlen. So können wir durch Jesus in den Himmel kommen.»

«Das ist ja voll der abgefahrene Typ! Ich an seiner Stelle hätte das nicht mit mir machen lassen!»

Ich sah Igel an. Die Geschichte schien ihn zu faszinieren. Glaubte er das etwa? Mir fiel ein, dass ich es auch geglaubt hatte. Dass ich ihn angenommen hatte, ihm mein Leben geschenkt hatte. Sollte ich jetzt Bedauern, Belustigung, Verlust oder Angst spüren? Ich spürte nichts dabei. «Glaubst du den Quatsch jetzt etwa?»

«Weiß nicht. Erzähl weiter. Was ist dann geschehen?»

«Also, Jesus ist auferstanden und zu seinem Vater in den Himmel zurück. Vorher hat er versprochen, dass er durch seinen Geist immer bei seinen Nachfolgern sein würde.»

«Wow. Die Leute, die das glauben, sind bestimmt voll mutig und so.»

«Weshalb das denn?»

«Naja, wenn du den Gottessohn an deiner Seite hast, kann ja nicht viel schief gehen, oder?»

*Doch*, erwiderte ich in Gedanken. *Alles kann schief gehen.*

«Ich glaub, da ist was dran. Das klingt zwar total verrückt, aber irgendwie auch nicht wie ein Märchen. Denn im Märchen werden die Bösen am Ende immer bestraft. In deiner Geschichte siegt die Liebe.»

Ich entgegnete nichts. So einfach war das nicht.

«Kann man denn auch mit Jesus sprechen?»

«Naja, kannst es mal versuchen … ob er dich hört, ist eine andere Frage.»

«Ich meine, wenn man den Christen glaubt?»

«Dann schon.»

«Wie?»

«Irgendwie. So wie du jetzt grad mit mir redest.»

Ich konnte mir vorstellen, wie sich Igels Augen in diesem Moment weiteten. Doch mit dem, was jetzt kam, hatte ich nicht gerechnet.

«Jesus», ertönte Igels Stimme aus der Dunkelheit. Ich sog scharf die Luft ein.

«Jesus, wenn das stimmt, dann bist du jetzt da und hörst mich. Und dann hörst du, was ich dir jetzt sagen werde. Es ist eine verzweifelte letzte Bitte. Vielleicht ist ja alles ausgedacht und es gibt dich nicht. Aber wenn es wahr ist, will ich die Chance nicht verpassen. Ich hab nichts zu verlieren. Jesus, bitte nimm mich doch zu dir, wenn ich nicht mehr lebe. Lass mich bei dir im Himmel leben.»

Eine verzweifelte letzte Bitte?

Was war los? Es war doch noch alles in Ordnung?

\*\*\*\*\*

Ich schreckte auf, als ich ein lautes Fluchen aus der Führerkabine vernahm. Auch Igel regte sich. «Was ist los da vorne?», wollte ich wissen. Igel zuckte die Schultern, er wusste natürlich nicht mehr als ich. Er wollte gerade aufstehen, da beschleunigte das Fahrzeug urplötzlich, sodass der Junge auf den Boden geschleudert wurde.

«Irgendwas stimmt nicht», stellte ich fest. Während Igel noch damit beschäftigt war, sich wieder aufzurappeln, erhob ich mich vorsichtig und schaltete den Bildschirm an, mit welchem wir

Kontakt zum Fahrer halten konnten. Sein Gesicht erschien auf dem Display, blass und mit gehetztem Ausdruck in den Augen.

«Kumpel, was ist los?», fragte Igel.

«Sie sind hinter uns her!»

«Wer?»

«Die Polizei!»

«Absolut unmöglich! Wie konnten sie uns folgen? Sie können uns doch nicht mehr orten, oder?»

Der Mann zögerte. «Nein, das nicht. Ich vermute eher, dass sie uns verfolgt haben, seit wir losgefahren sind.»

«Das darf doch nicht wahr sein!», rief ich aus. Alles umsonst! Und jetzt würden sie uns trotzdem erwischen. «Können wir nichts dagegen tun?»

«Doch», erwiderte Igel und schaltete erst mal das Licht ein. In seinen Augen lag ein Ausdruck, der mir gar nicht gefiel. Er drückte eine Endgültigkeit und Entschlossenheit aus, die mir unheimlich war.

«Gibt's irgendwo in der Nähe einen kleinen Wald?», erkundigte sich Igel beim Fahrer.

«Nein. Zumindest nicht in der Umgebung.»

«Und weiter weg?»

«Naja, bei den hier erlaubten 140 Stundenkilometern müssten wir eine Stunde fahren, um einen zu erreichen. Und bis dann wär es aus.»

«Kannst du nicht den Turbo einschalten?»

«Spinnst du? Was Verboteneres kann ich nicht tun!»

«Du bist doch sowieso schon ein Verbrecher, indem du zwei Flüchtigen zur Flucht verhilfst. Du hast nichts mehr zu verlieren!», bearbeitete Igel ihn immer drängender.

«Okay. Aber passt einfach auf, ich kann nicht garantieren, dass es gut geht.»

*Das hoffe ich aber sehr,* bekannte ich in Gedanken.

Igel reichte mir einen Schutzhelm und streifte selbst einen über. Und bevor ich noch etwas sagen konnte, vernahm ich ein ohrenbetäubendes Surren. Auf einen Schlag lag ich am Boden und klammerte mich krampfhaft an einem Sicherheitshebel fest. Ich keuchte und schnappte nach Luft. War es nicht sinnlos? Die Polizei konnte sicher auch auf Turbo umschalten! Angestrengt überlegte ich, was Igel denn in dem Wald tun wollte. Die Polizei würde kaum auf irgendein lasches Manöver reinfallen. Und wie würde es dann weiter gehen? Wenn ich gefangen war, wie würde Luke ohne mich weiterkommen? Würde er es überhaupt tun? Oder würde er jahrelang in Italien auf mich warten, ohne die geringste Chance, dass ich noch kommen konnte? Ich durfte es mir nicht vorstellen. Igel würde schon wissen, was er tat. Hoffentlich.

«Wie lange noch?», presste ich zwischen zusammengebissenen Zähnen hindurch ins Mikrofon des Helms.

«Wenige Minuten. Halt durch!», kam die Antwort.

Leicht gesagt, schwierig umgesetzt. Mein Kopf dröhnte von der unglaublichen Geschwindigkeit und vor meinem inneren Auge wirbelten Bilder von einem Lastwagen umher, der irgendwo hinein krachte und zerschellte. Meine Augen tränten, meine Hände verspannten sich.

Da schallte plötzlich eine laute Stimme durch den Lärm.

«Es ist sinnlos! Ergebt euch! Wir haben euch!»

Die Polizei hatte den Funkruf betätigt. Meine Hoffnung war umsonst. Wir hatten verloren. Meine Hände wurden schlaff, ließen vom Hebel ab und ich wurde nach hinten geschleudert.

«Nein», schrie Igel. «Das ist eine List! Glaub ihnen nicht!»

Was hatte der denn für eine Ahnung? Glaubte er, wir könnten die Polizei besiegen? Ich schloss die Augen und wartete darauf, dass sie unseren Lastwagen blockierten. Doch nichts dergleichen geschah. Mein Hinterkopf schmerzte, ich schützte die wunde Stelle mit den Händen.

«Wir sind da! Ich bremse gleich, Alessandro, du kannst loslegen!», verkündete da der Mann in der Fahrerkabine. Ich schluckte. Was hatte der Junge vor? Das Fahrzeug verlor wieder um einiges an Geschwindigkeit, dennoch spürte ich deutlich, wie es zu holpern begann. Wir waren auf Waldboden. Igel erhob sich. Drehte sich zu mir um. Schaute mir tief in die Augen. In seinem Blick war schiere Verzweiflung und zugleich feste Entschlossenheit zu sehen. Was, verflixt noch mal, war sein Plan?

Ohne ein weiteres Wort ließ Igel die Leiter vom Dach ausklappen, kletterte daran hoch und öffnete die Klappe des Notausgangs. Was sollte das? Ohne zu zögern, folgte ich ihm. Was auch immer er gleich tun wollte, ich musste ihn davon abhalten! Ich steckte den Kopf durch die Luke. Der Fahrtwind zerrte an meinen Haaren. Igel hielt sich an einer Art Saugnapf fest, den er an den Lastwagen gepresst hatte. Nun klaubte er unter seiner Jacke ein seltsames Ding hervor. Es wirkte ... Wie ein kleiner Speer! Ich stemmte mich durch die Öffnung nach oben.

«Halt! Stopp mal! Komm zurück!»

Doch er hörte mich nicht. Sein braunes Haar flatterte um seinen Kopf herum, während er immer weiter bis zum hinteren Ende des Wagens rutschte. Ich musste aufpassen, nicht vornüber weggeweht zu werden. Ich zwinkerte kurz. Im nächsten Augenblick sah ich wie in Zeitlupe, wie Igel auf die Füße sprang und sich abstieß – und dann war er weg. Einfach weg. Wir fuhren so rassig weiter, dass ich nicht einmal nachschauen konnte, was nun geschah. Jedenfalls war das Polizeiauto zurückgeblieben. Ich war wie gelähmt und unfähig, mich von der Stelle zu rühren.

*****

Finn schmiss sein Handy auf das Bett. Unmöglich! Alles war schief gelaufen! Seine Tochter hatte den Chip nicht mehr – doch jetzt waren sie ihr doch gefolgt. Die aktuellsten News besagten, ein kleiner Junge sei vom Fluchtfahrzeug gesprungen und habe die Verfolgung verhindert. Er habe sich der Polizei in den Weg gestellt. Es störte Finn ja nicht im Geringsten, dass Leah entkommen war. Aber er fragte sich, wer ihr Komplize war. Ihr Bruder konnte auch noch nicht Auto fahren. Und wer, verflixt noch mal, war der Junge? Er war sofort beseitigt worden, was gut war.

Aber langsam wurde für Finn seine Tochter zu unberechenbar. Und er hatte sich entschlossen, sich selbst Gewissheit zu verschaffen. Er wusste nämlich, wo seine Leah hin wollte. Nach

Süditalien. Und aus ihrem letzten bekannten Standort konnte er schließen, wo ungefähr sie sich jetzt befand. Er würde sie auf dem Weg dorthin abfangen. Finn machte sich unverzüglich auf den Weg zu seinem Privatjet. Und einen Knopfdruck später hatte er schon die Wolken erreicht.

*****

Ich lief durch den Wald und fühlte mich wie betäubt. Der Lastwagenfahrer hatte mich abgesetzt mit der Begründung, er könne nicht noch mehr Zeit verlieren. War Igel tot? Ich wollte es nicht glauben. Ich konnte es nicht glauben. Aber ich wusste, dass es wahr war. Die Polizei würde nicht davor zurückschrecken, einen obdachlosen Jungen zu beseitigen. Und Finn war schuld! Meinem herzlosen, grausamen, falschen Vater hatte ich das Ganze hier zu verdanken. Ich hasste ihn.

Und gleichzeitig fragte ich mich, weshalb Igel das getan hatte. Er hatte ja wissen müssen, dass er keine Chance hatte. Er hätte wohl nicht mehr lange gelebt, aber dennoch; er kannte mich kaum. Für mich, die ihn anfangs so verabscheut hatte, hatte er sein Leben gelassen. Er war das komplette Gegenteil von Finn. Es störte mich, dass es niemanden auf dieser Welt gab, der das Gedenken an diesen aufrichtigen Jungen lebendig halten würde. Doch: ich. Und sonst? Sein verzweifeltes Gebet zu Jesus kam mir in den Sinn. Hatte er damals schon gewusst, was er tun würde? Gab es vielleicht Jesus, der oben im Himmel war und Igel jetzt in Empfang nahm? Was für eine tröstliche Vorstellung. Igel hätte es verdient.

Etwa eine Stunde vor Sonnenaufgang beschloss ich, ein Weilchen zu schlafen. Es war vermutlich besser, tagsüber zu ruhen und abends wieder loszuziehen. Ich legte mich auf ein Stückchen Gras und starrte zum Himmel hinauf. Durch das Blätterdach hatte ich freie Sicht auf die Sterne. Abermillionen von kleinen Lichtern, die weit oben im Himmel schwebten und leuchteten und strahlten, als wollten sie mich beeindrucken. Ob

Igel jetzt mit ihnen dort war? Wie sah es im Himmel überhaupt aus? Egal. Ich vertraute einfach darauf, dass es Jesus gab, und dass Igel vielleicht in diesem Moment gerade mit Jesus sprach. Konnte es nicht sein, dass Jesus mich bewahrt hatte, sodass ich heil davongekommen war? Ich hatte ihn um Hilfe angefleht und keine Antwort vernommen. Doch vielleicht war er ja doch da und stand mir bei. Vielleicht erlebte er den ganzen Dreck hier mit mir zusammen. Vielleicht ging er jeden meiner Schritte neben mir her.

Vielleicht stimmte es ja wirklich, dass er mich liebte.

## 12. Kapitel

Als ich zwischen den letzten grünen Bäumen des Waldes hinaustrat, jagte mir der Anblick, der sich mir bot, einen kalten Schauer über den Rücken. Vor mir lag eine Wiese und dahinter eine lange, schwarze Mauer, die bis hoch in den Himmel ragte. Ich wusste, was sich dahinter versteckte. Eine Großstadt. Ich fröstelte. Städte bedeuteten nichts Gutes. Städte bedeuteten nichts als Armut, ununterbrochene Arbeit, Gefangenschaft. Schmerz, Folter, Unterdrückung. Kälte, Hunger, Not. Am liebsten hätte ich mich umgedreht und wäre eiligen Schrittes wieder dorthin geflohen, wo ich herkam. Doch das ging nicht. Also wanderte ich weiter, bemüht, nach unten zu blicken. Ich wollte die düstern Mauern nicht sehen. Sogar die Sonne schienen sie abzuhalten – Schatten legte sich auf die Umgebung. Ich packte meinen Kompass fester und kontrollierte, ob ich auch wirklich noch in die richtige Richtung lief, leider ja. Wie schön wäre es gewesen, jetzt einen Begleiter zu haben. Ich hatte sie alle verloren. Kim. Lucy. Igel. Meinen Bruder. Wo war er jetzt? Ohne Hilfe sicher nicht weiter als ich, aber vielleicht hatte er es ja schlauer angestellt. Daran zu denken, ihm könnte etwas zugestoßen sein, verbot ich mir. Ich hatte den Sorgen gekündigt, sie konnten mir ja doch nicht weiterhelfen.

Langsam näherte ich mich den Mauern. Ich musste mitten durch die Stadt gehen. Ich würde Tage verlieren, wenn ich sie umrunden würde. Wo war wohl der Eingang? Normalerweise befand er sich auf der Nordseite. Ich *war* auf der Nordseite! Aber ich konnte ihn nirgends sehen! Angestrengt spähte ich zu beiden Seiten, bis ich die Umrisse einer riesenhaften Tür ausmachte. Ich wandte mich nach links und schlich vorsichtig darauf zu. Über die Mauern reinzukommen, konnte ich vergessen. Es musste irgendeine andere Lösung geben! Die gigantische Tür war geschlossen. Na klar, kaum jemand wollte in eine Großstadt rein. Und niemand konnte raus. Mir blieb nichts anderes übrig, als abzuwarten. Und zu beobachten.

Der Hunger trieb mich dazu, in meinem Rucksack nach Verpflegung zu suchen. Ich fand ein letztes Stück Brot, das ich gierig hinunterschlang. Unerwartet ertönte plötzlich ein leises Zischen. Verwirrt sah ich zur Tür hin – und siehe da, sie öffnete sich! Rasch kauerte ich mich hinter einen Strauch. Nachdem die Schiebefläche vollständig in der restlichen Mauer verschwunden war, trat ein Mann in mein Sichtfeld. Neugierig lugte ich zwischen den Zweigen hindurch. Er hatte ein kleines, schwarzes Gerät in der Hand, auf dem er einen Knopf betätigte. Darauf begann sich die Öffnung wieder zu schließen. Wer war der Mann? Er sah sich um, als suche er etwas, von dem er wusste, dass es sich ganz in der Nähe befand, unwillkürlich zog ich den Kopf ein. Als ich wieder aufschaute, hatte der Mann sein Gesicht mir zugewandt. Und da erkannte ich ihn.

Der Mann war kein anderer als mein Vater. Oder eben *nicht* mein leiblicher Vater. Finn Sommer.

Luke ärgerte sich. Er hatte viel zu viel Zeit verloren wegen seiner Beinverletzung. Im Fluss, nachdem er seine Schwester verloren hatte, war er gegen einen Felsen gekracht und deshalb in letzter Zeit mit dem Tempo einer Schnecke vorwärtsgekommen. Er musste dringend aufholen. Nur wie? Sein blöder Knöchel begann schon wieder zu jammern. Luke hatte erst gerade die Mauern einer Stadt hinter sich gelassen, glücklicherweise hatte die Route nicht verlangt, dass er sie durchqueren musste. Mühsam schleppte er sich weiter, bis er zu einem Graben kam. Verwundert blickte er die etwa vier Meter hinunter. Gleise! Hier fuhren Züge! Noch nie in seinem Leben war Luke in einem Zug gefahren. Züge benutzten ausschließlich die Armen. Oder sie wurden für Transporte benötigt. Etwas weiter vorne verbreiterte sich der Graben. Dort waren ein paar Bänke aufgestellt. Eine Haltestelle? Da kam ihm eine zündende Idee. Das Risiko seines Vorhabens war ihm vollkommen bewusst und er war bereit, es einzugehen. Vorsichtig hangelte er sich bis zum Grund des Grabens.

Stechender Schmerz fuhr durch sein Bein bei dem Aufprall am Boden. Schnell humpelte Luke zur anderen Seite, schaltete den dort in die Wand eingebauten Bildschirm ein und las die Informationen. Dies hier war eine Stelle, an der Güter umgeladen wurden. In einer Viertelstunde würde der nächste Zug eintreffen. Luke musterte das Metalltor neben sich. Es würde wohl nicht mehr lange dauern, bis jemand rauskam. Also kletterte er wieder nach oben – auf der anderen Seite, wo er von unten nicht gesehen werden konnte. Dann wartete er.

Was wollte der hier? Vor Aufregung begann ich zu zittern. Wie kam es, dass er mich immer und immer wieder aufspürte? Ich wusste, dass das, was ich jetzt tat, wahnsinnig war, doch ich konnte keinen Rückzieher mehr machen. Langsam erhob ich mich. Der Mann bemerkte mich erst nicht. Schnellen Schrittes ging ich auf ihn zu. Ich trat auf einen Ast und beim Geräusch des knackenden Holzes fuhr er herum. Er verzog keine Miene. Auf einmal war meine Angst wie weggewischt. Da war nur der klare Wille, meine Vergangenheit hinter mir zu lassen. Ich starrte ihn auffordernd an.

*Hier bin ich. Ich bin es doch, die du gesucht hast, nicht wahr? Also, was willst du?* Sagte mein Blick. Ich wusste, dass er nicht hier war, um mich zurück ins Internat zu verfrachten. Deswegen hätte er nicht persönlich herzukommen brauchen.

«Leah», begann er. Aha. Ich reagierte nicht.

«Meine Tochter», fuhr er fort. Ich fragte mich ernsthaft, ob er mich zum Kotzen bringen wollte. Ich hätte ihm gerade liebend gern ins Gesicht gespuckt. Ich war ganz sicher nicht die Tochter des gefühlskalten Mannes, der dort vorne stand.

«Was willst du?», schnitt ich ihm das Wort ab.

«Mit dir reden.»

«Das merke ich. Schieß los.»

Er bedachte mich mit einem eisigen Blick und wechselte dann aber wieder auf freundlich.

«Weißt du, ich will mich jetzt nicht mit dir streiten.»

«Ach ja?»

«Beherrsch dich, Leah. Hör zu!»

«Weshalb sollte ich? Du hast mir nichts zu sagen, rein gar nichts.»

«Oh doch. Zufälligerweise bin ich dein Vater. Und habe das Recht, über dich zu verfügen.»

«Von wegen! Zufälligerweise bist du *nicht* mein Vater und kannst mir *nichts* befehlen! Du hast mich die ganze Zeit über angelogen! Du hast meinen Vater ins Verderben geschickt!»

«Ach, das ist lange her. Mach jetzt nicht so ein Theater um die Vergangenheit!»

Ich lachte auf. «Du bist so lächerlich, merkst du das etwa? Du kannst nicht einfach machen, was immer du willst. Nicht mit mir! Ich bin im Gegensatz zu dir ein Mensch! Kein Gegenstand! Ich habe es verdient, geliebt zu werden!»

«Jetzt komm mir nicht mit solchem banalen Quatsch wie Liebe, also bitte! Das zeugt nur davon, dass du mittlerweile total verzogen bist! Worüber ich eigentlich mit dir sprechen wollte, ist …»

«Es ist mir völlig egal, worüber du mit mir sprechen willst.» Ich wurde gefährlich ruhig. «Weil ich dir nämlich nicht zuhören werde.»

«Solltest du aber! Ich kann dich nämlich jederzeit zurück ins Internat bringen.»

«Wirst du aber nicht tun. Das weiß ich. Du hast sonst keine Möglichkeit mehr, an Mutter heranzukommen, weil du nicht mal eben schnell in ein verbotenes Land reisen kannst.»

Ich schoss ihm einen vernichtenden Blick zu. Ich verspürte nichts als grenzenlose Abscheu für den Mann vor mir. Auch der Drang, ihm eine runterzuhauen, den ich so oft verspürt hatte, war verschwunden. Da war nur noch kalte Verachtung in mir. «Du kannst mich mal. Du hast nichts mit mir zu tun. Ich weiß nicht, von welchem Quatsch du redest und weshalb du angibst, mein Vater zu sein. Ich kenne dich noch nicht mal. Ich schwöre bei allem, was mir wichtig ist. Ich habe dich noch nie gekannt.» Mit diesen Worten wandte ich mich von ihm ab und stellte mich vor die Stadttüre. Davor hielt ich inne und rührte mich nicht. Wartete wortlos ab. Ich wusste, er würde es tun. Es war die Fortsetzung des Spiels, das er begonnen hatte, nur dass ich dieses Mal mit vollem Bewusstsein mitspielte. Noch war ich im Vorteil. Und er tat es. Er betätigte den Knopf, um die Tür zu öffnen. Und ließ mich entkommen. Und ich schwor mir selbst, meine ganze Welt hinter mir zu lassen. Ich kannte ihn nicht. Ich hatte nie von einem Internat in der Schweiz gehört. Und ich würde nie mehr so sein wie früher und immer gleich aufgeben. Ich würde *nie* wieder aufgeben. Ich würde durchhalten. Aushalten. Durchbeißen. Ich würde nach Südamerika reisen, und ich würde Janic wieder finden. Und was war mit Gott? Ich blickte zum Himmel hinauf.

Würde ich das alles gemeinsam mit einem liebenden Gott tun?

Endlich entdeckte Luke in der Ferne den erwarteten Zug. Vorsichtshalber stand er auf und wich ein paar Schritte zurück – er wollte sich gar nicht erst ausmalen, was geschehen würde, falls der Zug ihn mitreißen sollte. Sekunden später hatte der Zug die Haltestelle erreicht. Luke blieb geräuschlos, wo er war, und verharrte nochmals einige Minuten, während mit dem Laufband einige verschlossene Kisten hineingeschoben wurden. Danach schalteten die Kameras hoffentlich wieder aus, denn jetzt kam der schwierigere Teil. Luke trat ganz an den Rand des Grabens, stieß sich ab und landete mit pochendem Fuß, aber unversehrt auf dem flachen Zugdach. Jetzt musste er bloß noch einsteigen, bevor der Zug wieder los fuhr. Eilig kramte er die falschen Augen, wie er sie nannte, aus seinem Rucksack, und krabbelte auf allen Vieren zur Dachluke. Dort hielt er sie hin. Er hatte sie von den Untergrundleuten gekriegt – die Glasperlen fälschten die Augen eines hohen Sicherheitsbeamten, der überall reinkam. Als sich die Klappe lautlos öffnete, vernahm Luke schon das erste Zischen. Hastig ließ er sich hineinfallen – und landete prompt auf ein paar aufeinandergestapelten Aluminium-Kisten nicht weit unter dem Zugdach. Erleichtert schloss er die Falltür. Wie gut, dass die Züge nicht mehr mit Stromleitungen fuhren, sonst wäre er bei diesem Unterfangen durch einen Stromschlag ums Leben gekommen. Er rutschte bis auf den Boden hinunter. Dort setzte er sich hin, spürte das Vibrieren des Zugs angesichts der hohen Geschwindigkeit. Es war stockdunkel und verflixt heiß, sodass Luke seinen Pullover abstreifte und sich um die Hüfte band. Dann lehnte er sich zurück und dachte an seine Schwester und daran, wann sie sich wohl wiedersehen würden.

Ich betrat zum ersten Mal in meinem Leben eine Großstadt. Etwas verängstigt sah ich mich um. Das erste, was mir auffiel, war das Grau. Alles war grau – die Straßen, die Häuser, alles, was es sonst noch so gab, was ich nicht einordnen konnte. Und diese Dinge machten mir am meisten Angst. «Okay. Jesus.» Murmelte ich. «Du weißt, was diese Dinge sind. Du kannst mich, wenn nötig, davor beschützen.»

Ich fragte mich, weshalb ich mich jetzt plötzlich wieder an ihn wandte. Vielleicht, weil er mir helfen konnte. Ganz sicher aber, weil ich mich nach jemandem sehnte, der mich verstand und mich annahm, so wie ich war. Mich liebte. Unsicheren Schrittes ging ich die Straße entlang. Rechts und links von mir lange, graue Hallen. Ohne Fenster. Und darin mussten Menschen leben? Die Straße war nicht sehr breit und verlief schnurgerade durch die Gegend. Mir fiel auf, dass überall Lautsprecher montiert waren: An allen Häusern (falls man sie so nennen konnte), immer im Abstand von wenigen Metern. Momentan aber drang kein Laut daraus hervor. Allgemein war es unheimlich still. Ich vermisste das Rascheln der Blätter im Wald, das Pfeifen des Windes und vor allem die Stimmen von Menschen.

Nachdem ich etwa zehn Minuten weitergelaufen war, mündete die Straße in einer Kreuzung. Die Straße, von der ich kam, lag quer zu einer anderen, weitaus breiteren Straße. Sofort bemerkte ich, dass hier irgendwas vorging. Erschrocken beobachtete ich das Geschehen. In regelmäßigen Abständen kam ein Mensch aus einem der Gebäude. Sein Gesichtsausdruck war starr, die Gesichtsfarbe blass, die Augen ausdruckslos. Alle waren sie in graue Shirts gekleidet. Strammen Schrittes begaben sie sich zu der mir gegenüberliegenden Wand. Dort gab es ebendiese mich verängstigenden Dinge, in der Form von schwarzen Kästen. Die Arbeiter loggten sich mithilfe des Augenscanners in ihr Profil ein, tippten etwas darauf und hielten dann ihre Hand unter ein hervorstehendes Ding. Aus diesem fielen dann ein paar Tabletten in die Hände der Männer und Frauen und wurden von ihnen geschluckt. Meine Augen weiteten sich. Träumte ich? Oder sah ich tatsächlich einer menschlichen Fütterung zu? Menschen, denen mit Tabletten ihre Nahrung und ihr Schlaf verabreicht wurden, wie bei der Massentierhaltung? Ich hatte davon gehört, aber immer gedacht, es sei eine Art Schreckensmärchen. Das war grausam. Meine Hände zitterten. Bevor ich es verhindern konnte, war ich zu einer Frau hingerannt und fragte:

«Wie geht es Ihnen? Kann ich Ihnen helfen?» Ein großer Kloß bildete sich in meinem Hals. Die Frau sah mir nicht einmal in die Augen. Sie blickte durch mich hindurch, als würde ich gar nicht existieren. Hatte sie nie gelernt, mit anderen zu kommunizieren? Bevor ich sie weiter bedrängen konnte, war sie schon wieder weg. Ich hielt es nicht aus. Ich hätte vor Wut am liebsten geheult. Aber ich erinnerte mich an meinen Schwur, riss mich zusammen und entfernte mich möglichst schnell von dem Szenario. Ich hatte etwas ganz anderes erwartet: Leute, die geschlagen wurden, Schreie, Weinen, Dreck. Aber nicht dieses Nichts, das eine Panik in mir auslöste. Die Menschen hier waren so weit, dass sie gar nicht mehr existierten. Sie funktionierten lediglich. Ich musste weg hier. Doch, so abscheulich es mir auch vorkam, es gab etwas, was ich vorher erledigen musste. Langsam wandte ich mich einem der Automaten zu und verharrte eine Minute. Eine ältere Frau steuerte darauf zu, erledigte den normalen Teil und kriegte dann die Pillen. Sofort stürzte ich mich auf sie und zwang mich, nicht hinzuschauen. Ich entriss ihr die Tabletten und rannte dann weg. Hatte ich mich jemals in meinem Leben so verdorben, elend und fies gefühlt? Ich betrachtete abschätzend das Häufchen weiß-gräulicher Ovale in meiner Hand. So wenig. Ich brauchte mehr, gestand ich mir ein. Und ich wiederholte das Ganze. Immer an anderen Orten. Und die Menschen wehrten sich kaum. Ich ertrug das nicht! Roboter, gezüchtet, programmiert. Das Leben war ihnen gestohlen worden. Sie hatten gar nicht erst eine Chance gekriegt. Meine Hosentaschen waren vollgestopft. Es war nicht viel. Aber es musste reichen. Ich konnte nicht mehr!

Verzweifelt sprintete ich nach rechts los und bog, sobald ich konnte, wieder ab, sodass ich meine ursprüngliche Richtung beibehielt. Irgendwann hatte ich eine Sackgasse erreicht. Die Straße endete abrupt. In der Wand vor mir war eine unscheinbare Tür eingelassen. Unsicher stieß ich dagegen. Sie blieb verschlossen. Ich wollte es gerade mit Ziehen versuchen, da schwang die Tür auf und hätte mich um ein Haar erschlagen. Blitzschnell sprang ich zur Seite und quetschte mich an die Wand. Vor Überraschung hätte ich beinahe aufgeschrien, als ein kleines Mädchen herausgehüpft kam. Mit tränenverschmiertem Gesicht und verfilztem Haar rannte es weg und rief:

«Mami, Mami, wo bist du? Mami, komm zurück! Ich will zu dir!»

Doch einen Augenblick später trat ein hochgewachsener Mann mit Glatze aus der Tür, packte das Kleinkind brutal am Kragen und schleifte es wieder zurück. Mitleid durchfuhr mich feurig heiß und tränkte mein Herz. Und eine unfassbare Abscheu. Ich wollte helfen! Geistesgegenwärtig quetschte ich gerade noch meinen Fuß in den Spalt, um zu verhindern, dass die Tür wieder ins Schloss fiel.

Zögernd zog ich sie wieder auf und trat hinein. Vor mir lag eine steile Treppe, die sich im Dunkeln verlor. Keine Spur von Menschen. Was war dort unten? Ich beschloss, es herauszufinden. Unten angekommen erwartete mich eine weitere Tür, die sich diesmal jedoch ohne weiteres öffnen ließ. Kalte Luft strömte mir entgegen und gleißendes Licht blendete mich einige Sekunden. Ich war auf einer Art Bahngleis gelandet. Ich erhaschte noch einen kurzen Blick auf einen gerade abfahrenden Zug. Wieder schauderte ich. Denn auf dem Bildschirm auf der Hinterseite des Zugs stand in fetten, fiesen Lettern: «Kindertransport». Das Wort lachte mich hämisch aus, ich spürte es.

Wo wurden diese Kinder hingefahren? In ein Erziehungsheim? Oder waren sie überflüssige Kinder – dritte Kinder, die man einfach nicht behalten durfte? Dann stand vorne auf dem Zug wohl «Krankenhaus» oder für die Älteren «Wüstenland.»

Ich zwang mich, noch kurz stehen zu bleiben, und es traf auch gleich der nächste Zug ein. Mit Gütern beladen, Gott sei Dank. Ich traute meinen Augen nicht. Als der Zug stehen blieb, machte ich oben auf dem Dach die Silhouette eines Jungen aus! Des hellen Lichts wegen konnte ich nichts Genaueres sehen. War es etwa Igel, der von den Toten auferstanden war? Nein, erkannte ich, und mein Herz schlug einen freudigen Salto.

Es war Luke.

«Leah!», rief er und sprang direkt vor mir auf den Boden. Ich wollte ihn umarmen, unterließ es dann aber wegen der vielen Kameras.

«Wo sollen wir hin?», erkundigte sich Luke. Ich lotste ihn zielstrebig wieder nach oben. Unschlüssig blieb ich dann stehen.

«Ich bin von da vorne gekommen, wollte in die Richtung, in welcher der Bahnhof liegt, eigentlich wieder raus aus der Stadt.»

«Wir befinden uns in einer Stadt?», fragte er. Und blickte sich dann um. Sofort bemerkte ich das Entsetzen in seinen Augen.

«Warte, ich weiß, wo wir vielleicht durchkommen. Dort hinten», schlug ich vor und deutete auf die Stelle. «Das Haus dort ist ganz flach. Wenn ich auf deine Schultern stehe, sollte es gehen.»

«Hast du denn nichts, womit wir uns hochziehen können? Von deiner Ausrüstung?»

«Ich habe es schon mal gebraucht – und musste es dann zurücklassen», bedauerte ich. Und merkte, wie viel wir uns noch zu erzählen hatten.

«Also, packen wir es an», meinte Luke und ging voran. Dann ging er in die Hocke, ich stellte mich auf seine Schultern und stützte mich an der Wand ab. Luke stemmte sich nach oben, und ich erreichte mit den Fingerspitzen beinahe das Dach. Aber eben nur beinahe.

«Ich komm nicht ran! Kannst du mich mit den Händen etwas hochheben?»

Ohne etwas zu entgegnen, packte Luke mit seinen Händen meine Füße.

«Auf drei. Aber sei bereit!», warnte er mich. «Eins, zwei, drei!»

Auf einen Schlag flog ich durch die Luft. Vor Schreck hätte ich beinahe vergessen, was zu tun war. Hastig beugte ich mich vor und landete mit dem Oberkörper flach auf dem harten Metall, sodass mir für einen Moment die Luft wegblieb. Ich zog die Beine nach und drehte mich zur Kante um. Als ich nach unten schaute, lag Luke am Boden, umklammerte seinen Fuß und fluchte verhalten.

«Luke, was ist passiert? Geht´s?»

«Schon okay. Komme gleich.» Ich konnte förmlich hören, wie er die Zähne zusammenbiss. Doch er jammerte nicht, sondern stand gleich wieder auf den Füßen und humpelte zur Wand des Hauses. Dann holte er eine Art Schlagstock aus seinem Rucksack. Vorsichtig stellte er ihn hin und stellte seinen Fuß darauf, um zu verhindern, dass er umkippte. Ruckartig stieß er sich ab und erreichte durch die Sprunghilfe die nötige Höhe, um sich am Rand des Dachs festzuhalten. Ich griff nach seinem Arm und zog ihn hoch. Luke gönnte sich kaum eine Sekunde, um zu Atem zu kommen, und drängte mich gleich zum Weitergehen. Ein ohrenbetäubendes Heulen veranlasste mich, loszurennen.

«Sie haben uns entdeckt! Komm, schnell!» *Jesus, hilf uns!*, flehte ich in meinem Innern. Luke fiel schnell zurück.

«Scheiße. Ich schaff das nicht.»

«Oh doch! Wir geben nicht auf! Du kannst das!», versicherte ich ihm. Ich würde nie wieder aufgeben.

Wir sprinteten weiter. Keuchend jagten wir Meter für Meter über den harten Untergrund des Flachdachs. Es war ein langes Haus. Ich zwang mich, nicht zurückzuschauen.

Mir wäre fast die Kinnlade heruntergeklappt, als ich sah, dass wir am Ende der Stadt angekommen waren. Da war irgendwas ganz komisch gelaufen. Wir hätten etwa dreimal so lange benötigen sollen! Gehetzt zog ich mich auf die Mauer hoch. Und drehte nun doch kurz den Kopf. Ich sah Luke, der mich auch bald erreichen würde. Aber sonst niemanden. Keinen einzigen Verfolger. Wo waren sie alle geblieben? Verstört wartete ich darauf, dass gleich Dutzende von Sicherheitswächtern auftauchen würden, doch nichts geschah! Schließlich zückte ich den Notfallflieger aus meinem Gürtel, drückte den Auslöseknopf und sprang ab. Mich nur an dem schwarzen Kästchen festhaltend, schwebte ich so langsam nach unten, dass ich gefahrlos landete und abfederte. Luke kam gleich nach mir auf dem Boden auf. Ich wollte gerade wieder loslaufen, doch Luke hielt mich am Arm fest und deutete nach oben.

«Leah! Dort oben war kein einziger Mensch – weshalb sind sie uns nicht gefolgt?»

«Ich glaub, wir haben sie abgehängt!»

«Unmöglich! Und hör, die Sirene klingt immer noch! Leah», er betrachtete mich mit einem seltsamen Glänzen in den Augen, «denkst du, das hat etwas mit deinem Gott und dem der Christen zu tun?»

«Wie kommst du darauf?»

«Naja, ohne übernatürliche Hilfe war das wohl kaum möglich! Komm, gehen wir weiter. Und … ich muss unbedingt mal in diesem Buch, der Bibel, lesen.»

Bevor ich etwas erwidern konnte, hinkte er weiter. Kopfschüttelnd folgte ich ihm. Nicht ohne vorher einen Blick nach oben zum Himmel geworfen zu haben. Doch die Sterne waren noch nicht erschienen. Enttäuscht wanderte ich weiter. Ich war mir sicher, wenn ich die Sterne gesehen hätte, hätte ich gewusst, ob das Wunder Gottes Hilfe zu verdanken gewesen war. Durch die kleinen, um die Wette funkelnden Lichter fühlte ich mich verbunden mit dem Schöpfer. Während ich nachdenklich zu Boden starrte, schien Luke seine Verletzung vergessen zu haben und trieb mich an, immer schneller zu laufen.

«Weißt du, wo wir sind?», fragte ich irgendwann.

«Keine Ahnung. Aber was spielt das für eine Rolle – sieh nur!», forderte er mich auf. Seufzend hob ich den Blick zum Horizont und hätte mir vor Erstaunen beinahe auf die Lippen gebissen. Ich fühlte mich in einen Kitschfilm aus dem ehemaligen Kalifornien versetzt. Der Himmel war leuchtend violett und mit einigen pinken Schlieren verziert. Die Sonne war nur noch zur Hälfte zu sehen: eine sinkende Feuerkugel aus perfektem flüssigem Gold. Langsam senkte sich die Dunkelheit wie ein samtener Vorhang über die Umgebung. Die Nacht war angebrochen und damit war das Erscheinen der Sterne angekündigt. Wäre die Situation nicht so ernst gewesen, hätte ich am liebsten lauthals gelacht. Wann hatte ich das letzte Mal gelacht? Nicht ein hysterisches Kichern oder ein ungläubiges Auflachen. Nein, ein herzhaftes, echtes Lachen. Eines, das tief aus dem Innern kam. Ohne uns groß zu besprechen, waren Luke und ich uns einig, dass wir noch keine Pause einlegen würden.

Wir hielten erst inne, als die Sonne wieder auf der anderen Seite auftauchte. So verbrachten wir die nächsten Tage. Luke vermutete irgendwann, dass wir die italienische Grenze schon überschritten hatten. Aber wie er gesagt hatte – es war uns egal. Wir erlebten eine Art Vorgeschmack des Himmels dank der Freiheit, die wir das erste Mal in unserem Leben richtig auskosten konnten. Manchmal wachte ich abends im Dämmerlicht auf, gähnte laut, drehte mich um und merkte, dass Luke in meiner Bibel las. Ich kommentierte nichts und er fragte mich auch nichts. Vorerst zumindest. Ich wusste, die Fragen würden kommen. Ob ich sie aber beantworten konnte, bezweifelte ich. Mir kam es vor, als hätte ich gerade einen zweiten neuen Anfang mit Jesus gemacht. In dieser Sache war ich auch noch ganz grün hinter den Ohren. Ich beschloss, auch wieder richtig in der Bibel zu lesen und zu beten.

Ab und zu kamen wir an Städten vorbei, mieden sie aber immer, egal wie weit der Umweg war. Ich hatte Luke alles von meiner Reise berichtet – außer der Begegnung mit dem Mann, den ich einst meinen Vater genannt hatte. Ich musste das erst noch selbst verarbeiten, war noch nicht bereit, es zu erzählen.

Die erste Frage, die Luke mir stellte, war eine, mit der ich nicht gerechnet hatte. Er tat es, als wir eines Morgens loswanderten und ich gerade wieder an Finn hatte denken müssen.

«Wieso sagt Jesus, wir sollen unsere Feinde lieben? Sollen wir etwa die Terroristen lieben? Sollen wir unsere Regierung lieben, die grausam mit jedem umgeht, der nicht ins Schema passt? Unsere Regierung, welche die Jünger Jesu verfolgt?»

«Zeig mir die Stelle.» Davon hatte ich noch nie gehört. Hatte Jesus wirklich so etwas gesagt? Etwas Unmögliches verlangt? Ich konnte es nicht glauben. Aber es stand da. Schwarz auf weiß, buchstäblich, in der Bibel. Jesus hatte es gesagt.

«Keine Ahnung», gestand ich. «Ich hör das zum ersten Mal.»

Luke sagte: «Ich mein, ansonsten find ich das Zeug, was der Typ sagt, ja ganz okay. Also, er gibt auch sonst manchmal ziemlich steile Sätze von sich, aber diese Aufforderung hier macht keinen Sinn. Jesus sollte doch gegen unsere Regierung sein?»

Ich schüttelte verwirrt den Kopf. Ich konnte die Bedeutung dieser Worte nicht zuordnen.

«Vielleicht», mutmaßte ich, «meint er es ja nicht so. Könnte sein, dass er uns warnen will, uns nicht gleich wie die Regierung zu verhalten und jeden, der einem nicht passt, aus dem Weg zu räumen. Wahrscheinlich will er uns darauf hinweisen, dass wir grundsätzlich jeden Menschen respektieren sollen, weil er ja von Gott kreiert wurde.»

«Das glaub ich nicht», zweifelte Luke. «Jesus sagt klar und deutlich, wir sollen unsere Feinde und die, die uns verfolgen, lieben. Es steht exakt so. Da gibt's nichts zwischen den Zeilen zu lesen. Er will, dass wir etwas kapieren. Nur was?»

«Dass wir ihre Taten hassen sollen, statt die Menschen selbst», versuchte ich es.

Luke starrte nachdenklich zum Himmel auf. «Gar keine schlechte Idee. Könnte stimmen. Ist Gott nicht genauso? Ich habe auch gelesen, dass er uns auch liebt, als wir noch Sünder waren. Aber, Gott auch so lieben muss ich ja trotzdem nicht, oder?»

«Doch, ich hab mal gehört, dass Gott unser Vater ist, wenn wir an ihn glauben. Wenn du ein Kind hast, dein eigenes Kind – das liebst du doch, egal welchen Mist es anstellt, nicht wahr?»

Finns harte Gesichtszüge erschienen in meinen Gedanken. Sein kühler, berechnender Blick schien mich zu durchbohren.

Nun kniff mein Bruder die Augen zusammen.

«Unser Vater hat das jedenfalls nicht getan. Er liebt uns nicht.»

Da konnte ich mich nicht länger halten.

«Eben *nicht!* Finn ist gar nicht unser Vater!»

Abrupt wirbelte Luke zu mir rum.

«Was erzählst du da für Schwachsinn?»

«Es ist wahr, ich schwör's! Ich hab's in den Unterlagen im Keller des Internats gelesen! Er hat uns adoptiert!»

Luke wurde totenbleich im Gesicht.

«Dann ist – dann ist Mama also auch nicht unsere Mutter?»

«Doch, eben das ist es! Sie ist unsere Mutter und war mit unserem echten Vater verheiratet, doch Finn wollte sie unbedingt haben. Ich … ich glaube, dass unser Vater ausgeschafft wurde. Um unsere Mutter zufriedenzustellen, durfte sie uns behalten.»

Luke schwieg. Er schien gar nicht so verblüfft, wie ich erwartet hatte. Auch ich blieb ruhig. Ich wusste, mein Bruder war jetzt in der Phase der Ruhe vor dem Sturm. Er musste verdauen, was er eben erfahren hatte. Ohne ein weiteres Wort stapfte er weiter. Man konnte keine große Regung erkennen, doch ich kannte ihn gut genug, um zu wissen, was in ihm vorging. Ich bemerkte, dass er seine Hände in den Hosentaschen versenkt hatte und dort wahrscheinlich zu Fäusten ballte. Sein Gesichtsausdruck war starr, doch in seinen Augen loderte Hass. Den Blick hatte er stur nach vorne gerichtet. Die Spannung in der Luft war deutlich spürbar, fast greifbar. Ich fröstelte. Wie lange wollte er seine Gefühle noch in sich aufstauen? Wie lange den Ausbruch noch aufschieben? War er auch wütend auf mich, weil ich ihm nie etwas davon gesagt hatte? Ich hatte ihn doch nur schützen wollen. Ihn und mich. Denn in seinem Zorn war Luke total unberechenbar. Ich hatte ihn nicht in Gefahr bringen wollen.

Um mich abzulenken, studierte ich die Umgebung. Ein paar hundert Meter links von uns erhoben sich die Mauern einer Stadt zum Himmel empor. Ich wandte rasch den Blick ab, nicht schnell genug, um zu verhindern, dass mir ein Schauer über den Rücken kroch bei der Vorstellung, wie es innerhalb dieser Mauern zu und her ging. Auf der anderen Seite reihte sich ein Dorf ans andere. Der Himmel war bewölkt und die Wolken schienen nah, fast nah genug, um sie zu berühren. Die Sonne hatte sich verkrochen und eine kühle Brise war aufgekommen. Ich stellte mir vor, wie ich gerade aussehen musste. Ziemlich ungepflegt wahrscheinlich. Ich hatte mich tagelang weder gewaschen noch meine Haare gebürstet.

Ich hatte nicht mitbekommen, wie Luke stehen geblieben war. Die Explosion jedoch sehr wohl. Sein Gesicht war feuerrot angelaufen, die Augen zu kleinen Schlitzen verengt, die Lippen zusammengepresst.

«Ich hasse ihn! Ich hasse dieses Ungeheuer von einem Mann! Ich hasse ihn, weil er mich belogen hat! Und ich hab es ihm abgekauft. Ich war ein Naivling. Er hat mir kein einziges Mal so was wie Zuwendung gegeben oder Stolz gezeigt. Ich hätte es verdammt noch mal nötig gehabt! Ich hätte ihn gebraucht! Ich hasse ihn, weil er ein beschissener Feigling ist! Weil er nicht bereit war, mir die Wahrheit zu sagen! Ich hasse ihn, weil er meine Mutter geheiratet hat! Er hat mich verraten. Er hat mich für blöd verkauft! Ich habe noch nie etwas so sehr verachtet wie dieses Scheusal. Wenn ich es mir recht überlege, bin ich froh, nicht sein Nachkomme zu sein.»

Ich hatte die ganze Zeit über geschwiegen. Nach all den Jahren wusste ich, dass man am besten nichts sagte, wenn er am Ausrasten war. Ich würde es nur noch verschlimmern. Luke sackte schließlich in sich zusammen. Und sah mich wieder an.

«Leah.» Es war nicht mehr als ein leises Wispern. «Wieso hast du es mir nicht gesagt? Hast du mir nicht vertraut?»

Ich konnte eine Sehnsucht aus seinen Worten heraushören, eine Sehnsucht nach Akzeptanz und Liebe. Wir waren uns so ähnlich.

«Nein, Luke. Es gibt keinen», ich stockte kurz, fuhr aber gleich darauf überzeugt weiter, «Menschen im ganzen Universum, der mir so wichtig ist wie du.»

«Und … Und was ist dann der Grund dafür, dass du es für dich behalten hast?»

«Ich weiß, dass das keine Rechtfertigung ist. Auch keine Hilfe. Aber der Grund war der: Ich wollte dir den Schmerz ersparen.»

In Lukes Augen leuchtete etwas auf. Eine Art Verständnis für meine Handlung. Er realisierte, dass auch ich die Verzweiflung und den Hass durchlebt hatte. Wir waren verbunden durch ein Band, das niemand zu zerstören vermochte. Wir waren trotz allem Geschwister. Wir verstanden uns. Wir hielten zueinander. Und standen es gemeinsam durch.

*****

Wir wanderten in der stetigen Erwartung, das Meer zu sichten. Es konnte nicht mehr weit sein. Die Reise hatte bereits mehr als einen Monat in Anspruch genommen. Es war schwül und trocken geworden. Seit wir beschlossen hatten, wieder tagsüber zu reisen, fiel uns die Orientierung um einiges leichter. Doch jeden Tag schon früh morgens begann die Sonne auf uns hinunter zu brennen und uns zu erschöpfen. Bis spät abends. Je weiter wir zum Innern von Italien durchgedrungen waren, desto enger war das Labyrinth aus Städten geworden. Stadt um Stadt. Der ganze Horizont voller dunkler Mauern, die unzähligen Menschen den Zugang zu Hoffnung und Freiheit unmöglich machten. Der Unterschied zur Schweiz mit ihren vielen Bergen war mir bewusst geworden. Die Regierung hatte noch immer nicht durchsetzen können, dass sie plattgewalzt wurden wie die Alpen in Italien. Dadurch war der Platz, auf dem Menschen leben konnten, ziemlich eingeschränkt. Das war auch der Grund dafür, dass jeder Schweizer nur zwei Kinder haben durfte – weshalb mein kleiner Bruder nicht mehr als ein Jahr hatte leben dürfen.

Dabei fragte ich mich, ob er überhaupt mein Bruder war. Konnte es sein, dass meine Mutter mit Finn nochmals ein Kind gezeugt hatte? Bei der Vorstellung wurde mir übel. Milan war und blieb mein kleiner Bruder, den ich mir trotz Luke immer gewünscht hatte. Und er lebte jetzt bei meinem Vater im Himmel.

Außerdem drängte sich mir die Frage nach meinem echten, leiblichen Vater auf. Ich hatte es mir bisher verboten, daran zu denken. Doch ich konnte es nicht mehr verhindern. War er tot? Er war nach Wüstenland verfrachtet worden. Wie lange konnte man dort überleben? Bestimmt nicht lange. Es gab dort ja keine Versorgung. Jeder war auf sich selbst gestellt. Oder war es doch nicht so hoffnungslos, wie es dargestellt wurde? Diese Menschen würden doch nicht einfach tatenlos rumsitzen und sich gegenseitig beim Sterben zusehen? Was, wenn sie sich organisiert hatten? Wenn sie mächtiger waren, als alle behaupteten? Ich wusste praktisch nichts darüber. Dieses Thema wurde im Unterricht stets totgeschwiegen. Genau wie ein anderes Thema: Südamerika. Das verbotene Land. Ich hatte mich bereits darin bewegt, ohne genau zu wissen, wieso es verboten war. Ich wusste es bis heute nicht. Ich beschloss, Luke zu fragen. Denn im Jungentrakt lernten sie bekanntlich mehr über das Ausland und die Politik als wir im Mädchentrakt. Ich beschleunigte meine Schritte und schloss zu meinem Bruder auf.

«Luke, habt ihr in der Schule mal etwas über das verbotene Land gelernt?»

Lukes Gesichtszüge verdüsterten sich. «Ja.»

«Weshalb ist es verboten? Ich meine, dort ist ja nichts. Nur Urwald. Nun ja, etwas weniger seit den Naturkatastrophen. Aber trotzdem: Was kann das sein, dass es sogar einen wie Finn davon abhält, dorthin zu reisen?»

«Habt ihr in Geschichte mal die südamerikanische Revolution durchgenommen?»

«Nein.»

«Also, damals weigerten sich die Länder dort – zum Beispiel Brasilien – in die europäische Gesellschaft einzutreten. Ein blutiger Krieg tobte. Als die Südamerikaner schließlich doch überwältigt wurden, schworen sie, sich niemals unterzuordnen. Sie beteten zu den Geistern, an die sie glaubten, und belegten das ganze Gebiet mit einem Fluch, damit niemand je ihre heilige

Heimat zu betreten wagte.»

«Und das kaufte ihnen unsere religionsverachtende Regierung ab? Das mit dem Fluch?»

«Lass mich zu Ende erzählen. Nein, nicht wirklich. Sie lachten sie aus und ein grausamer Völkermord begann an denen, die sich nicht fügten. Und das waren fast alle. Als dann jedoch die Naturkatastrophen kamen, erinnerten sie sich an die Worte der Oberhäupter dort. Denn so schlimme Verwüstungen auf so großen Flächen hatte es noch nie gegeben. Sie brachten das in Zusammenhang mit dem Fluch und verhängten ein unumgängliches Verbot darüber. Sie erklärten, wer dort das Land betreten würde, würde sterben. Es war von nun an das verbotene Land.»

«Und wieso haben sie uns nichts davon gesagt, als sie uns auf die Mission schickten?»

«Weil ihr euch sicher gewehrt hättet, wenn ihr es gewusst hättet. Deshalb haben sie auch vor allem Mädchen auf die Mission geschickt. Weil ihr nie etwas darüber gelernt habt.»

Ich bekam eine Gänsehaut bei seinen Sätzen. Ich war dort gewesen. Der Fluch konnte nichts Echtes haben. Aber irgendetwas musste doch dran sein, wenn er eine so zivilisierte Gesellschaft wie die unsere davon abhalten konnte, in das Gebiet vorzudringen? Ein anderer Gedanke kam mir. «Luke, ich glaube nicht, dass es ihr Ziel war, Menschen aufzuspüren in Südamerika. Sonst hätten sie stärkere Truppen geschickt, die etwas ausrichten können. Südamerika wäre doch praktisch zu besitzen, nicht wahr? Ist doch zum Kotzen für die Regierung, so viel nützliches Land einfach ungenutzt zu lassen.»

«Du willst nicht etwa darauf hinaus, dass …» Ich ließ ihn nicht ausreden.

«Doch! Sie schickten uns dorthin, um zu sehen, ob uns etwas geschieht. Sie wollten abchecken, ob es vielleicht doch nicht so gefährlich ist», behauptete ich. Lukes Gesicht hatte einen besorgten Ausdruck angenommen. «Das hieße, sie könnten jederzeit dort einmarschieren?», er wurde blass.

Ich schüttelte den Kopf. «Nein. Hast du vergessen, dass unsere angebliche Mission abrupt abgebrochen wurde? Sie wissen nicht sicher, was geschehen ist. Immerhin mussten sie Melanie nach Wüstenland schicken und Lucy ist zurückgeblieben. Außerdem werden sie vorsichtiger sein. Sie brauchen mehr Beweise.» Meinte ich das alles so oder redete ich mir selbst Mut zu? Ich wollte nicht von Europäern in Südamerika aufgespürt werden, sobald ich vor ebendiesen erfolgreich geflüchtet war! Und wenn sie jetzt schon Pläne schmiedeten? Wenn …

Bevor ich mich wieder in einem dieser zu nichts führenden Gedankenstrudel verlor, hatten wir eine Stadt umrundet, und ich sah plötzlich, was vor uns lag.

Das Meer.

Ganz anders, als ich es mir vorgestellt hatte – komplett anders als das Meer in Südamerika. Es war dunkel und verschmutzt. Braune Wellen schwappten an die Betonmauer des Hafens. Keine Meeresvögel flogen in den Lüften. Mir wurde übel bei dem Anblick. Luke blickte mich verständnislos an. Er checkte nicht, was mich daran so erschreckte. Er hatte das richtige Meer nie gesehen.

«Luke, das ist nicht das Meer», erklärte ich, «das ist das Ergebnis der Umweltverschmutzung. Dort, wo wir hinwollen, ist das Meer leuchtend blau. Manchmal heller, manchmal dunkler, manchmal mit einem Stich Türkis. Die Wellen glitzern im Licht der Sonne. Das Wasser funkelt wie blaue Diamanten. Vögel wirbeln in der Luft herum. Schau das Meer hier nicht an. Schau ganz weit nach vorne, dorthin, wo das Meer langsam blauer wird. Zum Horizont. Dort gibt es Freiheit. Dort gibt es Frieden. Bei den Christen. Dort gibt es Annahme. Und Liebe. Das ist unser Ziel. Wir sind bis hierhin gekommen und wir werden unser Ziel erreichen.»

Luke machte einen Schritt nach vorne.

«Das, was du erzählst, hört sich an wie ein Traum», meinte er. «Aber wenn es wirklich wahr ist, dann bin ich mir sicher, dann ist es der Gott der Bibel, der das von dir beschriebene Wunder erschaffen hat.»

# 13. Kapitel

Wir waren seit zwei Tagen mit einem Unterwasserboot unterwegs. Ich sehnte mich nach dem Augenblick der Ankunft, hielt es kaum noch aus. Fragen über Fragen drängten sich in meinem Kopf um sich selbst und drohten, mich verrückt zu machen. Aber der schräge Typ, der uns das Gefährt angedreht hatte, hatte uns natürlich nicht mitgeteilt, dass das Teil seine Höchstgeschwindigkeit bei gerade mal dreihundert km/h hatte. Ich sollte eigentlich dankbar sein, dass er dafür nur unsere Betäubungspistole verlangt hatte, mit etwas anderem hätten wir ihn nämlich nicht bezahlen können. Es war sowieso total verrückt, dass zwei flüchtige Minderjährige einfach so durch das Meer düsen konnten. Luke hatte, wie er mir erklärt hatte, im Internat mal einen Kurs zur Steuerung von Unterwasserfahrzeugen belegt – nur dass er niemals damit gerechnet hatte, das Wissen so schnell einsetzen zu können. Das waren die Vorteile an der Ausbildung in einem Internat für angehende Agenten. Hofften wir mal, dass das Unterwasserboot dicht war.

Ich warf abermals einen genervten Blick auf die Karte auf dem Steuerbildschirm. Lange würde es glücklicherweise nicht mehr dauern. Was würde uns in Rio erwarten? Ging es den Christen gut? Hatten sie immer noch eine so gute Versorgung? Oder waren die Lieferfrachtschiffe aufgedeckt worden? Mir graute vor dieser Vorstellung. Aber noch viel mehr musste ich an *ihn* denken. An Janic. Ich konnte mich kaum noch an seine Gesichtszüge erinnern. Ich wusste, er hatte seidiges schwarzes Haar. Und funkelnd blaue Augen. Dachte er überhaupt noch an mich, nach all den Monaten? Oder hatte er mich vergessen? Aus seinem Gedächtnis gestrichen?

«Leah», riss mich Luke aus meinen Überlegungen, «weshalb bist du dir eigentlich so sicher, dass Vat…, dass Finn uns nicht folgt?»

«Wir sind seine Köder. Er wartet, bis wir Mutter gefunden haben, und will sie sich dann holen.»

«Aber er weiß doch, wo sie ist! Er könnte es doch selbst!»

«Was meinst du würden die Leute denken, wenn ein wichtiger Regierungsangestellter einfach mal so im verbotenen Land verschwindet?»

«Er hätte doch sicherlich Möglichkeiten, es geheim zu halten?»

«Weißt du denn nicht, dass einem, sobald man als Staatsspion registriert wird, ein Verfolger implantiert wird?»

«Schon mal gehört ... Dann kann er sich also nicht frei bewegen?»

«Nein.»

«Glück für uns», bemerkte Luke.

«Ja», pflichtete ich ihm bei. Dann herrschte wieder Schweigen.

Wie es wohl Lucy und Samy ging? Samy. War er überhaupt angekommen? War er bei seiner Schwester? Ich wünschte es ihm. Ungewollt wanderten meine Gedanken weiter zu Melanie. Mitleid durchfuhr mich, wie immer, wenn ich mich an sie erinnerte. Doch dieses Gefühl verflüchtigte sich langsam. Ich wusste nicht mal, ob sie nach all den Monaten noch lebte. Es war schon ein halbes Jahr her. Sechs Monate, die mein Leben von Grund auf verändert hatten. Nein, nicht das Mitleid überwältigte mich, viel stärker war ein übermächtiger Zorn. Und ich fragte mich, weshalb Jesus für solche herzlosen Menschen gestorben war. Sie hatten sich ja doch nicht geändert. Die Menschheit war herzlos gewesen von Anfang an. In den Wochen, in denen ich mich nachts mit den Komplizen der Untergrundorganisation getroffen hatte, hatte ich einiges über Geschichte gelernt. Über die blutigen Kriege, die es schon immer gegeben hatte. Über verschiedenste Völkermorde, über grausame Könige und Diktatoren. Und ich fragte mich, ob ich besser war. Ich war doch auch ein Mensch. War nicht jeder Mensch von Grund auf schlecht? Wer weiß, was ich mit so viel Macht angestellt hätte. Ich war jedenfalls froh, dass ich es nie erfahren würde.

«Leah?», durchbrach abermals Luke die Stille.

«Ja?», antwortete ich.

«Wenn ich genug alt bin, gehe ich Vater suchen. Und ich werde nicht aufgeben, bis ich entweder ihn oder einen Beweis dafür, dass er tot ist, gefunden habe», verkündete mein Bruder.

«Okay», erwiderte ich. Ich wusste nicht, was ich davon halten sollte. Ich glaubte nicht, dass die Chance, Vater würde noch leben, groß war.

«Leah?», begann Luke nochmals.

«Ja, was ist?», wollte ich wissen.

«Kommst du mit?»

Kommst du mit? Komme ich mit? Ja? Nein? Ist es eine verrückte Idee? Ja, es ist ganz bestimmt eine verrückte Idee. Und vielleicht ist mir gerade deswegen klar, was ich sagen werde.

«Na klar», versicherte ich ihm, «ich komme mit.»

*****

Ich zog mich erleichtert aus dem Wasser. Von dem kahlen, glitschigen Felsen, auf welchem ich mich nun befand, hüpfte ich in den kühlen Sand und schüttelte mich. Funkelnde Tropfen spritzten nach allen Seiten. Meine Kleider waren pitschnass und klebten mir an der Haut, von meinen Haaren tropfte unaufhörlich Wasser zu Boden. Ich warf einen Blick auf das dunkle Meer hinter uns, doch das U-Boot, das wir per Auto-Pilot zurück nach Italien geschickt hatten, war schon wieder vom Wasser verschluckt worden. Fröstelnd stellte ich den Rucksack ab. Der Mond war gerade erst am Himmel aufgegangen. Hinter mir folgte mein Bruder. Sein dunkelblondes Haar war in letzter Zeit ziemlich gewachsen und fiel ihm bis fast auf die Schultern. Seine hellen, blauen Augen leuchteten wie eh und je. Rasch streifte ich meine Schuhe ab. Eigentlich hatte ich sie in meinen Rucksack packen wollen, aber der war auch so schon rappelvoll gewesen, und so hatte ich sie anbehalten. Das Meer hinter uns glitzerte und spiegelte das silberne Sternenlicht. Luke war ganz offensichtlich fasziniert.

«Wüsste ich es nicht besser, wäre ich überzeugt, dass wir uns im Land der Träume befinden», kommentierte er staunend. Ich zuckte die Schultern. Der Sandstrand, das weite Meer, der Urwald auf der anderen Seite: All das löste in mir ganz anderes aus als in Luke. Es war eher, als würde ich daheim ankommen. Wenn ich eines hatte, dann war dies hier mein Zuhause. Ich musste nur noch meine Familie finden.

Erschöpft fuhr ich mir durch meine ungezähmten Haare. «Ich glaube, es ist am besten, wenn wir uns jetzt schlafen legen und morgen loswandern», beschloss ich.

Mein Bruder zeigte sein Einverständnis mit einem schlichten Nicken. Ich klaubte einen Pulli aus meinem Gepäck, rollte ihn zusammen und benutzte ihn als Kissen. Ich legte mich so hin, dass ich den Urwald betrachten konnte, während ich einschlief. Die großen, grünen Bäume gaben mir ein Gefühl von Geborgenheit, der Sicherheit – und gleichzeitig verbargen sie unzählige Geheimnisse. Geheimnisse, die ich immer mehr entdeckte. Es erschien mir so unwirklich, dass ich kaum einschlafen konnte. Alles in mir pochte regelmäßig: Du hast es geschafft. Du hast es geschafft. Du hast es geschafft …

*****

Das Kitzeln goldener Sonnenstrahlen weckte mich früher am Morgen, als ich mir gewünscht hätte. Ich staunte über die Wärme, die hier schon so zeitig im Frühling in der Luft lag. Noch etwas schläfrig packte ich eine weitere Essenstablette aus und schluckte sie. Damit würde bald Schluss sein. Wir würden wieder normale, echte Mahlzeiten essen!

Voller Vorfreude weckte ich Luke, der noch schlummerte. Ich konnte es kaum erwarten. Mit einem prüfenden Blick auf meine Schuhe, die immer noch total feucht waren, entschied ich mich, heute barfuß zu gehen. Ich hatte nie irgendwelche Schlangen gesichtet, als ich das letzte Mal hier gewesen war. Hätte Luke mich nicht zurückgehalten, wäre ich den ganzen Weg gerannt.

Mit der Zeit wurde ich jedoch unsicherer. Wo genau lag die

Felswand? Gingen wir in die richtige Richtung? Zweifel plagten mich, und aus einem mir unerklärlichen Grund fragte ich mich, ob wir überhaupt willkommen waren. Wollten sie uns? Oder waren wir eher eine Last? Würde ich je dazugehören? Mir war unbehaglich zumute bei den Antworten, die mir durch den Kopf gingen. Denn, wurde mir klar, könnten wir nicht hier bleiben, wären wir obdachlos. Ich hatte mein ganzes früheres Leben aufgegeben, ohne zu wissen, worauf ich mich konkret einließ. Es war schwer, auf Jesus zu vertrauen. Ich konnte ihn ja nicht mal sehen! Ich wusste, dass er da war. Aber es hätte mir geholfen, wenn meine Sinne damit auch einverstanden gewesen wären. Dann fielen mir wieder Worte ein, an die ich die ganze Zeit über nicht mehr gedacht hatte.

«Eines Tages wird sie zu ihm zurückkehren.» Es war so weit! Dieser Teil der Prophezeiung hatte sich erfüllt! Wie ging es weiter? Es gab noch einen zweiten Teil der Prophezeiung, das wusste ich. Aber der war verschollen. Statt mir nun wieder darüber den Kopf zu zerbrechen, musterte ich nun den Dschungel um mich herum. Nicht sehr aufschlussreich. Die Bäume sahen überall gleich aus. Ich sah mich nach Luke um. Er war nirgends zu sehen. Angst umklammerte mich.

«Luke! Wo bist du?»

«Hier! Komm her und schau dir das an!», forderte mich eine Stimme auf. Vage vermutete ich, von wo sie erklang, und drehte mich dorthin. Neugierig holte ich Luke ein. Er stand am Rande einer Lichtung … Ich wischte mit der Hand ein paar Pflanzenwedel beiseite und hätte beinahe vergessen, zu atmen. Wenige Meter von uns entfernt lag ein kleiner, idyllischer Teich. Und am anderen Ende stürzte ein schäumender Wasserfall hinein. Gischt hing in der Luft.

Ich starrte die Klippen an, die sich bis hoch über uns erstreckten. Erkannte die behelfsmäßige Leiter, die in die Felsen gehauen war. Und wusste plötzlich, weshalb mir das alles so bekannt vorkam. Ich war schon mal da gewesen! Mein Herz begann wie verrückt zu klopfen. Ich riss die Augen weit auf. Mit Janic! In der Osternacht. Lebendige Erinnerungen sprudelten in mir hervor, als wäre alles erst gestern geschehen. Und nicht vor einem halben Jahr. Der Drang, ihn zu suchen, ihn wieder zu sehen, wurde mit jeder Sekunde stärker. Und damit auch die Angst. Die Angst, dass er mich nicht mehr wollte, nicht mehr brauchte, nicht mehr *liebte*. Mich womöglich gar nicht mehr kannte!

Genervt schüttelte ich den Kopf. Ich musste mir diese pessimistischen Gedankengänge abgewöhnen. Ich lenkte meine Gedanken auf ihn, auf seine Augen. Vorfreude stieg in mir auf und ein brennendes Verlangen, ihn zu sehen. Seine Hand zu nehmen. Ihn zu umarmen. Das tägliche stechende Vermissen würde beendet sein. Ich war fast da! Ich war fast bei ihm angelangt! Mit ziemlicher Verspätung meinem Herz gegenüber.

«Was ist los?», erkundigte sich Luke erstaunt.

«Ach, nichts.»

«Warst du schon mal hier?»

«Ja», gab ich zu.

«Mit wem?»

Ein Kribbeln kroch meinen Bauch hinauf. «Mit Janic. Komm, lass uns weitergehen.»

Ohne ein weiteres Wort machte ich mich wieder auf den Weg. Ich wollte nicht die Orte sehen, bei denen ich mit ihm gewesen war. Ich wollte *ihn* sehen.

Ich überlegte kurz, den Weg zu nehmen, den ich damals mit Janic geritten war, doch das war ein Umweg, den wir nur der Pferde wegen auf uns genommen hatten. Deshalb schlug ich nach einem prüfenden Blick zur Sonne, die mir die Orientierung erleichterte, die Richtung ein, die uns zu der Schlucht mit der Seilbahn führen würde.

Um die Mittagszeit wurde es quälend heiß. Schließlich legten wir eine kurze Rast ein und tranken aus den Wasserflaschen, die wir beim Wasserfall aufgefüllt hatten. Ich war aber viel zu aufgeregt, um mich lange auszuruhen, und deshalb wanderten wir bald weiter. Um nicht nachdenken zu müssen, konzentrierte ich mich auf den Boden vor mir, auf die Blätter, die dort herumlagen und die Wurzeln, die sich teilweise meterlang über den

Waldboden erstreckten. Seufzend wischte ich mir den Schweiß von der Stirn. Wir waren endlich in Südamerika und ich würde es keinen weiteren Tag aushalten, ohne meine Freunde zu sehen.

Unerwartet kamen wir an die steile Schlucht, die wir das letzte Mal mit der Seilbahn überquert hatten – doch, obwohl ich mir ganz sicher war, an der richtigen Stelle zu sein, konnte ich die Seilbahn nirgends entdecken. Ich kniff die Augen zusammen und drehte mich einmal im Kreis, in der Hoffnung, etwas übersehen zu haben. Nichts.

«Scheiße», entfuhr es mir.

«Wir kommen schon rüber», ermutigte mich Luke.

«Nein, es geht gar nicht darum», erklärte ich. «Ich frag mich nur, weshalb sie die Seilbahn entfernt haben, die immer da war. Ist etwas vorgefallen?», murmelte ich zu mir selbst. Wir würden es bald herausfinden.

Mein Bruder hatte bereits begonnen, sich an den Felsen nach unten zu hangeln. Widerwillig tat ich es ihm gleich. Wenige Meter über dem Grund ließ ich mich fallen und federte den Aufprall ab. Ich musste heftig schlucken, als ich etwas bemerkte, das mir ganz und gar nicht gefiel: Fußspuren. In dem groben Sand zwischen den Steinen zeichneten sich große Stiefelspuren ab. Was war hier geschehen? Es sah nicht nach einer schlichten Überquerung aus. Vielmehr waren die Spuren quer übereinander zu sehen, als hätte hier ein Kampf stattgefunden. Ich fühlte mich auf einmal unwohl. Beobachtet. War dies ein Hinterhalt?

«Das hat nichts Gutes zu bedeuten», sprach Luke meine Gedanken aus. Panik kroch in mir hoch. Ich konnte an nichts anderes mehr denken, als meine Freunde möglichst schnell zu erreichen. Konnten wir ihnen noch helfen? Waren wir zu spät? Hatte ich mich in Finn getäuscht und er hatte doch ein Kommando losgeschickt? Die Erinnerung an eine Vision, die ich mal gehabt hatte, kam in mir hoch. Ein Blutbad. Abgeschlachtet. Waren das die Christen? Bei der Vorstellung drehte sich mein Magen um. Ein Stechen in meinem Kopf machte sich bemerkbar. Ich ignorierte es und begann, den Hang auf der anderen Seite der Schlucht zu erklimmen und raste dann weiter.

«Leah!», zischte Luke. «Warte! Wir sollten uns vorsichtig nähern! Wenn sie uns hören, können wir ihnen gar nicht mehr helfen!»

Ich erkannte die Wahrheit in seinen Worten, wollte sie aber nicht akzeptieren. Unvorstellbar, hier im Schneckentempo zwischen den Bäumen hindurch zu latschen, während wir nicht wussten, wie es den Christen ging! Trotzdem verlangsamte ich mein Tempo ein bisschen. Ich wusste, dass wir immer näher kamen. Oder etwa nicht? Auf einmal verunsichert hielt ich inne und blickte mich um. Alles erschien mir unbekannt. Hatten wir uns etwa verlaufen? Ungläubig lief ich weiter. Wir würden es schon finden. Sicherheitshalber legte ich die Hand auf die Kette, die ich um den Hals trug. Das Kreuz, das ganz nah an meinem pochenden Herzen lag.

Wenige Minuten später blieb Luke plötzlich stehen und starrte skeptisch zum Himmel hinauf. «Leah, halt an. Ich bin mir fast sicher, dass wir im Kreis gehen. Und schau dir den Himmel an. Da ist ein richtiges Gewitter im Anzug. Das wird echt gefährlich.»

Ich sah nach oben. Und tatsächlich, der Himmel war schon fast schwarz. Dunkelgraue Wolken bedeckten das sonst so leuchtende Blau. Ich hatte nicht gewusst, dass sich das Wetter hier in so kurzer Zeit ändern konnte. Wie als Beweis streifte uns ein heftiger Wind, der an unseren Kleidern und Haaren zerrte. Verzweifelt suchte ich nach einer Lösung. Zögernd ging ich ein paar Schritte zur einen Seite. Die Landschaft war unverändert. Wie als Warnung spürte ich die ersten kühlen Tropfen auf meinem Kopf. Mir kam eine Idee. Meine letzte. Wenn sie nicht aufgehen würde ...

Ich schloss die Augen und konzentrierte mich auf mein Inneres. Stille. Finsternis. Unkontrolliertes Schlagen meines Herzens. Angestrengt versuchte ich, mich nicht ablenken zu lassen. Und dann war es da. Das leise Ziehen, auf das ich gehofft hatte. Ich spürte es nur ganz sachte. Und der Regen wurde stärker. Ich folgte dem Ziehen. Der starke Gegenwind blies mich beinahe um. Ich öffnete meine Augen einen kleinen Spalt, damit ich sehen konnte, wohin ich trat. Die Richtung, in die es mich zog, wurde klarer.

Luke folgte mir wortlos. Ich hätte ihn mittlerweile auch nicht mehr verstanden, Wind und Regen waren zu heftig. Das Wasser fiel wie aus Kübeln und peitschte den Boden, sodass dieser bald Matsch war. Mit gesenktem Kopf stapften wir weiter. Der Himmel war rabenschwarz. Ich musste mich auf mein Herz verlassen. Es ging viel zu langsam! Hinter mir vernahm ich einen undeutlichen Aufschrei und vermutete, dass mein Bruder ausgerutscht war. Rauschen füllte meine Gehörgänge. Ich konnte mich nicht umdrehen, ohne das Ziehen zu verlieren. Ich musste weitergehen. Ich ging auch weiter, als ich feststellte, dass Luke nicht mehr hinter mir war. Ich würde Hilfe holen. Es konnte nicht mehr weit sein. Ein heller Lichtstrahl blendete mich und ein lautes Krachen ließ mich zusammenzucken. Blitz. Donner. Ich verdrängte die Angst um Luke. Ich musste Janic erreichen.

Sekunden später war mein Herz verstummt. War ich angekommen? Ich blickte erwartungsvoll nach oben. Und wie ein Aufflackern der Hoffnung in dieser Nacht schwang über mir der Strick hin und her. Angestrengt stieß ich mich ab. Und verfehlte. Das nicht auch noch. Als ich den Boden wieder erreichte, zog es mir die Füße unter dem Körper weg. Ich landete im Morast, es war mir egal. Nach scheinbar unzähligen Versuchen gelang es mir, das Ende des Stricks zu fassen zu bekommen. Ich durfte jetzt auf keinen Fall versagen. Ich konnte es mir nicht leisten. Rasch zog ich mich hoch und wäre mehrere Male um ein Haar gestürzt. Meine Handflächen mussten inzwischen offen sein, aber ich spürte keinen Schmerz. Endlich war ich oben angekommen. Der Wind setzte alles daran, mich aus dem Gleichgewicht zu bringen. Panisch pochte ich mit der einen Hand gegen die Holzfalltüre. Keine Reaktion von innen.

«Janic!», schrie ich. «Janic, ich bin's! Leah! Lass mich rein!»
Keine Antwort.
«Ich weiß, dass du mich hören kannst!»
Stille.
«Janic, jede Sekunde zählt! Mein Bruder liegt vermutlich

verletzt mitten im Gewitter!»

Schweigen.

«Ich brauche deine Hilfe!»

Noch immer nichts.

Ich musste einen anderen Ansatz suchen.

«Okay! Dann tu es für mich! Du hast gesagt, du liebst mich! Soll das Liebe sein? Du hast gesagt, ich soll nicht weggehen. Ich bin wieder da!»

Ruhe.

«Janic! Hilf mir jetzt! Ich brauch dich!»

Tränen der Verzweiflung, der Angst und der Wut schossen mir in die Augen. Wie verrückt schlug ich gegen das Holz. Er musste einfach aufmachen! Salzwasser lief mir das Gesicht hinunter und sammelte sich in meinen Mundwinkel, von wo es zu Boden tropfte und sich mit dem Regen mischte.

Und dann, als ich schon nicht mehr daran glaubte, tat er es. Er klappte die Falltür hoch. Ich griff nach etwas, um mich hochzustemmen. Zwei kräftige Hände packten meine Arme und zogen mich ins Innere. Ich sah ihn nicht an. Erschöpft ließ ich meinen Kopf auf den Boden fallen.

*****

Blinzelnd öffnete ich die Augen. Helles Licht blendete mich. Wo war ich? Wohin war die alles verschlingende Dunkelheit verschwunden? Es war nicht Tag, sondern Nacht, und der Himmel war tiefschwarz. Aber die Sterne schienen so nah, dass ich sie fast berühren konnte. Und sie strahlten funkelndes Licht über meinem strapazierten Körper aus. Neugierig setzte ich mich auf. Ich saß auf einem Felsvorsprung. Der Felsvorsprung befand sich an einem Ort, den ich sehr wohl kannte. Die Felswand. Zögernd betrat ich die Höhle hinter mir. Sie war schlicht in Stein gehauen. Den Boden bedeckte ein dunkelroter Teppich. Ich sichtete nirgends eine Lampe, aber es war trotzdem hell hier drinnen. Es gab nicht viel zu sehen, außer einem schmalen Bett in einer Ecke. Unter einer dünnen, braunen Decke zeichneten sich die

Konturen einer mageren Frau ab. Ich trat näher heran. Behutsam hob ich die Decke, um die Frau darunter erkennen zu können. Ihr Gesicht war fein und herzförmig, zarte, dunkelbraune Locken kringelten sich darum. Die Augen waren geschlossen. Der Anblick gab mir ein Gefühl der Vertrautheit. Zufrieden ließ ich mich neben dem Bett zu Boden sinken, zog die Beine an und lehnte mich an die Wand. Ich war angekommen. Ich wusste nicht, wer die Frau war, hatte aber das Bedürfnis, bis in alle Ewigkeit hier sitzen zu bleiben und mich einfach nur richtig zu fühlen. Ja, richtig. Zum ersten Mal in meinem Leben fühlte ich, dass es richtig war, so wie es jetzt gerade, in diesem Augenblick, war.

Verstört schlug ich die Augen auf. Ich war eingeschlafen. Wo war die Frau hin? Gehetzt blickte ich mich um. Und realisierte, dass es bloß ein Traum gewesen war. Sobald ich festgestellt hatte, wo ich mich befand, suchte ich mit den Augen den Raum nach Janic ab, doch er war nirgends zu sehen. Auf der einen Seite sah ich denselben schwarzen Vorhang wie auch noch vor einem halben Jahr. Instinktiv wusste ich, dass er dort war. Ich hätte viel darum gegeben, zu sehen, was dahinter war. Aber dann hätte ich unsere Freundschaft aufs Spiel gesetzt. Der Zeitpunkt, dieses Geheimnis aufzudecken, war noch nicht da.

«Janic?», rief ich leise. Wir mussten aufbrechen. Wir mussten Luke suchen! Wie lange war ich weggetreten? Wie geht's ihm? Weshalb hatte Janic mich nicht geweckt?

Ein Junge, den ich ein halbes Jahr nicht gesehen hatte, trat vor mich. Ich musterte ihn eindringlich. Er war wie immer barfuß, trug verwaschene Jeans und ein verblichenes, rotes T-Shirt. Sein schwarzes Haar war zerzaust und wurde von einem weißen Stirnband gebändigt. Seine Augen schienen mir etwas dunkler als früher. Dunkler und matter. Aber er war noch immer unvergleichlich hübsch. Er betrachtete mich genauso ausführlich wie ich ihn. Keine Regung war in seinem Gesicht zu sehen. Er tat nur das, was er immer getan hatte. Er streckte die Hand aus. Ich ergriff sie und er zog mich hoch.

Ohne ein Wort wechseln zu müssen, ließen wir uns draußen am Seil hinabgleiten. Dann konnte ich mich nicht mehr halten. Ich stürzte zu ihm und wollte ihn stürmisch umarmen, der verletzte Luke war vergessen. Wie in Zeitlupe nahm ich wahr, wie er seine Hände hob und mich wegschob. Ich sah ihn verständnislos an. Was war los? War jetzt einfach nicht der richtige Zeitpunkt? Ich hoffte es und unterdrückte die unterschwellige Verzweiflung in mir.

Der Wald war in das rötliche Licht des Sonnenuntergangs getaucht, Wasser tropfte überall von den Blättern zu Boden. Es hatte aufgehört zu regnen. Ich ging voran in die Richtung, aus der ich gekommen war. Zweifel nagten an mir. Hatte ich richtig gehandelt? Hätte ich nicht bei ihm bleiben sollen? War es reiner Egoismus gewesen, ihn zurückzulassen, um Janic zu suchen? Als ich schließlich eine Gestalt auf dem nassen Boden liegen sah, sprintete ich los. Luke lag mit dem Gesicht nach unten. Seine Kleidung war total durchnässt. Aber sonst schien er in Ordnung. Unmöglich.

«Luke!», ich schüttelte ihn. Er gab ein widerwilliges Stöhnen von sich und schlug die Augen auf. Sein Blick wanderte von der Umgebung über mich zu Janic, wo er hängen blieb. Ich überlegte, was er wohl gerade dachte. Ich konnte in seinen Augen nichts erkennen.

«Luke, bist du okay?»

«Ja, alles gut.»

«Echt jetzt?»

Mein Bruder lächelte und zwinkerte mir zu – was ich auf Janics Anwesenheit bezog und worauf ich prompt errötete.

«Klar, mach dir keine Sorgen, mir geht's schon wieder prima. Ich bin ausgerutscht und habe mir, dem Pochen in meinem Kopf zufolge, die Stirn an einem Stein gestoßen. Muss daraufhin ohnmächtig geworden sein.» Er tastete nach einer Stelle auf seiner Stirn, die unter seinen Stirnfransen verborgen war, zuckte kurz zusammen, verzog seinen Mund aber gleich darauf wieder zu einem Lächeln. «Geht schon, ist nur eine Beule. Mach dir keine Sorgen.»

Mir fiel eine tonnenschwere Last von den Schultern. Doch da lastete noch immer etwas.

«Janic …», begann ich zaghaft, während ich ihm den Kopf zu wandte und in seine Augen schaute. Obwohl mich der gleichgültige Ausdruck darin irritierte, sprach ich weiter. «Was … Wie geht's den anderen?»

Nervös sah ich ihn an. Er schaute mir unverwandt in die Augen. Die Mattigkeit darin störte mich.

«Es geht ihnen gut, Leah.»

Sein Tonfall hatte etwas Entschiedenes, aber trotzdem sanftes. Er sprach nicht oft und ich wusste, dass er dann, wenn er etwas sagte, es ernst meinte. Und aus einem unerklärlichen Grund berührte es mich, dass er mich bei meinem Namen nannte. Er hatte sich daran erinnert. Und es ging ihnen gut! Ich musste die Christen sehen. Ich musste Samy und Lucy sehen und Amelia und Saphira und … Und Shana. Ich hatte Shana vermisst. Auffordernd sah ich die beiden an. Luke nickte. Janic schritt vor uns her und lotste uns zielsicher zu dem Ort, den ich vor sechs Monaten hatte verlassen müssen. Es war schon fast wieder Nacht. Die Lichtung lag verlassen vor uns im Dämmerlicht.

«Wo sind alle?», wunderte ich mich.

«Es ist November. Weihnachtsvorbereitungszeit. Sie sind wahrscheinlich im Felsenkessel», erklärte Janic ausdruckslos. Luke sah mich fragend an.

«Ich werde dir den Felsenkessel schon noch zeigen», versprach ich ihm.

«Wieso nicht jetzt?», erkundigte sich Luke.

«Ich will erst mal schauen, ob Saphira noch hier ist», entgegnete ich. «Komm mit.»

Als ich mich umdrehte, um mich zu vergewissern, ob Janic uns folgte, war dieser schon wieder verschwunden. Ich verspürte einen schmerzhaften Stich in meinem Herz. War ich ihm so gleichgültig? Widerstrebend wandte ich mich wieder nach vorne und trottete weiter. Saphiras Höhle hatte ich schnell gefunden. Die Anführerin der Christen saß mit dem Rücken zu uns an ihrem Schreibtisch. Sie war schon ziemlich alt, wirkte aber von hinten mit dem langen, offenen Haar wie eine junge Frau – abgesehen davon, dass sie weiß waren. Ich war mir sicher, dass sie uns gehört hatte. Aber sie regte sich nicht.

«Willkommen zurück», erklang ihre warme Stimme. Ich bemühte mich, nicht zusammenzuzucken.

«Woher weißt du, dass ich es bin?», fragte ich. Nun erhob sie sich und drehte sich zu uns. Sie bedachte Luke mit einem Nicken und sah mich an. «Amelia hatte wieder einen Traum», meinte sie.

«Und seit wann kannst du Deutsch sprechen?»

«Ich hab es mir beibringen lassen. Von Amelia. Wir haben täglich gelernt», erläuterte sie. Ihre blau-grauen Augen strahlten mich herzlich an.

«Saphira – was ist geschehen in der Schlucht? Wir haben Stiefelspuren entdeckt», platzte ich heraus. Erwartungsvoll starrte ich sie an.

«Ach das ... Kein Wunder, seid ihr erschrocken. Kai und mein Enkelsohn haben sich in die Haare gekriegt. Sie führen schon seit Monaten einen erbitterten Streit. Jeder von ihnen erhebt Anspruch darauf, das Volk zu führen, wenn meine Zeit gekommen ist, zum Vater heimzukehren.»

Ich nickte, als könnte ich es verstehen. In Wirklichkeit kam es mir kindisch vor. Sie hatten es doch so gut hier! Sie kriegten Liebe in Überfluss, hatten Freunde und Familie. Ich wäre an ihrer Stelle ziemlich zufrieden gewesen.

«Und ... wo sollen wir hin?», fragte ich. Wieder zog ein feines Lächeln an Saphiras Mundwinkeln.

«Wir haben euch ein Zimmer vorbereitet ... Ich zeig es euch, kommt mit!», forderte sie uns auf. Wir folgten ihr, als sie flink und ziemlich behände den Hang nach oben kletterte. Sie wies uns eine der obersten Höhlen zu.

«Ruht euch erstmal aus, schlaft, richtet euch ein. Wir können uns dann morgen weiter unterhalten.»

Die Höhle war in warmen Rottönen eingerichtet. Sie erinnerte von innen auch gar nicht an eine Höhle, sondern eher an eine heimelige, kleine Wohnung. Das erste Zimmer war mit einem Sofa, einem Esstisch und einer kleinen Küchennische ausgestattet. Davon führten zwei Türen in weitere Zimmer: Unsere Schlafzimmer. Ich warf meine Sachen auf einen altmodischen Sessel in dem mir von Saphira zugewiesenen Zimmer und Luke begab sich in den anderen Raum. Ich war so müde, dass ich einschlief, ohne mir noch groß den Kopf über irgendwas zu zerbrechen. Mein letzter Gedanke war, *ich bin im verbotenen Land.* So fühlte es sich aber nicht an, eher wie der Himmel auf Erden. Das hier war fortan mein Zuhause: Der Himmel im verbotenen Land.

*****

Unwillig schlug ich die Augen auf. Ich wälzte mich seit einer halben Stunde in meinem Bett hin und her, in der Hoffnung, noch etwas Schlaf abzukriegen. Vergebens, ich war hellwach. Weil es sinnlos war, weiter hier rumzuliegen, schwang ich die Beine über die Bettkante und erkundete das Zimmer. An der einen Wand stand ein hölzerner, mit kunstvollen Schnitzereien verzierter Schrank. Das erste, was ich erblickte, waren die Bücher. Ein ganzes Regal war damit vollgestellt. Weiter unten fand ich Schreibzeug, Farbstifte, leere Hefte – kurz: Schulmaterial. Außerdem eine große Kartonschachtel. Neugierig holte ich sie raus, um nachzuschauen, was sich darin versteckte. Erstaunt sah ich auf einen Haufen Klamotten hinab. Da waren typische, altmodische Kleidungsstücke: Jeans, bunte T-Shirts mit Aufdruck, legere Pullis und so weiter. Das hatte ja kommen müssen. Doch insgeheim musste ich gestehen, dass ich froh darum war. Es behagte mir nicht, in meinen unbequemen, schwarz-weißen Sachen hier rumzulaufen. Ich suchte mir eine braune, knielange Stoffhose raus, die mir locker um die Beine schlackerte, zudem ein rotes T-Shirt. Ich begab mich ins angrenzende Badezimmer, da klopfte es unerwartet an der Tür.

«Ja?», rief ich. Hinein trat ein Mädchen, das ich einst so gut gekannt hatte. Lucy. Verblüfft betrachtete ich sie. Kaum etwas war von der Person geblieben, die ich einst kennengelernt hatte.

Ich verglich sie mit früher: Aus den golden schimmernden Zöpfen waren offene, hüftlange Haare geworden, die von der Sonne zu einem Hellblond gebleicht worden waren. Sie trug ein leuchtend hellblaues T-Shirt und weiße Jeans.

«Lucy», entfuhr es mir. «Oh Mann, hast du dich verändert!»

«Du aber auch», gab Lucy zu bedenken. Ich wandte mich dem Spiegel zu. Sie hatte recht. Aus dem ordentlichen Pferdeschwanz war eine ungebändigte Mähne geworden, ich war ziemlich sonnengebräunt und meine Körperhaltung war viel straffer und selbstbewusster geworden. Die Verwandlung von der grauen Maus in das wilde Mädchen gefiel mir.

«Ist Samy angekommen?», erkundigte ich mich.

«Ja, schon vor etwa zwei Monaten, mit dem Flugzeug!», erzählte Lucy und ein Leuchten trat in ihre Augen. Ich freute mich für sie, obwohl leise Bitterkeit in mir hochkroch. Weil auch unsere Flucht so unkompliziert hätte verlaufen können. Ich schüttelte den Gedanken ab.

«Kannst du jetzt Aräisch sprechen?»

«Nicht so gut wie du», bekannte Lucy grinsend, «aber doch ganz okay.»

«Und was gibt's sonst so Neues?»

«Naja, Kai und Jonathan alias Johny haben einen Riesenstreit.»

«Davon hab ich gehört – aber Einzelheiten kenne ich nicht.»

«Wie du wohl weißt, muss bald über den Nachfolger von Saphira entschieden werden. Und die beiden wollen Anführer werden. Ich mag Kai zwar lieber, aber meiner Meinung nach ist Johny im Recht, er ist schließlich der Nachkomme.»

«Und wer ist besser für das Amt geeignet?»

«Sie sind beide jung, aber Johny ist kaum erwachsen. Er hat jedoch einen erstaunlichen Mut und er ist auf keinen Fall unverantwortlich. Er hätte kein Problem damit, in einer verzwickten Lage unter Stress eine dennoch gute Entscheidung zu treffen. Kai ist extrem auf Menschen ausgerichtet. Ihm ginge es wahrscheinlich eher um das Wohle des einzelnen als darum, die Christen zu schützen und die Untergrundorganisation auszubauen. Ich persönlich fände es am besten, würde man das Amt unter ihnen aufteilen. Aber ich glaube nicht, dass sie das akzeptieren würden. Vor allem Johny nicht. Ich weiß nicht genau, ob er mit Kai ein Problem hat oder einfach extrem ehrgeizig ist.» Lucy zuckte die Schultern. «Es ist – glücklicherweise – nicht an mir, eine Entscheidung zu fällen.»

Ich nickte. Und merkte, wie gut es tat, mal wieder mit einer verlässlichen Freundin zu sprechen. Beim Wort «Freunde» musste ich an Igel denken. Kummer drückte auf mein Herz. Das war wahrscheinlich in meinem Gesicht zu lesen gewesen, denn Lucy fragte: «Was ist auf der Reise vorgefallen?»

«Ich habe einen Jungen kennengelernt, der mich gerettet hat. Wir waren nur wenige Tage zusammen unterwegs, aber es war so ... schön. Vor allem, weil ich damals von Luke getrennt war.» Ich schloss vor Schmerz die Augen. «Sie haben ihn getötet.»

Lucy starrte mich ungläubig an.

«Und es war meine Schuld», rutschte es mir raus. Erschrocken biss ich mir auf die Lippen. Das hatte ich mir noch nie eingestanden. Doch ich wurde mir bewusst, dass es stimmte. Ich hatte mir unbewusst immer die Schuld gegeben. Er hatte es ja nur wegen mir getan. Hätten wir uns nie kennengelernt, würde er jetzt noch leben. Ich war ihm so wichtig gewesen, dass er es getan hatte. Ein Schluchzer entwich meinen Lippen. Lucy schloss mich in die Arme.

«Nein», flüsterte sie mir zu, «ist es nicht».

Sie strich mir behutsam eine Haarsträhne hinter die Ohren und sah mir in die Augen.

«Schau mich an», forderte sie mich auf. «Schau, genau deswegen, weil wir nie perfekt sein werden, hat Jesus am Kreuz alle Schuld auf sich geladen. Im Kolosserbrief steht, die Schuldenliste sei ans Kreuz genagelt worden. Glaub das! Denn es ist die befreiende Wahrheit, egal wie kitschig es klingt.»

«Aber, wieso musste er dann sterben?»

«Hat er an Jesus als seinen Retter geglaubt?»

«Nein ...», ich hielt inne. «Doch. Vielleicht. Ich glaub schon.»

«Siehst du, dann geht's ihm jetzt besser, als es ihm auf der

Erde jemals gehen könnte. Er ist bei deinem kleinen Bruder, bei allen, die für Jesus das Leben gelassen haben.»

Ich nickte wieder. Ich war mir nicht sicher, ob ich es richtig verstanden hatte. Aber mir war auch nicht danach, jetzt weiter zu diskutieren. Etwas anderes fiel mir ein.

«Lucy, wieso wurde die Seilbahn entfernt?», fragte ich.

Ihr Gesichtsausdruck verdüsterte sich. Ihre Augen verdunkelten sich. Angstvoll wiederholte ich: «Wieso, Lucy? Was ist los?»

«Die Überwachungssignale haben Eindringlinge angezeigt. Vor zehn Tagen, in der Nacht. Wir hatten die Kameras nicht laufen und haben keine Ahnung, wer es ist. Und jetzt sind die Unbekannten aus unserem Radar entwischt und halten sich irgendwo da draußen auf, und wir haben keinen blassen Schimmer, wo.»

«Und ihr wisst auch nicht, weshalb?»

Lucy zögerte.

«Was ist?», drängte ich sie. Ich war nahe dran.

«Ich weiß nicht, ob ich es dir sagen darf. Entschuldige. Und ich muss jetzt gehen. Bis später!» Plötzlich hatte sie es sehr eilig, wegzukommen. Und ich stand da, unfähig mich zu bewegen, völlig überrumpelt. Eindringlinge! Und wir waren im Urwald herumgelaufen, ohne davon zu wissen. Ich musste irgendwohin. Flüchten! Janics Baumhaus kam mir in den Sinn. Mit ihm könnte ich reden. Und außerdem hatten wir noch einiges zu besprechen. Ich wusste nicht was, aber irgendwas hatte ihn verändert. Er war total anders als früher. Entschlossen machte ich mich auf den Weg, ohne vorher nach Luke zu schauen. Er würde schon zurechtkommen.

Der Waldboden war wieder trocken, es war wieder so heiß, dass niemand auf die Idee gekommen wäre, dass am vergangenen Abend ein heftiger Sturm gewütet hatte. Nur die heruntergefallenen Äste und die weggewehten Blüten zeugten davon. Ich bahnte mir einen Weg durch das viele Unterholz, das sich angesammelt hatte, und hatte mein Ziel auch bald erreicht.

Ich kam gar nicht erst dazu, den Strick hochzuklettern, denn

Janic saß in seinem Baumhaus und ließ die Beine baumeln. Er sah durch mich hindurch, als würde ich gar nicht existieren. Mit aller Kraft verdrängte ich meine immer stärker werdende Verzweiflung und gebot mir, ruhig zu bleiben. Ich wollte gerade zum Sprechen ansetzen, da traf mich auf einmal sein Blick. Und seine Augen waren klar. Sie funkelten. Sie waren blau wie das Meer. Ich wollte aufjubeln, da sagte er etwas – etwas, das mich fast umhaute.

«Bitte geh weg. Und komm nicht mehr hierher.»

# 14. Kapitel

«Ich bin das Licht des Lebens, wer mir nachfolgt, der wird nie mehr im Dunkeln leben», rief ich und warf den Ball Amelia zu, sie schnappte sich ihn geschickt aus der Luft und zielte sogleich zurück, während sie ihrerseits einen Bibelvers aufsagte.

«Was bleibt, sind Glaube, Hoffnung und Liebe. Die Liebe aber ist das Größte.»

Ich fing den Ball und hielt keuchend inne. Wir trainierten nun schon seit einer geschlagenen Stunde – und so langsam ging mein Repertoire an Bibelversen zu Ende. Die vergangenen Wochen hatte ich eine beachtliche Menge auswendig gelernt, da man laut Kai nicht wissen kann, ob man immer Zugang zu einer Bibel haben wird, und es deshalb von Vorteil ist, wenn man die wichtigsten Verse auswendig kann. Es war Mitte Juni, eigentlich viel zu heiß, um draußen Sport zu treiben, und wir waren im Trainingslager. Mehrere Trainingslager waren vor drei Wochen ausgerufen worden, als noch mehr Eindringlinge gemeldet worden waren. Wir mussten vorbereitet sein. Im Umkreis von mehreren Kilometern hatten wir uns verteilt, um – gerade nachts – nicht alle auf einmal überrascht werden zu können und damit allfällige Spione es schwieriger hatten, den Überblick zu behalten, und in den kleineren Gruppen hoffentlich auch leichter zu enttarnen wären. Wobei bisher noch keiner aufgeflogen war, wenn es denn überhaupt welche gab. Mein Lager lag etwa zwei Kilometer südlich der Felswand, in der sich die Zentrale befand. Wir trainierten in kleinen, aber gut ausgerüsteten Teams, und zwar nicht nur unsere körperlichen Stärken und Ausdauer, sondern auch die geistlichen Stärken. Alarmbereitschaft war Tag und Nacht gefordert, denn der Gegner war noch immer unbekannt. Wieder einmal fragte ich mich, ob Janic in seinem Baumhaus geblieben war. Oder war auch er am Trainieren? Ich verbot mir, darüber nachzudenken, und warf den Ball zurück.

«Denn nur wer daran glaubt, dass Jesus der Sohn Gottes ist, kann den Sieg erringen.»

«Gott allein gibt mir Kraft zum Kämpfen und ebnet mir den Weg.»

«Gott aber ist treu. Er wird euch Mut und Kraft geben und euch von allem Bösen bewahren.»

Amelia fischte mal wieder geschickt den Ball aus der Luft. «So. Fertig für heute. Ich schaue mal bei meinen Eltern vorbei. Wir sehen uns morgen in der Bibelschule. Bye!»

Damit schlenderte sie davon, was mich nicht unglücklich stimmte – ich war unglaublich müde, da ich fast die ganze Nacht kein Auge zugetan hatte. Zu viele Gedanken, die mir durch den Kopf gingen. Ich joggte zurück zu unserem Unterschlupf. Er befand sich unter der Erde in einem ziemlich gebirgigen Gebiet. Ich holte nur einen Stift und mein Tagebuch heraus, setzte mich auf einen Felsen und schrieb meine Gedanken nieder. Mir kam es vor, als würden zu jedem gelösten Problem zwei neue hinzukommen. Um mir einen freien Kopf zu verschaffen, kritzelte ich alles auf die weißen Seiten.

Finn, den ich von Mutter, wo auch immer sie war, fernhalten musste. Mutter, die ich finden musste. Meinen echten Vater, über den ich die Wahrheit herausfinden wollte. Janic und seine Abweisung. Die Eindringlinge. Ich stöhnte, strich mir das inzwischen ziemlich fettige Haar aus der Stirn, sprang wieder zu Boden und beschloss, in einem der nahegelegenen Teiche ein kurzes Bad zu nehmen. Da ich mich unwohl fühlte beim Gedanken daran, alleine zu gehen, machte ich mich kurzerhand auf den Weg zu dem Lager, das in westlicher Richtung am nächsten bei unserem lag, soweit ich mich erinnerte, hatte Amelia mal erwähnt, dass ihre Eltern dort wohnen würden. Ich hoffte, ihr auf dem Weg zu begegnen oder sie dort abzupassen, um sie zu fragen, ob sie mir Gesellschaft leisten wollte.

Kurz darauf kreuzte Johny, der Leiter meines Lagers, meinen Weg. Er war schlank und muskulös, hatte braunes Haar und grüne Augen, die vor Leidenschaft brodelten.

«Hey, Leah. Dich hab ich gesucht!»

«Echt?»

Er nickte. Nur das für ihn so charakteristische Lächeln fehlte.

«Was ist los?»

«Komm einfach mit.»

Schwankend zwischen Neugierde und Angst wechselte ich die Richtung und trottete hinter ihm her. Was war vorgefallen? War etwas mit Luke? Hatte ich etwas falsch gemacht? Oder ging es um etwas ganz anderes – vielleicht um den einen Vorfall, der sich vor ein paar Wochen ereignet hatte? Ich blickte zu Boden, ich sprach nicht gerne darüber. Außerdem hatten sie mich schon unzählige Male ausgefragt! Johny bog nicht, wie ich erwartet hatte, nach rechts zum Lager ab, sondern schlug die Richtung zur Hauptzentrale in der Felswand ein. Dort, wo Kai momentan Stellung hielt. Am liebsten hätte ich mich trotzig abgewandt und mich geweigert, nochmals auszusagen. Die Erinnerung an das, was ich gesehen hatte, hatte sich längst unwiderruflich in mein Gehirn eingebrannt. Und ich hegte die unheimliche Vermutung, dass es etwas mit mir zu tun hatte.

Stattdessen stapfte ich stumm weiter. Was wollte Johny denn mit dieser Aktion bloß wieder erreichen?

Wir befanden uns nun im dichteren Dschungel. Die dunklen Lianen und Blätter hingen bis zum Boden, streiften mein Gesicht und meine nackten Arme. Mich schauderte. Ich hasste diesen Ort, weil ich immer das Gefühl hatte, die Lianen würden mich gleich fesseln und ersticken. Ich konnte meine Umgebung nicht sehen. Da war viel zu wenig Platz!

Ich schreckte aus meinen Gedanken hoch und hielt den Blick starr nach vorne gerichtet, zwang mich, stramm zu gehen. Ich durfte mir nichts anmerken lassen. Sie durften nichts von meinen Schlussfolgerungen wissen, es war privat und ging nur mich etwas an. Und vielleicht noch Luke, doch ich fand kaum noch Zeit, mich mit ihm zu treffen. Und ich wollte es auch nicht, ich hatte Angst bezüglich der bohrenden Fragen, die er mir stellte, was meine verschlossene Art in letzter Zeit anging. Ich konnte schlicht niemandem etwas von Janics Reaktion erzählen und fraß die Frustration deshalb in mich hinein. Ach, egal. Ich redete mir ein, er sei ein Idiot. Wahrscheinlich hatte ich mir nur eingebildet, er habe mich geliebt. Ich musste mich darauf konzentrieren, ihn einfach zu vergessen. Mich davon zu überzeugen, dass dies überhaupt möglich war. «Na klar, du brauchst bloß Geduld. Du schaffst das», murmelte ich vor mich hin und warf sofort einen prüfenden Blick zu Johny. Er hatte nichts gehört – oder zumindest war keine Reaktion sichtbar.

Einige Minuten später erreichten wir die Felswand. Johny steuerte wortlos auf die unterste Öffnung zu. Kai saß auf einer kleinen Couch und tippte auf seinem Computer rum. Ich sah keinen der beiden an, auch Kai schaute nicht auf, bis Johny zu sprechen begann.

«Kai, es geht nicht weiter so. Alle werden total nervös, du musst endlich was unternehmen.»

«Muss ich? Wer sagt das?»

Johny knirschte mit den Zähnen. «Ich hab ja keine Ahnung, weshalb sie sich schlussendlich für dich entschieden haben. Meiner Meinung nach ist es auch Unsinn, dass wir uns aufgeteilt haben, wo wir uns doch gemeinsam viel besser verteidigen können. Aber ich sag dir eins: Wenn du noch länger einen auf Abwarten machst, wird das Folgen haben.»

«Jetzt hör auf, mir zu drohen. Was macht eigentlich Leah hier?», er beachtete mich gar nicht, starrte weiterhin aufgebracht seinen Kontrahenten an.

«Sie war es, die die Feinde gesichtet hat. Falls du es noch nicht begriffen hast, fordere ich sie dazu auf, es dir noch mal zu schildern.»

Ich kniff unwillig die Augen zusammen. Ich konnte nicht. Eine Sintflut an Bildern rauschte an meinem inneren Auge vorbei. Damals hatten Janics Worte meine Stimmbänder gelähmt und ich hatte nichts anderes tun können als wegzurennen, immer weiter. Noch nicht mal weinen hatte ich gekonnt. Als hätte mein Herz sich geweigert, zu akzeptieren, was meine Ohren gehört hatten. Und ich konnte es verstehen. Ich war allein im Wald gewesen, hatte urplötzlich Schritte gehört. Ich sah in Zeitlupe vor mir, wie ich herumgewirbelt war. Und da waren sie gewesen: Schwarz vermummte Gestalten, etwa ein halbes Dutzend. Sie hatten ihre Kappen so tief in ihr Gesicht gezogen, dass nichts zu erkennen gewesen war. Aber ich wusste, dass es ausschließlich Männer gewesen waren. Einer hatte mit dem behandschuhten Finger auf mich gedeutet und etwas gezischt. Und ich hatte die Worte ganz klar verstanden.

«Sie ist es.»

Ein eisiger Schauer lief mir über den Rücken. Was war so speziell an mir? Wieso handelte die Prophezeiung der Christen von mir? Was wollten diese Männer von mir? Ich schüttelte den Kopf, um die Erinnerung verblassen zu lassen. Inzwischen war ich ziemlich geübt darin.

Genervt wandte ich mich an Kai und Johny.

«Wie oft soll ich es euch noch sagen? Ich hab's euch hundertmal erzählt. Ich war alleine im Wald ...»

«Weshalb eigentlich?», fuhr mir Kai ins Wort.

Ich konnte es ihnen nicht anvertrauen. In erster Linie Johny nicht, der bei dieser Frage interessiert dreinschaute und mich durchdringend musterte. Ihm ging es um etwas anderes, ich spürte es. Nicht nur um das Wohl der Christen. Um was nur? Ich musste es unbedingt wissen. Es war wichtig, das wusste ich genau. Er behandelte mich seit dem Vorfall total ... anders.

«Ich bin joggen gegangen, weil ich sonst nichts zu tun hatte. Und dann hab ich was gehört. Das Knirschen von Schuhen im Unterholz. Ich bin herumgefahren und da waren sie. Schwarzgekleidete ... Leute. Ich konnte ihr Gesicht nicht sehen. Ich hab Panik gekriegt und bin davongerannt.»

«Und sonst nichts? Sie sind dir nicht gefolgt? Haben nichts gesagt?», bohrte Johny.

Ich verneinte. «Jetzt glaubt mir doch endlich.»

«Es hätte verflixt gefährlich enden können. Wir müssen etwas unternehmen», verlangte Johny.

«Was wäre dein Vorschlag?»

«Wir müssen sie ausspionieren!»

Alles in mir sträubte sich gegen dieses Vorhaben. Sie waren gefährlich! Man durfte ihnen nicht zu nahe kommen!

«Kann ich wieder zurückgehen?», erkundigte ich mich.

«Von mir aus. Pass auf dich auf», riet mir Kai.

Rasant, vielleicht etwas zu gehetzt, verließ ich die Diskussion und stürzte mich in den Urwald. Sollten sich die beiden Idioten doch streiten, mir war es egal. Die Lust auf ein Bad war mir vergangen. In Gedanken hakte ich die Leute ab, zu denen ich gerne geflüchtet wäre. Mein Bruder – nein. Shana, Amelia – nein. Einen Vater hatte ich nicht mehr. Zum ersten Mal seit meiner Ankunft hier musste ich ernsthaft an meine Mutter denken. Schmerz wallte in mir auf. «Komm her! Komm zu mir», hätte ich am liebsten laut heraus gebrüllt. Mir entfuhr ein Husten. Keuchend ließ ich mich an einen Baumstamm gelehnt zu Boden sinken.

Ich hatte eine Mutter verdient! Was hatte ich falsch gemacht? Ich war doch nicht schuldig! Ich wollte jemanden haben, der mich umarmte, der mir zuflüsterte, er würde mich nie verlassen. Bitterkeit kroch in mein Herz. Ich wollte hier liegen bleiben und mich ausheulen, doch ich konnte nicht weinen. Ich war ausgeheult. In mir innen war es trocken. Ich rollte mich auf den Boden und krümmte mich vor Heimweh. Als ich das verbotene Land erreicht hatte, war ich mir sicher gewesen, mein Zuhause erreicht zu haben. Ich hatte falsch gelegen. So sehr ich mich auch danach sehnte – ich gehörte hier nicht hin. Ich gehörte nirgends mehr hin. Luke hatte recht, wir mussten unseren echten Vater suchen. Ich ballte die Hände zu Fäusten – wenn sie ihn getötet hatten, würden sie dafür bezahlen. Alle. Plötzlich bohrte sich etwas Spitzes in meinen Unterarm, ein Schmerzensschrei entwich meinen Lippen. *Betäubungspfeil*, schoss es mir durch den Kopf. Ich riss die Augen auf, doch kurz darauf wurden meine Augenlider so schwer, dass sie mir zufielen. Der Boden unter mir schien zu schwanken. Ich tastete panisch mit meiner linken nach meinem Unterarm, doch meine Hand erschlaffte. Auf einmal verstummte der Drang mich zu wehren weitestgehend.

Es war schön und friedlich, in die Dunkelheit abzutauchen. Im Nichts zu versinken. Doch irgendwo in mir spürte ich, dass das nicht in Ordnung war. Ein leiser Anflug von Panik meldete sich. Mein Instinkt befahl mir, aufzuwachen und das Weite zu suchen. Aber ich vernahm die Warnung wie aus weiter Ferne. Ich kämpfte darum, mein Bewusstsein wieder zu erlangen. Strampelte innerlich. Der Sumpf des Schlafs um mich herum bekam immer mehr Übermacht. Mein Denken wurde taub. Es gelang mir, ein Auge einen Spalt weit zu öffnen. Und das letzte, was ich wahrnahm, bevor alles verschwand, war ein schwarzer Handschuh, der sich mir viel zu schnell näherte.

*****

«Sie ist es.»
    «Sie ist es.»
    «Sie ist es.»
    Wie ein tausendfaches Echo schwirrten die Worte in meinem Kopf umher, hallten von einer Ecke zur nächsten.
    «Sie ist es.»
    Sonst war alles dunkel. Ich konnte nichts erkennen und kein Laut drang bis zu meinen Gehörgängen vor. Aber es war in Ordnung. Ich war erschöpft.
    «Sie ist es.»
    *Wer* ist es? *Wer* ist *was*? Schlagartig wurde mir bewusst, dass in der Feststellung von *mir* die Rede war. Und woher kannten sie mich? Und wer waren sie überhaupt? Mittlerweile war ich genug wach, um das Pochen meines Kopfs und das schnelle Schlagen meines Herzens zu bemerken.
    Wo bin ich?
    Mit enormer Kraft brachte ich meine Augen dazu, sich zu öffnen. Mit einem nicht zufriedenstellenden Ergebnis: Noch immer Schwärze. Zumindest waren endlich die Worte verstummt. Ich realisierte langsam, dass sie wohl bloß eine Einbildung gewesen waren.
    Und dann machte etwas in mir drin *Klick*.

Die Erinnerung war wieder da. Verzweiflung umklammerte mich. Es war nicht gut. Nichts war in Ordnung. Im Gegenteil. Ruckartig schoss ich aus meiner liegenden Position hoch. Nun, ich versuchte es zumindest. Denn ich wurde augenblicklich zurückgeschleudert. Offenbar hatte man mich an den Boden gefesselt. Ich hasste dieses Gefühl der Hilflosigkeit. Was würden sie mit mir anstellen? Warum wollten sie mich? Was hatte ich an mir, dass sie genau *mich* entführt hatten? Ich war doch ein – einigermaßen – normales Mädchen, oder? Naja, was konnte man denn heutzutage noch als normal bezeichnen? Vielleicht wurden Leute, die ein langweiliges Leben führten, als normal bezeichnet. Dann gehörte ich eindeutig nicht dazu.

Wohin?

Ein neues Wort flammte in meinen Gedanken auf. Wohin brachten sie mich? Panisch krallte ich meine Fingernägel in meine Handflächen. Ich wollte um mich schlagen, konnte aber nicht mal die Zehenspitzen rühren. Und das Verworrenste war, dass ich immer noch nichts vernahm. Kein Geräusch, keine Stimmen, nichts. Das ganze Nachdenken führte nur dazu, dass ich noch mehr Kopfschmerzen bekam. Ich fühlte mich, als würde mein Kopf jeden Moment zerspringen. Und meine Vermutungen führten zu nichts, ich hatte ja doch keine Chance, meine Situation zu ändern.

Ich musste an Luke denken. Was würde er tun, wenn sie ihm mitteilten, dass ich nirgends zu finden war? Was konnte er allein schon erreichen? Ich hatte die verrückte Idee, Janic könnte mir helfen. Dabei wusste er vermutlich noch gar nichts. Und er hatte – hoffentlich – auch nichts damit zu tun. Ausgerechnet jetzt fiel mir ein, dass ich vergessen hatte, ihm zu erzählen, dass ich seinen Vater kannte. Dass er noch lebte und bereute, was er getan hatte. Hätte es ihn getröstet? Oder kannte er womöglich seinen Vater, war aber mit ihm zerstritten? Vielleicht wollte er gar nichts mit ihm zu tun haben? Mir gegenüber hatte er alles verschwiegen, was mit seiner Vergangenheit und seiner Familie zu tun hatte.

Und jetzt wollte er noch nicht mal mehr mit mir etwas zu

tun haben. Ich war mir nicht sicher, ob ich traurig, bemitleidend oder einfach zornig sein sollte. Letzteres schien mir am leichtesten, also begann ich damit, ihm lautlos alles an den Kopf zu werfen, was ich unbedingt loswerden wollte. Ich steigerte mich in meine Wut hinein, bildete mir sogar ein, ich würde gar nicht wollen, dass er wieder zu mir kam. Ein Feuer brannte in meinem Herzen und gab sich große Mühe, alle Zuneigung zu ihm zu verbrennen. Asche sollte entstehen. Graue Asche, die alle Erinnerungen versteckte und die Sehnsucht unter sich begrub. Wenige Minuten später war meine Energie voll ausgeschöpft. Ich konnte nicht mehr. Ich war kaputt, wortwörtlich am Boden.

Statt mich zu befreien, hatte mich der innerliche Krieg nur noch mehr verunsichert. Bis jetzt hatte er mich immerhin von meiner … unerfreulichen Lage abgelenkt. Jetzt fiel mir siedend heiß wieder ein, wo ich mich befand. Und wieder setzten sich unzählige Stacheln der Angst in mir fest. Vielleicht hätte ich doch jemandem erzählen sollen, was sie gesagt hatten? Wäre ich dann jetzt in Sicherheit? Würden sie mich nach Wüstenland bringen? Nein, dann wüsste ich es längst, dann würden sie sich nicht so geheimnisvoll verhalten. Und wer, verflixt und zugenäht nochmal, wer waren sie? Ich wollte endlich wissen, mit wem ich es zu tun hatte! Ich wollte meine vermaledeiten Widersacher kennen! Was war ihr Plan? Wollten sie mich nur beseitigen? Mich verhören? Wieso mich? Wollten sie mich foltern?

Verblüfft stellte ich fest, dass diese Aussicht mich gar nicht sonderlich abschreckte, dann wüsste ich wenigstens, woran ich war. Meine Stimmbänder fühlten sich wie zugeschnürt an. Gut so. Hätte sein können, dass ich sonst vor Panik begonnen hätte, Unsinn zu labern. Zu spinnen. Davon allerdings fürchtete ich mich: Eine Spinnerin zu werden. Ich wollte Kontrolle über mich bewahren. Und mir wurde klar, dass mir das nur gelingen würde, wenn ich die Hoffnung nicht verlor. Und ich fasste einen Entschluss: Niemals würde ich aufgeben, jetzt erst recht nicht. Nicht nach dem, was ich durchgemacht hatte.

*****

Ich erwachte. Keine Ahnung, wie lange ich in dem dunklen Nichts gewesen war, in welchem ich irgendwo hin transportiert worden war. Ich tippte auf ein Flugzeug – oder ein Schiff. Es schien mir ewig lang zu dauern. Als mir bewusst wurde, dass meine Umgebung eine andere war, war das erste Wort, welches mir einfiel:
Shit.
Ich hatte es verpasst. Hatte den Moment der Ankunft verschlafen. Und damit auch die Möglichkeit, meine Entführer zu sehen. Und jetzt? Ich hatte erwartet, dass sie jetzt irgendwas mit mir anstellen würden. Zumindest mit mir sprechen. Aber nein, falsch gedacht. Ich lehnte sitzend an der Wand eines weiß ausgepolsterten Raums. Ansonsten war er leer, hell ausgeleuchtet, die Lichtquelle war jedoch nirgends zu entdecken. Verstört sah ich mich um. Aber ich hatte nichts übersehen. Ich hatte mir, wenn schon, ein Verließ vorgestellt. Finster, mit einem vergitterten Fenster, durch das schummriges Licht in die Zelle dringt. Mit einer knarrenden Holztür, einem schmutzigen, feuchten Boden und einem schmalen Bett. Aber da war nichts dergleichen. Ich spielte ernsthaft mit dem Gedanken, zu glauben, ich sei am Träumen. Doch dazu war alles viel zu … real.
Ich blickte an mir herunter und bemerkte erschrocken, dass ich andere Kleidung trug. Statt rauem Jeansstoff war da weiße Baumwolle. Auch ein Hemd aus demselben Material war mir übergestreift worden. Bei der Frage, wer mich wohl umgezogen hatte, wurde mir übel und ich musste mich beinahe übergeben. Wenn da etwas gewesen wäre, was hätte hochkommen können. Ich wusste, dass ich lange – sehr lange, wahrscheinlich mehrere Tage – nichts zu essen bekommen hatte. Nur an etwas Wasser, das mir auf dieser langen Reise eingeflößt worden war, konnte ich mich erinnern. Mein Magen knurrte vernehmlich laut. Ich stöhnte auf. Er schmerzte. Und nichts geschah. Die Stunden zogen sich hin, schlurften träge hintereinander her, während ich nur an den schmerzenden Klumpen in mir drin denken konnte.

Gehörte das zu ihrem Plan? Mich schmoren zu lassen, bis ich fast verhungerte? Was wollten sie damit erreichen? Ob sie mich beobachteten? Ich konnte keine Kamera ausmachen, war mir aber trotzdem ziemlich sicher, dass sie es taten. Und das war mir mehr als unangenehm. Was erwarteten sie? Wollten sie, dass ich bettelte und sie anflehte? Na, da konnten sie lange warten. Niemals würde ich mich selbst so demütigen.

Wie um mir etwas entgegenzusetzen, wurde ich wieder von einer Knurrattacke meines Magens heimgesucht. Ich blickte grimmig drein und unterdrückte das Verlangen nach Nahrung. Ich würde nicht nachgeben. So weit war ich noch nicht, längst nicht. Meine Gedanken schweiften zu den Christen. Was taten sie? Hatten sie eine Rettungsaktion gestartet? Oder trainierten sie wie zuvor weiter und hatten mich vergessen? Das traute ich ihnen nicht zu. Widerwillen erschienen blaue, funkelnde Diamanten vor meinen Augen. Ich konnte ihnen nicht entfliehen. Ich hatte das untrügliche Gefühl, sie würden mir bis ans andere Ende der Welt folgen. Vielleicht war ich ja dort.

Und der Träger der Augen? Janic? Was war mit ihm? Ein klitzekleines Stück meines Herzens hegte immer noch die Hoffnung, er würde kommen um mich zu retten. Doch ich war mir sicher, dies war ein Irrtum. Er war kein Held, kein Traumprinz, nur ein etwas außergewöhnlicher Junge. Ich durfte mir nichts einbilden. Es war momentan besser, mich gekränkt und verletzt, ja, trotzig zu verhalten. Denn wenn ich hoffte und abermals enttäuscht wurde, fügte ich mir nur wieder eine weitere Verletzung zu. Er würde nicht kommen. Was für ein Quatsch. Er kümmerte sich wohl noch nicht mal darum, was mit mir geschehen war.

Ja, lobte ich mich selbst, so ist es gut. Entferne dich von ihm. Sei wütend. Denn nur so kannst du überleben. Nur so kannst du es schaffen, nicht an seiner Zurückweisung zugrunde zu gehen.

*****

Zum Hunger hinzu kam die unglaubliche Spannung. Die Ungewissheit. Und die Gewissheit, dass jederzeit alles mit mir geschehen konnte. Kurz: Nichtstun und Hunger. Eine tödliche Mischung. Mittlerweile sehnte ich den Moment, an dem sie mich holen kamen, regelrecht herbei. Es war mir egal, was sie mit mir machen würden. Alles war besser als das hier. Ich lag am Boden. Schon seit Stunden, denn mir fehlte die Kraft, aufrecht zu sitzen. Mein einziges Ziel war es, die nächsten paar Minuten zu überleben, ohne etwas von mir preiszugeben. Denn, und da war ich mir hundertprozentig sicher, auf genau das warteten sie, wer auch immer sie waren. Doch sie irrten sich gewaltig, wenn sie dachten, ich würde nachgeben. Lieber würde ich sterben. Was hatte ich schon zu verlieren? Wofür lohnte es sich noch auf dieser verfluchten Erde zu leben? Meine Eltern, die ich nicht kannte, und mein Bruder kamen mir in den Sinn. Ich verdrängte diesen Gedanken. Aber es war die Wahrheit: Meine Familie war das Einzige, was mich davon abhielt aufzugeben. Obwohl es in diesem beschissenen Raum vermutlich gar nicht die Möglichkeit dazu gegeben hätte.

«Stell dich mit dem Gesicht zur Wand.»

Ich schnappte erschrocken nach Luft.

«Sofort.»

Ich war zu geschockt, um mich zu rühren.

«Ich warne dich kein zweites Mal. Mach einfach, was ich dir sage, dann geschieht dir ... nichts Schlimmes.»

Ich spürte, dass der Befehl ernst gemeint war. Angestrengt bemühte ich mich, den Kopf zu heben. Doch niemand war im Raum. Ich stützte mich mit den Händen am Boden auf und erhob mich langsam auf die Füße. Mir war schwindlig und ich taumelte zur Wand. Gehorsam stellte ich mich hin. Nichts geschah. Ich biss die Zähne zusammen. Und immer noch nichts. War das etwa ein blöder Scherz gewesen? Das erste Zeichen seit Tagen, dass da jemand außer mir war. Wollten sie mich noch mehr verunsichern, mich bis zur absoluten Erschöpfung treiben? Schon nach einer Minute war es die reine Qual. Ich schielte nach hinten.

«Schau nach vorne! Das nächste Mal hat es Konsequenzen!»

Ich brauchte nicht zu nicken. Der Sprecher kannte die Antwort auch so. Sie wussten, wie geschwächt ich war. Meine Knie begannen zu zittern, hätten beinahe unter mir nachgegeben.

«Dreh dich um! Komm raus – aber ich warne dich: Falls du es wagen solltest, uns zu überlisten, ist es aus! Es hat keinen Sinn, du musst es gar nicht erst versuchen. Du hast keine Chance.»

Wäre die Situation nicht so ernst gewesen, hätte ich die Augen verdreht. Ich hatte nicht mal mehr genug Kraft, normal zu gehen, geschweige denn irgendwas auszuhecken, das war ja wohl offensichtlich. Vorsichtig drehte ich mich um und steuerte mit wackeligen Beinen auf den Ausgang zu, eine Öffnung in der Wand, die gerade erst entstanden war. In dem Raum dahinter stand ein Tisch, auf beiden Seiten von ihm ein Stuhl. Ohne weitere Anweisungen abzuwarten, plumpste ich auf die Sitzfläche. Ich kam mir vor wie in einem Science-Fiction Film, nur gefiel es mir nicht, dass ich darin mitspielte. Aber solche Sachen konnten doch nicht geschehen? So surreale, unlogische, verrückte, brutale Sachen? Ich wusste, dass es zu nichts führte, darüber nachzudenken. Ich hatte schon so viel erlebt, ich hätte mittlerweile etwas von meiner Naivität verloren haben sollen.

Gegenüber von mir setzte sich ein Mann, dessen Alter schwer zu schätzen war. Er wirkte eher älter und obwohl er noch nicht gesprochen hatte, war ich mir sicher, dass es sich dabei nicht um den Sprecher von vorhin handelte.

«Guten Tag.»

Hätte ich lachen sollen? Wollte er sich über mich lustig machen?

*Guten* Tag.

Was an diesem bescheuerten Tag sollte denn bitteschön *gut* sein? Ich weigerte mich, etwas zu antworten, und starrte trotzig die Wand an. Denn seine Augen waren – das war ja zu erwarten gewesen – von einer Maske verdeckt.

«Nicht sehr gesprächig heute, unser Patient, nicht wahr? Du müsstest dich doch freuen, wenn man bedenkt, dass endlich mal etwas Abwechslung in deinen Tag kommt.»

Ich hätte schon sehr tief fallen müssen, um diesen Humor

lustig zu finden. Er sollte zum Punkt kommen oder es sein lassen.

«Und unhöflich ist die junge Dame auch noch. Du könntest dich ruhig mal dazu herablassen, mit dem alten Opa dir gegenüber ein paar freundliche Worte zu wechseln.»

*Ha, ha, ha.* Wollte er mich provozieren oder wie lange brauchte er noch, bis er kapierte, dass er nicht lustig war? Offensichtlich hatte er es endlich geschnallt, denn seine Miene wurde schlagartig ernst. Zumindest das, was ich davon sehen konnte.

«Nun, wir sind nicht zum Spaßen her gekommen.»

*Ach ja?*

«Die letzten Tage, die du in der Zelle verbracht hast, waren dazu da, um dir die Ernsthaftigkeit der Lage aufzuzeigen.»

*Und ihr denkt wirklich, ich wäre sonst nicht darauf gekommen, dass das hier kein Witz ist?*

Ich presste die Lippen zusammen und blieb weiterhin stumm. Der Mann nickte zufrieden.

«Ist okay, momentan will ich auch noch gar nichts von dir hören. Du musst mir bloß zuhören.»

*Aha. Danke für die Info.*

Widerwillen musste ich beinahe grinsen. Weshalb fielen mir gerade jetzt lauter sarkastische Bemerkungen ein? Ich musste damit aufhören, sonst würde ich ihm bald eine davon an den Kopf schleudern.

«Vielleicht fragst du dich, weshalb du hier bist. Nun, es hat einen Grund. Und wir haben dich auch nicht zufällig ausgewählt.»

*Ja, ich frage mich und hoffe doch sehr, dass es einen Grund hat. Soll ich mich geehrt fühlen, weil ihr mich ausgewählt habt?*

«Ich bin nicht sicher, wie gut du dich in der Politik auskennst, und will dir deswegen erst mal ein paar Dinge erklären. Nur um sicher zu gehen.» Er warf mir einen eindringlichen Blick zu, den ich nicht recht deuten konnte, sehr wohl aber trotzig erwiderte.

«Nun, unsere Weltordnung war nicht immer so wie jetzt. Momentan glauben die Europäer, die Guten zu sein, und alle Religiösen, alle Rebellen und sonstige, die ihnen nicht gehorchen, beseitigen zu müssen. Früher waren da noch die Südamerikaner, die gegen Europas rücksichtslose Ausnutzung rebellierten und deren Aufstand von den Europäern brutal niedergeschlagen wurde. Und nun glaubst du, das sei alles. Aber da gibt es noch einen fast vergessenen Erdteil: Nordamerika. Wahrscheinlich hast du in der Schule kaum je etwas von uns gehört. Was nicht heißt, dass wir nicht auf alles vorbereitet sind und auf eine günstige Gelegenheit warten, Europas Regierung zu stürzen. Ein hoher Regierungsbeamter ist dein Vater. Er ist ein leichtes Ziel, weil er Familie hat. Und seine totgeglaubte Frau lebt! Wenn wir sie kriegen, schaffen wir es, ihn zu uns zu locken. Und wir können ihn überführen. Du hast dabei eine entscheidende Rolle und eine simple Aufgabe: Du musst deine Mutter hierherlocken. Das ist zum Besten für die ganze Menschheit, versteht sich.»

Bei den Worten dein *Vater* war ich aufgesprungen, so wuchtig, dass der Stuhl hinter mir zu Boden gekracht war. Ich spürte kein bisschen Schwäche mehr.

«Es ist mir so was von scheißegal, wer du bist und was du willst!», fuhr ich ihn an. «Aber eins weiß ich: Ich kann dir in dieser Sache nicht behilflich sein. Denn Finn Sommer hat keine Tochter. Und mein Vater heißt nicht Finn Sommer.»

Der Mann blieb ruhig sitzen. Ich malte mir aus, wie er hinter seiner bescheuerten Maske zweifelnd die Augenbrauen hochzog.

«Was hast du da gerade gesagt? Kannst du das bitte wiederholen?», verlangte er.

«Du hast mich schon richtig verstanden», gab ich ungerührt zurück. «Ich kenne Finn Sommer nicht, und ich weiß nicht, was ich mit ihm zu tun haben soll, geschweige denn, wie und wieso ich deiner beknackten Organisation helfen soll.»

Ich war so was von fertig. Es reichte mir.

«Nana, halt mal. Wenn du seinen Namen weißt, wird er dir nicht unbekannt sein. Ich hab ihn jedenfalls nicht ausgesprochen.»

«Wer weiß denn seinen Namen nicht? War ja glasklar, wer

gemeint ist.»

«Und ich glaub dir trotzdem nicht. Du lügst wie gedruckt und das kann ich nicht ausstehen.»

«Aha!», schrie ich, «Aha, das kannst du nicht ausstehen! Sehr interessant! Und weißt du, was ich nicht ausstehen kann?» Ich stützte mich mit den Händen auf dem Tisch ab und beugte mich nahe an sein Gesicht ran.

«Ich kann es nicht ausstehen, wenn man mich entführt, mich mit der Verzweiflung allein lässt, mich tagelang hungern lässt und mir schließlich sagt, ich soll meine eigene Mutter verraten, um einen Mann, den ich nicht kenne, einer Organisation auszuliefern, der ich nicht traue.»

«Das heißt also, seine Frau ist tatsächlich deine Mutter?»

«Wenn das das Einzige ist, was du wissen willst, ja! Aber zufälligerweise habe ich sie seit über zehn Jahren nicht gesehen! Ich weiß weder, ob sie noch lebt, geschweige denn wo. Und schon gar nicht, ob sie mich überhaupt erkennen würde!»

«Ich denke schon, dass sie das würde.» Der Mann war noch immer total entspannt. Das reizte mich nicht nur, es trieb mich auf die Palme!

«Ich denke, dass mir das, was du denkst, so ziemlich am Arsch vorbei geht!»

«Weißt du, es ist nicht nötig, dass du hier einen wüsten Ausdruck nach dem anderen zum Besten gibst.»

«Oh, das tut mir aber so schrecklich leid, verehrter Mistkerl! Steck mich hundert Jahre in irgendeinen Knast und ich sag dir ein und dasselbe. Ich weigere mich, für dich zu arbeiten! Das kannst du dir gleich abschminken!»

«Wenn du dich weiterhin nicht kooperativ zeigst, bleibt mir wohl nichts anderes übrig, als meine Kollegen um Hilfe zu bitten.»

Ich schlug mit der geballten Hand auf den Tisch und ignorierte den Schmerz.

«Mach doch, wenn's dir Freude bereitet! Hol deine Leute, lass mich einsperren, foltern, verhungern. Komm schon, Feigling, fang an. Weißt du, ich hab etwa eine Woche nichts gegessen …»

«Es waren vier Tage.»

«… und du Schwächling hast Angst vor mir? Lass mich doch einfach raus. Du verschwendest nur deine kostbare Zeit mit mir.»

«Wenn du wünschst? Nur zu deiner Information: Da draußen wartet Wüstenland auf dich. Das Land der Armut und der Hoffnungslosigkeit.»

Es hatte mir glatt die Sprache verschlagen. Wir waren in Wüstenland? Ich war so perplex, dass ich einen Moment nachdenken musste. Ich schüttelte ungläubig den Kopf.

«Was hast du jetzt mit mir vor?» Meine Stimme war mittlerweile ganz heiser. «Was tust du jetzt, wenn ich mich weigere?»

Und er wagte es doch tatsächlich, mich anzulächeln. Ich unterdrückte den Brechreiz, als er zum Sprechen ansetzte.

«Weißt du, wir sind nicht so mittellos, wie du denkst. Wir haben noch andere Möglichkeiten, dir Beine zu machen.»

Von der Sekunde an, in der er die letzten Worte sagte, wusste ich, dass ich mich vor ihm in Acht nehmen musste.

«Ich weiß, wo dein Bruder ist. Wir haben noch immer Komplizen in der Gegend dort. Ich muss bloß einen Funkruf übermitteln, und er …» Der Mann fuhr sich gemächlich mit der Hand über die Kehle. «Du weißt schon.»

Ist das ein Albtraum? Bitte, bitte Jesus, sag mir, dass das alles nicht wahr ist. Der hat mir nicht gerade ernsthaft damit gedroht, Luke umzubringen? Oh mein Gott, nein, das darf nicht wahr sein … Bitte, wirf mir nicht vor, dass ich die letzten Tage nicht an dich gedacht habe. Ich gebe ehrlich zu, ich hab's vergessen. Es tut mir leid! Bitte, hilf mir!

Nichts geschah. Kein Feuer fiel vom Himmel. Kein Meer wurde geteilt. Niemand versteinerte. Aber es war da. Ich war mir sicher. Ich hörte es, wie ein sanftes Rauschen, ein leises Flüstern:

Ich bin da.

Immer wieder: *Ich bin da.*

Ich bin da.

Gelassenheit überkam mich.

«Okay, jetzt greifst du also zur Variante Erpressung», stellte ich fest. Er entgegnete nichts. Es wäre überflüssig gewesen. Ich klammerte mich mit den Händen an der Tischkante fest.

«Was ist die Forderung?»

«Ich hab hier eine Nachricht von meinem Kollegen.» Er klaubte sein Handy aus der Hosentasche. «Ich lese vor: ‹Bis am Dienstag, dem 28. Januar, muss Frau Sommer ohne jegliche Begleitung, ausgenommen ihre Kinder, bei der Adresse erscheinen, die der Kontaktperson, in diesem Fall einer gewissen Leah, mitgeteilt wird. Sonst ist die Wahrscheinlichkeit groß, dass es bald ein weiteres Grab auf dieser Erde geben wird. In dem sich ihr Bruder Luke befinden wird.›»

Ich atmete tief durch. Ich hatte einen Monat Zeit. Das war nicht viel. Ich überlegte, wo meine Mutter überall sein konnte: Auf der ganzen Welt. Nein, ein Monat war eindeutig zu wenig. Aber ich hatte ja keine Wahl. Ich hätte heulen können. Aber ich tat es nicht. Mir blieb nichts anderes übrig. Ich musste es versuchen, sonst war alles verloren. Ich wollte nicht schuld sein, wenn Luke starb.

«Einverstanden?», fragte der Mann und streckte seine Hand aus. Es klang eher nach einer Feststellung.

«Okay.» Ich schlug ein und zwang meine Stimme, nicht zu zittern. «Abgemacht.»

# 15. Kapitel

Lukes Nerven lagen blank. Er konnte nicht länger tatenlos zusehen, wie diese Idioten eine schwachsinnige Diskussion nach der anderen führten und nichts unternahmen. Er hatte sich entschlossen – wenn Kai nicht aktiv wurde, würde Luke die Sache selbst in die Hand nehmen. Nur wie? Beim Gedanken, was wohl in diesem Moment mit seiner Schwester geschah, wurde ihm flau im Magen. Ohne eine Erklärung verließ er die Versammlung, bei der er ohnehin nur anwesend war, weil er Leahs Bruder war. Aber was brachte es ihr, wenn sich ihretwegen alle zerstritten? Luke war nicht so naiv zu glauben, er könnte auf eigene Faust etwas ausrichten.

Er brauchte Unterstützung, das war klar. Und er wusste auch schon, von wem. Janic. Der Junge im Baumhaus. Luke kannte ihn nicht, aber er war sich sicher, dass es seine Schuld war, wie Leah in letzter Zeit drauf gewesen war. Er hatte es nur nicht gewagt, sie darauf anzusprechen. Ein Fehler. Zwar wusste Luke nicht, ob Janic ihm weiterhelfen konnte – aber ein Versuch war es allemal wert.

Sich aufmerksam umschauend joggte er durch den Wald, wenige Minuten später hatte er sein Ziel erreicht. Problemlos hangelte er sich an dem Strick hoch. Und er würde nicht nachgeben, niemals. Er war kein Feigling. Luke pochte gegen das Holz. Ohne abzuwarten, ob etwas geschah, rief er: «Mach auf! Ich weiß nicht, wer du bist, aber ich muss was von dir wissen!»

Zorn regte sich in ihm, als jegliche Reaktion ausblieb. «Komm schon, sei kein Schwächling!»

Luke hatte keine Geduld für dumme Spielchen. Er würde der Sache ein für alle Mal auf den Grund gehen. Und tatsächlich, die Falltür klappte nach oben. Ohne zu zögern, kletterte Luke ins Innere. Ihm gegenüber stand ein Junge, der nicht viel älter als er sein konnte. Schwarze Haarsträhnen hingen ihm ins Gesicht und seine Augen waren blau – ein mattes, trübes Blau.

«Was willst du?», die Stimme klang rau, frostig.

«Wissen, was los ist!»

«Worum geht's?»

«Um meine Schwester! Leah, falls dir das weiter hilft.»

«Aha.» In seinem Gesicht war keine Veränderung bemerkbar, nicht einmal ein kurzes Aufflackern in den Augen.

«Die, die spurlos verschwunden ist!»

Noch immer keine Reaktion. «Und was habe ich damit zu tun?»

«Soll das ein Witz sein? Ich hab gemeint, du bist ihr Freund!»

«Dann hast du dich geirrt.»

Janics Miene wirkte weiterhin versteinert, fast unheimlich.

«Aber ... wart ihr denn nicht mal zusammen?»

«Kann sein, dass sie das so interpretiert hat. Ich nicht. Liebe ist nicht immer erlaubt.» Erstmals ein schwaches, trauriges Funkeln in seiner Iris.

«Kapier ich jetzt nicht. Heißt das, du liebst sie – hast aber das Gefühl, du darfst nicht?»

«Sie würde es nicht wollen, wenn sie die Wahrheit wüsste.»

«Die Wahrheit?»

«Über mich.»

Verwirrt starrte Luke ihn an. Er verstand nichts mehr. Was war mit dem Jungen los? Wenn er Leah auch so behandelt hatte, wusste Luke schon, weshalb es ihr so mies gegangen war.

«Und was ist die Wahrheit über dich?»

«Erwartest du wirklich, dass ich *dir* das erzähle?»

«Tu´s nicht für mich. Sie braucht uns beide. Mach´s für sie – wenn nicht aus Liebe, dann wenigstens aus Loyalität. Bitte.»

Luke wartete gespannt ab und sah Janic unverwandt an. Er konnte seine Neugier nicht verbergen. Vielleicht ... vielleicht war das ja endlich der Schlüssel zu allem.

*****

Ohne ein weiteres Wort mit mir zu wechseln, hatten sie mich, nachdem ich ein Döschen Nahrungstabletten erhalten hatte, in einen kleinen Jet verfrachtet und zurück nach Südamerika geflogen. Einige Kilometer südlich der Stelle, wo Luke und ich mit dem U-Boot gestrandet waren, war ich entlassen worden. Mit grenzenloser Angst. Ich hatte keinen blassen Schimmer, wo ich mit dem Suchen beginnen sollte. Verstört wanderte ich am Strand entlang nach Norden. Ich musste so schnell wie möglich die anderen erreichen. Doch da fielen mir wieder die letzten drohenden Worte des Mannes ein: «Wenn du irgendeiner Person auch nur ein Wörtchen von deinem Auftrag verrätst, ist Luke auf der Stelle tot. Ihr steht beide unter Beobachtung.»

Ein fetter Kloß bildete sich in meinem Hals. Tränen sammelten sich in meinen Augenwinkeln, ich drängte sie zurück. Von plötzlicher Erschöpfung befallen, ließ ich mich zu Boden sinken und warf mir ein paar Nahrungspillen ein.

Der Himmel hatte sich dunkelgrau verfärbt, es sah aber nicht aus, als wäre ein Gewitter im Anzug. Eher ein Sturm, dafür sprach auch der heftige Wind, der mir Sand ins Gesicht blies. Jetzt wusste ich schon gar nicht mehr, was ich anstellen sollte.

Aber ich hatte keine Wahl – ich war gezwungen, zu tun, was auch immer sie mir auftrugen. Also sollte ich vielleicht mal logisch nachdenken. Mutter war ja nicht tot, sondern vermutlich zu den Christen geflüchtet. Und wo konnte sie sonst sein außer dort? Wahrscheinlich hatte sie zu ihrem Schutz eine andere Identität angenommen. Dann war es wohl das Beste, zurückzukehren, sie aufzuspüren und zu beschatten. Ohne dass sie mich bemerkten, versteht sich, sonst wäre die Mühe umsonst und Luke wäre so gut wie tot.

Ich kämpfte gegen den Wind an, die Arme vor dem Gesicht verschränkt, um meine Augen vor den herumwirbelnden Sandkörnern zu schützen, die unaufhörlich gegen meine Arme und Beine prasselten. Rauschen füllte meine Gehörgänge. Während ich unaufhörlich einen Fuß vor den anderen setzte, musste ich an das denken, was der Mann mir erklärt hatte. Dass Amerika sich mit Asien verbündet hatte. Immer mehr Puzzleteile erschienen auf der Bildfläche, doch es schien, als würden dadurch die schon vorhandenen nicht mehr zueinander passen. Es war alles viel zu kompliziert. Als hätte sich irgendjemand ein bescheuertes Rätsel für mich ausgedacht.

«Jesus! Lass mich tapfer sein! Ich kann mich nicht gut ausdrücken, aber du weißt schon, wie ich fühle. Bitte hilf mir.»

Und so drang ich immer weiter nach Norden vor.

*****

Mehrere Tage später hatte ich die richtige Gegend erreicht. Eile hatte sich an mein gesamtes Denken geklammert. Ich durfte keine Zeit verlieren. Ich musste systematisch vorgehen. Ich musste sie finden. Ich musste … Abrupt blieb ich stehen, weil ich Stimmen vernahm. Geistesgegenwärtig zog ich mich an einem Ast nach oben auf einen Baumstamm und verkroch mich im Blätterdach. Schritte näherten sich. Nun verstand ich auch, was gesprochen wurde.

«… wollen wir vorgehen? Und du bist dir wirklich ganz sicher, dass sie hier ist? Sie wurde also zurückgebracht?»

Ich erstarrte und hielt die Luft an, als ich die Stimme meines Bruders erkannte.

«Ja, sie ist in der Nähe. Ich hab dir doch schon gesagt, dass ich ihre Gegenwart spüren kann. Erweist sich manchmal als recht praktisch. Wir müssen sie finden. Aber ohne, dass sie uns bemerkt. Wenn es uns misslingt, ist der Plan im Eimer.»

*Janic!* Der? Was redeten sie da? Etwa von mir?

«Ja, Leah kann manchmal echt überreagieren. Deshalb musst du auch sehr überzeugend sein. Nicht, dass ihre Sturheit uns einen Strich durch die Rechnung macht.»

Ja, es ging eindeutig um mich. Aber was sollte das? Was für ein Plan, und weshalb durfte ich nichts davon wissen? Am liebsten hätte ich mich zu erkennen gegeben, doch es war zu heikel, und außerdem wollte ich weiter hören. Sie waren nun direkt unter mir, ich verharrte absolut bewegungslos.

«Es wird hart für sie sein, wenn sie die Wahrheit erfährt. Aber sie muss damit leben.»

*Was?!* Wollten die mich hintergehen? Was führten die beiden bloß im Schilde?

«Komm, wir müssen uns beeilen», drängte Janic, und schon waren sie außer Hörweite. Ich blieb wie vom Donner gerührt sitzen. Ich hatte mich nicht verhört, oder? Sollte ich ihnen folgen und sie weiter belauschen? Nein, ich hatte eindeutig genug mitgekriegt. Wieder schossen mir Tränen in die Augen und ich hielt sie nicht länger zurück. In breiten Bächen liefen sie mir über das gesamte Gesicht. Doch diesmal brachten sie mir keine Erleichterung. Ich konnte es nicht fassen, dass mich ausgerechnet Luke und mein – ehemaliger – Freund so hart betrügen konnten. Enttäuschung fesselte mich. Ich war nicht in der Lage, auch nur einen Schritt zu gehen. Und deshalb blieb ich sitzen, wo ich war.

Eine Weile später fiel mir aber ein, dass die Jungs jederzeit umkehren konnten. Ich wollte ihnen nicht begegnen. Also begab ich mich wieder auf den Weg. Ziemlich ziellos tappte ich in der Gegend umher. Bei den vielen Trainingslagern – wo sollte ich da zu suchen beginnen? Am besten systematisch. Von Osten nach Westen. Aber erst morgen. Ich legte mich in einer Kuhle hinter einem Dornbusch hin und schlang die Arme um die Beine. Bevor ich in die Traumwelt hinüberglitt, sah ich ein Bild – darauf waren Heerscharen von Engeln zu sehen, die Jesus Loblieder sangen. Ich hörte Posaunen und Klavier, alle möglichen Instrumente. Waren sie jetzt da und beschützten mich? Weil Jesus wusste, dass ich es brauchte?

\*\*\*\*\*

Irgendetwas weckte mich. Ich konnte es nicht definieren und das irritierte mich. Es verhieß jedenfalls nichts Gutes. Hatte es womöglich etwas mit der Verschwörung von Luke und Janic zu tun? Ein eisiger Schauer lief mir den Rücken hinunter. Am liebsten hätte ich sie vergessen, doch das war erstens unmöglich und zweitens total unvorsichtig. Ich musste auf der Hut sein. Ein Stachel der Bitterkeit rumorte in meinem Herz herum, als wäre es sein einziges Ziel, die gestern entstandene Wunde immer wieder von neuem aufleben zu lassen. War das nicht total surreal? Ich hatte haufenweise Feinde, ja, manchmal schien es mir, als hätte sich die ganze Welt gegen mich verschworen, und nun hatten sich auch noch meine besten Freunde gegen mich gewandt. Für einen Außenstehenden mochte das wie ein blöder Scherz wirken, doch für mich war es der totale, lebensgefährliche Ernst.

Und ich hatte es satt. Ich hatte es so was von satt, dauernd mein Leben zu riskieren, um mit nichts und wieder nichts belohnt zu werden. Es kümmerte ja keinen, wie es mir ging. Ich wurde von allen nur als Spielfigur benutzt und herumgeschubst, wie es den Leuten gerade gefiel. Niemand hatte Lust, mir zu erklären, wieso. Und *ich* hatte keine große Lust, so den Rest meines erbärmlichen Lebens zu verbringen. Ich würde mich wehren. Wenn nötig auch alleine, von mir aus gegen die gesamte Menschheit. Aber ich würde ganz bestimmt nicht mehr länger mitspielen. Es war eindeutig genug.

Meine Wut war gerade von Neuem aufgeflammt und die brauchte ich, um genug Kraft zu haben. Denn Wut war in jeder Hinsicht praktisch: Sie zerstörte unnötige Gefühlsduseleien, sie verabreichte einem jederzeit einen Energieschub, sie ließ die Gedanken nicht einschlafen und sie half mir, die Einsamkeit zu vergessen. Also worauf wartete ich? Ich musste die Wut nur zu meinem Partner machen und der Sieg würde garantiert meiner sein. Denn ich konnte mir nicht vorstellen, dass irgendjemand auf dieser vermaledeiten Erde ein solches Maß an Wut aufbringen konnte, wie es sich im letzten Jahr in mir angestaut hatte. Das einzige Problem zeigte sich darin, dass ich daran zweifelte, ob ich dazu fähig war, diese Wut auf Luke loszulassen. Denn ich wusste nicht genau, was sie anrichten konnte. Nur, dass sie unberechenbar war. Und – ja, trotz allem war Luke mein Bruder. An diesem Punkt drehte mein Egoismus die Frage wieder um.

Er ist nicht nur dein Bruder, du bist auch seine Schwester. Und trotzdem hat er dich übelst im Stich gelassen, als du ihn brauchtest. Er hat dich verraten, hinter deinem Rücken Pläne geschmiedet, wie man dich überlisten könnte. Du hast jetzt nicht ernsthaft Schuldgefühle, wenn du ihn verletzt? Ganz ehrlich, er hat es mehr als verdient.

Ich wand mich innerlich. Was sollte ich tun? Meine Gedanken schweiften zu Jesus. Würde er Luke vergeben? Ja, sicher. Und er würde auch meine Wut nicht gutheißen. Aber ich konnte ihm ja immer noch vergeben, mich mit ihm versöhnen … Einfach im Nachhinein. Doch ich wusste, dass das nicht richtig war. Ich konnte nicht einfach tun, was mir passte, um es nachher von Jesus entschuldigen zu lassen. Doch mein Herz akzeptierte diese Zurechtweisung nicht, lehnte sich dagegen auf, verdrängte die Warnung. Und schon war ich wieder bei meinen Rachegedanken angelangt. Das ewige Kopfzerbrechen hatte mich ermüdet, bevor ich überhaupt aufgestanden war.

Frustriert versuchte ich, mich zu konzentrieren. Doch der Gedankenstrom, der in meinem Kopf rumorte, war viel zu mächtig, als dass ich gegen ihn etwas hätte ausrichten können.

Widerwillig entschied ich mich dazu, aufzustehen. Doch der Plan, den ich ausgeheckt hatte, fühlte sich falsch an. Ich machte ja nur mit, um meinen Bruder zu retten. Und ich bedeutete Luke nichts mehr.

Tu es trotzdem, ermahnte ich mich. Wenn nicht für Luke, dann zumindest, um deine Mutter zu finden.

Ich war kaum eine halbe Stunde gelaufen, da trat ich ans Ufer eines großflächigen Sees. Ich war vom Weg abgekommen, denn hier war ich noch nie gewesen. Geistesabwesend ließ ich meinen Blick über die Oberfläche schweifen. Leuchtend blaues Wasser, welches das Licht der Sonne reflektierte und glitzerte. Es funkelte, als hätten sich am Grund des Sees Abermillionen von Kristallen versteckt. Ich machte einen Schritt auf das Wasser zu, ließ die Uferfelsen hinter mir.

*Was tust du hier?*, schrie mir mein Sinn für Logik hinterher, *geh nicht weiter! Komm zurück!* Aber ich konnte nicht. Ich musste immer weiter gehen. Denn ich sah keinen See vor mir. Ich sah türkis-blau strahlende Augen, die mich willkommen hießen. Ich wurde zu ihnen hingezogen, war in einem trügerischen

Bann gefangen.

«Hey, Leah.»

Ich wirbelte herum, meine Haare flogen mir um die Ohren. Ich machte mir nicht die Mühe, sie aus dem Gesicht zu streichen.

«Janic, was um alles in der Welt tust du hier?»

Ein spöttisches Grinsen zog an Janics Mundwinkeln, Überlegenheit lag in seinen Augen. Kurz war ich irritiert davon, dass er trotz der Hitze eine Jacke trug, doch dann lenkten mich seine Worte davon ab.

«Es würde mich interessieren, weshalb *du* wieder da bist, ohne es jemandem mitzuteilen. Ich meine, das lässt mich den Schluss ziehen, dass du die Seite gewechselt hast.»

«Nein, spinnst du! Was tust du?»

«*Ich?*» Er lachte. Aber das kurze Aufflackern in seinen Augen entging mir nicht. Was bedeutete es? War es ... *Reue?*

«Ich war bloß am Joggen. Und jetzt glaub ich, ich muss umkehren, um die anderen zu warnen.»

«Du lügst! Ich glaube dir kein einziges Wort. Egal, wie gut du spielst, du kannst nicht über das hinwegtäuschen, was du früher warst.»

«Ach nein? Wie schade.» Er fuhr sich mit der Hand durch seine seidigen schwarzen Haare, als müsste er angestrengt nachdenken. «Dann bist du ja eine von der ganz schlauen Sorte. Aber vielleicht hast du dich mal gefragt, ob denn das mein wahres Ich war?»

«War es!», beharrte ich.

«Bist du dir so sicher? Du hast mich nicht lange gekannt», konterte er.

«Die Zeit reichte», entgegnete ich, doch meine Sicherheit war nur gespielt.

«Dann muss ich dich leider enttäuschen. Du hast keine Ahnung, wer ich bin.»

«Und eigentlich ist es mir auch so was von egal.»

«Meinst du? Da wär ich mir nicht so sicher. Mal sehen, was du denkst, wenn ich dir sage, dass ich schuld an deiner Entführung bin.»

«Das ist nicht wahr! Sag mir, dass das nicht wahr ist!», keuchte ich.

Seine Miene war weder so versteinert und gefühllos wie in den letzten Wochen, noch war sie sehnsüchtig und leidenschaftlich wie dann, als ich ihn kennengelernt hatte. Nein, sie war verachtend. Er argumentierte mich in Grund und Boden.

«Und wie wahr es ist. Wo wir gerade dabei sind, kann ich dir auch erklären, warum. Ich bin nicht Janic. Ich bin ein Spion aus Nordamerika. Und ich wurde hierhingeschickt, um die Christen zu kontrollieren und Bescheid zu geben, falls etwas aus dem Ruder läuft. Und dann bist du auf unserem Radar aufgetaucht. Mit deinen Fähigkeiten und deinem Potenzial. Mit den ganzen Prophetien, die von dir handeln. Ich bekam einen neuen Auftrag. Ich sollte dich testen.»

«Halt! Stopp! Sag kein Wort mehr! Es stimmt nicht. Sie brauchen mich nur, um meine Mutter zu finden.»

Wieder lachte er. Sein spöttisches, angeberisches Lachen.

«Ach wirklich? Glaubst du etwa tatsächlich, unsere Organisation würde ein Mädchen mit etwas beauftragen, was sie selber in wenigen Minuten erledigen können? Du bist so naiv. Sie wollen dich anheuern. Sie wollen dich brauchen. Und deshalb … Habe ich mich entschlossen, dich gleich wieder mitzunehmen. Und daran kannst weder du noch dein feiger Bruder etwas ändern. Er steht da hinten und wird es nicht wagen, mich zu hindern, wenn ihm etwas an dir liegt.» Er deutete nach hinten zum Waldrand. Meine Augen weiteten sich. Da stand Luke und starrte Janic, der sich einen Moment lang zu ihm gedreht hatte, entgeistert an. Kurz wirkte er, als wollte er mir zu Hilfe eilen, doch er musste irgendetwas in Janics Gesicht gesehen haben, das ihn davon abhielt. Fassungslos wollte ich ihm etwas zurufen, besann mich aber eines besseren und ging auf Janic los, der mir noch immer den Rücken zugewandt hatte. Ich würde es nicht zulassen, dass er mir etwas antat.

Blitzschnell ließ ich meine Faust durch die Luft sausen, doch Janic duckte sich rasch darunter weg – wie auch immer er den

Schlag hatte bemerken können. Er wirbelte zu mir herum und versetzte mir einen Stoß mit der flachen Hand. Ich stolperte, fuhr aber gleich wieder herum und wich seinem nächsten Angriff aus. Anschließend rammte ich ihm das Knie in den Bauch. Er stöhnte auf. Mit einem Satz war er bei mir und versetzte mir einen harten Schlag ins Gesicht. Ich hätte ihm diese Brutalität nicht zugetraut. Etwas Warmes lief mir die Wangen hinunter, meine Tränen vermischten sich mit Blut. Ich war wütend. Auf ihn. Am meisten aber verachtete ich mich selbst, und zwar dafür, dass ich ihm alles abgekauft hatte. Ich war so was von verachtenswert. Ich war selbst schuld.

Inzwischen hatte Janic mich einen Schritt nach dem anderen zum Seeufer getrieben. Wellen leckten schon an meinen Schuhsohlen, ich stand nur noch da, hatte aufgehört, mich zu wehren. Meine Arme hingen schlaff an den Seiten hinunter, aber das Gesicht hatte ich furchtlos zu Janic hingewandt. Ich starrte ihn auffordernd an und erwartete, dass er gleich eine Betäubungspistole oder etwas Ähnliches zücken würde.

«Lass uns dem Ganzen ein Ende bereiten», verkündete er stattdessen.

Er musterte mich und in seinem Blick war wieder nichts zu sehen. Er war wie ein abgerichteter Roboter. Mit voller Wucht schubste er mich nach hinten. Ich fiel, flog noch nicht mal spektakulär durch die Luft. Ich platschte einfach ins Wasser. Um mich herum spritzten Tropfen in die Höhe, doch ich selbst versank und bewegte mich nicht. Ich konnte nicht mehr. Ich genoss das kühle Nass auf meiner Haut, ließ die Dunkelheit immer mehr auf mich zu schwappen. Ließ mich von ihr überrollen.

*****

Heftig atmend hielt Luke mit Rennen inne. Als Janic begonnen hatte, das Gespräch auf Leahs Entführung zu lenken, hatte er nicht glauben wollen, was er da hörte. Janics Worte hatten nichts mit ihrem Plan zu tun gehabt. Er hatte ihn reingelegt, um Leah zu finden. Dennoch hatte Luke noch abgewartet, in der Hoffnung, es würde sich alles klären und Janic würde sich wie zuvor abgesprochen verhalten. Irgendwann hatte er Leah gedroht – zu diesem Zeitpunkt hatte Luke eigentlich zum Angriff übergehen wollen, doch dann hatte Janic sich umgedreht und ihn einen Blick auf die Innenseite seiner Jacke werfen lassen, wo Luke die Klinge eines Messers im Licht hatte aufblitzen sehen. Janics Aussage; «... *wird es nicht wagen, mich zu hindern, wenn ihm etwas an dir liegt*», hatten daraufhin eine ganz neue Bedeutung angenommen und das warnende, gefährliche Funkeln in seinen Augen hatte Luke erstarren lassen. Aus Angst, Janic würde Leah mit dem Messer etwas antun, hatte er innegehalten. Daraufhin war er in Richtung Zentrale losgeeilt, um Kai zu informieren und Hilfe zu holen. Doch dafür war es wohl zu spät, wurde ihm nun klar – was auch immer Janic vorgehabt hatte, konnte er längst getan haben.

*Du bist ein elender Idiot. Einmal hat sie dich wirklich gebraucht und genau da hast du ihr nicht helfen können, hast dich nicht getraut. Und jetzt? Nein, du brauchst gar nicht erst umzukehren. Es ist vorbei. Zu spät. Du wirst dort niemanden mehr vorfinden. Du hast eine Entscheidung getroffen, als du geflohen bist, und die kannst du nicht mehr rückgängig machen. Du bist ein Versager auf ganzer Linie.*

Luke ließ sich zu Boden fallen. Wieso hatte er Janic geglaubt? Er hatte ihm erklärt, er wäre Teil einer Gruppe, die sich «Missionare» nannten. Solche Leute wurden ausgeschickt, um das Evangelium weiter zu erzählen. Und Janic selbst würde auch bald verreisen. Und deshalb durfte er nicht mit Leah zusammen sein, weil es ihr nur das Herz brechen würde, wenn er gehen musste. Sein Plan war gewesen, so fies zu ihr zu sein, dass sie ihn hasste und von selbst nichts mehr mit ihm zu tun haben wollte. Um ihnen beiden den Schmerz zu ersparen. Doch es war nach hinten losgegangen. Er kannte Leah, sie war nicht zornig – höchstens äußerlich. In ihrem Gesicht, in ihren Augen war die schiere Verzweiflung zu sehen gewesen, vor allem aber eine unendliche, bodenlose Trauer, die Luke nicht ertragen konnte. Und Janic hatte ihn auch angelogen. Er hatte Luke nur als Teil seines Plans gesehen. Egal, was nun mit Leah geschah, es war seine Schuld.

Schluchzer schüttelten seinen Körper. Panik stieg in ihm auf, rüttelte ihn wach. Ohne selbst zu wissen, was er tat, sprang Luke auf die Füße und raste los, zurück zum See. Er musste Leah finden. Oder sein Leben würde keinen Sinn mehr haben.

*****

Ich öffnete die Augen. Um mich herum war es dunkel, doch in der Ferne machte ich ein sanftes Glitzern aus. Die Sonne! Dort musste die Oberfläche sein. Ich merkte erst jetzt, wie meine Lungen nach Luft schrien. Hastig begann ich, mich nach oben zu strampeln, und schloss die Augen wieder. Wie tief war ich gesunken? Es schien eine Ewigkeit zu dauern. Ich musste mich mächtig zusammenreißen, nicht nach Luft zu schnappen. Panisch ruderte ich immer schneller mit Armen und Beinen. Das Gewicht meiner nassen Kleider verhinderte eine höhere Geschwindigkeit. Ich fühlte mich, als würde ich schweben. Nur eben unter Wasser und nicht in der Luft.

Sekunden später durchbrach ich die Wasseroberfläche. Hustete wie verrückt. Keuchte. Spürte, wie die Luft mich neu aufleben ließ. Und schlug die Augen auf. Die Sonne leuchtete so grell auf mich hinunter, dass ich blinzeln musste.

Misstrauisch blickte ich hinüber zum Ufer, als ob dort noch irgendwelche Agenten lauern könnten, die es auf mich abgesehen hatten. Vielleicht wäre es ja besser als das, was hier auf mich wartete. Ja, wieso eigentlich nicht? Denn – was sollte ich hier tun? Mir wurde schon übel bei dem Gedanken, auch nur aus dem Wasser zu klettern. Was, wenn ich Luke begegnen würde? Was würde er sagen? Würde er sich entschuldigen? Wollte ich das überhaupt? Ich wusste gar nichts mehr, aber es war klar, dass ich nicht noch länger im Wasser bleiben konnte, zumal es bald Nacht würde. Widerwillig krabbelte ich an Land und hatte eigentlich nur das Bedürfnis, mich zusammenzurollen und zu schlafen.

*Nein, nicht hier. Geh weg,* warnte mich meine innere Stimme. Sie hatte recht, ich musste verschwinden. Und zwar so schnell wie möglich. Ich hatte keinen Bock auf niemanden. Unentschlossen wandte ich mich in die erstbeste Richtung. Und hoffte, nicht direkt in ein Lager zu latschen. Ich war mir noch immer im Unklaren, was ich denken sollte, keiner meiner Gedanken hatte den Kampf bisher für sich entscheiden können. Am besten wäre es sowieso, gar nichts zu denken, doch das musste ich gar nicht erst probieren. Meine Beine fühlten sich wie Wackelpudding an, in meinem Kopf drehte sich alles und mein Herz pochte, als müsste es die Weltmeisterschaften gewinnen. Der Rest meines Körpers fror, nicht nur wegen der Angst vor der Zukunft, sondern auch, weil sich endgültig die Dunkelheit über den Urwald gelegt hatte und eine Kälte, die ich in Südamerika gar nicht gewohnt war, Einzug genommen hatte. Ich konnte kaum noch die Hand vor Augen erkennen und stolperte dauernd über irgendwelche Sträucher. Mir war total schwindlig und meine Füße schmerzten. Als ich wieder einmal an etwas Undefinierbarem hängen blieb und zu Boden stürzte, blieb ich schließlich einfach liegen und presste das ohnehin dreckverschmierte Gesicht in die Erde. Meine nasse Kleidung musste inzwischen total hinüber sein. Ich mochte mich nicht umdrehen und die Sterne betrachten, weil mich das hundertprozentig wieder an alle möglichen Sachen erinnert hätte, an die ich nicht denken wollte.

Ich zuckte zusammen, als ich Schritte hörte. Konnte man nicht ein einziges Mal ungestört irgendwo liegen und einfach nur deprimiert sein? Ich stöhnte, riss mich dann aber zusammen und verkroch mich hinter einem Busch. Es klang, als ob sich dieser jemand setzen würde.

«Leah?»

*Janic?* Ich schnappte nach Luft. Und er hatte es bemerkt.

«Du bist hier.»

Mir wurde schwindlig und schlecht zugleich. «Hau ab!», stieß ich hervor, es klang mehr nach einem hilflosen Schluchzer.

«Komm hervor, bitte.»

«Das letzte Mal hast du gesagt: Geh und komm nicht wieder.»

«Leah, es tut mir leid. Es war ein Fehler. Ich habe mich in dir getäuscht. Lass es mich erklären.»

«Du hast es doch erst gerade erklärt. Vor etwa zwanzig Minuten.» Ich schluchzte erneut auf.

«Das war gelogen. Ein erbärmlicher Versuch, deine Gefühle für mich abzustumpfen. Aber ich weiß jetzt, dass es nicht geklappt hat.»

«Ha! Weshalb soll ich dir das glauben? Du bist doch angeblich so ein guter Schauspieler. Woher soll ich wissen, ob das hier wahr ist?»

«Gib mir nur noch eine Chance.»

«Die da wäre?»

«Hör mir einfach zu. Und komm hinter dem Busch hervor.»

Ich überlegte, ob ich mich einfach weigern sollte. Aber dabei würde ich mir wie ein trotziges Kleinkind vorkommen. Also rappelte ich mich hoch, verschränkte die Arme und starrte ihn an. Er sah mich an und blinzelte kurz. Sein Blick blieb an einer Stelle oberhalb meiner Augen hängen, wo vermutlich eine offene Wunde klaffte. Innerlich grinste ich spöttisch.

Tja, du Idiot, das ist der Ort, wo du mich getroffen hast. Starr bloß noch etwas länger und sieh, was du angerichtet hast.

Aber es war bitterer Spott in meinem Grinsen. Und weil es mir allmählich zu blöd wurde, wie eine Schaufensterpuppe rumzustehen, ließ ich mich zu Boden sinken und lehnte mich an einen Baumstamm, sodass wir uns genau gegenübersaßen. Nun war ich an der Reihe mit dem Glotzen. Und ich konnte nicht damit aufhören. Denn ich war mir mittlerweile überhaupt nicht mehr sicher, ob das der gleiche Junge war, der mir immer wieder begegnete. Mein Herz redete auf mich ein und war der klaren Überzeugung, er würde sich von Mal zu Mal verändern – und insgeheim stimmte ich ihm zu. Denn die Version von Janic, die da vor mir saß, hatte keine Ähnlichkeit mit dem Jungen, in den ich mich verliebt hatte. Auch keine mit der gefühllosen Variante, hatte nichts zu tun mit dem aggressiven, spöttischen

Janic von heute. Ich gestand mir zwar ein, dass er jedes Mal unglaublich hübsch war. Seine Haare hingen ihm in Strähnen vor die funkelnden Diamanten-Augen. Aber hatte ich noch Gefühle für ihn? Nicht wirklich. Kaum, nach allem, was geschehen war. Ich hatte wohl ein besonderes Talent, dass alle Menschen, die mir begegneten, mich verraten wollten. Wie ich das anstellte, wusste ich auch nicht.

Zurück zu Janic – er saß da vor mir mit einer Miene, als würde er auf einer Beerdigung neben dem Sarg stehen. Und er schien mir wie ein Fremder, als würde ich ihn nicht kennen. Oder als hätte ich ihn vor vielen, vielen Jahren mal gekannt. Wie auch immer. Wenn er eine Begründung zu liefern hatte, musste sie außergewöhnlich sein. Aber, wenn ich ehrlich war: Ich wollte keine Begründung. Ich wollte keine Erklärungen, keine Entschuldigungen, keine Reue – sondern einfach nur, dass er mich mein Leben leben ließ und mir aus dem Weg ging. Ich wollte nichts mehr mit ihm zu tun haben.

«Leah, glaub mir, ich ...», seine Stimme brach. Ich wollte die Augen verdrehen, irgendwas machen, was ihm vermittelte, dass ich nichts hören wollte. Dass er mir egal war und mir auf die Nerven ging. Stattdessen saß ich stocksteif da und rührte mich keinen Millimeter.

«Bitte! Es stimmt nicht, was ich dir erzählt habe, ...»

«Spar dir den Quatsch. Sag mir, was du sagen willst, und hau dann ab. Ich bin müde.» Ich erschrak selbst über die eisige Kälte in meiner Stimme. Aber die Kälte war tief in mich hinein gesickert. Ich musste mich schützen.

«Okay. Ich fass mich kurz. Ich bin ... Also, mein Vater – meine Mutter ist längst tot. Und als ich davon hörte ... dass – dass mein Vater einen neuen Job angenommen hatte, hielt ich es daheim nicht länger aus. Er wurde Arzt.»

*Carlos ist sein Vater. Und Janic ist abgehauen.*

«Auf jeden Fall kam ich in Kontakt mit Menschen aus Amerika. Ich schloss mich der Spionagezentrale an, und sie schickten mich nach Südamerika, um mich bei den Christen in Rio spionieren zu lassen.»

«Einen Jungen in deinem Alter?»

«Was ist unauffälliger? Außerdem – für eine Mission warst du auch ganz schön jung. Und dann … dann tauchtest du auf ihrem Radar auf. Und sie wollten dich.»

«Stopp. Was heißt das, sie wollten mich? Was konnte ich ihnen denn bieten? Ein stinknormales Mädchen?»

«Du warst … du bist eben überhaupt nicht normal. Du denkst anders. Du handelst anders. Und von dir ist in den Prophezeiungen die Rede, zumindest denken das die Christen.»

«Wie kamen sie überhaupt auf die Idee, mich zu beobachten?»

«Weißt du, die Geschichte deiner Familie ist nicht so normal, wie du denkst. Aber dazu später. Ich sollte dich beobachten und so. Und …» Er hielt inne und blickte zu Boden, seine Hände verkrampften sich, ballten sich zu Fäusten und lösten sich wieder.

«Und ich sollte dir eine Freundschaft vorspielen.»

«Weißt du was?» Ich hatte genug und schnellte vom Boden hoch. Sofort hatte ich das Gefühl, als würde die Dunkelheit wie ein feuchter Schleier um mich herumwabern. «Ich glaub dir immer noch kein Wort. Den Quatsch, den du mir da weiszumachen versuchst, ergibt null Sinn. Hör einfach auf damit. Und überhaupt, ich versteh nicht, was diese Aktion jetzt bringen soll. Ist wahrscheinlich ein Teil in einem genau ausgearbeiteten Masterplan, nicht wahr? Und ich muss nur mitmachen und dafür musst du mich bearbeiten, bis ich dir glaube. So ist es doch, nicht wahr?»

«Nicht wirklich. Aber du bist näher dran, als du vielleicht denkst. Amerika wird mächtiger. Bald werden wir beginnen, Europa zu erobern.»

«Und was ist mit den Islamisten? Kämpft ihr auch gegen die?»

«Die Islamisten?», für einen kurzen Moment schien Janic aus dem Konzept gebracht, fasste sich aber gleich wieder. «Ach, das. Die gibt's nicht mehr, aber das erzählen die euch in der Schule nicht. Die wurden besiegt, genau wie Südamerikas Einwohner.»

«Was?» Ich kniff wütend die Augen zusammen, «Das kann nicht sein! Das hätte ich gemerkt!»

«Wie denn? Euer Internet ist gefiltert. Du kannst nur auf bestimmte Sachen zugreifen.»

«Aber was ist dann mit Asien, wenn die Islamisten es gar nicht erobert haben? Das macht alles keinen Sinn», erklärte ich.

«Doch, tut es – Islamisten, die gegen Europa kämpfen und Asien eingenommen haben, sind doch ein guter weiterer Grund für alle Einwohner, Religionen abzulehnen. Asien gehört mittlerweile ganz einfach zum Vereinigten Europa und ist dessen Gesetzen unterordnet. Und hast du Beweise für die Existenz der Islamisten? Nein, da ist bloß der Kalte Krieg zwischen den Europäern und den Amerikanern. Dein Vater ist ein hoher Regierungsangestellter ...»

«Jetzt fang nicht auch noch damit an!», fuhr ich dazwischen. «Das wollten meine Entführer mir auch schon verklickern, dass sie mich bräuchten, um etwas gegen meine angeblichen Eltern auszurichten. Quatsch.»

«Das mein ich gar nicht. Es geht um mehr, um viel mehr als Finn allein. Und du bist das Bindeglied. Finn will deine Mutter, richtig? Er denkt, sie ist hier. Und er braucht dich, deshalb hast du Zugang zu ihm. Und dadurch kann Amerika ihn erwischen und hat durch ihn einerseits ein Druckmittel, um Europa zu erpressen, und andererseits kann er ihnen viele wichtige Informationen liefern. Weil dein leiblicher Vater wahrscheinlich noch irgendwo in Wüstenland ist, heißt das noch lange nicht, dass er nichts ausheckt.»

Bevor er fortfahren konnte, fiel ich ihm ins Wort: «Wie, mein Vater soll etwas aushecken? Soll das heißen ... ich meine ... man kann nicht überleben in Wüstenland. Willst du sagen, dass er noch ...», ich krallte aufgeregt meine Finger in den Stoff meines T-Shirts, «... dass er noch lebt?»

«Um ehrlich zu sein – ich weiß nicht genau, was mit ihm ist, aber ich weiß, dass er lebt. Nur weil die Europäer Wüstenland als verfluchtes Land bezeichnen, heißt das nicht, dass die Menschen dort nur untätig rumsitzen und auf ihren Tod warten. Wer will, hat durchaus Möglichkeiten, Kontakt zu Amerika aufzubauen. Eigentlich hat Amerika sogar viele Verbündete in Wüstenland.»

Verwirrt schüttelte ich den Kopf und versuchte, diese neue Information zu verdauen, während Janic weitersprach.

«Wie dem auch sei: Du bist auch das Bindeglied zu deinem leiblichen Vater. Amerika muss Wüstenland unter Kontrolle behalten. Du bist der Schlüssel zu so ziemlich allem. Deshalb wollen sie dich.»

Ich kapierte gar nichts mehr. War das ein Märchen? Mein Kopf schmerzte von den vielen Informationen. Und ich konnte mir noch immer keinen Reim daraus machen. Aber ich spürte, dass hinter Janics Worten irgendwas lauerte. Irgendein großes Geheimnis. Irgendwas, das man mir bis jetzt verschwiegen hatte. Etwas Kompliziertes. Die Frage war bloß, welche Rolle ich darin spielte. Und welche meine Mutter. Und mein richtiger Vater. Und Janic.

Und wollte ich das überhaupt? Sollte ich mich geehrt fühlen, so was Besonderes zu sein? Wollte ich nicht einfach ein gewöhnliches, stinknormales Leben führen?

Ich hatte keine Wahl. So war es schon immer und so schnell würde sich das kaum ändern.

# 16. Kapitel

«Tatsache ist, dass dieser Krieg schon etwa dreißig Jahre dauert. Und Europa gibt nicht klein bei, obwohl sie immer mehr an Macht verlieren. Aber glaub mir, sie haben keine Chance. Sie ...»

Ich hörte ihm gar nicht richtig zu. Information um Information prasselte auf meine überanstrengten grauen Zellen ein, doch es gab anderes, was mich viel brennender interessierte.

«Janic ... weshalb sind gerade meine Eltern und Finn so wichtig?»

«Liegt das nicht auf der Hand? Finn ist ein hoher Regierungsbeamter, der an deine Mutter ran will, deren ursprünglicher Ehemann in Wüstenland ist. Und dort wahrscheinlich was anzettelt.»

Ich schüttelte niedergeschlagen den Kopf. «Nein, ich mein nicht das. Das ist nicht alles. Da gibt es noch mehr.» Mehr als ich wissen wollte. Aber ich musste es wissen.

«Nein ... ja ... weißt du, weshalb dein Vater nach Wüstenland geschickt wurde?»

Ich starrte zum Sternenhimmel hinauf, bekam aber nur dunkles Blätterwerk zu Gesicht.

«Weil Finn meine Mutter wollte, hat er dafür gesorgt, dass er nach Wüstenland geschickt wurde», antwortete ich, ohne ihn anzusehen. Ich hatte ihn die ganze Zeit nicht mehr angesehen, weil ich diesen einen Gedanken nicht ertragen konnte: Es war okay, dass Janic mich nicht mehr liebte. Naja, nicht wirklich, aber ich konnte damit leben. Aber es war alles andere als okay, dass er mich *nie* geliebt hatte. Dass alles nur gespielt gewesen war. Diese Vorstellung brachte mich um den Verstand, alles in mir zog sich zusammen und ich brachte es nicht fertig, klar zu denken.

«Das auch. Sagen wir es so, das war eine Nebenwirkung, etwas, das gut in Finns Plan passte. Aber nicht das Hauptsächliche. Er wollte deinen Vater von der Bildfläche haben, weil dieser gefährlich war.»

«Weshalb?»

«Das wusste Finn nicht so genau. Er tippte auf einen Führer des Untergrunds, womit er aber falsch lag. Auf jeden Fall konnte er mit dieser Anschuldigung sicher gehen, dass Alex seine Pläne nicht mehr durchkreuzen würde, wie er es in der Vergangenheit mehrmals getan hatte.»

«Mein Vater heißt Alex?», wisperte ich tonlos. Mir wurde schwindlig. Der Mann, an den ich monatelang nur mit «mein Vater» hatte denken können, hatte einen Namen. Er hatte Gestalt angenommen. Augenblicklich fühlte ich mich ihm viel näher. Und gleichzeitig wurmte es mich, dass Janic, ein *Fremder,* so viel mehr über Alex wusste als ich. Ich hätte es verdient!

«Ja ... ja, so heißt er. Und jetzt ist er wieder in Wüstenland, wo ...»

Ich warf ihm einen irritierten Blick zu. «Wieder? Was meinst du mit *wieder* in Wüstenland, war er nicht die ganze Zeit dort?

Janic seufzte. «Die ganze Sache ist kompliziert und ich habe selbst nicht genügend Überblick, um dir das richtig zu erklären. Alex stand aber, wie auch immer, mit den Christen in Kontakt und es ist ihm gelungen, von Wüstenland wegzukommen und nach Südamerika zu reisen. Nach einem uns schleierhaften Vorfall ist er von dort wieder verschwunden ...» Janic zögerte, und als er wieder ansetzte, hatte ich das Gefühl, als hätte er mir etwas verschwiegen. «Und dann wurde er Kontaktmann in Wüstenland.»

«Heißt das, dass ihr Kontakt zu ihm habt?», fragte ich erstaunt.

Janic verneinte. «Schon einige Monate nicht mehr. Aber die Zentrale der Christen hat vor zwei Jahren eine Botschaft erhalten – verschlüsselt. Sie wissen, dass sie von ihm ist, weil sein Codename draufsteht. Den kennen nur er und die Führer. Aber wir konnten die Botschaft bis heute nicht entschlüsseln.»

Ich vergrub das Gesicht in den Händen und wehrte mich

gegen die Tränen, die mir über die Wangen strömten, vergeblich. Ich fühlte mich, als hätte ich gerade einen Hammer auf den Kopf geschlagen bekommen. Die Erkenntnis durchfuhr mich bitterkalt. Er lebte. Es war nicht nur eine Hoffnung. Es war eine Tatsache. Und ...

«Leah, was ist denn los?» Janic blickte mich besorgt an. Ich starrte unnachgiebig zu Boden, konnte es aber nicht mehr verschweigen.

«Er konnte von Wüstenland fliehen!», platzte ich heraus. «Er ist gereist! Er war die ganze Zeit frei! Aber er hat sich nicht darum geschert, dass er Kinder hat. Er hat mich vergessen! Ich war die ganze Zeit da.»

«Wir wissen nicht, was in der Botschaft steht, Leah»

Ich bedeutete ihm, zu schweigen. Er hatte keine Ahnung. Die blöde Botschaft war mir egal. Aber ich wollte mehr Informationen.

«Du sagtest, Finn lag falsch mit der Vermutung, dass Alex vom Untergrund ist. Was dann? Und warum war er dann hier bei den Christen?»

«Er hatte durchaus Kontakt zu den Christen, wusste aber nicht viel über sie und hatte bei ihnen nichts zu sagen. Er hat sich aber später, also nachdem er Rio verlassen hatte, den Amerikanern angeschlossen.»

«Das kommt ja immer besser», meinte ich sarkastisch, «er hat sich nicht nur nicht um mich gekümmert, er kommt auch von denen, die mich entführt haben und dessen Agent gerade vor mir sitzt und mir zu verstehen gibt, er hätte mir seine Liebe nur vorgespielt.»

Janic zuckte zusammen. «Ich bin noch nicht fertig. Amerika ist nicht nur eins. Wir haben uns schon vor etwa zwanzig Jahren getrennt. Alex ist nicht in derselben Gruppe wie ich.»

«Kapier ich nicht. Ihr habt euch getrennt? Wie könnt ihr da zusammenarbeiten?»

«Naja, es funktioniert irgendwie. Wir sind nicht immer gleicher Meinung, aber wir verfolgen dasselbe Ziel: Europas Regierung zu stürzen.»

«Janic?» Ich hob meinen Blick und richtete ihn auf den Jungen.

«Ja?»

«Muss ich denn jetzt meine Mutter immer noch ausliefern?»

Er schwieg einen Augenblick und meinte dann: «Lass das. Ich ... ich werde mich darum kümmern. Ich werde ihnen einfach was vorspielen ...»

Ich schnaubte leise und musste mich beherrschen, um die Worte wieder hinunterzuschlucken, die mir auf der Zunge lagen: Dass er das ja gut konnte – jemandem etwas vorspielen. Mein Schnauben schien ihm nicht zu entgehen, doch er überging es und fuhr fort: «Ich ... werde ihnen erzählen, dass ich dich unter Kontrolle habe. Leah, ich werde dir helfen!» Sein flehender Blick machte deutlich, dass er auf etwas Versöhnliches meinerseits als Antwort auf sein Angebot hoffte. Vergeblich, ich ging nicht darauf ein.

«Andere Frage: Wenn du gar nicht der bist, den du vorgegeben hast zu sein», wechselte ich das Thema und nahm wahr, dass Janic auch diesmal mit leichtem Zittern auf die Aussage reagierte, «dann bist du also kein Christ?»

Janic antwortete nicht sofort, aber ich konnte hören, wie er leise, fast bedauernd seufzte. «Nein. Ich ... darf nicht.»

Mein Magen zog sich zusammen. Die Kluft zwischen mir und Janic vergrößerte sich mit jedem weiteren Wort, auch wenn ich ihm die letzte Aussage nicht ganz abkaufte, wenn ich an unsere Gespräche während meinem ersten Aufenthalt in Rio dachte.

«Wie bist du nach Amerika gekommen?»

«Als mein Vater ... Als Carlos Arzt wurde und Kinder einschläferte, riss ich von zuhause aus. Es war mir ein Leichtes, die Organisation zu kontaktieren, weil ich gewisse Leute von meinen nächtlichen Streifzügen kannte. Und dann bin ich dort gelandet.»

«Und willst du das, was sie wollen? Bist du dort glücklich?»

Zum ersten Mal sah ich ihm in die Augen. Ich sah die Angst und verstärkte den Druck in meinem Blick. Er starrte zurück, doch ich gab nicht nach.

«Glücklich würde ich es nicht nennen», gab er zu, «aber ich habe keine Alternative. Ich kann nirgendwo hin.»

«Klar kannst du das», widersprach ich. «Du könntest jederzeit zu den Christen gehen! Echt, meine ich.»

«Denkst du wirklich, dass die Amerikaner mich ohne weiteres gehen lassen würden? Mit den vielen Informationen, die sie mir anvertraut haben?» Der bittere Tonfall in seiner Frage entging mir nicht. «Nein, würden sie nicht», beantwortete er seine Frage selbst.

Ich zögerte mit der nächsten Frage. Ich war mir nicht sicher, ob ich sie stellen sollte. Und tat es doch. «Weshalb hast du mich dann ziehen lassen?»

Er schloss für den Bruchteil einer Sekunde die Augen. Skepsis flackerte in seinem Blick auf. Würde er mich wieder anlügen?

«Weil der Plan nicht funktioniert hat.»

«Hä?»

«Sie wollten, dass ich dir Liebe vorspielte, um dich kontrollieren zu können. Aber ... plötzlich war es dann doch nicht gespielt.»

Der Schwindel nahm überhand und ich grub meine Finger in den Waldboden, um aufrecht sitzen zu bleiben. Jede Faser meines Gehirns warnte mich. Es konnte nichts anderes als eine weitere Falle sein.

«Deshalb auch die Szene heute», fuhr Janic unbeirrt fort. «Ich musste dir und mir klarmachen, dass es nicht geht mit uns. Endgültig. Ich hoffte, du würdest mich dann nur noch hassen. – Aber es funktionierte nicht. Ich hab dir angesehen, dass du mich nicht hasst. Und ich ... Ich musste zu dir zurückkommen. Weil ...» Er betrachtete mich und ich sah die Sehnsucht in seinen Augen. «Weil du mir *alles* bedeutest.»

Abrupt wandte ich den Blick ab.

«Ist meine Mutter hier? Bei den Christen?»

«Ja.» Er klang verwirrt, aber ich konnte das nicht, darüber reden. Nicht jetzt.

«In welchem Lager?»

«Ich glaube beim Lager am Hügel östlich der Felswand.»
Ich erhob mich. «Ich gehe.»
Meine verflixten Beine schienen nicht stabiler als vermoderte Zahnstocher.

Erst entgegnete Janic nichts, doch als ich ein paar Schritte gegangen war, setzte er nochmals an.

«Leah?»

Ich drehte mich um und begegnete den durcheinanderwirbelnden Gefühlen in den funkelnden Diamanten.

«Kommst du wieder zurück?»

Ich riss mich zusammen, um nicht nach Luft zu schnappen. Ich war mir schmerzlich bewusst, dass diese Frage mehr aussagte. Es ging nicht darum, ob meine Füße mich, nachdem ich meine Mutter gesehen hatte, zu ihm zurücktragen würden. Er wollte wissen, ob mein Herz zurückfinden würde. Ob ich ihm verzeihen, ihn je wieder lieben würde. Mir schien es, als hielte das ganze Universum die Luft an. Ich wollte mehrmals zu einer komplizierten Antwort ansetzen, hielt aber schließlich den Mund. Und mir wurde klar, dass ich es nicht einfach vergessen konnte. Es würde nicht sofort einfach gut sein. Es würde schwierig und voller Hindernisse sein. Ich sah wieder zum Himmel hoch. Hier sah ich die Sterne. Ich wusste, dass Jesus bei mir war. Ich erinnerte mich, wie oft ich mir sicher gewesen war, dass er nur Einbildung war. Ich hatte versagt, nicht an ihm festgehalten. Und doch hatte er seine Entscheidung für mich niemals rückgängig gemacht. Er hatte mich immer geliebt, war immer bei mir gewesen.

Ich konnte nicht sagen, ob ich es schaffen würde. Das mit Janic. Aber ich wusste, dass ich es versuchen würde, und wenn ich daran abermals zugrunde gehen würde.

Als ich endlich das Wort ergriff, war meine Stimme fest, ohne jegliches Zittern.

«Ja, ich komme zurück. Das verspreche ich dir.»

*****

Ich tappte durch den Dschungel und ließ dem Gedankenstrudel in mir freien Lauf. Ich war total verwirrt – und hatte ehrlich gesagt keine Ahnung, was ich nach heute tun sollte. Ich wusste, wo meine Mutter war. Der Gedanke fühlte sich seltsam an, wie ein Fremdkörper in meinem Hirn. War ich bereit, sie jetzt schon zu sehen? Ich war zwar kein bisschen müde, aber ich konnte nicht noch mehr aufnehmen. Es war mir alles zu viel. In diesem Zustand war ich nicht in der Lage, meine Mutter zu suchen.

Instinktiv wandte ich mich in Richtung Felswand. Aber ich wollte mich nicht in einer der Höhlen verkriechen. Deshalb beschloss ich, den Felsenkessel in der Hoffnung aufzusuchen, dass die Lichtung verlassen war.

Geistesabwesend steuerte ich dort auf den großen Baum in der Mitte zu und kletterte Ast um Ast höher hinauf. Als ich beinahe an der Spitze angelangt war, hielt ich inne und setzte mich auf eine Astgabel. Der Wind streichelte zärtlich über mein Gesicht.

Die Ruhe fand ein jähes Ende, als der Busch am Ende des Ganges raschelte und eine schlanke Gestalt zum Vorschein kam. Ich konnte nicht erkennen, wer es war, bis die Person unter mir an den Wurzeln des Baumes angelangt war.

«Shana? Was tust du denn hier?»

Das Mädchen zog sich am ersten Ast hoch.

«Dasselbe könnte ich dich fragen», entgegnete sie, während sie den Baum erklomm.

«Wusstest du, dass ich hier bin?»

«Ich? Nein, wie sollte ich?»

«Keine Ahnung. Neuerdings wundert mich nichts mehr.»

Wir schwiegen beide. Eine Minute später setzte Shana sich neben mich und ich gestand mir ein, dass ich sie vermisst hatte. Ich hatte sie zehn Monate nicht mehr gesehen!

«Shana?»

«Ja?»

«Du kennst doch die … Prophezeiung? Von mir und Janic?»

«Klar!»

«Sie ist falsch. Es ist nicht, wie ihr gesagt habt.»

Shana starrte mich verständnislos an. «Soll heißen?»

«Dass ich und Janic … Dass wir zusammengehören … Nun ja, er hat mir alles vorgespielt.» Ich blickte stur in die Ferne, wollte nicht sehen, was für Gedanken sich in ihrem Gesicht widerspiegelten. «Er wurde von Amerika geschickt, um euch auszuspionieren. Und später, um mich auf ihre Seite zu ziehen.»

«Und warum soll das heißen, dass ihr nicht füreinander bestimmt seid?»

Ich wandte mich ihr erneut zu und war überrascht von der Gelassenheit in ihren dunklen, klugen Augen. Sie strich sich die langen, dunklen Haare aus dem Gesicht.

«Vielleicht wollte Gott es ja so, dass ihr euch auf diese Weise begegnet?»

Das klang zwar irgendwie einleuchtend, aber dennoch. «Das check ich nicht. Gott kann ja nicht wollen, dass ich mich so grausam verlassen und verraten fühle?»

«Du weißt nicht, wohin es führt.»

«Nein.» Ich seufzte. «Wirklich nicht. Ich weiß nicht, wie das Leben morgen, übermorgen oder in einer Woche aussehen soll. Weißt du, ich habe mich entschieden, zu Janic zu halten. War das falsch?»

«Das glaube ich nicht. Nein, sicher nicht. Hör auf dein Herz.»

Sie widersprach mir mit einer Bestimmtheit, die mich verwirrte. Mir kam ein Gedanke …

«Shana, es steht ja in der Prophezeiung, dass Janic und ich … nachdem ich ihn verlassen werde und wieder zurückkommen werde … dass wir euer Volk, also die Christen, retten werden. Ich verstehe das nicht ganz – geht die Prophezeiung weiter?»

«Ja.»

«Wie?»

Sie zuckte die Schultern. «Ich habe nicht die geringste Ahnung. Das Papier wurde uns gestohlen.»

Enttäuschung nagte an mir, doch gleichzeitig wallte eine Art Erleichterung in mir auf. Vielleicht war es besser, wenn ich vorerst nicht mehr wusste. So konnte ich meine Entscheidungen treffen, ohne von Vorherbestimmungen beeinflusst zu werden.

«Ich muss jetzt gehen», verkündete ich und hielt inne. «Da ist noch was.» Ich erwiderte ihren klaren Blick und versuchte, ihr meine Gefühle zu übermitteln. «Danke für alles, was du für mich getan hast.»

Plötzlich wurden ihre Züge von einem Lächeln erhellt. «Was ich für dich getan habe? Warum denkst du, dass ich jetzt damit aufhören werde? Ich komme mit. Du kannst Hilfe gebrauchen, und ich werde dich unterstützen», eröffnete mir Shana. Erst blieb mir der Mund vor Verblüffung offen stehen, und ich wollte etwas erwidern, doch dann unterließ ich es, setzte den Abstieg fort und genoss einfach das Gefühl der Freude, das mein Herz erwärmte.

*****

Je mehr sich der Abstand zwischen uns und dem Lager verringerte, in dem sich angeblich meine Mutter befand, desto deutlicher zeigte sich meine Nervosität. Abwechselnd rannte ich, um dann wieder langsam vor mich hin zu schlurfen. Shana sah mich mitfühlend an. Ich zupfte an meinem T-Shirt rum.

«Tut mir echt leid, wenn ich dich nerve. Ich bin nur so …» Ich stockte und schüttelte energisch den Kopf, um die Tränen, die wieder fließen wollten, zu verscheuchen. Genug geheult für heute.

«Ich habe Angst», gestand ich. «Angst, dass sie mich nicht kennt, dass sie mich nicht will, dass sie …»

«Ach Quatsch», unterbrach mich Shana. «Rede dir nicht selber pessimistischen Unsinn ein. Eine Mutter wird doch wohl ihre Tochter erkennen.»

Sie nahm meine Hand und drückte sie ermutigend. «Außerdem kann ich mir nicht vorstellen, dass die Mutter eines Mädchens wie du ihre Tochter nicht liebt. Sonst müsste etwas ziemlich komisch sein.»

Ich wusste, dass sie recht hatte. Und dennoch … Mein Magen zog sich bei der Vorstellung zusammen, wie ich meiner Mutter begegnete. Mir wurde abwechselnd heiß und kalt, außerdem fiel mir ausgerechnet jetzt ein, dass ich den Namen meiner Mutter immer noch nicht wusste. Frustriert wurde ich wieder langsamer und zweifelte am Sinn unserer Unternehmung. Vielleicht sollte ich besser umkehren …?

«Untersteh dich, auch nur daran zu denken, umzudrehen!», ermahnte mich Shana, als sie meinen raschen Blick nach hinten bemerkte. «Man sollte meinen, du freust dich!»

Ich zuckte zusammen. Das sollte ich wohl tun. Mich freuen. Ich strich mir eine Strähne aus dem Gesicht und beschleunigte meine Schritte. Was sollte ich tun, wenn sie mich zurückwies? Oder wenn sie mich fragen würde: «Wer bist du? Ich kenne dich nicht.»

Ich stolperte über eine kleine Erhebung am Boden, fing mich wieder auf und kämpfte mich voran. Es schien mir, als wollte mich etwas zurückhalten, etwas, das mich mit aller Kraft nach hinten drängte.

Quatsch.

Ich musste damit aufhören, meinen Angstfantasien zu viel Bedeutung zuzuordnen.

«Wir sind da! He, da wird nicht etwa schon wieder zusammengezuckt?»

Ich sah schuldbewusst zu Boden, unfähig, meine Unsicherheit zu verbergen.

«Kommst du mit?»

Shana schüttelte den Kopf und mein Mut sank immer mehr.

«Du musst das alleine schaffen. Du *wirst* das alleine schaffen, also hör auf zu jammern.»

Entschlossen blieb sie stehen.

«Ich werde hier auf dich warten.»

Das gefiel mir nicht. Alles gefiel mir nicht. Alle warteten auf mich. Die Amerikaner, Janic, vermutlich mein Bruder und jetzt auch noch Shana. Ich stapfte trotzdem weiter. Dieses Trainingslager bestand aus ein paar altmodischen Zelten, die zu mehreren provisorischen Behausungen aufgebaut worden waren. Was sollte ich nun tun? Überall anklopfen und fragen: «Hey, ich suche meine Mutter, hab sie übrigens seit ein paar Jahren nicht mehr gesehen. Kennst du sie zufällig oder bist du es vielleicht?»

Ich trat hastig wieder einen Schritt zurück in den Schutz der Schatten, als eine Frau aus einem Zelt kroch. Ich betrachtete sie. Das konnte doch nicht ... Sie hatte braune Locken. Wie ich. Ihre Augen waren rund und dunkel. Wie meine. Sie war nicht sehr groß und muskulös, eher drahtig und klein. Wie ich. Ich schluckte schwer und begab mich ins Licht. Blinzelnd gegen die aufgehende Sonne ankämpfend, blieb ich bewegungslos stehen, während sie mich bemerkte. Kein Aufblitzen in ihren Augen, nichts. Ich wagte mich noch einen Schritt vor, während sie ihrerseits auf mich zukam. Und ich war mir immer sicherer, dass sie es war. Obwohl sie um einiges jünger wirkte, als ich es mir vorgestellt hatte.

«Hallo», sagte ich schließlich. Ärgerlich wünschte ich mir, etwas Bedeutungsvolleres gesagt zu haben. Das erste Wort, das ich seit Jahren zu meiner Mutter gesagt hatte! *Hallo*. Und noch immer schien es nicht, als würde sie mich erkennen.

«Hallo», erwiderte sie und blickte mich neugierig an. Mein Herzschlag musste kilometerweit zu hören sein. Als sie mich musterte, fragte ich mich unwillkürlich, ob sie gleich nach Luft schnappen würde. Unsere Ähnlichkeiten waren wohl kaum zu übersehen. Als nichts geschah, musste ich mich beherrschen, nicht gleich wieder vor Enttäuschung in Tränen auszubrechen. Es war die reinste Folter.

«Wer bist du?», entwischte es mir. Innerlich verpasste ich mir eine saftige Ohrfeige und erwartete, dass sie auflachte oder mich verständnislos anschaute. Doch zu meiner Verblüffung reagierte sie kein bisschen verwirrt, sie gab mir eine schlichte Antwort.

«Ich heiß Alice. Und du?»

*Alice. Alice. Alice,* dröhnte es in mir drin wie ein tausendfaches Echo. Meine Mutter – Alice. Ja! Alice! Der Name hatte auf dem Kreuz gestanden! Wie hatte ich ihn nur vergessen können?

Jetzt realisierte ich, dass sie mich ebenfalls etwas gefragt hatte. Wer war ich? Was sollte ich sagen? Ich war so nervös, dass ich mir ziemlich sicher war, meine Anspannung müsste zu greifen sein. Ich fürchtete mich davor, dass meine Stimme versagen würde.

«Leah.»

Hatte sich meine Stimme tatsächlich so piepsig angehört oder war es Einbildung?

Alice starrte mich plötzlich an, als wäre ich eine Außerirdische. Ihr Blick fuhr mir durch Mark und Bein. Ihre Augen leuchteten. Ihr Mund zuckte, als wolle sie etwas sagen. Ich bemerkte sogar das Zittern ihrer Hände, die sie in ihrer Jeansjackentasche versenkt hatte.

«Leah?», wisperte sie beinahe tonlos. «Leah, bist du es wirklich?»

Dann stürzte sie auf mich zu, schlang die Arme um meinen Körper und ich hörte herzzerreißende Schluchzer. Ich erwiderte die Umarmung und spürte, wie die Angst von mir wich. Da war nur noch das Glück, das ich all die Jahre vermisst hatte. Wie oft hatte ich mir gewünscht, es wäre jemand da, der mich trösten, der mich umarmen könnte? Jemand, der mich liebte? Und jetzt war sie da. So urplötzlich. Tränenbäche liefen mir nun doch die Wangen hinunter und tropften auf ihre Jacke. Meine Hände, die sie umklammerten, fühlten den rauen Jeansstoff und wollten ihn nie wieder loslassen. Fühlte es sich so an, eine Mutter zu haben? Dann hatte ich ja was verpasst in den letzten Jahren.

«Leah, du lebst wirklich!», schluchzte Alice. Aus einem undefinierbaren Grund schien mir der Name Alice viel vertrauter als eine Bezeichnung wie «Mama.»

«Hattest du etwas anderes gedacht?», flüsterte ich zurück.

«Woher sollte ich es wissen? Ich hatte ja keine Ahnung, was Finn mit euch macht. Ich hatte solche Angst! Aber dann habe ich gehört, dass ein Mädchen ins Lager gekommen ist, das Leah heißt. Die Beschreibung passte auf dich.»

«Deine Nachricht ist angekommen. Dein Kreuz. Eine junge Frau hat es mir überreicht.»

«Mia! Ich wusste, ich konnte mich auf sie verlassen … ich war nur nicht sicher, ob sie die Richtige finden würde.»

«Hat sie. Aber … warum hast du nicht persönlich mit mir geredet?», ich sah sie flehentlich an.

«Ich konnte nicht. Ich hab zufällig mitgekriegt, dass Carlos jemanden darüber informiert hat, dass ein paar Jugendliche von einem Internat aus dem VEPA bald kommen würden. Dann ...»

«Carlos? Du kennst Carlos?», fiel ich ihr ins Wort.

«Flüchtig, ja. Er war euer Pilot, erinnerst du dich an ihn?»

Ich bejahte ohne weitere Erklärung und bedeutete ihr, mit ihrer Erklärung fortzufahren.

«Jedenfalls hat mich das hellhörig gemacht und ich ließ ihn die Namen herausfinden. Er konnte mir sagen, dass unter anderem jemand namens Leah dabei sein würde – weitere Infos hatte er nicht. Ich konnte nicht sicher sein, dass du es warst, aber ich habe es gehofft. Ich wusste nicht, wie unsere Begegnung verlaufen würde, aber ich wollte, dass du danach etwas hast, etwas von mir, als Erinnerung. Also ließ ich unsere beiden Namen in mein Silberkreuz gravieren. Und dann habe ich auf deine Ankunft gewartet.»

«Aber du warst nicht da, als ich ankam», warf ich ihr vor. «Warum? Warum hast du dich nicht gezeigt?»

«Ich hatte zuvor schon geplant, bald als Missionarin mit einigen anderen für ein paar Monate nach Asien zu reisen, da die Untergrundbasis dort Verstärkung brauchte. Dann wurde unsere Abreise vorgezogen, da die Schiffe, mit denen wir reisten, verfrüht ablegen mussten. Wieso weiß ich bis heute nicht. Also konnte ich nicht länger auf dich warten. Ich wollte aber dennoch, dass du die Kette erhältst, obwohl ich natürlich nicht sicher sein konnte, dass es wirklich du sein würdest, die kommt. Deshalb habe ich Mia beauftragt, nach einem Mädchen Ausschau zu halten, das mir ähnlich sieht – darauf, dass du das tust, habe ich vertrauen müssen. Und wie es scheint, hat sie dich ja tatsächlich erkannt.»

Sie ließ ihren Blick nochmals über mein Gesicht gleiten, bevor sie weitersprach – dabei zeichnete sich ein leichtes Lächeln auf ihren Lippen ab. «In Asien wurde ich dann relativ bald in eine Schießerei verwickelt, in der ich angeschossen wurde. Daraufhin lag ich monatelang im Koma – ich bin erst vorgestern wieder erwacht, hier in Rio. Leah, es tut mir alles so leid!»

«Ich hab dich vermisst», murmelte ich wahrheitsgetreu, während mir wieder einfiel, wie Janic und ich damals eine Verletzte beobachtet hatten, die vom Schiff getragen wurde – das musste meine Mutter gewesen sein.

«Geht es Luke gut?» Ich sah deutlich die Sorge in ihrem Blick.

«Ja», erwiderte ich schlicht. Komisch, mit ihr über Luke zu reden – mit jemandem, den ich genau genommen kaum kannte. Um Luke musste ich mich auch noch kümmern – verflixt, er war inzwischen vermutlich krank vor Sorge um mich.

Langsam löste ich mich aus der Umarmung, hielt Alice jedoch weiterhin an den Händen, während uns beiden die Tränen über die Wangen liefen. Ich betrachtete Alice und ich liebte den Gedanken, dass mir meine Mutter gerade gegenüber stand.

«Alice», wagte ich einen zaghaften Versuch. «Hast du an mich gedacht? Hast du an mich gedacht, die ganzen Jahre über?»

Zitternd wartete ich auf ihre Antwort.

«Wie könnte ich nicht? Wie könnte ich dich je vergessen?», rief Alice aus. «Das könnte ich niemals, Leah, glaub mir. Niemals.»

Ich atmete tief ein, hörte auf zu zittern und spürte die kitzelnden Sonnenstrahlen im Gesicht, die bald durch den ganzen Dschungel fluten und das Blätterdickicht in flüssiges Gold tauchen würden. Ich spürte die Wärme, nahm das leise Rascheln des Windes in den Büschen wahr und schloss die Augen.

Dann fiel mir Luke wieder ein und ich schlug die Augen auf.

«Alice? Ich ... Luke und ich ... also, er ist auch hier», fügte ich noch erklärend hinzu, «wir hatten gerade ... eine Art Auseinandersetzung. Also ... es ist kompliziert, aber ich würde gerne nach ihm sehen und das Ganze klären. Suchst du ihn mit mir?»

Ich schaute sie erwartungsvoll an.

Sie lächelte. «Natürlich komme ich mit. Lass uns losgehen.»

Ich nickte nur zustimmend und wandte mich wieder in Richtung des Dschungels, auf den wir nun Hand in Hand zusteuerten.

Um meinen Bruder zu finden.

Und für den Augenblick war es gut so, für den Augenblick

reichte es vollkommen.
Meine so lange Zeit verschollene Mutter liebte mich.
Und das war alles, was für den Moment zählte.

# Epilog

Erleichtertes Seufzen erklang im Raum, als die Tür mit einem kaum vernehmbaren Klicken aufschwang und ein junger Mann in den Raum trat. Seine braunen Haare standen unordentlich zu allen Seiten ab und sein weißes Hemd war leicht zerknittert und doch nicht mehr ganz so weiß. Jedoch nahmen nicht alle der rund zwanzig Personen im Raum die Ankunft des Verspäteten mit Freude entgegen.

«Johny, wie oft muss ich dir noch sagen, dass diese seltenen Sitzungen wichtig und verbindlich sind? Lass eine solche Verspätung kein weiteres Mal vorkommen, sonst wird das Folgen haben.»

Der Besitzer der schneidenden Stimme saß in der Mitte des Tisches zur Linken der Tür, neben ihm saßen neun weitere Frauen und Männer, allesamt in schwarze Anzüge oder Blusen gekleidet. Gegenüber, auf der anderen Seite des Raums, befand sich ein ebensolcher Tisch mit der gleichen Anzahl an Personen, nur dass dort ein Platz am unteren Tischende frei war, bis sich der junge Mann darauf setzte. Johny reagierte gelassen auf die Drohung, obwohl man seinen zu Schlitzen verengten Augen entnehmen konnte, dass es ihm nicht gefiel, vor allen auf diese Weise zurechtgewiesen zu werden.

«Verehrter Mister Raphael, es gibt keinen Grund, sich aufzuregen. Wie Sie sicher wissen, hatte ich viel zu tun.» Er zog eine Augenbraue hoch. «Meine Verspätung ist berechtigt.»

Eine Frau mit grauen Haaren, die sie auf dem Hinterkopf zu einem strengen Knoten zusammengebunden hatte, räusperte sich vernehmlich. «Wenn wir bitte mit der Besprechung über das Wesentliche beginnen könnten», forderte sie gereizt. «Wir haben keine Zeit zu verlieren.»

«Ganz genau», pflichtete ihr ein anderer bei, «zum Beispiel über den unerhörten Vorfall im Zusammenhang mit dem Fall

Leah.»

«Soll das ein Vorwurf sein?», erkundigte sich ein weiterer Teilnehmer.

«Gewiss doch. Ihr habt nicht das Recht, sie derartig zu misshandeln – außerdem führt es zu nichts.»

«Immer mit der Ruhe. Wer kann beweisen, dass es nichts nützt?»

«Wir wissen es noch nicht. Unser Schüler muss uns erst noch Auskunft geben.»

«Janic? Ich hege so meine Zweifel, dass euer Angestellter rein ist, wenn ich das sagen darf.»

«Es gibt keinen Grund, ihm zu misstrauen. Er ist zuverlässig und absolut klug. Außerdem sind wir sehr wohl fähig, unsere eigenen Entscheidungen zu treffen.»

«Kinder sind unberechenbar mit ihrem Denken und ihren Gefühlen, wie uns allen klar sein sollte. Außerdem geht die Organisation unsere beiden Parteien etwas an.»

«Ihr immer mit eurer Kritik. Wir haben im Moment genug Probleme am Hals», fauchte eine andere.

Der Mann, der sich als erster zu Wort gemeldet hatte, lenkte die Aufmerksamkeit wieder auf sich.

«Meine Damen und Herren, ein Streit ist unangebracht und absolut unerhört. Egal, welche Meinung wir haben, alle hier gehören wir zu Amerika. Wir müssen zusammenarbeiten!»

«Hör auf mit deinem salbungsvollen Geschwafel», unterbrach ihn Johny, «Und lass uns zur Sache kommen.» Die tadelnden Mienen der anderen ignorierte er geflissentlich.

«Ich setze nicht umsonst alles aufs Spiel, indem ich dort die Rolle des Sohnes von Saphira, der weisen Führerin, spiele. Doch meine Bemühungen lohnen sich.» Er legte eine Kunstpause ein, um die Spannung zu steigern. «Und ich habe Neuigkeiten», verkündete er.

«Alex ist noch immer verschwunden, aber wir haben seine verschlüsselte Botschaft. Ich habe Fortschritte gemacht bei der Auflösung.» Er grinste selbstgefällig. «Sie merken aber auch gar nichts, diese naiven Heiligen.»

Als jemand lautstark seufzte, beschloss er, jetzt zu beginnen. Verschwörerisch stützte er sich mit den Händen auf der Tischplatte ab und lehnte sich nach vorne.

«Ihr wisst, dass Alex auch mit den Christen in Kontakt steht. Nun, die Botschaft stammt von ihnen. Er muss sie entwendet haben. Da konnte ich die Verbindung erkennen – die Christen vermissen seit Jahren den zweiten Teil der Prophezeiung. Die Botschaft von Alex ist dieser zweite Teil der Prophezeiung. Und sie scheint der Schlüssel zu unseren bisherigen Arbeiten zu sein. Ich glaube nicht, dass sie wahr ist, keinesfalls – meine Vermutung ist eher, dass Saphira aus dem Wissen, welches sie von Alex über seine Tochter hat, etwas geschlossen hat – und deshalb wissen wir nun endlich, wer die Mutter besagter Person ist. Wir wissen, woher sie kommt, und weshalb Alex beharrlich über sie geschwiegen hat. Weil er wusste, dass sie in Gefahr ist. Weil er wusste, dass sie ein Nachkomme dessen ist, der Südamerika geleitet hat, als sie noch im Krieg waren – er war der Anführer, der den Fluch über das verbotene Land aussprach.»

Johny sah sich erwartungsvoll um. Der ältere Mann fluchte verhalten und als er sprach, klang seine Stimme kalt und berechnend.

«Soll das etwa heißen, wenn sie davon erfährt, ist unser Plan gefährdet?»

«Nicht nur das», erklärte Johny düster. «Wenn sie davon erfährt, wird sie die Möglichkeiten haben, uns alle auszuschalten»

«Wie bitte?» Eine Frau mit rötlichem, langem Haar blickte verwirrt drein. «Entschuldigen Sie, aber ich verstehe nicht ganz. Was bringt ihr dies Erbe, wenn ihre Vorfahren längst gestorben sind?»

Urplötzlich erhob sich ein Mann, der sich bisher noch nicht geäußert hatte. Er stand kerzengerade da, seine rabenschwarzen Haare umrahmten ein bleiches Gesicht, in dem zwei glanzlose, schwarze Augen prangten und die Anwesenden mit äußerst finsteren Blicken bedachten, während er unheilverkündende Worte röchelte. Er sprach gefährlich leise und im ganzen Raum rührte sich niemand.

«Wenn Leah, die Tochter von Alex und Alice, weiß, wer der Vater des Vaters des Vaters ihrer Mutter ist, wird sie zu einer unberechenbaren Bedrohung für uns. Denn sie ist der Nachkomme, von dem ihr Ururgroßvater gesprochen hat in seiner Prophezeiung, die wir seit Jahren aufbewahren und aufzulösen versuchen. Manche von euch, die erst vor kurzer Zeit zu uns gestoßen sind, wissen noch nichts davon. Jetzt aber gibt es nichts Wichtigeres. Denn die Prophezeiung lautet:

‹Und wenn der Sohn meines Sohnes eine Tochter geboren hat, wird es wiederum deren Tochter sein, die noch größeres Unheil über die Erde bringen kann, als es in meiner Macht liegt. Mithilfe der Dämonen, die ihr euch zum Feind gemacht habt. Sobald sie ihre Macht entdeckt hat, seid ihr verloren.›

Und was uns die verheerenden Naturkatastrophen in Südamerika vor Jahren beweisen, ist dies keine leere Drohung. Europa ist immerhin klug genug, Südamerika nicht zu betreten. Aber sie sind zu naiv, um zu begreifen, dass eine größere Macht hinter den früheren Bewohnern des verbotenen Landes steht. Sei es nun der Teufel, seien es Dämonen oder andere Wesen – in Anbetracht der Dinge rückt alles in den Hintergrund. Und unser Auftrag besteht lediglich darin, Leah zu beseitigen.

Denn seit Jahrzehnten suchen wir nach der Auserwählten des verbotenen Landes – nun haben wir sie gefunden.»

# Abenteuerstorys

David Hollenstein / Salome Perreten

Ab 10 Jahren

## Pferdehof Klosterberg 5 – Kein harmloser Streich

Eine anonyme Hetzkampagne gegen den Pferdehof Klosterberg führt zu immer mehr Problemen. Da Amelia selber mit drinsteckt, will sie den Grund für die ungerechte Verleumdung herausfinden. Aber dazu muss sie zuerst die Urheber finden. Ramona kann ihr nicht helfen, da sie selber genug Probleme hat. Sie muss bis Sonntag ein neues Fahrpferd suchen. Als sie eines gefunden hat, macht aber die Zahnärztin eine überraschende Entdeckung. Zum Glück kann Amelia auf die tatkräftige Unterstützung ihrer Schwester Lina und der beiden Pferdefreunde Nico und Manuel zählen.

Eine spannende Geschichte, die einigen Stoff zum Nachdenken bietet und garantiert nicht nur Pferdefans in ihren Bann zieht.

220 Seiten, ISBN 978-3-03783-146-5

**Pferdehof Klosterberg 4 –**
Nicht mit mir!
208 Seiten, ISBN 978-3-03783-132-8

**Pferdehof Klosterberg 3 –**
Handyfilm mit Folgen
204 Seiten, ISBN 978-3-03783-110-6

**Pferdehof Klosterberg 2 –**
Einer für alle
204 Seiten, ISBN 978-3-03783-099-4

**Pferdehof Klosterberg 1 –**
Rätselhafte Vorfälle
176 Seiten, ISBN 978-3-03783-080-2

**Hörspiele in Schweizerdeutsch für Kinder ab 8 J. dazu erhältlich.**

# www.adonia-verlag.ch

# Jan & Co. – Jugendkrimis

David Hollenstein

*Ab 10 Jahren*

**Jan & Co. 8 –** Ärger in der Eliteschule   ISBN 978-3-03783-122-9

**Jan & Co. 7 –** Gefährliche Überwachung   ISBN 978-3-03783-106-9

**Jan & Co. 6 –** Pizza für die Mafia   ISBN 978-3-03783-089-5

**Jan & Co. 5 –** Vermisst am Matterhorn   ISBN 978-3-03783-066-6

**Jan & Co. 4 –** Die Casting-Show   ISBN 978-3-03783-050-5

**Jan & Co. 3 –** Raubüberfall im Europa-Park
ISBN 978-3-03783-017-8

**Jan & Co. 2 –** Das Geheimnis der Miruna
ISBN 978-3-03783-010-9

**Jan & Co. 1 –** Verdacht im Modehaus
ISBN 978-3-905011-98-2

**Hörspiele in Schweizerdeutsch
für Kinder ab 8 J. dazu erhältlich.**

# www.adonia-verlag.ch

# Gefuchst – Die Detektivfamilie

**Elke Holler**  *Ab 10 Jahren*

Die Detektivfamilie Fuchs erlebt in ihren Ferien immer wieder heikle Momente. Nur wenn sie als Familienteam zusammenhalten und einander ergänzen, gelingt es ihnen, den Fall zu lösen. Dabei spielt ihre Beziehung zu Gott auch eine wichtige Rolle und der Leser lernt durch die treffenden Beschreibungen eine Urlaubsregion kennen.

### Gefuchst 1 –
### Das Geheimnis der Königsburg

160 Seiten, Adonia Verlag, ISBN 978-3-03783-125-0

Die Detektivfamilie im Elsass:
Munster, Lac Blanc, Grand Ballon …

### Gefuchst 2 –
### Das verschollene Bernsteinzimmer

168 Seiten, Adonia Verlag, ISBN 978-3-03783-127-4

Familienwochenende an der Ostsee:
Wustrow, Ahrenshoop, Darßer Wald

### Gefuchst 3 –
### Juwelenjagd durch die Dolomiten

192 Seiten, Adonia Verlag, ISBN 978-3-03783-141-0

Fahrradferien in den Dolomiten:
Venedig, Feltre, Monte Grappa, Asolo …

**Hörspiele in Schweizerdeutsch
für Kinder ab 8 J. dazu erhältlich.**

# www.adonia-verlag.ch

# Sophie 2 – Perfektes Chaos

## Rahel Träger

*Ab 10 Jahren*

Sophie, 14 Jahre alt, leidenschaftliche Malerin und blind. Ganz unerwartet darf sie ihre Bilder in einer Galerie ausstellen. Sie schwebt auf Wolken. Wenn nur alles nach Plan laufen würde! Doch da ist Ronja mit einer irrwitzigen Detektivspiel-Idee. Und Max, der mitmacht, weil er gern in Sophies Nähe ist. Aus dem Spiel wird Ernst und es verschwinden nicht nur Bilder. Sophies Eltern geraten ins Visier der polizeilichen Ermittlungen. Max setzt alles daran, Licht in die verrückte Situation zu bringen. Währenddessen versucht Sophie zu verstehen wie Freundschaft funktioniert. Was gar nicht so einfach ist, wenn Dinge plötzlich anders zu sein scheinen, als sie vorher waren.

ISBN 978-3-03783-140-3

**Sophie – Königin der Farben**
ISBN 978-3-03783-108-3

**Sophie – Königin vo de Farbe**
*Hörspiel in Schweizerdeutsch*
ISBN 978-3-03783-109-0

**Rikki und der Schatz der Löwen**
ISBN 978-3-03783-080-2

# www.adonia-verlag.ch